KB176012

詩 話 속의

漢詩

이야기

詩話 속의 漢詩 이야기

원주용 편저

이담
Books

漢文學의 白眉는 漢詩다. 漢詩는 짓기도 어려울 뿐만 아니라, 이해하기도 쉽지 않다. 이러한 쉽지 않은 이해와 작품의 가치를 평가하고 作詩 배경을 설명한 글이 詩話集이다. 이 책은 주로 이러한 詩話集이나 文集 속의 漢詩를 대상으로 다룬 내용들 가운데 재미있는 이야기만을 모아서 註釋을 달고 國譯을 적은 것이다. 詩話集이나 개인 文集 속에는 수많은 漢詩 이야기들이 選載되어 있지만, 이 책에서는 韓國漢文學史나 시대적 문제를 다룬 이야기를 위주로 選定 대상으로 삼았다. 그러므로 漢詩에 대한 品評을 다룬 작품, 중국 시인을 다룬 내용, 漢文學史에서 자주 거론되지 못하는 작가의 漢詩 등은 선정의 대상에서 제외되어 다양한 내용을 싣지 못한 점이 못내 아쉬움으로 남는다.

이 책의 구성은 漢詩史를 비롯한 漢詩에 대한 전반적인 것을 먼저 싣고, 이어서 乙支文德을 비롯해 黃玹에 이르기까지 100여 명의 작가를 중심으로 한 漢詩를 실었으며, 끝으로 기타의 내용으로 편성되어 있다. 詩話集에서 주로 뽑았기 때문에 詩話集이 만들어진 時點 이전의 내용이 주류를 이루고 있어 조선 후기의 많은 시인들을 비롯해 전체적인 이야기를 다루지 못하고 있는 한계를 지니고 있다.

학문적으로 또는 이 책이 나올 수 있게 도와주신 선생님은 일일이 거론할 수 없을 정도로 많기에 마음속에 깊은 감사의 마음을 새겨두고자 한다. 그리고 아빠와 함께 많은 시간을 보내야 할 시기인데도 불구하고 아빠에게 공부할 시간을 할애해 준 두 딸 慧源이, 茶源이와 묵묵히 남편이 하는 일을 지켜봐 준 아내 恩卿 씨에게 감사의 마음을 전하고 싶다.

모쪼록 이 책이 漢詩에 관심이 있는 사람이나 任用考査를 준비하는 학생들에게 작게나마 보탬이 되었으면 한다.

2011년 12월 龜山 기슭에서

元周用 謹書

차 례

1. 漢詩史

我國文章 始發揮於崔致遠 致遠入唐登第 文名大振 至今配享
文廟 今以所著觀之 雖能詩句 而意不精 雖工四六 而語不整
有如金富軾能贍而不華 鄭知常能曄而不揚 李奎報能押闔而不
斂 李仁老能鍛鍊而不敷 林椿能縝密而不關 稼亭能的實而不
慧 益齋能老健而不藻 陶隱能醞藉而不長 圃隱能純粹而不要
三峯能張大而不檢 世稱牧隱能集大成 詩文俱優 然多有鄙疏
之態 准乎元人之律且不及 其可擬於唐宋之域乎 陽村春亭 雖
秉文柄 不能及牧隱 而春亭尤卑弱 世宗始設集賢殿 延文學之
士 有如申高靈崔寧城李延城與朴仁叟成謹甫柳太初李伯高河
仲章 皆擅名一時 謹甫文瀾豪縱 而短於詩 仲章長於對策疏章
不知詩 太初天才夙成 而其覽不博 伯高淸穎英發 詩亦精絶
然儕輩皆推朴仁叟爲集大成 謂其經術文章筆法俱善也 然皆被
誅 其所著不顯於世 寧城精於四六 延城能爲科擧之文 而惟高
靈文章道德 一代尊仰 繼躅者徐達城金永山姜晉山李陽城金福
昌及我伯氏而已 達城文章華美 而其爲詩專倣韓陸之體 隨手
輒艶麗無雙 久掌文衡 永山讀書必誦 故能得文之體 其文雄放

豪健 人無與爭其鋒 然性無檢束 故詩之押韻 多錯不中窠臼
晉山詩文典雅 天機自熟 於諸子最爲精絶 陽城詩文俱美 如巧
匠雕鑴 自無斧鑿痕 伯氏之詩 得晚唐軆 如行雲流水之無礙
福昌天資早成 以班固爲準 爲文老健 嘗編世祖實錄 大抵敍事
多出其手 此數子皆善鳴 而一代文學彬彬矣(『慵齋叢話』 1)

〈주석〉 [曄] 빛나다 엽 [押] 누르다 압 [閤] 닫다 합 [敷] 펴다 부 [縝] 촘촘하
다 진 [關] 두루 미치다 관 [藻] 꾸미다 조 [醞藉(온자)] 함축적이고
밖으로 드러내지 않음 [凖] 견주다 준 [延] 인도하다 연 [擅] 차지하다
천 [文瀾(문란)] 문장의 물결 [穎] 빼어나다 영 [英發(영발)] 뛰어난 재
주가 드러남 [儕] 무리 제 [躅] 자취 촉 [鋒] 칼날 봉 [窠臼(과구)] 예
전 방식 [雕] 새기다 조 [鑴] 새기다 전 [斧] 베다 부 [礙] 막히다 애

〈국역〉 우리나라 문장은 최치원에서부터 처음으로 발휘되었다. 최치원이 당
나라에 들어가 급제하여 文名이 크게 떨쳐 지금까지 문묘에 배향되
어 있다. 이제 지은 것을 살펴보면, 비록 시구에는 능숙하나 뜻이 정
밀하지 못하고, 비록 4·6문에는 재주가 있으나 말이 단정하지 못하
였다. 김부식과 같은 이는 풍부하나 화려하지 않고, 정지상의 글은
화려하나 드날리지 않았고, 이규보는 눌러 닫을 줄은 알았으나 거두
지 못하였으며, 이인로는 단련하였으나 펴지 못했고, 임춘은 진밀하
나 통하지 못하였으며, 가정 李穀은 적실하나 슬기롭지 못하였고, 익
재 李齊賢는 노건하나 꾸미지 못하였고, 도은 李崇仁은 온자하나 길
지 못하였으며, 포은 鄭夢周는 순수하나 종요롭지 못하였고, 삼봉 鄭
道傳은 장대하나 검속하지 못하였다. 세상에서 칭하기를, "목은 李穡
이 집대성하여, 시와 문에 모두 뛰어나다"고 하나, 비루하고 소략한

형태가 많아서 元나라 사람의 規율에 견주어도 미치지 못하는데, 당·
송의 영역에 비길 수 있겠는가?

양촌 權近·춘정 卞季良은 비록 문병을 잡기는 하였으나 목은에게
미치지 못하였으며, 춘정은 더욱 비약하였다. 세종께서 처음으로 집
현전을 설치하고 문학하는 선비들을 맞아들였는데, 고령 申叔舟·영
성 崔恒·연성 李石亨·인수 朴彭年·근보 成三問·태초 柳誠源·
백고 李塏·중장 河緯地와 같은 사람들이 있어서 모두 한때에 이름
을 떨쳤다. 근보의 문장은 호종하나 시에는 뛰어나지 못했고, 중장도
대책문이나 소장에는 능하나 시를 알지 못했으며, 태초는 천재로 일
찍 이루었으나 견문이 넓지 못하였다. 백고는 맑고 뛰어난 재주가 드
러나고 시도 정밀하고 빼어났으나, 동료들이 모두 박인수를 집대성
이라고 추대하였으니, 그는 경술·문장·필법을 모두 잘하였기 때문
이었다. 그러나 모두 죽임을 당하여서 저술한 것이 세상에 나타나지
않는다. 영성은 4·6문에 정밀하고, 연성은 科擧의 글에 능하였다. 그
러나 고령의 문장과 도덕만이 한 세대의 존경을 받았다.

그 뒤를 따를 사람은 達城 徐居正·永山 金守溫·晉山 姜希孟·陽城
李承召·福昌 金壽寧과 나의 백씨 成侃뿐이다. 달성의 문장은 화려
하고 아름다우며 그의 시는 韓愈(唐: 768∼824)와 陸贄(唐: 754∼805)
의 체를 오로지 본받아 손 가는 대로 지어도 번번이 아름다워 짝이
없었고, 오랫동안 문형을 맡았다. 영산은 책을 읽으면 반드시 암송하
기 때문에 문장의 체를 얻을 수 있어서 그 글이 웅방하고 호건하여
그와 칼날을 다툴 사람이 없었으나 성품이 검속하지 못하므로 시의
압운에 옛 방식에 맞지 않은 경우가 많았다. 진산의 시와 글은 전아
하여 천기가 절로 무르익어 여러 선비들 가운데서도 가장 정밀하고

빼어났다. 양성의 시와 글은 모두 아름다워 정교한 장인이 새긴 것과 같아서 다듬은 흔적이 없었다. 나의 백씨의 시는 만당체를 얻어서 떠가는 구름이나 흐르는 물처럼 막히는 데가 없었다. 복창은 타고난 자질이 일찍 성숙되어 반고를 모범으로 삼았으니, 지은 문장이 노건하였다. 일찍이 『世祖實錄』을 엮었는데, 대개 일을 서술한 것이 그의 손에서 많이 나왔다. 이상의 사람들은 모두 소리를 잘 낸 사람이며, 한 세대에 문학이 빛나고 성하였던 사람들이다.

文章所尚 隨時不同 古今詩人 推李杜爲首 然宋初楊大年 以杜
爲村夫子 酷愛李長吉詩 時人效之 自歐蘇梅黃一出 盡變其體
然學黃者尤多 西江宗派是已 高麗文士 專尚東坡 每及第榜出
則人曰 三十三東坡出矣 高元間 宋使求詩 學士權適贈詩曰 蘇
子文章海外聞 宋朝天子火其文 文章可使爲灰爐 千古芳名不
可焚 宋使歎服 其尚東坡 可知也已(『東人詩話』상, 47)

〈주석〉 [西江宗派] 황정견의 詩風을 따르던 사람들로, 刻苦鍛鍊과 生硬奇僻
    의 詩風을 표방한 陳師道 이하 15명을 말함 [高元] 南宋의 高宗. 고종
    원년은 1127년 [灰] 재 회 [爐] 타다 남은 재 신
〈국역〉 문장을 숭상하는 것은 시대에 따라 같지 않다. 고금의 시인들은 李
    白과 杜甫를 추켜세워 으뜸으로 삼고 있지만, 송나라 초 대년 楊億
    (974~1020)은 두보를 시골의 선생으로 여기고 장길 李賀(791~817)
    의 시를 매우 좋아하였다. 당시 사람들도 그것을 본받았다. 歐陽脩·
    蘇軾·梅聖兪·黃庭堅 등이 한번 세상에 나와 그 체를 다 변화시켰는
    데, 황정견을 배우는 자들이 더욱 많았으니, '서강종파'가 이들이다.

고려의 문사들은 오로지 소동파를 숭상하여, 늘 급제자의 방문이 나
올 때면 사람들은 "33명의 소동파가 나왔다"라 하였다. 고원 연간에
송나라 사신이 시를 구하니, 학사 권적(1094~1146)이 시를 보내주었
다. 그 시에 이르기를

소동파의 문장이 해외까지 알려졌지만
송나라 천자는 그의 글을 불태웠네
문장은 재로 만들 수 있지만
천고의 꽃다운 이름 불사를 수 없다네

라 하니, 송나라 사신이 탄복하였다. (이 시를 보면) 소동파를 숭상했
다는 것을 알 수 있겠다.[1]

高麗光顯以後 文士輩出 詞賦四六 穠纖富麗 非後人所及 但
文辭議論 多有可議者 當是時程朱輯註 不行於東方 其論性命
義理之奧 紕繆牴牾 無足怪者 盖性理之學盛於宋 自宋而上思
孟而下 作者非一 唯李翶韓愈爲近正 況東方乎 忠烈以後 輯

1) 『靑莊館全書』 「앙엽기」에는 소동파의 유행에 대해 다음과 같이 기록하고 있다.
　香祖筆記(王士禛著) 余昔閱高麗史 愛其臣金富軾之文 又兄弟一名軾一名轍 疑其當宣和時 去元祐未遠 何
　以已竊取眉山二公之名 讀窔遊紀聞云 徐兢以宣和六年 使高麗 密訪其兄弟命名之意 盖有所慕 文章動蠻
　貊語不虛云 觀此 則知余前疑不誤 而是時中國方禁錮蘇黃文章字畫 豈不爲島夷所笑哉
　(『향조필기』[왕사진이 지었다]에 이렇게 되어 있다. "내가 옛날에 『高麗史』를 열람해 보고 고려의 신하 김
　부식의 글을 좋아하게 되었다. 또 그들 형제가 하나는 이름에 식자를 쓰고 하나는 이름에 철자를 썼으니, 의
　심하건대, 그들이 선화[宋 徽宗의 연호:1119~1125] 때에 살았으므로 원우[宋 哲宗의 연호:1086~1093]
　와의 거리가 멀지 않은데, 어찌하여 이미 眉山 二公[蘇軾·蘇轍]의 이름을 몰래 취하였는가? 『宦遊記聞』을
　읽어보니 이르기를 '徐兢이 선화 6년(1125)에 고려에 사신으로 갔을 때에 은밀히 그들 형제가 이름을 지은
　뜻을 물어보았더니 대체로 사모하는 바가 있어 였으니, 문장이 오랑캐도 감동시킨다는 말이 헛말이 아니었
　다' 하였다. 이것을 보건대, 내가 전에 의심했던 것이 잘못이 아님을 알겠다. 그때에 중국에서는 바야흐로 蘇
　軾과 黃庭堅의 문장과 글씨를 禁錮했으니 어찌 섬 오랑캐의 비웃음거리가 되지 않았겠는가?")

註始行 學者駸駸入性理之域 益齋而下 稼亭牧隱圃隱三峰陽
村諸先生 相繼而作 倡明道學 文章氣習庶幾近古 而詩賦四六
亦自有優劣矣(『東人詩話』 하, 1)

〈주석〉 [穠] 무성하다 농 [文辭義論] 韻文 외 散文을 말함 [紕] 잘못 비 [繆]
　　　　잘못 무 [牴牾(저오)] 서로 어긋남 [駸] 빠르다 침

〈국역〉 고려 광종(949∼975)·현종(1009∼1031) 이후로 문사가 배출되어 사
　　　　부와 4·6변려문이 화려하면서도 섬세하고 풍부하면서도 아름다워
　　　　후대 사람들이 미칠 바가 아니다. 다만 문사와 의론에는 논의할 만한
　　　　것이 많이 있다. 당시에는 程子와 朱子의 『집주』가 우리나라에 유포
　　　　되지 않았으므로, 성명과 의리의 심오한 이치를 의논한 것이 잘못되
　　　　고 어긋난다고 해서 괴이하게 여길 것이 없다. 대개 성리학은 송나라
　　　　(960∼1279)에서 성행했다. 송나라로부터 위로 子思·孟子 이후로
　　　　작자들이 한둘이 아니지만, 이고·한유만이 정도에 가까우니, 하물
　　　　며 우리나라에 있어서랴. 충렬왕(1274∼1308) 이후로 『집주』가 비로
　　　　소 유포되니, 배우는 자들이 성리의 영역으로 빨리 들어가게 되었다.
　　　　익재 李齊賢 이후로 가정 李穀·목은 李穡·포은 鄭夢周·삼봉 鄭
　　　　道傳·양촌 權近 등 여러 선생들이 서로 이어서 일어나 도학을 제창
　　　　하여 밝혀서 문장의 기습이 거의 고풍에 가까웠고, 사부와 4·6변려
　　　　문도 저절로 우열이 가려지게 되었다.

高麗光宗始設科 用詞賦 睿宗喜文雅 日會文士唱和 繼而仁明
亦尚儒雅 忠烈與詞臣唱酬 有龍樓集 由是俗尚詞賦 務爲抽對
如朴文烈寅亮 金文成緣 金文烈富軾 鄭諫議知常 李大諫仁老

李文順奎報 金內翰克己 金諫議君綏 兪文安升旦 金貞肅仁鏡
陣補闕澣 林上庠椿 崔文清滋 金英憲之岱 金文貞坵 尤其傑
然者也 高麗中葉以後 事兩宋遼金蒙古強國 屢以文詞見稱 得
紓國患 夫豈詞賦而少之哉 厥後作者 各自成家 不可枚數矣
吾友金頤叟嘗語予曰 高麗詩文 詞麗氣富 而體格生疎 近代著
述 辭纖氣弱 而義理精到 孰優 予曰 豪將悍卒 抽戈擁盾 談說
仁義 腐儒俗士 冠冕章甫 從容禮法 先生何取 頤叟大笑(『東人
詩話』하, 2)

〈주석〉 [文雅] 문장과 風雅로, 詩文을 말함 [儒雅(유아)] 文人雅士 [推對(추
대)] '推黃對白'의 준말. 즉 노란 것을 뽑아 하얀 것에 견주어 아름답
게 꾸민다는 말에서, 詩文을 아름답게 꾸미는 것을 일컬음 [紓] 풀다
서 [到] 주밀하다 도 [悍] 사납다 한 [抽] 빼다 추 [擁] 끼다 옹 [冠冕
(관면)] 고대 왕이나 관료들이 쓰는 모자 [章甫(장보)] 儒者의 모자

〈국역〉 고려 광종 때 처음으로 과거를 설치하여 사부를 사용하였다(인재를
뽑았다). 예종(1205~1122)은 문아를 좋아하여 날마다 문사들을 모아
놓고 詩文을 창화하였다. 이어서 인종(1123~1146)·명종(1170~
1197)도 유아를 숭상하였고, 충렬왕(1274~1308)은 文臣과 더불어 詩
文을 수창하여 『용루집』을 엮었다. 이것으로 말미암아 세속에서도
사부를 숭상하여 아름다운 문구를 지어내기에 힘썼다. 예를 들면 문
열공 박인량·문성공 김연·문열공 김부식·간의 정지상·대간 이
인로·문순공 이규보·내한 김극기·간의 김군수·문안공 유승단·
정숙공 김인경·보궐 진화·상상 임춘·문청공 최자·영헌공 김지
대·문정공 김구 등이 특히 걸출한 사람이다. 고려 중엽 이후 북송과

남송·요·금·몽고 등 강한 나라를 섬기면서 여러 차례 문사로 칭찬을 받으며 나라의 근심을 풀 수 있었으니, 어찌 사부를 소홀히 여길 수 있겠는가? 그 뒤로 작가들이 각자 일가를 이루었는데, 일일이 셀 수 없을 정도이다.

나 徐居正의 벗 김이수(1437~1473)가 일찍이 나에게 말하길, "고려의 시문은 말이 화려하고 기상이 풍부하나 체제의 격식이 생소하고, 근대의 저술은 글이 섬세하고 기상이 약하지만 의리가 정밀하고 주도면밀하니, 어느 것이 나은가?"라 하니, 내가 말하길, "호걸스러운 장수와 사나운 병졸이 창을 뽑고 방패를 끼고 인의를 이야기하는 것과 썩은 선비와 속된 선비가 예복을 차려 입고 조용히 예법을 차리고 있다면, 선생은 누구를 취하겠는가?"라고 했더니, 김이수가 크게 웃었다.

東方之詩 新羅之崔孤雲 高麗之李白雲 號爲大家 而孤雲地步 優於展拓 聲調短於蒼健 白雲造語偏喜新巧 韻趣終是淺薄 都不出偏邦圈套 本國以來 如朴挹翠盧蘇齋 俗稱東方李杜 雖然 挹翠韻格高爽 而少沈渾之味 蘇齋體裁遒勁 而無脫灑之氣 惟權石洲之鍊達精確 深得乎少陵餘韻 蔚然爲中葉之正宗 而高爽不及挹翠 遒勁不及蘇齋 悠揚簡澹之風 又不能不遜於國初諸人 此皆先輩定論(『湛軒書』 「杭傳尺牘」)

〈주석〉 [地步] 위치, 지위, 程度 [開拓(개척)] 확충, 활달 [蒼] 우거지다 창 [偏邦] 변방의 작은 나라 [圈套(권투)] 고정된 法式 [遒] 굳다 주 [蔚] 성하다 울 [悠揚(유양)] 글의 맛이 무궁함 [簡澹(간담)]=簡淡, 소박하고

담백함 [遜] 양보하다 손

〈국역〉 동방의 詩는 신라의 孤雲 崔致遠과 고려의 白雲 李奎報를 大家라고
한다. 그런데 고운은 바탕이 활달함에는 나으나 格調가 무성하고 雄
健하지 못하고, 백운은 만든 詩語가 새롭고 교묘한 것을 좋아하나,
韻趣가 끝내 淺薄하여 모두 작은 나라의 투를 벗어나지 못했다.
조선 이래로는 挹翠軒 朴誾과 蘇齋 盧守愼과 같은 사람을 세상에서
동방의 李白과 杜甫라고 한다. 비록 그렇긴 하지만, 읍취헌은 운치가
고상하나 포근하게 웅혼한 맛이 적고, 소재는 체재가 힘차지만 초탈
하여 쇄락한 기상이 없다. 오직 石洲 權韠만은 세련되고 정확하여 깊
이 少陵 杜甫의 餘韻을 체득하여 성대하게 조선 중엽의 正宗이 되나,
고상한 맛은 읍취헌만 못하고 굳센 기운은 소재에 미치지 못하며, 맛
이 무궁하고 담백한 풍도는 또한 국초의 여러 시인에게 양보하지 않
을 수 없는데, 이것은 모두 선배들의 定論이다.

我朝作者 代有其人 不啻數百家 以近代人言 途有三焉 和平
淡雅 成一家言者 容齋李荇駱峯申光漢 而申較淸 李較圓 大
家則徐四佳居 正當爲第一 而佔畢金宗直盧白成倪次之 如訥
齋朴祥湖陰鄭士龍蘇齋盧守愼芝川黃廷彧簡易崔岦 以險瑰奇
健爲之能 至於得正覺者 猶不多 思庵朴公淳 近來稍涉唐派
爲詩甚淸邵(『晴窓軟談』 하)

〈주석〉 [瑰] 진귀하다 괴 [淸邵(청소)]=優美
〈국역〉 조선의 작자들은 각 시대마다 나와 그 숫자가 수백 명이 될 뿐만이
아닌데, 근대 시인들을 말한다면 세 가지 길로 나누어진다. 화평하고

담아하여 일가를 이룬 자로 말하면 용재 이행과 낙봉 신광한이 있는데, 신광한은 비교적 맑고 이행은 비교적 원만한 편이다. 대가는 사가 徐居正이 바로 으뜸이 되어야 하고, 점필재 김종직과 盧白堂 성현이 그 다음이다. 그리고 눌재 박상, 호음 정사룡, 소재 노수신, 지천 황정욱, 간이 최립은 험괴하고 기건함을 장기로 삼는다. 바른 깨달음을 얻은 자는 여전히 많지 않은데, 사암 박순이 근래 조금 당대의 詩派를 섭렵하여 지은 시가 매우 아름답다.

本朝詩體 不啻四五變 國初承勝國之緖 純學東坡 以迄於宣靖 惟容齋稱大成焉 中間參以豫章 則翠軒之才 實三百年之一人 又變而專攻黃陳 則湖蘇芝 鼎足雄峙 又變而反正於唐 則崔白李 其粹然者也 夫學眉山而失之 往往冗陳 不滿人意 江西之弊 尤拗拙可厭(『西浦漫筆』)

〈추석〉 [迄] 이르다 흘 [峙] 솟다 치 [冗] 쓸데없다 용 [拗拙(요졸)] 문장이 구식이거나 맞지 않음

〈국역〉 조선의 시체는 네다섯 번 변했을 뿐만 아니다. 국초에는 고려의 실마리를 이어 오로지 蘇東坡를 배워 성종·중종에 이르렀으니, 오직 李荇만이 대성했다고 일컬어진다. 중간에 예장 黃山谷의 시를 참작하여 시를 지었으니, 朴誾의 재능은 실로 삼백 년 詩史에서 최고이다. 또 변하여 오로지 황산곡과 陳師道를 배웠는데, 곧 호음 鄭士龍·소재 盧守愼·지천 黃廷彧이 솥발처럼 우뚝 일어났다. 또 변하여 唐風의 바람으로 돌아갔으니, 곧 崔慶昌·白光勳·李達이 순정한 이들이다. 대저 미산 蘇軾을 배워 잘못되면 종종 군더더기가 있는데다 진부

하여 사람들을 만족시키지 못하고, 江西詩派의 폐단은 古拙하여 염
증을 낼 만하다.

世稱本朝詩 莫盛於穆廟之世 余謂詩道之衰 實自此始 蓋穆廟
以前 爲詩者 大抵皆學宋 故格調多不雅馴 音律或未諧適 而
要亦疎鹵質實 沈厚老健 不爲塗澤艶冶 而各自成其爲一家言
至穆廟之世 文士蔚興 學唐者寢多 中朝王李之詩 又稍稍東來
人始希慕倣效 鍛鍊精工 自是以後 軌轍如一 音調相似 而天
質不復存矣 是以讀穆廟以前詩 則其人猶可見 而讀穆廟以後
詩 其人殆不可見 此詩道盛衰之辨也(『農巖雜識』外篇)

〈주석〉[雅馴(아순)] 典雅하고 純正함 [諧適(해적)] 조화로움 [疎鹵(소로)] 질
박하고 진솔함 [塗澤(도택)] 용모를 꾸밈 [艶] 곱다 염 [蔚] 성하다 울
[寢]=寖, 점점 침 [軌轍(궤철)] 규범 [天質]=天性

〈국역〉세상에서는 '조선의 시 중에 宣祖(1567~1608) 때보다 성한 때가 없
었다'고 하는데, 나 金昌協의 생각에는 시의 도가 쇠한 것이 실은 이
때부터 시작된 것 같다. 선조 이전에는 시를 짓는 사람들이 대체로
모두 宋나라의 시를 배웠기 때문에 격조가 대부분 전아하지 못하였
으며 음률도 간혹 조화롭지 못하였다. 그러나 요컨대 질박하고 진실
하며 중후하고 노련하면서도 힘이 있었지, 곱게 겉치장을 하거나 화
려하게 문식하지는 않아서 각자 일가의 말을 이루었다. 선조 때에 와
서 문사가 많이 나오고 당나라의 글을 배우는 사람들이 점차 많아졌
으며, 중국의 王世貞(明: 1526~1590)과 李攀龍(明: 1514~1570)의 시
도 차츰 우리나라로 들어왔다. 사람들이 비로소 그들의 시를 사모하

고 모방하여 정교히 다듬었다. 이 이후로 문사들이 따르는 작법이 한결같고 음조가 서로 비슷해져서 천성이 더 이상 보존되지 못하였다. 이 때문에 선조 이전의 시를 읽으면 그 사람을 알 수 있으나, 선조 이후의 시를 읽으면 그 사람을 거의 알 수가 없다. 이것이 시의 도가 성하고 쇠한 것을 구분할 수 있는 점이다.

宣廟朝以下文章 多可觀也 詩文幷均者 其農岩乎 詩推挹翠軒 爲第一 是不易之論 然至淵翁而後 成大家數 蓋無體不有也 纖麗而成名家者 其柳下乎 痼疾於模唐者 其蓀谷乎 蘭雪 全用古人語者多 是可恨也 龜峯 帶濂洛而神化於色香者 澤堂之詩 精緻有識且典雅 不可多得也(『靑莊館全書』)

〈주석〉 [大家數] 사람들이 숭상하는 집 [痼] 고질 고 [神化] 신령한 변화
〈국역〉 宣祖朝(1567~1608) 이하의 문장은 볼 만한 것이 많다. 시와 문을 겸한 사람은 아마 農巖 金昌協일 것이고, 시로는 挹翠軒 朴誾을 제일로 친다는 것이 확고한 논평이나, 三淵 金昌翕에 이른 뒤에 大家를 이루었으니, 이는 어느 체제이든 다 갖추어져 있기 때문이다. 섬세하고 화려하여 名家를 이룬 이는 아마 柳下 崔惠吉(1591~1662)일 것이고, 唐을 모방하는 데 고질화된 이는 아마 蓀谷 李達일 것이며, 許蘭雪軒은 옛사람의 말만 전용한 것이 많으니, 이것은 한스러워할 일이다. 龜峯 宋翼弼은 濂洛의 풍미를 띤데다 色香에 神化를 이룬 사람이고, 澤堂 李植의 시는 정밀한데다 식견이 있고도 典雅하여 많이 얻을 수 없다.

我國在成廟以前 英才輩出 不可遽以一二數 至於中廟朝 如南
止亭金冲菴李容齋金慕齋金保樂申企齋朴訥齋鄭湖陰蘇退休
曹適菴 皆巨擘也 自後文章之士 漸不如古 人才之盛衰 隨世
而降殺耶 抑不培養而勸勵耶 善書者工畫者 醫藥者音律者卜
商者 雖雜技之類 亦不如古人 可怪之甚也(『松溪漫錄』)

〈주석〉 [巨擘(거벽)] 엄지손가락으로, 뛰어난 인물 [降殺(강쇄)] 등급에 따라
내리깎음 [勵] 권장하다 려

〈국역〉 우리나라에서 成宗(1469~1494) 이전에는 영재가 배출되어 얼른 한
두 사람으로 셀 수 없을 정도였고, 中宗(1506~1544)조에 이르러서는
지정 南袞·충암 金淨·용재 李荇·모재 金安國·보락 金安老·기
재 申光漢·눌재 朴祥·호음 鄭士龍·퇴휴 蘇世讓·적암 曺伸 같은
사람들이 모두 거벽이었다. 그 뒤부터 문장을 하는 선비가 점차 예전
만 못하니, 인재의 성쇠도 세대를 따라 깎이는 것인가? 아니면 배양
하고 장려하지 않아서인가? 글씨를 잘 쓰는 것, 그림 잘 그리는 것,
의약이나 음률이나 점치고 장사하는 것 등은 비록 잡기의 종류들이
지만 또한 옛 사람만 못하니, 매우 괴이할 만하다.

2. 漢詩論

經術文章非二致　六經皆聖人之文章　而措諸事業者也　今也爲
文者　不知本經　明經者　不知爲文　是則非徒氣習之偏　而爲之
者　不盡力也(『慵齋叢話』1)

〈주석〉 [致] 뜻 치 [措] 쓰다 조
〈국역〉 경술과 문장은 원래 두 가지 의미가 아니다. 육경은 모두 성인의 문
　　　 장으로, 모든 사업에 쓰이고 있다. 지금 글을 짓는 자는 경술에 근본
　　　 할 줄을 모르고, 경술에 밝다는 자는 문장을 지을 줄 모르니, 이것은
　　　 다만 편벽된 기습일 뿐만이 아니라, 이것을 하는 사람들이 힘을 다하
　　　 지 않기 때문이다.

樂府句句字字皆協音律　古之能詩者尙難之　陳后山楊誠齋皆以
謂　蘇子瞻樂詞雖工　要非本色語　況不及東坡者乎　吾東方語音
與中國不同　李相國李大諫猊山牧隱　皆以雄文大手未嘗措手　唯
益齋備述衆體　法度森嚴　先生北學中原　師友淵源　必有所得者
近世學者　不學音律　先作樂府　欲爲東坡所不能　其爲誠齋后山

之罪人明矣(『東人詩話』상, 44)

〈주석〉 [森嚴(삼엄)] 嚴格, 嚴密

〈국역〉 악부는 구구자자마다 모두 음률에 맞아야 하므로, 옛날 시에 능한 사
람도 오히려 그것을 어려워했다. 후산 陳師道(北宋: 1052~1101)와
성재 楊萬里(宋: 1124~1206)가 모두 "자첨 蘇軾(北宋: 1036~1101)의
악부의 말은 비록 공교롭기는 하지만, 요컨대 본래의 말은 아니다"고
여겼으니, 하물며 동파에 미치지 못하는 사람에 있어서랴. 우리나라
의 말소리는 중국과 같지 않아 상국 이규보·대간 이인로·예산 최
해·목은 이색 등이 모두 뛰어난 문장가로 일찍이 악부에 손을 댄 적
이 없었다. 오직 익재 이제현만이 여러 체를 구비하여 저술하였고 법
도가 삼엄하였다. 선생은 북으로 중원에서 수학하여 사우와 연원에
있어 반드시 터득한 것이 있었다. 근래 학자들은 음률은 배우지 않
고, 먼저 악부를 지어 동파가 할 수 없었던 것을 하려고 하니, 그것은
양만리와 진사도의 죄인이 될 것이 분명하다.

詩雖細事 然古人作詩 必期傳後 故少陵有老去新詩誰與傳 又
淸詩句句自堪傳 將詩不必萬人傳之句 韓子蒼亦云 詩文當得
文人印可 乃自不疑 所以前輩汲汲於求知也 自魏晉唐宋以來
及我高麗 文士尙然 近世文士有志者 少不留意於詩 況敢期於
傳後哉 間或有志者 以詩文求見正於先生長者 羣聚而誹笑之
文章氣習 日就卑陋 何足怪哉(『東人詩話』상, 62)

〈주석〉 [印可(인가)]=認可 [誹] 헐뜯다 비 [氣習] 기질, 습성, 詩文의 風格

〈국역〉 시는 비록 자잘한 일이지만 옛 사람들이 시를 지을 때는 반드시 후세
에 전해지기를 기약했다. 그러므로 소릉 杜甫에게는 "늙어가니 새로
지은 시 누구에게 전할까?"라는 구절이 있고, 또 "맑은 시 구절마다
전할 만하네", "장차 시를 만인에게 전할 필요는 없네"라는 구절도
있다. 자창 韓駒(宋: ?~1135)도 "시문은 마땅히 문인들의 인가를 얻
어야 마침내 (후세에 전해질 것을) 의심하지 않게 된다"라 했다. 그러
므로 선배들은 알아줌을 구하기에 급급하였던 것이다. 위진당송으로
부터 이래로 우리 고려에 이르기까지 문사들은 여전히 그러하였다.
그런데 근세 문사 중에 뜻이 있는 사람들은 조금도 시에 마음을 두지
않으니, 하물며 감히 후세에 전해지기를 기약할 수 있겠는가? 간혹
뜻이 있는 자가 시문으로 선생이나 어른에게 바로잡아 줄 것을 요구
하면 많은 사람들이 무리를 지어 그를 헐뜯고 비웃으니, 문장의 풍격
이 날로 비루함으로 나아가게 됨을 어찌 괴이하다고 하겠는가?[2]

近代館閣 李鵝溪爲最 其詩初年法唐 晚謫平海 始造其極 而
高霽峯詩 亦於閑廢中 方覺大進 乃知文章不在富貴榮耀 而經
歷險難 得江山之助 然後可以入妙 豈獨二公 古人皆然 如子
厚柳州 坡公嶺外 可見已(『惺叟詩話』)

〈주석〉 [閑廢] 관직을 잃음
〈국역〉 근대의 館閣詩는 아계 李山海(1539~1609)가 으뜸이다. 그의 시는 초

---

2) 이 글에 『동인시화』의 편찬 동기가 잘 드러나 있다. 고려시대까지 문학의 본질을 바로 이해하고 있었지만,
조선에 들어와 문학 창작을 소홀히 하자, 이러한 잘못된 문학에 대한 생각을 없애고, 문학비평의 자료들을
모아 후세에까지 전하기 위해 이 책이 편찬되었다는 것이다.

년에는 당을 본받았으며, 만년에 평해로 귀양 가서 비로소 심오한 경지에 이르렀다. 제봉 高敬命(1533~1592)의 시 또한 관직을 잃었을 때에 바야흐로 크게 진보된 것을 볼 수 있다. 이에 문장은 부귀영화에 달린 것이 아니라 어려움과 고초를 겪고 강산의 도움을 얻은 후에라야 뛰어난 경지에 들 수 있음을 알 수 있겠다. 어찌 두 사람뿐이겠는가? 옛 사람 모두 그러하니, 유주로 좌천됐던 자후 柳宗元(唐: 773~819)과 영외로 귀양 갔던 동파 蘇軾(北宋: 1037~1101)에서도 볼 수 있다.

明人稱詩 動言漢魏盛唐 漢魏固遠矣 其所謂唐者 亦非唐也 余嘗謂唐詩之難 不難於奇俊爽朗 而難於從容閒雅 不難於高華秀麗 而難於溫厚淵澹 不難於鏗鏘響亮 而難於和平悠遠 明人之學唐也 只學其奇俊爽朗 而不得其從容閒雅 只學其高華秀麗 而不得其溫厚淵澹 只學其鏗鏘響亮 而不得其和平悠遠 所以便成千里也(『農巖雜識』 外篇)

〈주석〉 [澹] 담박하다 담 [鏗鏘(갱장)] 金玉 소리가 맑음 [響亮(향량)] 詩文의 성조가 화창함

〈국역〉 명나라 사람들은 詩를 일컬을 때 걸핏하면 漢·魏·盛唐 시대를 말하곤 한다. 그러나 한·위대는 진실로 시대가 멀리 떨어져 있다(그러므로 말할 것이 없다). 그들이 말하는 唐代의 시라는 것도 진정한 당대의 시는 아니다. 나 金昌協은 일찍이 "당대의 시가 어려운 것은 비범하고 활달한 것이 어려운 것이 아니라 조용하고 기품이 있는 것이 어렵고, 고상하고 수려한 것이 어려운 것이 아니라 온후하고 깊고 담박한 것이 어렵고, 성음이 맑고 화창함이 어려운 것이 아니라 화평하

고 유원한 것이 어려운 것이다"라고 했는데, 명나라 사람들이 당대
의 시를 배울 적에 오직 비범하고 활달함만 배우고 조용하고 기품이
있는 것은 터득하지 못하였으며, 오직 고상하고 수려한 것만 배우고
온후하고 깊고 담박한 것은 터득하지 못하였으며, 오직 성음이 맑고
화창함만 배우고 화평하고 유원한 것은 터득하지 못하였다. 그러므
로 곧 천 리의 차이를 이루었던 것이다(완전히 딴판이 된 것이다).

詩者 性情之發而天機之動也 唐人詩 有得於此 故無論初盛中
晚 大抵皆近自然 今不知此 而專欲摸象聲色 黽勉氣格 以追踵
古人 則其聲音面貌 雖或髣髴 而神情興會 都不相似 此明人
之失也(『農巖雜識』 外篇)

〈주석〉 [黽] 힘쓰다 민 [踵] 좇다 종 [髣髴(방불)]=彷佛, 비슷함
〈국역〉 시는 성정의 발현이자 타고난 기지가 움직인 것이다. 당나라 사람들
의 시는 이 점을 터득하였기 때문에, 初唐·盛唐·中唐·晚唐을 막론
하고 대체로 다 자연스러움에 가까웠다. 지금은 이 점을 알지 못하고
오로지 성음과 모습을 모방하고 분위기와 격식에 힘써 옛사람을 따르
려고 한다. 그러니 그 성음과 면모가 비록 간혹 비슷하기는 하나, 기
상과 흥취는 전혀 다르다. 이것이 명나라 사람들의 잘못된 점이다.

宋人之詩 以故實議論爲主 此詩家大病也 明人攻之是矣 然其
自爲也 未必勝之 而或反不及焉 何也 宋人雖主故實議論 然其
問學之所蓄積 志意之所蘊結 感激觸發 噴薄輸寫 不爲格調所
拘 不爲塗轍所窘 故其氣象 豪蕩淋漓 時有近於天機之發 而讀

28

之 猶可見其性情之眞也 明人太拘繩墨 動涉摸擬 效顰學步 無
復天眞 此其所以反出宋人下也歟(『農巖雜識』 外篇)

〈주석〉 [噴薄(분박)] 강렬한 발산 [輸寫(수사)] 토해냄 [塗轍(도철)]=常規 [窘]
　　　막히다 군 [淋漓(림리)] 가득한 모양 [繩墨(승묵)] 법칙 [涉] 이르다 섭
　　　[效顰(효빈)] 무턱대고 남을 모방함 [學步]=邯鄲學步

〈국역〉 송나라 사람들의 시는 역사 사실에 대한 의론을 위주로 하였는데, 이
　　　것은 시인들의 큰 병통이므로 명나라 사람들이 이 점을 공격한 것은
　　　옳다. 그러나 그들 자신(明人)이 지은 시가 반드시 이들(宋人)보다 나
　　　은 것만은 아니고, 간혹 도리어 이들에 미치지 못하기도 한데, 어째
　　　서일까? 송나라 사람들은 비록 역사 사실에 대한 의론을 위주로 하기
　　　는 하였으나, 학문이 축적된 것과 의지가 쌓인 것이 뭔가에 감격하여
　　　촉발되고 발산하여 나와서 격식에 구애되지 않고 관습에 매몰되지
　　　않았다. 그래서 그 기상이 호탕하고 힘이 넘쳤으며, 때로는 타고난
　　　기지가 발하는 데에 가깝기도 하였으니, 그 시를 읽으면 그래도 성정
　　　의 참모습을 볼 수 있다. 그런데 명나라 사람들은 지나치게 격식에
　　　얽매이고 걸핏하면 모방을 일삼아 무턱대고 본뜨려고 애쓰다가 다시
　　　는 천진함이 없어지고 말았으니, 이것이 그들이 도리어 송나라 사람
　　　들보다 못하게 된 까닭일 것이다.

詩固當學唐 亦不必似唐 唐人之詩 主於性情興寄 而不事故實
議論 此其可法也 然唐人自唐人 今人自今人 相去千百載之間
而欲其聲音氣調無一不同 此理勢之所必無也 強而欲似之 則
亦木偶泥塑之象人而已 其形雖儼然 其天者 固不在也 又何足

貴哉(『農巖雜識』 外篇)

〈주석〉 [偶] 인형 우 [塑] 흙을 이겨 만들다 소 [儼] 의젓하다 엄

〈국역〉 시는 진실로 당나라 시를 배워야 한다. 그러나 또한 반드시 당나라 시를 닮을 필요는 없다. 당나라 사람의 시는 성정이 일어나 담기는 것을 위주로 하고 역사 사실에 대한 의론을 일삼지 않았는데, 이것이 정말 본받을 만한 점이다. 그러나 당나라 사람은 당나라 사람이고 지금 사람은 지금 사람이다. 서로 간의 거리가 천백여 년이나 되는데, 성음과 기상이 하나도 다르지 않기를 바란다면 이것은 이치와 형세상 결코 있을 수 없는 일이다. 그런데도 억지로 비슷하게 하고자 한다면, 또한 나무를 깎아 만들거나 진흙으로 빚어 만든 인형이 사람의 형상을 하고 있는 것이 될 뿐이니, 형상은 비록 의젓하다 할지라도 그 천진성은 진실로 존재하지 않을 것이다. 그러니 또한 어찌 귀할 수 있겠는가?

文章小技也 於道無當焉 而贊文者 目以貫道之器 何也 蓋雖有至道 不能獨宣 假諸文而傳 然則不可謂不相須也 詩卽由文而句爾 詩形而上者也 文形而下者也 形而上者屬乎天 形而下者屬乎地也 詩主乎詞 文主乎理 詩非無理也者 而理則已愨 文非無詞也者而詞則已史 要在詞與理俱中爾 風者 詞而理者也 雅頌者 理而詞者也 六朝以後 詞而詞者也 趙宋以降 理而理者也(『晴窓軟談』 상)

〈주석〉 [當] 대적하다 당 [貫道之器] 당나라 李漢의 「韓昌黎集序」에 "문장은

도를 꿰는 그릇이다. 이에 깊은 조예가 없이 도에 이른 경우는 있지 않다"라 하였음 [須] 기다리다 수 [愨]=慤 성실하다 각 [史] 형식이 내용을 앞서는 것. 즉 내용은 없이 겉만 번지르르하게 되는 것을 말함(『論語』「雍也」)

〈국역〉 문장은 작은 기예이니, 도에 있어서 대적할 것이 없다. 그런데도 문장을 찬양하는 자들은 '도를 꿰는 기구'라고 지목하니, 그 이유는 무엇인가? 아마 비록 지극한 도가 있다 하더라도 도 홀로 드러날 수 없어 문장을 빌려 도를 전하게 되기 때문일 것이다. 그렇다면 서로 상관관계에 없다고 말할 수는 없을 것이다. 그런데 詩는 바로 문자를 매체로 하면서도 句의 형식으로 표현을 하는 것이다. 시가 형이상학적인 것이라고 한다면 문은 형이하학적인 것이라 할 것인데, 형이상학적인 것은 하늘에 속하고 형이하학적인 것은 땅에 속한다. 시는 詞를 위주로 하고, 문은 理를 위주로 한다. 시에 理가 없는 것은 아니지만 理 위주로 되면 이미 여운이 없어져버리고, 문에 詞가 없는 것은 아니지만 詞 위주로 되면 이미 형식 위주가 되어버리고 만다. 요컨대 詞와 理가 모두 중도에 맞게 하는 일이 중요하다. 風을 詞가 主이고 理가 從인 것이라고 한다면 雅와 頌은 理가 주이고 詞가 종인 것이며, 六朝 이후의 작품은 주와 종 모두가 詞이고, 송나라 이후의 작품은 주와 종 모두 理라 하겠다.

律詩五言生於六朝 七言生於沈宋 自此詩道大變 其文彩雕鏤 莫有如中二聯 故必專心於此 而起尾二聯則不免苟賠成篇而已 惟其盡力於抽配平仄之間 而旨趣則汩喪矣 余嘗謂太白不屑爲掐琢之苦 則不能雙對固也 雖或有之 其好鳥飛花之語 鄙劣無足

觀 子美專於雙對 又往往致意于尾聯 則其於絶句宜優優 而亦
絶不作 何也 此局於技而然也 蓋詩本於風雅 皆四字爲句 字少
則意或未暢 故變爲五字 五字猶欠 少變爲七字 今風詩中有此
例 如無感我帨分 遭我乎猖之間分之類 是也 然古詩上下脈絡
或相照爲句 絶句尾聯 或十字或十四字相照爲句 可以容其思
議 惟雙對二聯 局促粧飾 餘地不恢 故但務色態 比如朱粉錯
施 而氣血尪瘠也 於是習於苦澁 舍置聲韻 坼襪補縱 拔枝拉
葉 氣像蕭然矣 變四爲七 本爲寬展用意 而今人只就四字加一
爲五 就五字加爲二七 則又每下矣 蓋三百篇後 先有古詩 次
絶句 次雙對短律 今之爲律者 宜先習絶句 然後方及短律 此
其路程(『星湖僿說』)

〈주석〉 [六朝] 吳・東晉・宋・齊・梁・陳 [雕] 새기다 조 [鏤] 새기다 루 [賠]
배상하다 배 [汨] 잠기다 골 [搰] 두드리다 도 [雙對] 四律의 중간 두
聯句 [好鳥飛花] 李白의 시에, "좋은 새는 봄을 맞아 뒷동산에서 노래
하고, 나는 꽃은 술을 보내어 처마 앞에 춤을 추네(好鳥迎春歌後院
飛花送酒舞前簷)"라고 하였음 [風雅] 『시경』 序에, "詩에는 六義가
있으니, 風과 雅다" 하였고, 그 注에, '한 나라의 일은 風이 되고, 천
하의 일은 雅가 된다' 하였음 [暢] 펴다 창 [欠] 모자라다 흠 [風詩]
『시경』의 「國風」을 말함 [無感我帨分] 『시경』 「召南」 「野有死麕」에,
"舒而脫脫分 無感我帨分 無使尨也吠"라 함 [遭我乎猖之間分之類] 『시
경』 「齊風」 「還」에, "子之還分 遭我猖之間分"라 함 [局促(국촉)] 매여
있음 [恢] 넓다 회 [錯] 두다 조 [尪] 경화된 혈관으로, 가운데가 허한
것 규 [瘠] 껄끄럽다 색 [苦澁=難澁] [坼] 터지다 탁 [縱] 늘어지다 종

[拉] 꺾다 랍 [襪] 버선 말 [薾] 지치다 이 [爲] 배우다 위

〈국역〉 율시의 오언은 육조시대에서 생기고, 칠언은 初唐의 沈佺期·宋之問 에게서 생겼다. 이때부터 시 짓는 방법이 크게 변했다. 그 문장 수식 은 중간 두 연과 같은 것이 없다. 그러므로 반드시 여기에 전심하게 되며, 首尾 두 연은 구차하게 메워서 편을 이루는 것을 면하지 못할 뿐이다. 오직 대를 맞추고 평측에 힘을 다하다 보니, 지취는 잃어버 렸다. 나 李瀷은 일찍이 생각하기를, 李太白은 문장 다듬는 고심을 달갑게 여기지 않았으니, 쌍대에 능하지 못할 것은 당연한 일이며, 비록 혹시 있더라도, 그 호조나 비화 같은 것은 비열하여 볼 만한 것 이 없다. 杜甫는 쌍대에 전심하였고, 또 종종 尾聯에 치력했으니, 그 렇다면 절구에 마땅히 뛰어나야 할 것 같은데, 역시 절구를 짓지 않 은 것은 왜일까? 이것은 재주에 국한되어 그런 것이다. 대개 시는 풍 아에 근본하여 모두 네 글자로 글귀를 삼았다. 글자가 적으면 의사가 간혹 통창하지 못할 때도 있다. 그러므로 변해서 다섯 글자가 된 것 이다. 다섯 글자로는 모자라, 조금 변하여 일곱 글자로 된 것이니, 지 금 風詩 가운데도 이런 예가 있다. 이를테면, "나의 수건을 흔들지 말 라", "노산의 사이에서 나를 만나다"는 유가 바로 이것이다. 그러나 고시는 위아래 맥락이 간혹 서로 照應하여 글귀가 되고, 절구나 미련 도 간혹 10자나 혹 14자가 서로 조응하여 글귀가 되므로, 그 뜻을 용 납할 수 있지만, 쌍대인 두 연만은 수식에 매여 여지가 넉넉하지 못 하기 때문에 단지 겉모습만을 힘쓰게 된다. 비유하자면, 연지와 분을 섞어 바르는데 기혈이 막힌 것과 같다. 그래서 난삽한 것에 습관되어 성운을 버린다면, 마치 버선을 찢어 풀어진 데를 깁고 가지를 꺾어 잎을 덮는 격이 되어 그 기상이 마침내 나른하게 될 것이다. 四言을

변하여 칠언으로 만든 것은 본래 너그럽게 펴나가기 위하여 마음을 쓴 것인데, 지금 사람은 단지 네 글자에다 한 글자를 더하여 오언을 만들고, 오언에다 두 글자를 더하여 칠언을 만들 뿐이니, 늘 격이 낮아진다. 대개 『시경』 이후에 제일 먼저 고시가 생겼고 다음에 절구가 생겼으며 그 다음에 쌍대의 짧은 율시가 있었으니, 지금 율시를 배우는 자는 마땅히 먼저 절구를 익힌 연후에 바야흐로 짧은 율시에 이르러야 한다. 이것이 그 노정이다.

3. 漢詩의 修辭 및 種類

回文詩起齊梁 盖文字中戲耳 昔竇滔妻織錦之後 杼柚猶存 而
宋三賢亦皆工焉 南徐集中所載盤中體 雖連環讀之 可以分四
十首 其韻尚諧 然血脈不相聯 本朝學士李知深 感秋作雙韻回
文詩 頗工 散暑知秋旱 悠悠稍感傷 亂松靑盖倒 流水碧蘿長
岑遠凝烟暶 樓高散吹凉 半天明月好 幽室照輝光 僕亦劾其體
獻時宰云 早學求遊宦 詩成謾苦辛 老懷春絮亂 衰鬢曉霜新 倒
甊朝炊斷 饑腸夜叫頻 報恩心款款 誰是救枯鱗 夫回文者 順
讀則和易 而逆讀之 亦無聲牙艱澁之態 語意俱妙 然後謂之工
(『破閑集』 상, 16)

〈주석〉 [杼柚(저축)] 베틀의 橫絲인 杼와 縱絲인 柚으로, 문장을 짓는 일(柚＝
軸) [盤中體] 前秦 蘇伯玉의 아내가 멀리 간 남편을 생각하며 盤中에
돌려가며 지은 시로, 回文詩의 시초임 [諧] 조화롭다 해 [雙韻回文詩]
漢詩의 別體인데, 시구를 위에서 내리 읽거나 밑에서 거슬러 읽거나,
平仄과 韻이 알맞게 구성되어 있는 데다 每句의 첫 글자와 마지막 글
자에 각기 韻字를 붙인 것 [稍] 점점 초 [蘿] 담쟁이넝쿨 라 [暶] 희다

고 [絮] 버들개지 서 [甑] 시루 증 [炊] 밥을 짓다 취 [吼] 울다 후 [款]

정성 관 [枯鱗(고린)] 말라가는 물고기로, 곤경에 처함을 비유함 [澁]

껄끄럽다 삽

〈국역〉 회문시는 六朝시대 제·양 때부터 기원한 것인데, 대개 문자의 유희

였다. 옛날 두도의 아내(蘇蕙)가 비단을 짠 뒤에 쓴 글이 여전히 남아

있고, 송나라 3현도 모두 이것에 뛰어났다. 『남서집』 속에 실린 반중

체는 비록 돌려서 그것을 읽더라도 40수로 나눌 수 있다. 그 운은 조

화로우나, 맥락은 서로 연결되지 않는다. 고려 학사 이지심은 「감추」

라는 제목으로 쌍운회문시를 지었는데, 매우 뛰어났다.

더위가 흩어지니 가을이 이른 줄 알아

유유히 감상에 젖어드네

어지러운 소나무는 푸른 덮개가 거꾸러진 듯하고

흐르는 물은 푸른 담쟁이넝쿨인 듯 길게 흐르네

먼 봉우리 서린 연기 희고

높은 누대에는 부는 바람 서늘하네

절반 하늘엔 밝은 달이 좋아

그윽한 집에도 밝은 빛을 비추네

(이 시를 회문하면)

밝은 빛이 그윽한 방에 비치니

좋은 달이 밝은 하늘에 떴네

서늘한 바람은 높은 다락에 불고

흰 연기는 먼 봉우리에 엉기네

긴 담쟁이넝쿨은 푸른 물이 흐르는 듯하고
기울어진 덮개는 푸른 소나무가 어지러운 듯하네
감상이 점점 유유해지니
이른 가을에 더위가 흩어짐을 알겠네

나 李仁老도 그 체를 본받아 당시 재상에게 바쳤다.

일찍 공부하여 벼슬을 구하려는데
시 짓는 일에 부질없이 애만 쓰네
늙은 회포는 봄 버들개지처럼 어지럽고
쇠한 귀밑털은 새벽 서리처럼 새롭네
가마솥 엎어지니 아침밥 못 먹겠고
주린 창자에는 밤에도 자주 소리나네
은혜 갚으려는 마음 간절하나
누가 말라가는 물고기를 구하겠는가?

(이 시를 회문하면)
물고기 말라가니 구할 사람 누구일까?
정성스런 마음으로 은혜를 갚으려 하네
자주 소리 나니 밤 창자는 주렸고
밥 짓는 것이 끊어지니 아침 가마솥은 기울었네
새 서리처럼 새벽 귀밑털은 쇠하였고
어지러운 버들처럼 봄 회포는 늙어가네
힘들어하며 부질없이 시를 지으니

벼슬 구하려면 일찍 공부해야 하네

회문시는 순서대로 읽으면 조화로우면서 쉽고, 거꾸로 읽더라도 소리가 어렵고 껄끄러운 모양이 없으며, 말과 뜻이 다 오묘한 그런 뒤에 뛰어나다고 할 것이다.

夫頌者 褒美功德 讚亦其流也 賦者 原於詩 派於詞 精微析理曰論 明據開難曰策 披文相質曰碑 序事清潤曰銘 表以達其誠疏以宣其志 冊以紀功 誄以美終 箴是補闕 檄是傳諭 其文各有體(『補閑集』 중, 34)

〈주석〉 [美] 칭찬하다 미 [析] 나누어 밝히다 석 [文質(문질)] 文華와 質朴, 화려함과 수수함 [紀] 적다 기 [諭] 깨우치다 유

〈국역〉 송은 공덕을 기리고 찬양하는 것이며, 찬도 그런 종류이다. 부는 『시경』에 근원을 두고 사로 갈라졌다. 자세하면서도 미세하게 이치를 분석하는 것을 논이라 하고, 근거를 밝히고 어려움을 타개하는 것을 책이라 하며, 화려함을 파헤치고 수수함을 살피는 것을 비라 하며, 사실을 서술하는데 맑고 윤택하게 하는 것을 명이라 한다. 표로써 그 진실을 통하게 하고, 소로써 그 뜻을 펴고, 책으로써 공을 기록하고, 뢰로써 죽음을 아름답게 한다. 잠은 모자라는 것을 채우는 것이고, 격은 깨우침을 전하는 것이다. 그 글에는 각각 체가 있다.

文未實無對也 然而用之失實 亦奚足尚哉(『櫟翁稗說』 후집 2)

〈국역〉 글은 실로 대구가 없을 수 없다. 그러나 대구를 씀에 있어 그 내용이
　　　부실하다면, 또한 어찌 숭상할 수 있겠는가?

拗體者 唐律之再變 古今作者不多 其法遇律之變處 當下平字
換用仄字 欲使語氣奇健不羣 晚唐人喜用此體 鄭詩深得其妙
後無人能繼者 惟金英憲之岱得其法 如雲間絶磴七八里 天末
遙岑千萬重 茶罷松窓掛微月 講闌風榻搖殘鐘 白鳥去盡暮天
碧 青山猶含殘照紅 香風十里捲珠簾 明月一聲飛玉笛等句 多
有所霑丐云(『東人詩話』 상, 5)

〈주석〉 [不羣] 여럿 속에서 훨씬 뛰어남 [磴] 돌계단 등 [岑] 봉우리 잠 [闌]
　　　반이 지나다 란 [霑] 두루 미치다 점 [丐] 빌다 개

〈국역〉 요체는 당률이 다시 변한 것인데, 예나 지금이나 작자가 많지 않다. 그
　　　법은 율이 변해야 할 곳을 만나 마땅히 평성의 글자를 써야 하는데 측
　　　성의 글자로 바꾸어 써서 어기를 기건하게 하여 평범하지 않도록 하는
　　　것으로, 만당 사람들이 이 체를 즐겨 사용하였다. 鄭知常의 시는 그 묘
　　　법을 깊이 터득했는데,[3] 후에 계승할 수 있는 사람이 없었다. 오직 영

---

[3] 그의 대표적인 요체시를 제시하면 다음과 같다.
　「題竺高寺」
　石逕崎嶇苔錦斑 험한 돌길에 비단 같은 이끼가 알록달록한데
　錦苔行盡入禪關 비단 이끼 길 다 지나서 절문으로 들어서니
　地應碧落不多遠 땅은 푸른 하늘에 닿은 채 그리 멀지 않고
　僧與白雲相對閑 스님은 흰 구름 더불어 한가히 마주 앉아있네
　日暖燕飛來別殿 날씨 따스해 제비는 별전에 날아오고
　月明猿嘯響空山 달이 밝자 원숭이 울음이 빈산에 울려오네
　丈夫本有四方志 대장부는 본래 천하에 큰 뜻을 품었으니
　吾豈匏瓜繫此間 내 어찌 박처럼 이곳에만 매어 있으리오
　이 시는 領聯에 拗體를 쓰고 있는데, 不의 拗를 相으로 救하고 있어 요체의 예로 자주 거론되는 名句이기
　도 하다.

헌공 김지대(1190~1166)만이 그 법을 터득했다. 예를 들면,

구름 사이로 끊어질 듯한 돌 비탈길이 7, 8리이고
하늘 끝 아득한 봉우리 천만 겹이네
차 마신 솔 창에는 희미한 달이 걸려 있고
이야기 끝나가자 바람 부는 걸상엔 희미한 종소리 들려오네[4]

흰 새는 저무는 하늘로 다 날아가고
청산은 여전히 잦아드는 석양빛 머금고 있네[5]

십리에서 불어오는 향기로운 바람에 주렴을 말고
밝은 달빛 아래 옥피리 한 소리 나네[6]

등의 구절에 요체를 두루 빌어서 썼다고 한다.

古人云 句法不當重疊 如淮海小詞 杜鵑聲裡斜陽暮 蘇東坡曰
此詞高妙 但旣云斜陽 又云暮重疊也 李大諫題漁陽詩云 槿花
低映碧山峰 卯酒初酣白玉容 舞罷霓裳懽未足 一朝雷雨送猪
龍 此詩亦好 但旣曰碧山 而又曰峯 亦未免重疊之病(『東人詩
話』상, 64)

---

4) 詩題는 「瑜伽寺」이다.
5) 詩題는 「贈 西海按部王侍御 仲宣」이다.
6) 詩題는 「義城 北樓 客舍」이다.

〈주석〉 [漁陽] 河北省에 있는 지명으로, 안록산이 이곳에서 반란을 일으켰음 [映] 비추다 영 [卯] 5~7시 [酣] 한창 감 [霓裳(예상)] 「霓裳羽衣曲」으로, 唐 玄宗 開元 연간에 河西節度使 楊敬忠이 바친 가곡으로, 처음 이름은 「婆羅門曲」이었는데, 현종이 이것을 潤色하고 아울러 가사를 지어서 이 이름으로 고쳤다고 한다. 전설에 의하면, 현종이 三鄕驛에 올라가 女兒山을 바라보고, 月宮에 올라가 노닐면서 선녀들의 노래를 비밀리에 기록하여 돌아와서 이 곡의 가사를 지었다고도 함 [懽] 기뻐하다 환 [猪龍(저룡)] 安祿山이 연회 도중에 용의 형상을 하고 몸은 돼지로 변하니, 신하들이 현종에게 알렸는데 현종이 대수롭지 않게 생각하였다 함. 이후 '미련하고 사납기만 하다'는 것으로, 안록산을 지칭함

〈국역〉 옛 사람이 이르길 "구법은 마땅히 중첩되어서는 안 된다"고 했다. (송나라 秦觀의)『회해소사』(「踏莎行」)에 "두견 울음소리 속에 석양이 저무네"라고 했는데, 소동파가 "이 사는 매우 절묘하지만 다만 이미 '斜陽'이라고 하고 또 '暮'라고 한 것은 중첩된다"라 하였다. 대간 李仁老가 어양에 쓴 시(「過漁陽」)에,

무궁화는 푸른 산봉우리를 낮게 비추고
아침술은 백옥 같은 얼굴을 붉게 하네
예상곡에 춤은 끝났으나 기쁨은 부족해
하루아침 우레 비에 저룡을 보내었네

라 하였다. 이 시 역시 좋기는 하지만, 다만 이미 '碧山'이라 하고 또 '峰'이라 말했으니, 또한 중첩의 병에서 벗어나지 못하였다.

古人用事 有直用其事 有反其意而用之者 直用其事 人皆能之
反其意而用之 非材料卓越者 自不能到 崔拙翁太公釣周詩 當
年把釣釣無鉤 意不求魚況釣周 終遇文王眞偶爾 此言吾爲古
人羞 蓋發明釣周非太公之本心 能反古人意 自出機軸 格高律
新(『東人詩話』 하, 52)

〈주석〉 [材料]=人才 [太公釣周] 姜太公이 周나라에 가서 渭水에서 낚시질을
　　　 할 때 곧은 낚시[直釣]를 썼다 하는데, 後人들이 말하기를, "그것은
　　　 고기를 잡으려는 데 목적이 있는 것이 아니라 周文王을 낚으려고 한
　　　 것이다" 하였다. 주 문왕이 위수 부근에 사냥하러 나왔다가 강태공을
　　　 만나서 데리고 갔기 때문임 [機軸(기축)] 중요한 곳, 詩文의 구상이나
　　　 風格
〈국역〉 옛 사람이 용사할 때 그 사실을 바로 인용하기도 하고 그 뜻을 반대
　　　 로 하여 사실을 인용하는 사람도 있다. 그 사실을 바로 쓰는 것은 사
　　　 람들이 모두 그것에 능하지만, 그 뜻을 반대로 하여 사실을 인용하는
　　　 것은 탁월한 인재가 아니면 이를 수 없다. 졸옹 崔瀣의 「태공조주」
　　　 시에,

　　　 그때에 낚싯대를 잡았으나 낚시에는 미늘이 없었으니
　　　 그 뜻이 고기를 구하는 데 있지 않았는데 하물며 주나라에 있었겠는가?
　　　 마침 문왕을 만난 것은 참으로 우연일 따름이니
　　　 이 말(太公釣周)을 나는 옛사람 위해 부끄러워하노라

　　　 라 했는데, 아마 주나라를 낚은 것은 태공의 본심이 아니었음을 밝힌

듯하다. 옛 사람의 뜻을 반대로 할 수 있어서 스스로 중요한 기틀을 드러내었으니, 격조가 높고 운율이 참신하다.7)

予嘗愛晚翠亭趙先生須詠松詩 日斜雲影移高閣 風動潮聲在半岡 後得宋僧詠老松詩 雲影亂鋪地 濤聲寒在空 趙詩其祖宋僧乎 趙先生嘗詠秋穫詩 有磨鎌似新月之句 語予曰 韓退之詩云 新月似磨鎌 吾用此語 而反其意 此謂飜案法 學詩者 不可不知已(『東人詩話』 하, 64)

〈주석〉 [趙須] 조선 초의 문신으로, 만취정은 호임 [鋪] 펴다 포 [穫] 거두다 확 [鎌] 낫 겸 [飜案法(번안법)] 앞 사람이 지어 놓은 뜻을 뒤집어 새로운 뜻으로 만드는 것

〈국역〉 나 徐居正이 일찍이 만취정 조수 선생의 「영송」 시를 좋아하였는데,

해 저물자 구름 그림자 높은 누각으로 옮겨 가고
바람 불자 조수 소리 산중턱에 머무네

라 했다. 후에 송나라 스님이 늙은 소나무를 읊은 시를 얻었는데,

구름 그림자 어지러이 땅에 펼쳐져 있고

---

7) 최해의 벗인 李齊賢도 같은 제목의 시를 지었는데, 전문을 제시하면 다음과 같다.
混世浮沈匪苟安 세상에 휩쓸려 부침하는 것 마음 편치 않지만
得時經濟豈云難 때를 만나면 나라를 바로잡는 것 어렵지 않았네
君看八百年周業 그대는 보았는가? 주나라의 팔백 년 왕업이
只在磻溪一釣竿 반계의 한 낚싯대에 있었던 것을[磻溪는 강태공이 渭水 반계에서 낚시질하다가 文王을 만난 곳]

파도 소리 싸늘하게 허공에 머무네

라 했다. 조수의 시는 아마 송나라 스님의 시를 본받은 것 같다. 조수
가 일찍이 가을 추수를 읊은 시에, "낫을 가니 초승달과 같네"라는
시구가 있었는데, 나 徐居正에게 말씀하시길, "퇴지 韓愈가 지은 시
에 '초승달이 갈아놓은 낫 같네'라고 했는데, 내가 이 말을 인용하여
그 뜻을 반대로 하였다"라 하였다. 이것을 '번안법'이라고 하는데, 시
를 배우는 사람은 몰라서는 안 된다.

詩人之咏漁父 例多取其閑味而已 獨金老峰克己詩 天翁尚未貰
漁翁 故遣江湖少順風 人世嶮巇君莫笑 自家還在急流中 此則
言其危險 乃反案法也 眞逸齋成侃詩 數疊靑山數谷煙 紅塵不
到白鷗邊 漁翁不是無心者 管領西江月一船 此亦與有心於名利
者異矣 屬意雖不同 寫景遣辭 各極其妙(『小華詩評』 상, 26)

〈주석〉 [天翁] 하늘의 擬人으로, 天公이라고도 함 [貰] 관대하게 대하다 세
　　　　[嶮巇(험희)] 험함 [反案法=飜案法 [管領(관령)] 관할하여 거느림
　　　　[屬] 글을 짓다 속 [遣辭] 말을 사용함
〈국역〉 시인들이 어부를 읊을 때 관례대로 그 한가로운 멋을 많이 취할 뿐인
　　　　데, 유독 노봉 김극기만은 시(「漁翁」)에,

　　　　천옹이 여전히 어옹에게 너그럽지 않아
　　　　일부러 강호에 순풍을 적게 보내네
　　　　인간 세상 험하다고 그대여 비웃지 말라

자기도 도리어 급류 속에 있으니

라 하였다. 이것은 어부의 위험에 대해 말한 것으로, 바로 반안법이
다.[8] 진일재 성간의 시(「漁父 六首 중 其五」)에,

몇 겹의 푸른 산에 몇 골짜기 안개 끼여
흰 갈매기 나는 곳에 티끌조차 닿지 않네
고기 잡는 늙은이는 무심한 사람 아니라오
한 배 안에 서강 달을 그득 담고 있으니

라 했다. 이 시도 명예와 이익에 마음이 있는 자와 다르다. 두 사람이
지은 뜻이 비록 같지 않지만, 경물을 묘사하고 시어를 사용한 것은
각각 오묘함을 다하였다.

館閣之體 多出於應製酬酢 故雖鉅公鴻匠 亦不無邊幅組織之
疵 然其炳煥足尙也(『晴窓軟談』 하)

〈주석〉 [館閣] 翰林苑의 별칭으로, 經籍이나 도서 등을 보관함 [應製(응제)]
임금의 명으로 詩文을 짓는 것 [鉅] 크다 거 [鴻] 크다 홍 [邊幅(변
폭)] 邊境, 외모 [組] 짜다 조 [疵] 흠 자 [煥] 빛나다 환
〈국역〉 관각체는 대부분 응제로 주고받은 것에서 나왔기 때문에 비록 大家

---

8) 金宗直의 『청구풍아』에서도 "다른 사람들은 대개 어부의 한가로운 정취에 대해 읊조리지만, 이 시는 번안
하여 어부가 겪는 위험에 대해 말했다(他人多詠漁父閑趣 此詩乃飜案 言其危險)" 하여, 飜案한 것에 대해
말하고 있다.

라 할지라도 내용보다는 형식으로 얽어서 만든 결함이 없지 않지만, 그 빛나는 것만은 높이 평가할 만하다.

凡詩句 古人以兩解爲嫌 多出於詩註中 所謂兩解者 一句之中語 有岐解 以此解可也 以彼解可也 此詩家之忌也(『霽湖詩話』3)

〈국역〉 무릇 시구는 옛 사람들이 '양해'를 꺼리는 것으로 여겼는데, 시의 주 석 가운데 많이 나온다. 이른바 '양해'는 한 구 가운데 있는 말이 지 해를 가지는 것으로, 이러한 해석도 가능하고 저러한 해석도 가능한 것이다. 이것은 시인들이 기피하는 것이다.

五言律詩 有半律體 頷聯做句 不用對偶 只頸聯作對做句是已 李白聽胡人吹笛 律詩曰 胡人吹玉笛 一半是秦聲 十月吳山曉 梅花落敬亭 愁聞出塞曲 淚滿逐臣纓 却望長安道 空懷戀主情 (『霽湖詩話』5)

〈주석〉 [做] 짓다 주 [纓] 갓끈 영
〈국역〉 오언율시에는 '반율체'가 있다. 함련에 글을 지을 때, 대우를 사용하 지 않고 다만 경련에서만 대우를 써서 글을 짓는 것이 이것이다. 이 백이 지은 '오랑캐가 생황을 부는 소리를 듣고'라는 율시(「觀胡人吹 笛」)에,

오랑캐가 옥생황을 부니
반절은 진나라 소리구나

10월의 오산은 밝고

매화는 경정산에 지도다

근심스레 변방에 나가는 노래를 들으니

눈물이 신하를 쫓아낸 갓끈에 가득하도다

도리어 장안길을 바라보며

부질없이 임금 그리는 정을 품도다

라 하였다.

4. 三國～統一新羅

☆ 乙支文德(6세기 중반~7세기 초반)

我東方 自殷太師東封 文獻始起 而中間作者 世遠不可聞 堯
山堂外紀 備記乙支文德事 且載其遺隋將于仲文五言四句詩曰
神策究天文 妙算窮地理 戰勝功旣高 知足願云止 口法奇古
無綺麗雕飾之習 豈後世委靡之所可企及哉 按乙支文德 高句
麗大臣也(『白雲小說』)

〈주석〉 [文獻(문헌)] 典籍과 賢者 [堯山堂外紀] 明나라 蔣一葵의 撰으로, 上
  古 시대부터 明代까지의 傳記 중에서 약간 기괴한 일들을 뽑아 엮은
  것 [天文] 天體의 온갖 현상 [窮] 궁구하다 궁 [知足] 老子의 『道德經』
  에 "만족함을 알면 욕되지 않고, 그칠 줄 알면 위태롭지 않다(知足不
  辱 知止不殆)"란 말이 있음 [云] 助字 [綺] 곱다 기 [雕] 새기다 조 [委
  靡(위미)] 쇠약함 [企及] 희망함
〈국역〉 우리나라는 殷나라 태사인 箕子가 동쪽에 봉해지면서부터 문헌이 비
  로소 생겼는데, 그 중간에 있었던 작자들은 세대가 멀어서 들을 수가

없다. 『요산당외기』에 을지문덕의 사적이 갖추어 기록되어 있고, 또 그가 수나라 장수 우중문에게 준 오언시 네 구가 실려 있는데, 그 시는 다음과 같다.

신묘한 꾀는 천문을 통달하고
묘한 헤아림은 지리를 통달했네
싸움에 이겨 공이 이미 높으니
만족함을 알면 멈추시길

구법이 기고하고 화려하게 꾸민 습속이 없으니, 어찌 후세의 쇠약한 자가 미치기를 바랄 수 있겠는가? 상고해보니, 을지문덕은 고구려의 대신이었다.[9]

☆ 崔致遠(857~?)

文昌公崔致遠字孤雲 以賓貢入中朝擢第 遊高騈幕府 時天下雲擾 簡檄皆出其手 及還鄕 同年顧雲賦孤雲篇 以送之云 因風離海上 伴月到人間 徘徊不可住 寞寞又東還 公亦自敍云 巫峽重峯之歲 絲入中華 銀河列宿之年 錦還故國 豫知我太祖龍興 獻書自達 然灰心仕宦 卜隱伽倻山 一旦早起出戶 莫知其所歸 遺冠屨於林間 盖上賓也 寺僧以其日薦冥禧 公雲翳玉

---

9) 乙支文德의 이 시에 대해 柳得恭은 「二十一都懷古詩」에서 "을지문덕은 진실로 재사로, 오언시를 부르기는 우리나라에서 처음이다(乙支文德眞才士 倡五言詩冠大東)"라 하였고, 許筠은 『惺所覆瓿藁』에서 "비록 을지문덕과 진덕여왕의 시가 역사서에 실려 있으나, 과연 그의 손에서 나왔는지 미덥지 않다(雖乙支眞德之詩 彙在史家 不敢信其果出於其手也)"라 하였다.

頰 常有白雲蔭其上 寫眞留讀書堂 至今尙存 自讀書堂至洞口
武陵樓 幾十里 丹崖碧嶺 松檜蒼蒼 風水相激 自然有金石之
聲 公嘗題一絶 醉墨超逸 過者皆指之曰 崔公題詩石 其詩曰
狂噴疊石吼重巒 人語難分咫尺間 常恐是非聲到耳 故敎流水
盡籠山(『破閑集』 중, 23)

〈주석〉[賓貢(빈공)] 외국에서 중국에 보내어 科擧에 응시하게 한 선비를 이
　　　름.『宋史』권487「外國列傳」高麗 조에, "선비를 바치는 것(貢士)에
　　　는 세 등급이 있는데, 王城에서 바친 선비를 土貢이라 하고, 郡邑에
　　　서 바친 선비를 鄕貢이라 하고, 他國에서 바친 선비를 賓貢이라 한
　　　다" 하였음 [擢] 뽑다 탁 [雲擾(운요)] 분란함 [巫峽重峯之歲] 四川省
　　　巫山縣에 있는 巫山十二峰에서 12세를 이름 [銀河列宿之年] 하늘에
　　　있는 28宿에서 28세를 이름 [龍興] 용이 풍운을 얻어 하늘에 오름에
　　　서, 임금이 王法을 일으킴 [灰心(회심)] 죽은 재처럼 外界에 흔들리지
　　　않음.『莊子』「齊物論」에 "形固可使如槁木 而心固可使如死灰乎"라
　　　함 [伽倻山(가야산)] 경상북도 성주군과 경상남도 합천군 사이에 있
　　　는 산 [屨] 신 구 [上賓] 제왕이 있는 곳에 손님이 된다는 것으로, 제
　　　왕의 죽음이나 도교에서 羽化登仙을 뜻함 [薦] 올리다 천 [禧] 복 희
　　　[髯] 구레나룻 염 [脥=頰] 뺨 협 [蔭] 가리다 음 [檜] 노송나무 회
　　　[激] 부딪치다 격 [醉墨(취묵)] 취중에 쓴 시나 그림 [噴] 뿜다 분 [巒]
　　　산 만 [籠] 감싸다 롱
〈국역〉 문창공 최치원의 자는 고운으로, 빈공으로 중국에 들어가 과거에 급
　　　제하고 고변의 막부에서 노닐었다. 당시 천하가 혼란하여 편지나 격
　　　서는 모두 그의 손에서 나왔다. 고국으로 돌아오게 되자, 동년 고운

이 「고운편」을 지어 그를 전송하며 이르기를,

바람 따라 해상을 떠나
달과 짝해 인간 세상에 이르렀네
배회하다 머무를 수 없어
막막히 또 동쪽으로 돌아가네

라고 하니, 공도 스스로 쓰기를,

무협 중봉의 나이에 중국에 布衣로 왔다가
은하 열수의 나이에 고국으로 금의환향하네

라 하였다. 미리 우리 태조께서 왕법을 일으킬 줄 알고, 글을 바쳐 자
신을 올렸다. 그러나 벼슬길에 마음이 없어 가야산에 은거하여 살다
가, 어느 날 아침 일찍 일어나 문을 나갔는데 그가 간 곳을 알지 못했
다. 그런데 숲속에 모자와 신을 남겨놓았으니, 아마 죽은 듯하다. 절
의 스님이 그날 명복을 빌어주었다. 공은 구름 같은 수염과 옥 같은
얼굴이었는데, 늘 흰 구름이 그의 위를 가리고 있었다. 眞影을 그린
그림이 독서당에 남아 있어 지금까지 여전히 보존되어 있다. 독서당
으로부터 고을 입구 무릉루까지 거의 십리가 되는데, 붉은 벼랑과 푸
른 고개에는 소나무와 노송나무가 짙푸르고, 바람과 물이 서로 부딪
쳐 저절로 금석의 소리가 났다. 공이 일찍이 절구시를 한 편 지었는
데, 취중에 쓴 글이 매우 뛰어나 지나가던 사람들이 모두 그것을 '최
공이 시를 쓴 돌'이라 하였다. 그 시는 다음과 같다.

첩첩한 돌 사이에 미친 듯이 내뿜어 겹겹 봉우리에 울리니

사람 소리 지척에도 분간하기 어렵네

항상 시비 소리 귀에 이를까 두려워

일부러 흐르는 물로 하여금 온 산을 둘러싸게 했네

崔孤雲學士之詩 在唐末 亦鄭谷韓偓之流 率侻淺不厚 唯秋風
唯苦吟 世路少知音 窓外三更雨 燈前萬里心 一絶最好 又一
聯遠樹參差江畔路 寒雲零落馬前峯 亦佳(『惺叟詩話』)

〈주석〉 [率] 대강 솔 [侻] 경박하다 조 [參差(참치)] 들쭉날쭉한 모양
〈국역〉 고운 학사 崔致遠의 시는 당나라 말에 역시 정곡·한악의 무리를 벗
    어나지 못하며, 대개 경박하고 천박하여 후한 맛이 없다. 다만,

    가을바람에 괴롭게 읊조리니

    세상에 아는 사람 적구나

    창밖에는 삼경의 비 내리고

    등잔 앞에 만 리를 달리는 마음이여

라 한 절구 한 수가 가장 훌륭하며,10) 또 다른 한 연구에,

    먼 나무는 강둑길에 들쭉날쭉하고

    찬 구름은 말 앞의 봉우리에 떨어지네

---

10) 李睟光 역시 『芝峯類說』에서 이 시를 "가장 훌륭하다(最佳)"라고 평했다.

라 하였으니, 역시 아름답다.

崔文昌侯致遠 入唐登第 以文章著名 題潤州慈和寺詩 有畵角
聲中朝暮浪 青山影裡古今人之句 後鷄林賈客入唐購詩 有以
此句書示者 朴學士仁範題涇州龍朔寺詩 燈撼螢光明鳥道 梯
回虹影落岩扃 朴叅政寅亮題泗州龜山寺詩 有塔影倒江翻浪底
磬聲搖月落雲間 門前客棹洪波急 竹下僧棋白日閒之句 方輿
勝覽皆載之 吾東人之 以詩鳴於中國 自三君子始 文章之足以
華國如此(『東人詩話』 상, 2)

〈주석〉 [畵角(화각)] 그림을 그려놓은 뿔나팔, 원래 군대의 신호용으로 불었
        으나, 절에서 식사 시간 등을 알릴 때도 불었음 [購] 사다 구 [撼] 흔
        들다 감 [鳥道(조도)] 산길이 험하여 나는 새나 넘을 수 있는 곳을 말
        함 [梯] 사다리 제 [虹] 무지개 홍 [扃] 문 경 [翻] 뒤집히다 번 [磬]
        경쇠 경 [搖] 흔들다 요 [棹] 노 도 [方輿勝覽] 宋나라 祝穆이 편찬한
        지리서
〈국역〉 문창후 崔致遠은 당나라에 들어가 과거에 급제하여 문장으로 이름을
        날렸다. 윤주 자화사에 올라 지은 시에,

        뿔나팔 소리 가운데 아침저녁 물결 일고
        푸른 산 그림자 속엔 고금 인물 몇몇인가[11]

─────────────
11) 전문을 제시하면 다음과 같다.
    「登潤州慈和寺上房」
    登臨暫隔路岐塵 산에 올라 잠시 갈림길 먼지와 멀어졌으나
    吟想興亡恨益新 흥망을 읊으며 생각하니 한이 더욱 새롭구나
    畵角聲中朝暮浪 뿔나팔 소리 가운데 아침저녁 물결 일고

라는 구절이 있다. 후에 신라 상인이 당나라에 들어가 시를 사는데,
이 구절을 써서 보여주는 자가 있었다.

학사 박인범이 경주의 용삭사를 두고 지은 시에,

등불은 반딧불인 양 새의 길 비추고
사다리는 무지개 그림자인 양 바위 문에 이르렀네[12]

라 하였고, 참정 박인량(?~1096)이 사주 귀산사를 두고 지은 시에,

탑 그림자가 강에 거꾸러져 물결 속에 일렁이고
풍경소리가 달을 흔들며 구름 사이로 떨어지네
문 앞 나그네 탄 배의 노는 거센 파도에 빠르고
대 아래 중의 바둑은 한낮에 한가롭네[13]

靑山影裏古今人 푸른 산 그림자 속엔 고금 인물 몇몇인가
霜摧玉樹花無主 서리가 옥수를 꺾어 꽃은 주인이 없고
風暖金陵草自春 바람이 따스한 금릉에 풀만 절로 봄이구나
賴有謝家餘境在 사씨 집의 남은 풍광이 있음에 힘입어
長敎詩客爽精神 길이 시인에게 정신을 상쾌하게 하네

12) 전문을 제시하면 다음과 같다.
　「涇州龍朔寺閣」
　翬飛仙閣在靑冥 나는 듯한 신선의 집이 푸른 하늘에 솟아
　月殿笙歌歷歷聽 월궁의 피리소리가 역력히 들리는 듯
　燈撼螢光明鳥道 등불은 반딧불인 양 새의 길 비추고
　梯回虹影到岩扃 사다리는 무지개 그림자인 양 바위 문에 이르렀네
　人隨流水何時盡 인생은 흐르는 물 따라 어느 때 그칠까
　竹帶寒山萬古靑 대는 찬 산에 둘러 만고에 푸르네
　試問是非空色理 시험 삼아 시비공색의 이치를 물어보니
　百年愁醉坐來醒 평생 취했던 시름 금방 깨네

13) 전문을 제시하면 다음과 같다.
　「使宋過泗洲龜山寺」
　巉巖怪石疊成山 험한 바위 괴상한 돌이 겹쳐 산이 되었는데
　上有蓮坊水四環 그 위에 절이 있어 물이 사방에 둘렀네
　塔影倒江翻浪底 탑 그림자가 강에 거꾸러져 물결 속에 일렁이고
　磬聲搖月落雲間 풍경소리가 달을 흔들며 구름 사이로 떨어지네

라는 구절이 있다. 『방여승람』에는 이 시들을 모두 싣고 있다. 우리
나라 사람이 시로써 중국에 이름을 떨친 것이 이 세 사람으로부터 시
작되었으니, 문장이 나라를 빛낼 수 있는 것이 이와 같다.

我東之通中國 遠自檀君箕子 而文獻皆蔑蔑 隋唐以來 始有作
者 如乙支文德之獻規仲文 新羅女王之織錦頌 功雖在簡冊 率
皆寂寞 不足下乘 而至于唐侍御史崔致遠 文獻大備 遂爲東方
文學之祖 其江南女詩曰 江南蕩風俗 養女嬌且憐 冶性恥針線
粧成調管絃 所學非雅音 多被春心牽 自謂芳華色 長占艶陽年
却笑隣舍女 終朝弄機杼 機杼縱勞身 羅衣不到汝 佔畢齋云
公仕于唐 此詩疑是見三吳女兒作 余觀此詩 蓋有所感諷而作
非但詠三吳女兒也 辭極古雅 非後世人可及 所著詩文甚富 而
屢經兵燹 傳者絶少 良可惜也(『小華詩評』 상, 16)

〈주석〉 [蔑] 없다 멸 [規] 바로잡다 규 [織錦頌] 眞德女王의 「致唐太平頌」을
　　　　말함 [簡冊] 역사책 [率] 대강 솔 [下乘]=下品 [江南] 양자강 남쪽 지
　　　　역 [蕩] 음탕하다 탕 [嬌] 아리땁다 교 [冶] 요염하다 야 [針線(침선)]
　　　　바느질 [調] 고르다 조 [春心(춘심)] 남녀의 정욕 [芳華色(방화색)] 꽃
　　　　답고 아름다운 얼굴 [占] 차지하다 점 [艶] 곱다 염 [却] 도리어 각
　　　　[杼] 북 저 [三吳] 여러 설이 있음, 주로 吳興·吳郡·會稽 [諷] 풍자
　　　　하다 풍 [燹] 兵火 선 [絶] 대단히 절

門前客棹洪濤疾 문 앞 나그네 탄 배의 노는 거센 파도에 빠르고
竹下僧棋白日閑 대 아래 중의 바둑은 한낮에 한가롭네
一奉皇華堪惜別 한 번 사신으로 오가는 몸 이별이 애석하니
更留詩句約重攀 시구 남겨두고 다시 오기 기약하네

〈국역〉 우리나라는 중국과 통하여 멀리 단군·기자로부터 시작되었지만, 당시 문헌이 모두 사라지고 없다. 수나라와 당나라 이후로 비로소 작자가 생겨 을지문덕이 중문에게 보내 바로잡은 시와 신라 여왕의 「직금송」과 같은 것은 공적이 비록 역사책에 남아 있지만, 대체로 모두 적막하여 낮은 수준도 되지 못한다. 그런데 당나라 시어사 최치원에 이르러 문헌이 크게 완비되어 마침내 동방 문학의 시조가 되었다. 그의 「강남녀」 시에 이르기를,

강남 땅은 풍속이 음탕하여
딸을 아리땁고도 예쁘게 기르네
요염한 성품이라 바느질을 부끄러워하고
화장 마치자 악기를 고르네
배운 것은 고상한 음률은 아니었기에
그 소리 대개 남녀의 정에 이끌리네
스스로 '꽃답고 아름다운 그 얼굴
언제나 청춘을 차지할 거라' 생각하네
도리어 이웃집 여자를 비웃기를
"아침 내내 베틀과 북을 놀리네
베틀과 북이 비록 몸을 괴롭혀도
비단 옷은 네게 오지 않으리"

라 했다. 점필재 金宗直이 "공이 당나라에 벼슬했는데, 이 시는 아마도 삼오의 여인을 보고 지은 것 같다"라 했다. 나 洪萬宗이 이 시를 보니, 아마 느껴 풍자하고자 한 것이 있어 지은 것이지, 삼오의 여인

을 읊은 것만은 아닌 것 같다. 말이 매우 고아하여 후세 사람이 미칠수가 없다. 그가 지은 시문은 매우 많은데, 여러 차례 전란을 겪다보니, 전해지는 것이 매우 적다. 참으로 애석한 일이다.

☆ 朴寅亮(?~1096)

朴參政寅亮 奉使入中朝 所至皆留詩 至浙江 風濤大起 見子胥廟在江邊 作詩弔之曰 掛眼東門憤未消 碧江千古起波濤 今人不識前賢志 但問潮頭幾尺高 須臾風霽船利涉 其感動幽顯如此 宋人集其詩 成編 今傳于世(『補閑集』 상, 19)

〈주석〉 [濤] 큰 물결 도 [掛眼東門憤未消] 春秋시대 吳나라 伍子胥가 백비의
　　　 참소를 입어 죽음을 당하면서 "내가 죽은 후에 눈을 빼어서 성의 동
　　　 문에 걸어 두라. 마침내 越나라가 吳나라를 멸하는 것을 보리라" 하
　　　 였음 [潮頭(조두)] 조수로, 浙江에 潮水가 특별히 맹렬한데, 사람들이
　　　 말하기를 "오자서의 憤氣가 그렇게 한다"고 함 [幽顯]=生死
〈국역〉 참정 박인량이 사신이 되어 중국에 들어갈 때, 이르는 곳에는 모두
　　　 시를 남겨두었다. 절강에 이르자 바람과 큰 물결이 크게 일어났다.
　　　 오자서의 묘당이 강가에 있는 것을 보고, 시(「伍子胥廟」)를 지어 그
　　　 를 조문하기를,

동문에 눈을 뽑아 걸어둔 채 분이 사라지지 않아
푸른 강은 천고에 파도를 일으키네
지금 사람은 옛 어진이의 뜻을 알지 못하고

다만 조수머리가 몇 자나 높은가를 물을 뿐이네

라 했다. 잠깐 사이에 바람이 멈추어 배가 강을 무사히 건넜다. 이 시는 이 세상과 저 세상을 감동시키기가 이와 같았다. 송나라 사람이 그 시를 모아 책(『小華集』)을 만들었는데, 지금 세상에 전하고 있다.

5. 高麗

☆ 崔承老(927~989)

崔侍中承老禁中新竹詩曰　錦籜初開粉節明　低臨輦路綠陰成
宸遊何必將天樂　自有金風撼玉聲　有諷戒音樂之意　李亨齋穡
登鐵嶺詩曰　崩崖絶澗悽前聞　北塞南州道路分　回首日邊天宇
淨　望中還恐起浮雲　有憂讒畏譏之意　權愼村思復放鴈詩曰　雲
漢猶堪任意飛　稻田胡自蹈危機　從今去向冥冥外　只要全身勿
要肥　以譬逐利之徒　辛文學蕆詠木橋詩曰　斫斷長條跨一灘　濺
霜飛雪帶驚瀾　須臾步步臨深意　移向功名宦路看　以戒干祿之
意　崔東皐岦十月雨詩曰　一年霖雨後西成　休說玄冥太不情　正
叶朝家荒政晚　飢時料理死時行　訏謨廊廟者　可以自警　柳於于
夢寅伊州詩曰　貧女鳴梭淚滿腮　寒衣初欲爲郎裁　明朝裂與催
租吏　一吏纔歸一吏來　分憂子民者　可以爲鑑　噫　唐聶夷中 二
月賣新絲　五月出新穀之咏　論者亦以周詩許之　我東諸作　其有
補於風化者　豈處在聶夷中之下乎(『小華詩評』 하, 2)

〈주석〉 [鐸] 대꺼풀 탁 [輦路(연로)] 왕이 거동하는 길 [宸] 임금 신 [將] 거느
리다 장 [金風(금풍)]=秋風 [撼] 흔들다 감 [澗] 골짜기 간 [愜] 만족
하다 협 [天宇]=天 [譏] 비난하다 기 [雲漢] 높은 하늘 [危機] 숨어 있
는 위험 [斫] 베다 작 [跨] 걸치다 고 [灘] 여울 탄 [濺] 흩뿌리다 천
[瀾] 물결 란 [干] 구하다 간 [霖] 장마 림 [玄冥(현명)] 겨울 귀신의
이름이다. 『예기』「月令」에 "겨울철의 上帝는 顓頊이요, 그 귀신은
현명이다"라는 기록이 보임 [叶] 맞다 협 [荒政(황정)] 흉년에 백성을
구제하는 정치 [料理(료리)] 처리함 [訏謨(우모)] 조정의 큰일을 꾀함
(訏 크다 우) [廊廟(랑묘)] 조정 [伊州] 伊州歌로, 唐 樂府로서 伊州의
수령 范仲胤의 처가 지었다는 노래인데, 객지로 떠난 남편이 오래 돌
아오지 않는 것을 탄식한 것임 [梭] 북 사 [腮] 뺨 시 [分憂] 남의 근
심을 나눈다는 것으로, 郡守의 직책을 의미함 [咏] 읊다 영 [周詩] 『
시경』을 가리킴 [風化] 교화

〈국역〉 시중 최승로의 「궁궐에 새로 난 대」시(「禁中東池新竹」)에,

뽀얀 죽순 껍질 막 열려 고운 마디 분명한데
머리 숙이고 길에 들자 녹음이 이루었네
임금님 놀이에 어찌 반드시 천악을 거느려야 하나?
가을바람 절로 불어 옥소리를 내는데

라 했는데, 음악을 경계하는 뜻이 있다.[14] 형재 이직(고려말~조선
초)이 「철령에 올라」시(「鐵嶺(注: 丁亥七月 受東北都巡問之命有是

---

14) 김종직도 『청구풍아』에서 이 시를 두고 "竹聲足以代樂 有諷意"라 평하고 있다.

行」)에,

깎아지른 듯한 벼랑과 끊어진 골짜기는 예전 들던 대로이고
북쪽 변방과 남쪽 고을 길이 갈리네
머리 돌려 해를 보니 하늘은 맑은데
바라보는 중에 뜬구름 일어날까 다시 걱정이네

라 했는데, 참소를 걱정하고 비난을 두려워하는 뜻이 있다.[15] 신촌 권사복의 「기러기를 놓아주며」 시에,

높은 하늘을 오히려 마음대로 날 수 있으면서
어찌하여 벼밭의 위험함을 스스로 밟는가?
지금부터는 저 아득한 밖으로 가서
다만 몸 하나만 보전하고 살찌기를 구하지 말라

라 했는데, 이익을 쫓는 무리들을 비유한 것이다. 政堂文學 신천의 「나무다리를 읊으며」 시(「臥水木橋」)에,

긴 가지를 베어 한 여울에 걸쳤는데
서리를 뿌리고 눈을 날리며 놀란 물결 넘실거리네
잠깐 걸어 깊은 곳에 임했을 때의 마음을
공명 벼슬길에 옮겨서 비교해 보자

---

15) 김종직도 『청구풍아』에서 이 시를 두고 "有憂讒畏禍之意"라는 비슷한 평을 남기고 있다.

라 했는데, 봉록을 탐내는 마음을 경계한 것이다. 동고 최립(1539~1612)의 「10월 비」 시(「十月望雨後」)에,

일 년 장맛비 내린 뒤 가을이 왔다 하여
현명이 너무 무정하다 말하지 말라
늑장만 부리는 조정의 救荒 정책과 똑같나니
굶주릴 때 처리할 일 죽을 때 시행하네

라 했는데, 조정에서 정치를 도모하는 사람들이 스스로 경계로 삼아야한다는 것이다. 어우 유몽인(1559~1623)의 「이주」 시(「襄陽途中」)에,

가난한 여인이 북을 울리며 눈물이 뺨에 가득하니
겨울옷을 처음에는 남편을 위해 지으려 했네
내일 아침이면 옷감 잘라 재촉하는 세금관리에게 주어야 하는데
한 아전 겨우 돌아가면 딴 아전 올 것이다

라 했는데, 백성을 사랑하는 군수가 거울로 삼을 만한 것이다. 아! 당나라 섭이중의 (「傷田家」 시에) "2월에는 새로 짠 실을 팔고, 5월에는 새로 거둔 곡식을 내어놓네"라는 구절에 대해 논자들은 또한 『시경』으로 그것을 인정하고 있다. 우리나라의 여러 작품 중에 교화에 도움이 되는 것이 어찌 섭이중의 아래에 있다고 하겠는가?

☆ 李鉉雲[목종(997~1009) 때 사람]

宋太祖滅蜀 召蜀主孟昶花蘂夫人費氏 使賦詩 詩曰 君王城上竪
降旗 妾在深宮那得知 十四萬人齊解甲 也無一箇是男兒 讀此詩
凡丈夫之兵敗偸生屈膝者 無面目見於人 高麗穆宗時 契丹主入
興化鎭 執副都摠管李鉉雲 脅之 鉉雲獻詩曰 兩眼已瞻新日月
一心何憶舊山川 如鉉雲者 行若狗彘 固不足論 然大丈夫而曾不
若一婦人 可恥之甚也 詩可易言哉(『東人詩話』 상, 71)

〈주석〉 [蜀] 孟知祥이 창건한 五代十國의 하나(930~965) [竪] 세우다 수 [偸生
(투생)] 구차스럽게 살기를 구함 [興化鎭] 평안북도 의주군 일대 [彘]
돼지 체 [曾] (서술어 앞에서 강조를 나타냄) 심지어, 결과적으로 증

〈국역〉 송나라 태조가 촉나라를 멸하고 촉나라 임금 맹창의 화예부인 비씨
를 불러 시를 짓게 했는데, 시에 이르길,

군왕이 성위에 항복 깃발을 세웠다는데
저는 깊은 궁궐에 있어 어찌 알겠습니까?
14만의 군사 일제히 갑옷을 벗었으니
또한 한 명의 사내도 없구나

라 했다. 이 시를 읽으면, 전쟁에서 지고 살기를 구걸하느라 무릎을
굽히는 모든 대장부에게는 사람을 대할 면목이 없을 것이다.
고려 목종(997~1009) 때 거란의 왕이 홍화진에 침입하여 부도총관
이현운을 잡아 그를 위협하니, 이현운이 시를 바치길,

두 눈으로 이미 새로운 해와 달을 보았으니

한 마음으로 어찌 옛 산천을 생각하리요?

라 했다. 이현운과 같은 자는 행실이 개와 돼지 같아서 진실로 논할 가치조차 없으나, 대장부로서 심지어 일개 부인만도 못하다면 매우 부끄러워할 만한 일이다. 그러니 시를 쉽게 말할 수 있겠는가?

☆ 鄭知常(?~1135)

侍中金富軾 學士鄭知常 文章齊名一時 兩人爭軋不相能 世傳
知常有 琳宮梵語罷 天色淨琉璃之句 富軾喜而索之 欲作己詩
終不許 後知常爲富軾所誅 作陰鬼 富軾一日詠春詩曰 柳色千
絲綠 桃花萬點紅 忽於空中 鄭鬼批富軾頰曰 千絲萬點 孰數
之也 何不曰 柳色絲絲綠 桃花點點紅 富軾心頻惡之 後往一
寺 偶登厠 鄭鬼從後握陰囊 問曰 不飮酒何面紅 富軾徐曰 隔
岸丹楓照面紅 鄭鬼緊握陰囊曰 何物皮囊子 富軾曰 汝父囊鐵
乎 色不變 鄭鬼握囊尤力 富軾竟死於厠焉(『白雲小說』)

〈주석〉 [軋] 삐걱거리다 알 [能] 견디다 내 [琳宮(림궁)] 道觀이나 殿堂의 미
칭 [梵] 중의 글 범 [陰鬼] 귀신 [批] 치다 비 [頰] 뺨 협 [頻] 절박하다
빈 [握] 쥐다 악 [緊] 굳게 얽다 긴
〈국역〉 시중 김부식과 학사 정지상은 문장으로 함께 한때 이름이 나란했는
데, 두 사람은 다투어 서로 사이가 좋지 못했다. 세속에서 전하기를,
정지상이

임궁에서 범어를 파하니
하늘빛이 유리처럼 깨끗하네

라는 시구를 지었는데, 김부식이 그 시를 좋아하여 정지상에게 요구
하여 자기 시로 삼으려 하자, 정지상은 끝내 들어 주지 않았다. 후에
정지상은 김부식에게 피살되어 귀신이 되었다. 김부식이 어느 날 봄
을 노래한 시에,

버들 빛은 천 실이 푸르고
복사꽃은 만 점이 붉구나

라고 하였는데, 갑자기 공중에서 정지상 귀신이 부식의 뺨을 치면서,
"천 실과 만 점을 누가 세어보았는가? 왜

버들 빛은 실마다 푸르고
복사꽃은 점점이 붉구나

라고 하지 않는가?" 하니, 김부식은 마음속으로 매우 그를 미워하였
다. 후에 김부식이 어느 절에 갔다가 우연히 측간에 들어갔는데, 정
지상 귀신이 뒤로부터 음낭을 쥐고는 묻기를, "술도 마시지 않았는
데, 왜 낯이 붉은가?" 하자, 김부식은 서서히 대답하기를, "저쪽 언덕
에 있는 단풍이 낯에 비쳐 붉다" 하니, 정지상 귀신은 음낭을 더욱
죄며, "어떤 가죽주머니에 (이리 무르냐)?" 하자, 김부식은, "네 아
비 음낭은 무쇠냐?" 하고, 얼굴빛을 변하지 않았다. 정지상의 귀신이

더욱 힘차게 음낭을 쥐므로, 김부식은 결국 측간에서 죽었다.

鄭司諫詩云 雨歇長堤草色多 送君南浦動悲歌 大同江水何時
盡 別淚年年添作波 燕南梁載 嘗寫此詩 作別淚年年漲綠波
予謂作漲二字皆未圓 當是添綠波耳(『櫟翁稗說』 후집, 2)

〈추석〉 [南浦(남포)] 대동강 주변에 있는 地名으로, 중국 福建省 浦城縣 南門
　　　 밖에도 있다. 江淹의 「別賦」에, "그대를 남포에서 보내니 상심을 어
　　　 이할까(送君南浦 傷如之何)"라 노래하고 난 후로, 이별하는 곳의 대
　　　 명사처럼 쓰임 [梁載] 본래 원나라 연남 사람인데, 고려에 歸化하였
　　　 음 [漲] 불어나다 창
〈국역〉 사간 鄭知常의 시(「送人」)에,

　　　　　 비 갠 긴 둑엔 풀빛이 짙어 가는데
　　　　　 남포에서 임 보내며 슬픈 노래 부르네
　　　　　 대동강 물은 어느 때 마르려는지
　　　　　 해마다 이별 눈물 강물에 더해지네

　　　 라 했다. 연남 양재가 일찍이 이 시를 베낄 때 "해마다 이별 눈물 푸
　　　 른 물결을 불어나게 한다"라 했는데, 내가 생각하기에 '作'과 '漲' 둘
　　　 다 원숙하지 않으니, 마땅히 '添綠波'라 써야 한다.16)

---

16) 『惺叟詩話』에도 위의 시를 제시하고서, "지금까지 절창이라고 일컫는다. 부벽루 현판에 새겨진 시들은 중
　　국 사신이 오게 되자 모두 철거한 일이 있었는데, 이 시만은 남겨 두었었다(至今稱爲絕唱 樓船題詠 値詔
　　使之來 悉撤去之 而只留此詩)"라 하였다.

66

鄭司諫西都詩 紫陌春風細雨過 輕塵不動柳絲斜 綠窓朱戶笙
歌咽 盡是梨園弟子家 西都繁華氣象 四句盡之 後之作者 無
能闖其藩籬(『東人詩話』하, 3)

〈주서〉 [西都] 평양. 개경에 수도를 두고 평양에 西京, 경주에 東京을 두었는
　　　　데, 光宗 때 西京을 西都라 부름 [紫陌(자맥)] 도성의 길거리 [笙] 생
　　　　황 생 [咽] 목메다 열 [梨園弟子(이원제자)] 기생, 唐나라 玄宗이 梨園
　　　　에 樂部를 설치하고, 미녀를 뽑아 歌舞를 교육시키던 곳을 梨園이라
　　　　했음 [闖] 갑자기 들어가다 틈 [藩籬(번리)] 울타리
〈국역〉 사간 정지상의 「서도」 시에,

　　　　도성 거리 봄바람에 보슬비 지나가니
　　　　가벼운 티끌조차 일지 않고 버들개지 늘어졌네
　　　　푸른 창 붉은 문에 자지러진 풍악소리
　　　　이 모두 이원제자의 집이라네

　　　　라 했다. 평양의 번화한 분위기를 네 구로 완전히 표현했으니, 후대
　　　　의 작가로서 그 수준을 넘어설 만한 자가 없다.

世傳 金富軾妬才忌能 害鄭知常 今考麗史 知常墮妙淸術中
羽翼悉去 而自全實難 非富軾所得私貸 且本傳及諸書 無一語
及枉害 而世之所傳 如是何耶 近考金台鉉東國文鑑 註曰 金
鄭於文字間積不平 然則當時已有是言矣(『筆苑雜記』1)

〈추석〉 [貸] 관대히 다스리다 대 [枉害] 부질없이 손해를 입음(枉 헛되이 왕)

〈국역〉 세상에 전하기를, "김부식이 정지상의 재능을 질투하여 살해하였다"
고 하나, 지금 『고려사』를 고찰해 보니, 정지상이 묘청의 술책에 빠
져서 우익이 다 제거되어 스스로 온전하기는 진실로 어려웠다. 그리
고 김부식이 사사로이 관대하게 다스릴 수 있는 것도 아니었다. 또
본전 및 여러 책에 한마디도 부질없이 살해되었다는 기록이 없는데,
세상에서 전하는 것이 이와 같음은 무슨 까닭인가? 근래에 김태현의
『동국문감』을 상고해 보니, 그 주에 이르기를, "김부식과 정지상이
문자 사이에 불평이 쌓여 있었다" 하였다. 그렇다면 당시에 이미 이
런 말이 있었던 것이다.

☆ 鄭襲明(?∼1151)

南州樂籍有倡 色藝俱絶 有一郡守忘其名 屬意甚厚 及瓜將返
轅 忽大醉謂傍人曰 若我去郡數步 輒爲他人所有 卽以蠟炬燒
灼其兩頰 無完肌 後榮陽襲明 杖節來過 見其妓 悵快不已 出
一幅雲藍 手寫一絶贈之 百花叢裏淡丰容 忽被狂風減却紅 獺
髓未能醫玉頰 五陵公子恨無窮 因囑云 若有使華來過 宜出此
詩 示之 妓謹依其教 凡見者 輒加賙恤 欲使榮陽公聞之 因得
其利 富倍於初(『破閑集』 하, 6)

〈추석〉 [樂籍(악적)] 고대 官妓는 樂部에 소속되었으므로, 官妓를 의미함 [倡]
기생 창 [屬意(촉의)] 바라는 마음을 붙임 [瓜]=瓜時, 임기의 만료
[轅] 끌채 원 [蠟] 밀초 납 [炬] 횃불 거 [灼] 사르다 작 [頰]=頰 뺨 협

[肌] 살 기 [節] 부신 절 [悵] 슬퍼하다 창 [怏] 불만을 품고 우울하다
앙 [幅] 폭 폭 [雲藍] 雲藍紙로, 唐나라 段成式이 九江에 있을 때 만든
종이 이름 [半] 예쁘다 봉 [却] 助字 [獺髓(달수)] 수달의 골로, 三國 때
에 吳나라 임금 孫和가 여의주를 가지고 희롱하다가 미인의 얼굴에
상처를 내었는데, 한 수달의 골을 구하여 치료하였다 함 [五陵(오릉)]
중국의 오릉인 長陵・安陵・陽陵・茂陵・平陵이 모두 長安에 있고,
이 근처에는 부귀하고 호협한 소년들이 자주 모이는 곳이었으므로,
전하여 호협한 사람을 가리킴 [囑] 부탁하다 촉 [賙] 진휼하다 주

〈국역〉 남주 관기 중에 기생이 있었는데, 얼굴과 재주가 모두 뛰어났다. 그
의 이름은 잊은 어떤 한 군수가 마음을 준 것이 매우 두터웠다. 임기
가 끝나 장차 돌아가게 되었을 때, 갑자기 매우 취하여 곁에 사람들
에게 이르기를, "만약 내가 고을을 몇 보 떠나가면, 바로 남의 소유가
될 것이다" 하고, 바로 촛불로 그 양 볼을 지지니, 성한 살이 없었
다.17) 뒤에 영양 정습명이 부신을 가지고 이곳을 지나가다가 그 기생
을 보고 측은함을 그치지 않다가 운람지 한 폭을 꺼내어 손수 절구
한 수를 지어 그에게 주었는데,

온갖 꽃떨기 속에 예쁜 그 모습이
홀연히 광풍을 만나 붉은 빛을 덜었구나
수달의 골도 옥뺨을 고칠 수 없으니
오릉의 공자 한이 무궁하여라18)

---

17) 『삼한시귀감』의 夾註에, "남쪽 고을에 기생이 있었는데, 재색이 매우 뛰어나 한 관리의 특별한 사랑을 받
았다. 그런데 임기가 끝나고 장차 떠나가 되었을 때 매우 취해 '내가 만약 고을을 떠나 몇 걸음을 가면
반드시 다른 남자의 사랑을 받을 것이다' 하고는 촛불로 양 불을 지져서 완전한 피부가 없었다(南州有妓
色藝俱絶 爲一官甚春 及罷將去 大醉曰 我若去郡數步 必爲人有用 蠟炬燒兩頰 無完肌)"라고 되어 있음.

라 하고, 부탁하며 이르기를, "만약 중국으로 가는 사신이 지나가면, 꼭 이 시를 꺼내어 그에게 보여라"라 하였다. 기생이 그 가르침을 삼가 따르니, 무릇 보는 자들은 번번이 도와 영양공 정습명으로 하여금 그것을 듣게 하고자 하였다. 이 때문에 이익을 얻어 부가 처음보다 배나 많았다.19)

☆ 高兆基[인종(1122~1146) 때의 문신]

唐詩 幽閨少婦不知愁 春日凝粧上小樓 忽見陌頭楊柳色 悔敎夫壻覓封侯 古今以爲絶唱 曾見高平章兆基寄遠詩 錦字裁成寄玉關 勸君珍重好加餐 封侯自是男兒事 不斬樓蘭未擬還 唐詩雖好 不過形容念夫之深 愛夫之篤 情意狎昵之私耳 高詩句法 不及唐詩遠甚 然先之以思念之深 信書之勤 繼之以征戌之愼 飮食之謹 卒勉之以功名事業之盛 無一語及乎燕昵之私 隱然有國風之遺意 詩可以工拙論乎哉(『東人詩話』 상, 66)

〈주석〉 [陌] 길 맥 [夫壻(부서)] 남편 [錦字(금자)] 비단에 자수한 글자로, 옛날에 여자가 먼 데 있는 남편을 그리워하여 비단에다 글자를 刺繡하여 부치는 일이 있었음 [玉關(옥관)] 甘肅省에 있는 玉門關으로, 국경

---

18) 『櫟翁稗說』 후집에도 이 시를 싣고서, "洪侃은 정습명의 이 시를 매우 좋아하였다. ……이 시가 아마도 오랫동안 음미할수록 여음이 있기 때문일 것이다(洪摠郎 最喜鄭承宣 百花叢裏淡丰容 忽被狂風減却紅 獺髓未能醫玉牒 五陵公子恨無窮 豈以其咀之久 而有餘味乎)"라 언급하고 있다.

19) 이 시는 늙은 기생에게 준 시로, 기생을 자신의 모습에 비유하고 있다. 仁宗의 顧命을 받은 정습명은 毅宗을 극진히 보필하려 하였으나, 오히려 毅宗이 싫어하자 결국 약을 마시고 자결하고 말았다. 한때는 인종의 知遇을 입었으나 直言이 용납되지 않아 스스로 목숨을 끊었던 한을 비유적으로 노래하고 있다. 『櫟翁稗說』에는 "洪侃은 鄭襲明의 이 시를 매우 좋아하였다. …이 시가 아마도 오랫동안 음미할수록 餘味가 있기 때문이었으리라"라 언급하고 있다.

을 지키는 군인이 많았던 곳 [饗] 음식 찬 [樓蘭(루란)] 西域의 나라 이름, 漢 武帝가 大宛國과 통하려 하는데, 누란국이 가로막아 漢나라 使節을 공격하였으며, 昭帝 때에 傅介子를 보내어 누란왕을 쳐 죽였음 [擬] 헤아리다 의 [狎] 친하다 압 [昵] 친하다 닐 [燕昵] 사사로이 친함

〈국·역〉 당나라 시(王昌齡의 「閨怨詩」)에,

깊은 규방의 어린 부인 시름을 모르고
봄날 화장을 하고 작은 누각에 올랐네
문득 길가의 버들 빛을 보고
남편에게 벼슬 구하게 한 것을 후회하네

라 했는데, 고금에 절창이라 하였다. 일찍이 평장사 고조기의 「기원」 시를 보니,

비단 글자 마련하여 옥관에 부치노니
임이여! 몸조심하여 밥 많이 드소서
후에 봉해짐은 바로 남아의 일이니
누란을 베지 않고는 돌아오지 마소서

라 하였다. 당나라 시는 비록 좋지만, 남편을 깊이 생각하고 남편을 독실하게 사랑하는 사사로운 친밀한 마음을 형용하는 것에 지나지 않았을 뿐이다. 고조기 시의 구법은 당나라 시에는 크게 미치지 못하지만, 먼저 깊이 그리워하는 마음과 은근한 서신을 말하고, 이어서

군대 생활을 조심하고 음식을 삼갈 것을 말하였으며, 끝으로 성대하게 공명과 사업을 이룰 것을 권면하고서 한마디도 사사로이 그리워하는 마음을 언급함이 없다. 은연중에 『시경』「국풍」의 남긴 뜻을 지니고 있다. 그러니 시를 표현기교의 뛰어남과 서툶만으로 논할 수 있겠는가?

☆ 金莘尹[의종(1146~1170) 때 문신]

文丞相天祥重九詩 老來憂患易凄凉 說道悲秋更斷腸 世事不堪逢九九 休言今日是重陽 高麗毅宗朝 金尙書莘尹 重九有詩云 輦下風塵起 殺人如亂麻 良辰不可負 白酒泛黃花 盖庚癸之亂 無可奈何 然白酒黃花 聊復自寬 則金老憂世之情猶或可言 丞相値宋室陽九之厄 又逢九九 世事已去 雖有白酒 又何暇自慰哉 其言休說重陽 慷慨憂憤之辭 甚於金老 惜哉(『東人詩話』 하, 45)

〈주석〉 [文天祥] 元나라 세조에게 굴하지 않아 사형을 당할 때 「正氣歌」를 지어 자신의 절의를 나타내었음 [世事] 송나라가 원나라에 멸망당한 것을 말함 [重陽] 陽이 겹친 날로 축하하는 날임 [金莘尹] 의종에게 부패한 왕정에 대해 극간하다가 좌천되었음 [輦下(련하)] 임금 수레의 아래로, 서울을 뜻함 [庚癸之亂] 정중부 등이 庚寅(1170)년에 일으킨 것과 이의민이 정중부를 죽이고 癸巳(1173)년에 일으킨 武人의 난을 말함 [陽九之厄] 陽九는 陰陽道에서 數理에 입각하여 추출해 낸 말로, 4천5백 년 되는 1元 중에 陽厄이 다섯 번, 陰厄이 네 번 발생한다고 하는데, 1백6년 되는 해에 양액이 발생하기 때문에 그런 이름이 붙여졌다고 한다. 일반적으로 엄청난 災厄을 말할 때 쓰는 용어임

〈국역〉 승상 문천상(1236~1282)의 「중구」 시에,

늙어가니 근심 걱정에 쉽사리 처량해지는데
서글픈 가을을 말하려니 더욱 애간장이 끓네
세상 일로 9월 9일 맞이하기 어려우니
오늘이 중양절이라 말하지 말라

라 했다. 고려 의종 때 상서 김신윤이 중구절에 대해 시(「庚寅重九」)를 지었는데,

서울에서 전란이 일어나
살인을 삼 베듯 하네
좋은 시절 그냥 보낼 수 없어
흰 술에 국화꽃 띄우네

라 했는데, 아마 경계의 난에 어쩔 수 없음을 나타낸 것인 듯하다. 그런데 흰 술에 국화꽃을 띄워 술을 마신 것은 애로라지 자신의 너그러운 마음을 되찾은 것이지만, 곧 김신윤이 세상을 걱정하는 마음은 그래도 말할 수 있는 것이다. 승상 문천상은 송나라 왕실이 양구의 재앙을 당하고 또 9월 9일을 만났지만, 세상사가 이미 멀어져 갔으니, 비록 흰 술이 있더라도 또 어찌 한가로이 자신을 위로할 수 있었겠는가? 그가 중양절이라 말하지 말라고 한 비분강개하고 근심하는

말은 김신윤보다 더하니, 애석하구나!

☆ 林宗庇(의종 때 사람)

詩能窮人 亦能達人 唐玄宗召見孟浩然 令誦舊詩 浩然乃誦 不
才明主棄 多病故人疎之句 帝曰 卿自不求朕 朕未嘗棄卿 遂放
還 麗朝毅宗時 有一驛進靑牛 命侍臣 以房爲韵 無一人可意
有士人林宗庇 歎曰 使我得預其席 當曰 函谷曉歸乘紫氣 桃林
春放踏紅房 毅宗聞而嘉嘆 遂官之(『小華詩評』 상, 28)

〈주석〉 [不才明主棄] 이 시는 당나라 시인 맹호연의 「歲暮歸南山」詩의 頷聯
　　　이다. 그의 친구 王維가 대궐 안에서 숙직하면서 그를 불러 노는데,
　　　뜻밖에 玄宗이 나타나므로 호연이 상 밑에 숨었다. 왕유가 사실대로
　　　아뢰니, 현종이 기뻐하며 그를 불러 그의 시를 물으니, 자기가 지은
　　　시를 외웠음 [放還] 석방하여 집으로 돌아감 [韵]=韻 [函谷曉歸乘紫
　　　氣] 老子는 周나라의 도가 쇠해지자 靑牛를 타고 함곡관을 지나가며
　　　『도덕경』을 남겼음 [桃林春放踏紅房] 『서경』 「武成」에 "무왕이 도림
　　　의 들판에 소를 방목하였다(放牛於桃林之野)"라는 대목이 있음
〈국역〉 시는 사람을 궁하게 할 수도 있고, 또한 사람을 현달하게 할 수도 있
　　　다. 당나라 현종이 맹호연(689~740)을 불러보고, 예전에 지은 시를
　　　읊게 했다. 맹호연이 이에,

　　　재주가 없으니 밝으신 임금이 버리고
　　　병이 많으니 친구도 멀리 하네

라는 구절을 읊었다. 그러자 현종이 "그대가 스스로 짐을 찾지 않은 것이다. 짐은 일찍이 그대를 버린 적이 없다"라 하고, 마침내 집으로 돌아가게 했다.

고려 의종 때에 어떤 한 역에서 푸른 소를 바쳤는데, 의종은 모시는 신하들에게 '房'자를 운으로 하여 시를 짓게 하였는데, 한 사람의 시도 마음에 드는 구절이 없었다. 사인 임종비가 탄식하며 "만약 내가 그 자리에 참여할 수 있었다면, 마땅히

함곡관 새벽에 지나갈 땐 신령한 기운 떠 있었고
도림의 봄에 방목하였을 땐 홍방을 밟았었네

라고 할 것이다"라 하였다. 의종이 듣고 가상히 여기고 감탄하면서 마침내 그에게 벼슬을 주었다.[20]

☆ 李仁老(1152~1220)

恒陽子眞出倅關東 夫人閔氏悍妒無比 有女隷頗姿色 勿令近之 子眞曰 此甚易耳 乃與邑人換牛 蓄之 僕聞之 戱成一絶 湖上鶯飛杳不還 江皐佩冷欲尋難 園桃巷柳今何在 只有欄邊黑牧丹 然道阻 不得附郵筒 其後二十餘年 子眞新僦屋紅桃井里 與僕連墻接巷 旦夕相從 請觀僕詩藁 以一通出示之 讀之半有

---

20) 『오산설림초고』에도 비슷한 내용이 다음과 같이 실려 있다. "高麗毅宗時 靑郊驛進黑牛 王命侍臣賦詩 以房堂爲韻 無一詩可意 黑牧丹花到雪堂一句差勝 有一士善爲詩 聞而有作 其警句曰 函谷曉歸乘紫氣 桃林春放踏紅房 王見而歎美 遂官其人"

題云 聞友人爲郡君所迫 以妾換牛 子眞愕然徐曰 是誰耶 僕
笑曰 公是已 子眞曰 有是哉 然閨閫間一時戲耳 雖勿嘲評 可
也 不如是 何以助先生萬古詩名 閔氏先子眞死 鰥居八載 猶
不邇色 可謂篤行君子(『破閑集』)

〈주석〉 [恒陽(항양)] 咸氏의 貫鄕 [子眞] 咸淳의 字, 李仁老·吳世才·林椿·
趙通·皇甫抗·李湛之 등과 竹林高會를 결성함 [箏] 원 쉬 [悍] 사납
다 한 [杳] 아득하다 묘 [皐] 언덕 고 [園桃巷柳] 桃柳는 韓愈의 애첩
이었던 絳桃와 柳枝를 합칭한 말로, 여기서는 함순의 계집종을 일컫
는다. 『唐語林』에 의하면, 한유에게 강도와 유지 두 애첩이 있어 모
두 歌舞를 잘했는데, 뒤에 유지가 담장을 넘어서 도망갔다가 家人에
게 다시 잡혀 온 일이 있어, 한유는 「鎭州初歸」 시에서 "이별한 이후
로 길거리의 양류는, 춘풍에 하늘거리며 날려고만 했는데, 또한 작은
정원의 도리는 그대로 남아 있어, 낭군 오길 기다리며 꽃을 안 피우
고 있었네(別來楊柳街頭樹 擺弄春風只欲飛 還有小園桃李在 留花不
發待郞歸)"라 하고, 그 후부터는 강도만 오로지 총애했다고 함 [黑牧
丹(흑모란)] 흑모란은 무소(水牛)의 戲稱이다. 唐나라 말기 劉訓은 서
울의 부자였는데, 서울에서는 모란꽃 玩賞을 가장 훌륭한 봄놀이로
여겨 왔으므로, 유훈이 한 번은 손님들을 맞이하여 꽃을 완상할 때
무소 수백 마리를 앞에 매어두고 그것을 가리켜 "유씨의 흑모란이다
(劉氏黑牧丹也)"라고 했다고 함 [阻] 막다 조 [郵筒(우통)] 고대 서신
을 보내는 대나무통으로, 서신을 일컬음 [僦] 세내다 추 [紅桃井] 開
城에 있는 것으로, 李仁老의 賦가 있음 [通] 통 통(편지나 서류를 세
는 수사) [郡君] 고대 부인의 封號 [愕] 놀라다 악 [閨閫(규곤)] 가정,

부녀자가 거처하는 곳, 부녀자의 사적인 것 [嘲] 비웃다 조

〈국역〉 향양 자진이 관동지방으로 부임해갔는데, 부인 민씨의 사나움과 질
투심은 비할 데가 없었다. 계집종 하나가 미모가 뛰어나므로 민씨가
그를 가까이하지 못하게 하니, 자진이 말하길 "이것은 매우 쉬운 일
이오" 하고는 마침내 마을 사람의 소와 바꾸어서 소를 길렀다. 나 이
인로가 그것을 듣고 장난삼아 절구 한 수를 지었다.

호수 위의 꾀꼬리(계집종을 가리킴)는 날아가 아득히 돌아오지 않고
강 언덕의 패옥 소리는 쓸쓸하여 찾기 어렵네
정원의 복숭아와 거리의 버들은 지금 어디에 있는가?
다만 난간 가에 흑모란만 남아 있구나

그런데 길이 막혀 자진에게 편지를 부칠 수 없었다. 그 뒤 20여 년
후에 자진이 홍도정 마을에 새로 세를 얻었는데, 나와 더불어 담장과
거리를 접하게 되어 아침저녁으로 상종하게 되었다. 내 시집을 보기
를 청하자, 한 통을 꺼내어 보여주었다. 그것을 반쯤 읽다가 「친구가
부인의 핍박을 받아 첩을 소와 바꾸었다는 것을 듣고」라는 제목이
있자, 자진이 놀라며 천천히 말하길 "이 사람은 누구인가?"라 하니,
내가 웃으며 "자네지"라 했다. 자진이 "이런 일이 있었구나! 그런데
이것은 내 가정의 한때 장난일 뿐이니, 비웃거나 평가하지 않는 것이
좋겠네. 하지만 이렇게 하지 않으면 어떻게 만고의 선생의 시명을 도
울 수 있겠는가?"라 했다. 민씨는 자진보다 먼저 죽고 자진은 홀아비
로 8년을 살면서 여전히 여자를 가까이 하지 않았으니, 행위가 독실
한 군자라 하겠다.

原宵黼座前 設絳紗燈籠 命翰林院製燈籠詩 進呈 使工人用金
薄 剪字帖之 皆賦元宵景致 明王時 僕入侍玉堂 卽製進云 風
細不敎金爐落 更長漸見玉虫生 須知一片丹心在 欲助重瞳日
月明 上大加稱賞 是後皆詠燈 自僕始(『破閑集』)

〈주석〉 [元宵(원소)] 정월 보름날 밤 [黼座(보좌)] 천자의 자리(黼 천자의 예
복) [絳] 진홍색 강 [紗] 깁 사 [燈籠(등롱)] 불을 켜서 어두운 곳을 밝
히는 기구의 하나로, 대오리나 쇠로 살을 만들고 겉에는 종이나 헝겊
을 덮어 씌워 그 속에 촛불을 켰다. 고려시대 정월 대보름날 밤에 복
을 빌기 위해 궁중 안에 등불을 달고 부처에게 기원하던 燃燈會를
행했음 [呈] 바치다 정 [帖] 벽이나 종이에 글자를 새겨 넣다 첩 [金
爐(금신)] 불똥 [玉虫]=燈花 타고 남은 심지로, 세속에서는 玉蟲을
吉兆로 여김 [重瞳(중동)] 이중 눈동자로, 임금의 눈동자를 가리킨다.
舜임금과 項羽가 重瞳이어서 순임금과 항우를 가리키기도 함

〈국역〉 정월 보름날 밤 임금의 자리 앞에 붉은 비단으로 된 등롱을 만들고
한림원에 명하여 등롱시를 지어 바치게 하고, 공인으로 하여금 금박
을 사용하여 글자를 새겨 넣게 했는데, 모두 정월 보름날 밤의 경치
를 노래한 것이다. 명종 때 나 이인로가 옥당에서 入侍를 하다가 곧
지어 바친 시가 있다.

바람이 약해 불똥이 떨어지지 않게 하고
밤이 더욱 깊어지니 심지 생겨남을 보겠네
모름지기 알겠네, 일편단심이 있어
해와 달처럼 밝은 중동을 돕고자 함을

이 시를 두고 임금이 크게 칭찬하였다. 이 뒤로 모든 영등시는 나로
부터 시작되었다.[21)

智異山或名頭留 始自北朝白頭山而起 花峯萼谷縣縣聯聯 至
帶方郡 磻結數千里 環而居者十餘州 歷旬月 可窮其際畔 古
老相傳云 其間有靑鶴洞 路甚狹 纔通人行 俯伏經數里許 乃
得虛曠之境 四隅皆良田沃壤 宜播植 唯靑鶴樓息其中 故以名
焉 蓋古之遁世者所居 頹垣壞塹猶在荊棘之墟 昔僕與堂兄崔
相國 有拂衣長往之意 乃相約尋此洞 將以竹籠盛 牛犢兩三以
入 則可以與世俗不相聞矣 遂自華嚴寺至花開縣 便宿神興寺
所過無非仙境 千巖競秀 萬壑爭流 竹籬茅舍 桃杏掩映 殆非
人間世也 而所謂靑鶴洞者 卒不得尋焉 因留詩巖石云 頭留山
逈暮雲低 萬壑千巖似會稽 策杖欲尋靑鶴洞 隔林空聽白猿啼
樓臺縹紗三山遠 苔蘚微茫四字題 試問仙源何處是 落花流水
使人迷 昨在書樓 偶閱五柳先生集 有桃源記 反復視之 盖秦

21) 이인로 이후 李奎報의 등롱시를 예시하면 다음과 같다.
「燈籠詩 四首」其一
五色雲中拜玉皇 오색 구름 속에 옥황에게 절하니
壓頭星月動寒芒 머리 위로 별과 달이 차가운 빛을 쏟아내네
都人不覺天文爛 도성 사람들은 천문이 찬란한 줄 모르고
遙認銀燈爛爛光 멀리서 은등불이 반짝이는 것으로만 알고 있네
그런데 이인로 이전 金富軾에게서 이런 비슷한 시가 보인다.
「燈夕」金富軾
城闕深嚴更漏長 성과 궁궐이 깊고 엄한 채 시간 깊이 가고
燈山火樹燦交光 연등 걸린 산과 불숲은 어울려 찬란해라
綺羅縹緲春風細 비단 휘장 어슴푸레 봄바람은 살랑대고
金碧鮮明曉月涼 고운 단청 환해지며 새벽 달 서늘하네
華蓋正高天比極 御座는 하늘 북극에 드높이 걸려 있고
玉爐相對殿中央 옥로는 대궐 중앙에 마주 대해 놓여 있네
君王恭默疏聲色 임금님 공손하셔서 성색을 멀리하시니
弟子休誇百寶粧 궁녀들아 패물치레 자랑마라

人厭亂 携妻子幽深險僻之境 山迴水複 樵蘇不可得到者以居
之 及晉太元中 漁者幸一至 輒忘其途 不得復尋耳 後世丹青
以圖之 歌詠以傳之 莫不以桃源爲仙界 羽車飈輪長生久視者
所都 盖讀其記未熟耳 實與靑鶴洞無異 安得有高尙之士如劉
子驥者 一往尋焉(『破閑集』)

〈추석〉 [北朝(북조)] 당시 백두산은 금나라 땅이었기에 北朝라 표기했음 [蕚]
꽃받침 악 [緜] 연잇다 면 [礴]=磐 넓다 반 [旬月] 1개월, 10개월, 10
일에서 1달 [畔] 가 반 [狹] 좁다 협 [曠] 비다 광 [隅] 모퉁이 우 [播]
뿌리다 파 [頽] 무너지다 퇴 [墟] 터 허 [堂兄] 사촌형 [崔上國] 崔讜
(1135~1211), 崔惟淸의 아들로 致仕 후에 耆老會를 만들었음 [拂] 떨
치다 불 [籠] 대그릇 롱 [犢] 송아지 독 [逈] 멀다 형 [會稽] 회계산은
浙江省 紹興의 남동쪽에 있는 경치가 좋은 명산임, 王羲之의 「蘭亭
記」에, "永和 9년 계축 늦은 봄 초승에 회계산의 산음에 모였다" 하
였음 [策] 짚다 책 [縹緲(표묘)] 아득한 모양 [三山] 蓬萊·方丈·瀛洲
[四字題] 崔致遠이 河東 雙磎寺 암벽에 새겨 놓은 '廣濟巖門'이라는
네 글자를 말함 [微茫(미망)] 희미함 [樵蘇(초소)] 나무하고 풀 베는
사람 [羽車飈輪(우거표륜)] 깃으로 된 수레와 회오리바람으로 된 바
퀴로, 신선이 타는 수레 [劉子驥] 晉나라 때 물고기 잡는 일을 업으로
하던 茂陵 사람이 하루는 고기를 잡다가, 갑자기 桃花林을 만나 그곳
에 들어가서 옛날 秦나라 때 피란 와서 사는 사람들을 만나 그들로부
터 융숭한 대접을 받고 돌아왔는데, 그 후 그가 다시 그곳을 가 보려
고 하였으나 길을 잃어 가지 못했다. 또 南陽의 고사 劉子驥도 그 말
을 듣고 친히 가 보려고 했으나 역시 이루지 못하고 죽음으로써 마침

내 나루터를 묻는 사람이 없게 되었다 함

〈국역〉 지리산은 간혹 두류산이라고도 한다. 북조의 백두산으로부터 기원하여 꽃 같은 봉우리와 계곡이 면면이 이어져 대방군(남원)에 이르러 수천 리를 서리고 얽혀서 빙 둘러 거처하는 곳이 10여 고을이나 된다. 그러므로 1달을 돌아다녀야 그 끝에 이를 수 있다. 옛 노인들이 서로 전하기를, "그 속에 청학동이 있는데, 길이 매우 좁아 겨우 한 사람만이 다닐 수 있고, 허리를 굽혀 몇 리쯤을 지나야 마침내 확 터진 곳을 얻는다. 사방이 모두 좋은 밭에다 기름진 토양이라 곡식을 심기에 알맞다. 오직 푸른 학만이 그곳에 서식하고 있기 때문에 그렇게 이름 불렀다. 아마 옛날 세상을 피한 사람이 살았기에 무너진 담과 구덩이가 여전히 가시덤불에 남아 있다"고 하였다. 예전에 나 이인로는 사촌형 최상국과 옷을 떨치고 은거하고자 하는 뜻이 있어 마침내 이 청학동을 찾아 장차 대나무에 (기물 등을) 담고 소와 송아지 2~3마리로 (싣고) 들어가 세속과 단절하기로 약속하였다. 마침내 화엄사로부터 출발하여 화개현에 이르러 곧 신흥사에 투숙했는데, 지나는 곳마다 선경이 아닌 곳이 없었다. 온갖 바위가 빼어남을 다투고 모든 골짜기에서 흐름을 다투며, 대나무 울타리와 초가집에 복숭아꽃과 살구꽃이 가렸다 보였다 하니, 아마도 인간 세상이 아닌 듯하였다. 그런데 청학동이라는 곳은 마침내 찾을 수 없었다. 그래서 바위에 시만 남겨두었다.

두류산은 저무는 구름 아래 아득하고
온갖 골짜기와 바위는 회계와 비슷하네
지팡이 짚고 청학동을 찾고자 했으나

숲 속에선 부질없이 흰 원숭이 소리만 들리네

누대는 아득하고 삼신산은 멀며

쓰여진 넉자 이끼 때문에 희미하네

시험 삼아 묻노니, 선원은 어디인가?

떨어지는 꽃과 흐르는 물이 사람을 헤매게 하네

어제 서재에 있으면서 우연히 『오류선생집』을 보다가 「도화원기」가 있기에 반복해서 읽었다. 아마 진나라 사람이 난리를 싫어하여 깊고도 험벽한 곳으로 처자식을 이끌고 와서 산이 둘러 있고 물이 겹쳐 나무꾼도 이를 수 없는 곳에 거처하게 되었던 것 같다. 진나라 태원 년간에 어부가 다행히 한 번 이르렀으나 바로 그 길을 잊어 다시는 찾을 수 없었다. 후세에 단청으로 그것을 그리고 노래와 시로 그것을 전하여 도원을 선계로 삼아 깃으로 된 수레와 회오리바람으로 된 바퀴로 오래 살고 오래 보는 사람이 도읍한 곳으로 생각하였다. 아마 그 기록을 읽은 것이 미숙했기 때문일 것이니, 사실은 청학동과 다를 것이 없을 것이다. 어디에서 유자기와 같은 고상한 선비를 만나 한번 가서 찾아볼까?

大諫仁老瀟湘八景詩　雲間灩灩黃金餠　霜後溶溶碧玉濤　欲識夜深露重　倚船漁父一肩高　語本蘇舜欽　雲頭灩灩開金餠　水面沉沉臥綵虹之句　點化自佳　元學士趙孟頫愛此詩　改後句曰　記得太湖楓葉晚　垂虹亭下訪三高　其必有取舍者　存焉(『東人詩話』 상, 11)

〈주석〉 [灩] 출렁거리다 염(灩灩: 물결에 달빛이 비치는 모양) [金餠(금병)]=
餠金, 떡같이 둥근 금덩이 [溶] 질펀히 흐르다 용 [濤] 물결 도 [虹]
무지개 홍 [點化(점화)] 다른 사람이 지은 詩文을 보고 그 시에 나오
는 문자와 격식을 그대로 취하여 자신이 새로이 구상한 詩想을 대입
시키는 한시 표현법↔換骨奪胎 [太湖] 강소성과 절강성에 거쳐 있는
호수로, 호수의 수석이 아름다워 시의 소재로 자주 채택됨 [垂虹亭
(수홍정)] 강소성 吳江縣에 있음 [三高] 三高祠로 吳江에 있으며, 范
蠡·張翰·陸龜蒙을 배향함

〈국역〉 대간 李仁老의 「소상팔경」 시에,

구름 사이로 일렁이듯 떡 같은 황금이요
서리 내린 뒤 출렁이는 벽옥빛의 물결이라
한밤중에 이슬이 무거운가 알고 싶은데
배에 기댄 어부 한쪽 어깨가 송긋하네

라 했는데, 이 말은 소순흠(1008~1048)의 (「中秋 松江新橋 對月 和
柳令之作」)

구름 끝에 일렁이듯 떡 같은 황금 떠오르고
물위에 잔잔하게 고운 무지개 걸려 있네

라는 구절에 근본한 것으로, 점화한 것이 절로 아름답다.
원나라 학사 조맹부(1254~1322)가 이 시를 애호하여 뒤 구절을 고치길,

태호의 늦가을 단풍을 기억하여
수홍정 아래의 삼고사를 찾아가네

라 하였는데, 그것에도 반드시 취사한 것이 있을 것이다.

李仁老號雙明齋 嘗奉使赴燕 元日門舘額上題春帖子 未幾名
遍中朝 後中朝學士遇本朝使价 取誦前詩 問曰 今爲何官云
其詩曰 翠眉嬌展街頭柳 白雪香飄嶺上梅 千里家園知好在 春
風先自海東來 語甚淸婉 且如幽居詩一絶 春去花猶在 天晴谷
自陰 杜鵑啼白晝 始覺卜居深 酷似唐家(『小華詩評』 상, 27)

〈주석〉 [額] 편액 액 [未幾] 얼마 있지 않아 [使价(사개)] 사신 [翠] 비취색 취
[嬌] 아리땁다 교 [嶺] 江西省에 大庾嶺이 있는데, 이곳에는 梅花가
많기로 유명하여 梅嶺이라고도 함 [婉] 예쁘다 완

〈국역〉 이인로의 호는 쌍명재이다. 일찍이 사신이 되어 연경에 갔을 때, 정
월 초하루에 머무는 객사 문에 춘첩자를 썼는데, 얼마 지나지 않아
이름이 중국에 두루 퍼졌다. 뒤에 중국의 학사가 우리나라 사신을 만
나면, 앞의 시를 가져가 읊으면서 "지금 무슨 관직에 있습니까?"라
물었다고 한다. 그 시는,

길가 버들은 푸른 눈썹에 아리땁게 늘어지고
고개 위의 매화는 흰 눈 속에 향기 뿌리네
천 리 먼 내 고향 잘 있겠지
봄바람이 먼저 해동에서 불어오는 것을 보니

라 했다.[22] 시어가 매우 청완하다. 또「유거」라는 절구시에,

봄은 갔지만 꽃은 아직 있고
하늘은 갰건만 골짜기는 절로 침침하네
두견이 한낮에 울어대니
비로소 깊은 골에 사는 줄을 깨닫노라

라 했다. 이 시는 唐詩와 매우 비슷하다.

☆ 林椿(?~?)

白雲子葉儒冠 學浮屠氏敎 包腰 遍遊名山 途中聞鶯 感成一
絶 自矜絳觜黃衣麗 宜向紅牆綠樹鳴 何事荒村寥落地 隔林時
送兩三聲 吾友耆之失意 遊江南 聞鶯亦作詩云 田家椹熟麥將
稠 綠樹初聞黃栗留 似識洛陽花下客 殷勤百囀未曾休 古今詩
人托物寓意 多類此 二公之作 初不與之相期 吐詞悽惋 若出
一人之口 其有才不見用 流落天涯 羈遊旅泊之狀 了了然皆見
於數字間 則所謂詩源乎心者信哉(『破閑集』하, 18)

〈주석〉[絳] 진홍색 강 [觜] 털뿔 자 [寥] 쓸쓸하다 료 [落] 마을 락 [椹] 오디
심 [稠] 풍족하게 익다 조 [黃栗留(황률류)] 꾀꼬리, 꾀꼬리는 오디가

---

22) 이 내용은 이덕무의『靑莊館全書』『청비록』에도 거의 비슷하게 실려 있다. 제시하면 다음과 같다. "案高
麗李仁老 號雙明齋 奉使赴燕 元日舘門春帖 喧藉一時 後中朝學士遇本朝使者 誦前詩 詩曰 翠眉嬌展街
頭柳 白雪香飄嶺上梅 千里家園知好在 春風先自海東來"

익을 때 뽕나무 사이에 날아들므로, 節氣에 응하는 새라고 함 [洛陽(낙양)] 중국 하남성에 있는 것으로, 역대로 首都였기 때문에 여기서도 首都를 뜻함 [囀] 지저귀다 전 [惋] 한탄하다 완 [羈] 타관살이하다 기 [了] 밝다 료

〈국역〉 백운자 神駿은 유관을 버리고 불교를 배워 허리에 (詩軸을) 싸매고 유명한 산을 두로 돌아다니다 도중에 꾀꼬리 소리를 듣고 느낌이 있어 한 편의 절구를 짓기를,

화려한 진홍색 뿔에 노란 옷을 자랑하며
붉은 담, 푸른 나무에서 우는 것이 마땅한데
무슨 일로 쓸쓸하고 적막한 마을에 와
숲속에서 때때로 두세 소리 보내주는가?

라 하였다. 내 친구 기지 林椿이 실의하여 강남에서 돌아다니다가 꾀꼬리 소리를 듣고 또한 시(「暮春聞鶯」)를 짓기를,

전가에 오디 익으니 보리가 장차 한창인데
푸른 나무에서 때때로 꾀꼬리 소리 듣는다
낙양의 꽃 아래 손님 아는 듯
은근히 울고 울어 쉬지를 않네

라 했다. 고금 시인 중에 사물에 의탁하여 뜻을 우의한 이런 종류가 많다. 두 사람이 지은 것은 처음부터 그것과 서로 기약한 것은 아니었지만, 쏟아낸 말이 처완하여 한 사람의 입에서 나온 듯하다. 재주

가 있어도 쓰이지 못하여 하늘 끝에 유락하고 나그네로 떠도는 형상
이 분명하게 두어 글자 속에 나타나고 있으니, 이른바 '시는 마음에
근원한다'는 말이 미덥구나!

林西河椿聞鸎詩云　田家椹熟麥將稠　綠樹初聞黃栗留　似識洛
陽花下客　慇懃百囀未能休　崔文淸公夜直　聞採眞峯鶴唳詩云
雲掃長空月正明　松巢宿鶴不勝淸　滿山猿鳥知音少　獨刷疏翎
半夜鳴　二詩俱是不遇感傷之作　然文淸氣節慷慨　非林之比(『櫟
翁稗說』 후집2)

〈주석〉 [鸎] 꾀꼬리 앵 [椹] 오디 심 [稠] 풍족하게 익다 조 [黃栗留(황률류)]
　　　　꾀꼬리, 꾀꼬리는 오디가 익을 때 뽕나무 사이에 날아들므로, 節氣에
　　　　응하는 새라고 함 [洛陽(낙양)] 중국 하남성에 있는 것으로, 역대로
　　　　首都였기 때문에 여기서는 首都를 뜻함 [囀] 지저귀다 전 [直] 숙직
　　　　직 [唳] 학이 울다 려 [巢] 둥지 소 [猿] 원숭이 원 [刷] 털다 쇄 [翎]
　　　　깃 령
〈국역〉 서하 임춘이 꾀꼬리 울음을 듣고 시(「暮春聞鸎」)를 지었는데,

　　　　전가에 오디 익으니 보리가 장차 한창인데
　　　　푸른 나무에서 때때로 꾀꼬리 소리 듣는다
　　　　낙양의 꽃 아래 손님 아는 듯
　　　　은근히 울고 울어 쉬지를 않네

라 했다. 문청공 崔滋가 밤에 숙직하다가 「채진봉에서 학이 우는 소

리를 듣고」라는 시에,

구름 갠 높은 하늘에 달이 정말 밝으니
소나무 둥지에 자던 학 청아함 이기지 못하네
온 산의 원숭이와 새 마음 알아주는 이 적으니
홀로 성긴 날개 퍼덕이며 밤중에 우는구나

라 했다. 두 시는 모두 불우를 슬퍼하여 지은 것이다. 그러나 문청공
최자의 시는 기절이 강개하여 임춘에게 견줄 바가 아니다.

林先生椿贈李眉叟書云　僕與吾子　雖未嘗讀東坡　往往句法已
略相似矣　豈非得於其中者闇與之合　今觀眉叟　或有七字五字
從東坡集來　觀文順公詩　無四五字奪東坡語　其豪邁之氣　富贍
之體　直與東坡脗合　世以椿之文　得古人體　觀其文　皆攘取古
人語　咸至連數十字綴之　以爲己辭　此非得其體　奪其語(『補閑
集』 중, 18)

〈주석〉 [邁] 뛰어나다 매 [脗合(문합)] 꼭 맞음 [攘] 훔치다 양
〈국역〉 임춘이 미수 이인로에게 준 편지(「與眉叟論東坡文書」)에 이르기를,
　　　　"저와 그대는 비록 일찍이 동파의 글을 읽은 적은 없으나, 가끔 구
　　　　법이 이미 대략 서로 비슷하였으니, 어찌 그 마음에서 얻은 것이 우
　　　　연히 그와 합해진 것이 아니겠습니까?"라 했다. 지금 미수의 시를 보
　　　　니, 간혹 7자, 5자가『동파집』에서 온 것이 있다. 그런데 문순공 이규
　　　　보의 시를 보니, 4, 5자도 동파의 말에서 빼앗아 온 것이 없으나, 그

호매한 기운과 부섬한 체는 바로 동파와 꼭 맞았다. 세상 사람들은 임춘의 글이 옛 사람의 체를 터득했다고 생각하지만, 그의 글을 보니 모두 옛 사람의 말을 훔쳐왔는데, 심지어 (옛 사람의 말을) 연이어 수십 자를 엮고서 자기의 말로 삼으니, 이것은 그 체를 터득한 것이 아니라 그 말을 표절한 것이다.

☆ 金克己(1150경~1204경)

高麗金克己皇龍寺詩云　五侯耽耽宇　當夏不受暑　炎官恥失威
陋屋煩遷怒　焦心愁似火　爍軆汗如雨　願隨葉靜能　飛入淸虛府
身騎靑瑤蟾　手弄白玉兎　可惜凡骨腥　雲霄失歸路　不如叩幽人
霡灑淸軟語　曉起理枯藤　來尋西社主　蝸涎繞砌苔　鳥嘶歸雲樹
殿閣誇壯麗　尋空欲飛去　一室曼陀花　繽紛落玉塵　坐久黃金鴨
湛烟橫篆縷　活火試芳茶　花甆浮玉乳　香甛味尤永　一啜空百慮
暮色入平林　長廊鳴法鼓　才微萬象驕　把筆吟尤苦　此篇可誦
命意又奇　蓋憤世疾俗之作也　貴勢崇高　人不敢那　而貧賤固窮
反受其毒　至凡骨失路之語　有籲天難徹之意　惟知者知其然耳
(『補閑集』)

〈주석〉 [五侯] 귀족 세가들을 말함 [耽耽(탐탐)] 깊은 모양 [炎官] 불을 맡은 신 [爍] 태우다 삭 [葉靜能] 고대의 仙人임 [淸虛府] 天上의 신선들이 사는 곳 [瑤] 옥 요 [蟾] 두꺼비 섬 [腥] 비리다 성 [霄] 하늘 소 [霡] 잠기다 점 [灑] 씻다 쇄 [軟語(연어)] 부드럽고 완순한 말을 이른다. 『維摩經』에, "所言誠諦 常以軟語"라는 것이 보임 [藤] 등나무 등 [蝸]

달팽이 와 [蜒] 침 연 [蜒] 두르다 요 [砌] 섬돌 체 [嘶] 지저귀다 롱 [雲樹] 높이 솟은 나무 [曼陀花(만다화)] 曼陀羅꽃을 말한 것인데, 1년생의 화초이다. 『法華經』에, "부처가 說法을 하자 하늘에서 만다라 꽃이 내렸다" 하였음 [玉塵(옥주)] 옥으로 자루를 한 주미(塵尾)인데, 지금의 먼지떨이와 같은 것임(塵 먼지떨이 주) [黃金鴨(황금압)] 누런 향로명 [渀] 맑다 잠 [篆縷(전루)] 연기가 전서모양으로 꼬불꼬불 올라감 [瓷] 자기 자 [呫] 달다 첨 [啜] 마시다 철 [廊] 행랑 랑 [命意] 주제 [籲] 부르다 유

〈국역〉 고려 김극기의 「황룡사」 시에,

넓은 귀족 집들은
여름에도 더위를 받지 않으니
염관이 위엄 잃을 것 부끄러워서
누옥으로 번번이 화풀이하네
마음 태워 근심은 불과 같고
몸뚱이를 내리 쬐이니 땀방울이 비와 같구나
원컨대 섭정능을 따라
청허부로 날아가서
몸소 푸른 옥의 두꺼비를 타고
손으로 흰 옥의 토끼를 희롱했으면
애석하구나! 비린내 나는 평범한 사람이라서
높은 하늘에 돌아갈 길을 잃었네
그러니 깊숙이 사는 사람을 찾아가서
연어를 들으며 답답함을 씻는 것만 못하리

그리하여 새벽에 일어나서 마른 등나무 지팡이를 챙겨 들고
서사의 주인을 찾아왔네
달팽이 침은 이끼 낀 섬돌을 두르고
지저귀는 새들은 높은 나무로 돌아가네
전각이 장려함을 자랑하여
공중을 찾아 날아가려 하네
온 방 안의 만다화는
어지러이 옥주에 떨어지고
오래 앉았으니, 황금압에는
맑은 연기 실올처럼 비끼었구나
타는 불에 향차를 시험하니
꽃자기에 옥유가 둥둥 떴구나
향기롭고 달아서 맛 더욱 오래 가니
한번 마시자 온갖 생각이 다 없어지네
저문 빛이 평화로운 숲에 깃들어 오자
긴 행랑에선 법고를 울리네
재주는 부족하고 만상은 뛰어나니
붓 쥐고 시 읊기는 더욱 괴로워라

라 하였다. 이 시는 외울 만하고, 주제는 더욱 기교하니, 대개 세속을
분개하고 미워하는 작품이다. 부귀와 권세는 높고 높아서 사람이 감
히 어찌하지 못하며, 빈천은 곤궁하여 도리어 그 해독을 받으며, 평
범한 사람이 길을 잃었다는 말에 이르러서는 하늘에 부르짖어도 통
하기 어렵다는 뜻이 내포해 있으니, 오직 지혜로운 사람만이 그러한

것을 알 수 있을 것이다.

☆ 陳澕(?~? 李奎報와 같은 시대 생존)

文宗大康七年辛酉 崔良平公思齊 使入宋 舡上云 天地何疆界
山河自異同 君毋謂宋遠 回首一帆風 陳補闕澕 以書狀官入大
金云 西華已蕭索 北塞尙昏濛 坐待文明旦 天東日欲紅 癸巳
春 朝家聞大金皇帝播遷河南 遣起居注崔璘 內侍權迷及予 詣
行在問安 時因韃靼路梗 以木道過鐵山浦 至邊地海州津 權有
詩云 九天移四海 悲乘槎去路 憑誰問萬里 烟波迷所之 予於
前歲 以副樞使蒙古 抵宿興中府 見一寺壁上書一絶云 四海盡
爲狐兔窟 萬邦猶仰犬羊天 人間樂國是何處 深歎吾生不後先
崔有朝覲不遠千里之意 陳以幕佐入朝 稱北塞昏濛 非禮 權詩
言雖迷悶 義存奔問 興中一絶 是客子所題 言高何罪(『補閑集』
상, 16)

〈주석〉 [舡] 배 강 [帆] 돛단배 범 [蕭索(소삭)] 쓸쓸한 모양 [濛] 흐릿하다 몽
[內侍] 임금의 宿衛나 近侍를 맡아보던 관원이었는데, 元나라 이후
宦官으로 대체 [行在] 行在所로, 임금이 임시로 머무는 곳 [韃靼(달
단)] 蒙古의 이칭 [梗] 막히다 경 [鐵山浦] 평안북도 철산 [海州津] 만
주 遼東城 海城縣의 옛 이름 [槎] 뗏목 사 [憑] 의거하다 빙 [抵] 다다
르다 저 [興中府] 요나라가 만주에 두었던 부 [窟] 굴 굴 [覲] 뵙다 근
[迷悶(미민)] 혼미함

〈국역〉 문종 대강 7년 신유(1081)년에, 양평공 최사제(?~1091)가 송나라에

92

사신으로 들어갈 때 배 위에서 이르기를,

천하에 어찌 경계가 있겠는가?
산하는 절로 다른데
그대는 송나라가 멀다고 하지 마시오
머리 돌리니 돛단배 한 척 바람에 실려 가네

라 했다. 보궐 진화가 서장관으로 대금에 들어갈 때 이르기를,

서쪽의 중화는 이미 시들고
북쪽 변방은 아직도 캄캄하다
앉아서 문명의 아침을 기다리노니
하늘 동쪽에 해가 붉으려 하네[23]

라 했다. 계사년(1233) 봄, 조정에서 대금 황제가 하남으로 파천한 것을 듣고, 기거주 최린과 내시 권술, 그리고 나 이인로를 보내 행재소에 가서 문안하도록 했다. 당시 몽고 길이 막힘으로 말미암아 나무길을 사용하여 철산포를 지나 요동의 해주진에 이르자, 권술이 지를 짓기를,

---

23) 진화는 「翰林別曲」에서 '李正言 陳翰林 雙韻走筆'이라 하여, 李奎報와 함께 走筆로 이름을 떨친 인물이다. 이 시는 金나라로 사신 가면서 지은 것인데, 고려인으로서의 시대적 자각과 민족적 긍지를 보여주는 시이다. 중국인 南宋은 이미 노쇠의 지경에 있고 북방민족인 金과 蒙古는 아직 몽매한 상태에 있는데, 새로운 문명의 아침이 동쪽에서 밝아 온다는 것이다. 이 동쪽은 바로 고려 자신인 것이다. 宋과 단절된 후에 고려는 문명의 나라로서 '영광 있는 고립'을 지키는 데 그칠 뿐 아니라, '인간의 낙원'을 실현할 가능성을 지니고 있는 고려는 나아가 다가오는 새 시대의 역사 위에 문명의 서광을 비추어 주리라는 것이다.

하늘은 사해를 옮긴 듯한데(푸른데)

뗏목 타고 길 떠나는 것 슬퍼하네

누구에게 기대어 만 리 길을 물어볼 것인가?

물안개가 갈 곳을 헤매게 하네

내가 지난해에 부추밀로 몽고에 사신 가다가 흥중부에 이르러 자는데, 어느 절 벽 위에 써 놓은 절구 한 수를 보았다. 이르기를,

사해가 모두 여우와 토끼의 굴이 되고

온 세상이 오히려 개와 양의 하늘 우러러 보네

인간 세상 낙국은 어디에 있는가?

우리 인생 앞뒤 없음을 깊이 한탄하네

라 했다. 최사제의 시에는 조회하는데 천 리를 멀다고 여기지 않는 뜻이 있고, 진화는 막료의 보좌관으로 조정에 들어가면서 '北塞昏濛'이라 칭했는데, 이것은 예가 아니다. 권술의 시는 말이 비록 혼미하기는 하지만 의리상 달려가 문안하려는 뜻이 담겨 있고, 흥중부의 한 절구는 나그네가 지은 것으로 말이 고상하다고 무슨 죄가 되겠는가?

金文貞台鉉曰 陳補闕澕嘗謂余 詩當以淸爲主 如題山寺詩曰 雨餘庭院簇莓苔 人靜雙扉晝不開 碧砌落花深一寸 東風吹去 又吹來 其言信然(『補閑集』)

〈주석〉 [簇] 떨기로 나다 족 [莓] 이끼 매 [苔] 이끼 태 [扉] 문짝 비 [砌] 섬돌 체

《국역》 문정 김태현(1261~1330)이 말하기를 "보궐 진화가 일찍이 나에게
'시는 마땅히 淸을 위주로 삼아야 한다'고 했는데, 「제산사」와 같은
시(「春晩題山寺」)에,

비 온 끝에 정원 뜨락 이끼들만 돋아난 채
인적 고요해 사립문 낮에도 열지 않네
푸른 섬돌 위 지는 꽃잎 한 치 남짓 쌓인 채로
봄바람에 불려갔다 또 불려오네

라 했는데, 그의 말이 정말 그렇다.[24]

陳正言澕詠柳云 鳳城西畔萬條金 勾引春愁作暝陰 無限狂風吹
不斷 惹煙和雨到秋深 唐李商隱柳詩云 曾共春風拂舞筵 樂遊
晴苑斷腸天 如何肯到淸秋節 已帶斜陽更帶蟬 陳蓋擬此而作
山谷有言 隨人作計終後人 自成一家乃逼眞 信哉(『櫟翁稗說』)

《주석》 [鳳城(봉성)] 봉황으로 비유되는 임금이 사는 성으로, 궁성을 말한다.
여기서는 개성을 의미함 [畔] 물가 반 [勾引(구인)]=吸引 [暝] 어둡다
명 [惹] 끼다 야 [拂] 털다 불

《국역》 정언 진화가 버들을 읊은 시(「柳」)에,

봉성 서쪽 강둑에 노랗던 수만 가지

---

24) 『동인시화』에서는 "평자들이 '지는 꽃잎 한 치 쌓였다'고 한 것은 실제의 이치에 맞지 않는다(砧者曰 落
花稱深一寸 似畔於理)"라는 기록이 보인다.

봄 시름 끌어안고 그늘을 만들었네
한없이 미친 바람 쉬지 않고 불어
안개 끼고 비 어울려 깊은 가을을 맞게 됐네

라 했다. 唐나라 李商隱(812?~858?)의 버들 시에,

일찍이 봄바람과 함께 춤자리를 쓸었고
맑은 원림에 즐겁게 놀면서 하늘을 애처로워했네
어쩌다가 맑은 가을까지 왔는가?
이미 석양인데 매미 소리마저 들리네

라 하였는데, 진화가 아마도 이 시를 모방하여 지은 것 같다. 산곡 黃
庭堅(北宋: 1045~1105)의 시에,

남을 따라 계책을 세우면 끝내 남에게 뒤지는 것
스스로 일가를 이루어야 마침내 핍진해지네

라 하였는데, 미더운 말이다.

☆ 李奎報(1168~1241)

詩僧元湛謂予云 今之士大夫作詩 遠託異域人物地名 以爲本
朝事實 可笑 如文順公南遊曰 秋霜染盡吳中樹 暮雨昏來楚外
山 雖造語淸遠 吳楚非我地也 未若前輩松京早發云 初行馬坂

人烟動 及過駝橋野意生 非特辭新趣勝 言辭甚的 予答曰 凡
詩人用事 不必泥其本 但寓意而已 況復天下一家 翰墨同文
胡彼此之有間 僧服之(『補閑集』중, 22)

〈주석〉 [駝橋(타교)] 開城 保定門 안에 있는 다리인 낙타교를 이른다. 고려
태조 때 거란에서 낙타 50필을 가지고 사신이 하례하러 왔으나, 태조
가 예전의 원한을 잊지 못해 사신은 海島에 귀양 보내고 낙타는 다
리 밑에 매어 놓아 굶어죽게 한 일이 있어 '낙타교'라 이름함 [野意]
시골의 정취 [的] 적실하다 적 [泥] 막히다 니

〈국역〉 시승 원담이 나 崔滋에게 말하길, "오늘날의 사대부는 시를 지을 때
멀리 다른 지역의 인물과 지명에 의탁하여 우리나라의 사실로 여기
고 있으니, 가소롭습니다. 문순공 이규보의 「남유」 시에,

가을 서리는 오나라의 나무를 다 물들게 하고
저녁 비는 초나라의 바깥 산을 어둡게 하네

라 했는데, 비록 지은 말은 맑고 심원하나, 오나라와 초나라는 우리
나라의 땅이 아닙니다. 그러니 선배의 「송경조발」이란 시만 못합니
다. 그 시에 이르길,

처음 마판에 가니 인가 연기 피어오르고
타교를 지나자 시골 정취 생겨나네

라 했는데, 특별히 말이 새롭거나 정취가 뛰어난 것은 아니지만, 말

이 매우 적절합니다"라 하였다. 내가 대답하길, "무릇 시인이 용사를 할 때 반드시 그 근본에 구속될 필요는 없고 다만 뜻을 붙일 따름입니다. 하물며 천하가 한 집안이며 글도 같은데, 어찌 피차 사이에 차이가 있겠습니까?"라 하니, 원담이 내 말에 승복하였다.

知奏事崔公宅 千葉榴花盛開 世所罕見 特喚李內翰仁老金內
翰克己李留院湛之咸司直淳及余 占韻命賦 余詩云 玉顔初被
酒 紅暈十分侵 葩馥鍾天巧 姿嬌挑客尋 爇香晴引蝶 散火夜
驚禽 惜艶敎開晩 誰知造物心 自況余晩達(『白雲小說』)

〈주석〉 [知奏事] 中樞院의 정3품 벼슬로, 왕명의 출납을 맡음 [占] 입으로 부르다 점 [暈] 무리 훈 [葩] 꽃 파 [馥] 향기 복 [鍾] 모이다 종 [挑] 돋우다 도 [尋] 방문하다 심 [爇] 사르다 설 [況] 비유하다 황
〈국역〉 지주사 崔忠獻(1149~1219)의 집에 천엽류 꽃이 만발하였는데, 세상에서 보기 드문 것이었다. 그래서 내한 이인로·내한 김극기·유원이담지·사직 함순과 나 이규보를 특별히 초청하여 운자를 불러 시를 짓게 하였다. 나의 시는 다음과 같다.

백옥 같은 얼굴 처음 술에 취하여
붉은빛이 충분히 감돌았네
꽃향기에 조물주의 온갖 기교 모였고
아리따운 그 자태 나그네의 마음 끄네
훈훈한 향기 맑은 날에 나비를 이끌고
불빛처럼 환한 꽃 밤에 새를 놀라게 하네

고운 것을 아끼어 늦게 피도록 하였으니

누가 조물주의 마음을 알겠는가?

내가 늦게 출세한 것을 비유한 것이다.

文順奎報少以文章自負　時李仁老吳世材林椿趙通皇甫抗咸淳
李湛之等　稱爲七賢　飮酒賦詩　傍若無人　世材死　湛之謂奎報
子可補耶　奎報曰　七賢豈朝庭官爵　補其闕耶　未聞嵇阮之後
有承之者　又令口號云　不知七賢內　誰爲鑽核人　一坐有愠色
一日濮陽吳君世文　與金東閣瑞廷　鄭員外文甲　置酒林亭　文順
亦與會　吳以所著三百二韻詩索和　文順援筆步韻　韻愈强而思
愈健　浩汗奔放　雖風檣陣馬　未易擬其速　東方詩豪一人而已
古人詩集中　無律詩三百韻者　雖歲鍛月鍊　尙不得成　況一瞥之
間　操紙立成乎(『東人詩話』 상, 13)

〈주석〉 [七賢] 晋대 阮籍·嵇康·山濤·阮咸·王戎·向秀·劉伶이 결성한
竹林七賢을 본떠 江左七賢(=竹林高會)이라고 함 [口號] 입으로 읊조
림 [鑽核人(찬핵인)] 욕심이 많은 王戎은 집에 품질이 좋은 오얏이
있었는데, 종자의 유출을 막으려고 오얏씨에 구멍을 뚫어 팔았다고
함 [濮陽(복양)] 중국 河南省으로 오씨의 貫鄕 [步韻] 다른 사람의 시
를 차운하여 唱和함 [浩汗(호한)] 물이 광대한 모양 [檣] 돛대 장 [陣
馬] 陣을 부수는 말로, 빨리 전진하는 사물에 비유 [擬] 비기다 의
[鍛] 두드리다 단 [瞥] 언뜻 보다 별
〈국역〉 문순공 李奎報는 어려서 문장으로 자부하였다. 당시 이인로·오세재·

조통·황보항·함순·이담지 등이 칠현이라고 일컬었는데, 이들은 술을 마시고 시를 지으며 곁에 아무도 없는 것처럼 행동했다. 오세재가 죽자, 이담지가 이규보에게 이르기를, "그대가 (빈자리를) 채울 수 있겠는가?"라 하니, 이규보가 "칠현이 어찌 조정의 벼슬이라고 그 빈자리를 채운단 말입니까? 혜강과 완적이 죽은 뒤에 결핍한 자리를 이었다는 말은 듣지 못했습니다"라 하고는 또 바로 입으로 시를 읊조리기를,

모르겠네, 칠현 가운데
누가 오얏씨에 구멍을 뚫었는지?

라고 하니, 자리에 앉은 사람들이 성난 기색이 있었다.

하루는 복양 오세문이 동각 김서정·원외랑 정문갑과 숲속 정자에서 술자리를 열었는데, 이규보도 모임에 참여하였다. 오세문이 자기가 지은 302운의 시로써 화운시를 구하니, 이규보가 붓을 당겨 화운시를 지었는데,[25] 운이 강할수록 뜻이 더욱 굳세었다. 광대하고 분방하여 비록 바람을 가득 안은 돛대나 적진으로 달려가는 말이라도 그 신속함을 견주기는 쉽지 않을 것이다. 그러니 동방의 시호는 한 사람뿐이다. 옛 사람의 시집 가운데에도 300운의 율시는 없으니, 비록 몇 년

---

25) 『東國李相國集』권5에 「次韻 吳東閣世文 呈諡院諸學士 三百韻詩」의 幷序에 다음과 같은 글이 실려 있다. "복양 오세문이 북사로부터 탄핵을 받고 서울로 돌아와 한가히 지내던 어느 날, 동각 김서정과 함께 원외 정문갑의 임원에 술자리가 베풀어졌다. 나도 그곳을 방문하여 말석에 참여하였는데 오공이 나에게 자랑하기를, '고금의 시집 중에 삼백 운의 시를 지은 사람은 없는데, 나는 이 삼백 운의 시를 지어 고원의 여러 학사에게 드렸으니, 자네가 화답할 수 있겠는가?' 하면서 그 시를 꺼내 보였다. 나는 그날 집으로 돌아와 차운, 화답하여 오공에게 보내고 아울러 정원외와 김동각에게도 이를 알렸다(濮陽吳公世文 自北使 見劾 入洛閑居 一日與金東閣瑞廷 置酒鄭員外文甲林園 予訪之預飮坐末 吳公誇予曰 古今詩集中 無有 押三百韻詩者 予嘗著三百二韻詩 呈諡院諸學士 子豈和之耶 因出其詩示之 是日還家 次韻廣和 奉寄吳 公 兼簡鄭員外金東閣)."

몇 달을 단련해도 이룰 수 없는 것인데, 하물며 한 번 눈 깜짝할 사이에 종이를 잡고 곧바로 이룸에 있어서랴!

李文順送春詩曰 春向晚送將歸 杳杳悠悠適何處 不惟收拾花紅歸 兼取人間渥丹去 好去靑春莫回首 與人薄情誰似汝 趙石澗云仡送春詩 謫宦傷心涕淚揮 送春兼復送人歸 春風好去無留意 久在人間學是非 李則惜春歸 趙則勸春歸 各有意態 老健奇節(『東人詩話』 상, 22)

〈주석〉 [杳] 아득한 모양 묘 [渥] 윤 악 [涕] 눈물 체 [揮] 떨치다 휘
〈국•역〉 문순공 이규보의 「송춘」 시에,

봄이 저물어가니 장차 보내긴 하지만
아득하고도 머나먼 어디로 가나?
오직 붉은 꽃을 거둬갈 뿐 아니라
아울러 사람의 붉은 빛까지 가져가 버리네
(중략)
잘 가거라 봄바람아, 미련을 갖지 않으련다
사람에게 박정하기 그 누가 너 같으랴26)

---

26) 「送春吟」의 전문을 제시하면 다음과 같다.
(위의 시)
明年春廻花復紅 내년 봄이 돌아올 때 꽃은 다시 붉겠지만
丹面一緇誰借與 붉은 얼굴 한번 검어지면 그 누가 다시 빌려줄까
送春去春去忙 봄을 보내니 봄은 바삐 떠나거늘
空對殘花頻洒涕 부질없이 남은 꽃 바라보고 눈물 자주 뿌리네
問春何去春不言 봄이 어딜 가는지 물어도 봄은 대답 없고
黃鸝似代春傳語 누런 꾀꼬리 봄 대신 말을 전하는 듯하지만
鶯聲可聞不可會 꾀꼬리 소리 들을 수는 있어도 이해할 수 없으니

라 하였다. 석간 조운흘(1332~1404)의 「송춘」(「送春日別人」) 시에,

귀양살이 벼슬에 마음이 상해 눈물을 뿌리며
봄을 보내고 또 돌아가는 사람을 보내네[27]
봄바람아 잘 가고 머무를 생각 말라
인간 세상에 오래 있으면 시비를 배울 테니

라 하였다. 이규보는 봄이 가는 것을 애석해하고, 조운흘은 봄에게
떠날 것을 권하고 있다. 각각의 시가 독특한 뜻을 지니고 있지만, 노
건하고 기운차며 빼어나다.

作詩非難 能造情境 摸寫形容 一言而盡 此古人所難 如李文
順北山雜題云 欲試山人心 入門先醉嚘 了不見喜慍 始覺眞高
士 如此形容 雖古人 亦未易到(『東人詩話』 하, 10)

〈주석〉 [情境]=情景, 感情과 景色 [北山] 개경 북쪽의 天磨山의 다른 이름
      [嚘] 성내다 비 [了] 마침내 료
〈국역〉 시를 짓는 것은 어려운 일이 아니다. 정경에 이르러 묘사하고 형용하
      여 한마디 말로 다 드러내는 것을 옛 사람들은 어려워하였다. 예를
      들면 문순공 이규보의 「북산잡제」 시에,

不若忘情倒芳醑 정 잊고 좋은 술에 취하는 것만 못하네
好去春風莫回首 잘 가거라 봄바람아, 미련을 갖지 않으련다
與人薄情誰似汝 사람에게 박정하기 그 누가 너 같으랴

27) 2구가 『동문선』에서는 "送人兼復送春歸"라 되어 있다.

산사람의 마음을 시험코자 하여
문에 들자 먼저 취한 척 성을 내네
끝내 기뻐하고 불평함을 나타내지 않으니
비로소 정말 고사임을 알겠네[28]

라 했다. 이와 같은 형용은 비록 옛 사람이라도 쉽게 이를 수 있는 것은 아니다.

予賞讀李相國長篇　豪健峻壯　凌厲振踔　如以赤手搏虎豹挐龍蛇　可怪可愕　然有麤猛處　牧隱長篇　變化闔闢　縱橫古今　如江漢滔滔　波瀾自闊　奇怪畢呈　然喜用俗語　學詩者　學牧隱不得其失也流於鄙野　學相國不得　其失也如捕風繫影　無著落處　近世學詩者　例喜法二李　不學唐宋　古人云　作法於凉　其弊猶貪作法於貪　弊將何救(『東人詩話』 하, 63)

〈주석〉 [凌厲(릉려)] 하늘을 뚫고 높이 날아오르는 것으로, 기세가 빠르고 맹렬함 [踔] 달리다 초 [挐] 잡다 나 [愕] 놀라다 악 [闔] 닫다 합 [闢] 열다 벽 [闊] 거칠다 활 [呈] 드러내다 정 [作法於凉 其弊猶貪 作法於貪 弊將何救] 『좌전』 소공 4년에, 세금을 징수하는데, "처음에는 박하게 부과하더라도 나중에는 무겁게 부과하게 되는 것이니, 처음부터 무겁게 부과하면 나중에 어떻게 될 것인가?"라는 말에서 나옴 [凉]=涼 얇다 량

---

28) 『동국이상국집』에는 제목이 「山中寓居」, 山人이 高人으로 되어 있음.

〈국역〉 내가 일찍이 상국 李奎報의 장편시를 읽었는데, 호준하고 건장하며 힘차고, 힘껏 날아오르고 내닫는 듯하여 마치 맨손으로 호랑이와 표범을 잡고 용과 뱀을 움켜쥐는 듯하니, 괴이하고 놀랄 만하였으나 거칠고 세련되지 못한 곳이 있었다. 목은 李穡의 장편시는 변화가 무궁하며 고금을 넘나드는 것이 마치 長江과 漢水의 물결이 도도하게 흘러 파도가 절로 넘치듯이 기괴함을 다 그려내고 있으나 속어를 즐겨 사용하였다. 시를 배우는 자들이 목은을 배우다가 터득하지 못하면 그 잘못이 비루한 곳으로 흐르며, 이규보를 배우다가 터득하지 못하면 그 잘못이 바람을 잡고 그림자를 매어두려는 듯 안착할 곳이 없게 될 것이다. 근래 시를 배우는 자들이 으레 이규보와 이색을 본받기를 즐겨하고 당송의 시를 배우지 않는다. 옛 사람이 이르기를, "조금 받음에서 법을 만들어도 그 폐단은 오히려 탐욕스럽게 되는데, 탐욕에서 법을 만들면 폐단을 장차 어떻게 구원하겠는가?"라 하였다.

近見壺谷所編箕雅目錄 稱李奎報文章爲東國之冠 余意此論殊不然 奎報詩擅名東方久矣 前輩諸公 亦皆推爲不可及 蓋其材力捷敏 蓄積富博 爭多鬪速 一時莫及 又能自造言語 不蹈襲前人以爲工 亦可謂有詩人之才矣 然其學識鄙陋 氣象庸下 格卑而調雜 語瑣而意淺 其古律絶數千百篇 無一語一句道得淸明灑落高古宏闊意思 其所沾沾自喜 以爲不經人道語者 大抵皆徐凝之惡詩 眞嚴羽卿所謂下劣詩魔 入其肺腑者也 試拈其數句 如滿院松篁僧富貴 一江煙月寺風流 竹根迸地龍腰曲 蕉葉當窓鳳尾長 湖平巧印當心月 浦闊貪呑入口潮 此等皆人所膾炙 以爲奇警者 而自今觀之 殆同村學童所習百聯鈔句語耳

亦何足尚哉 當時之人 目見其贍敏擅場 固宜畏服 至於後來尚
論 宜有不然 而至今三四百年 猶不敢置異議於其間 誠所未解
然此特以詩言耳 至他文 尤不足深論 雖詞賦騈儷 頗有可取
而若以是壓倒牧隱諸人 而爲東國之冠 則恐未爲允也 論文章
於東國 固難以一人斷爲冠首 然文則當推牧隱爲大家 詩則當
推挹翠爲絶調 牧隱不獨文爲大家 詩亦宏肆豪放 氣象可觀 不
似奎報齷齪(『農巖雜識』外篇)

〈주석〉 [擅名(천명)] 명성을 누림 [蹈] 밟다 도 [庸下(용하)] 평범하고 낮음
[瑣] 자질구레하다 쇄 [沾沾(첨첨)] 自矜하는 모양 [徐凝] 서응은 唐
나라의 시인이다. 그가 지은 「廬山瀑布」 시의 끝 구절에 "한 가닥 폭
포가 푸른 산 빛 깨뜨리네[一條界破靑山色]"라 한 것에 대해 蘇軾이
속되고 비루하다고 비판하며 장난삼아 절구 한 수를 지었는데, 그중
에 "폭포수가 흩뿌리는 물거품은 많건마는, 서응의 나쁜 시를 씻어
주지 않는구나[飛流濺沫知多少 不與徐凝洗惡詩]" 하였음(『東坡全集』
卷12 「世傳徐凝瀑布詩云云云作一詩」) [詩魔] 시마는 시의 작법이나
기풍이 좋지 않은 방향으로 흘러 詩想이 괴벽한 것을 말한다. 宋나
라 엄우의 『滄浪詩話』의 「詩辯」에 "시를 배우는 사람은 식견을 위주
로 하여 入門을 바르게 하고 뜻을 높이 세워야 하니, 漢·魏·晉·
盛唐의 시인을 스승으로 삼아야지 開元·天寶 연간 이후의 인물이
되어서는 안 된다. 스스로 위축되고 물러나면 저열한 시마가 폐부에
갈 것이니, 이는 뜻을 높이 세우지 않았기 때문이다" 하였음 [腑] 장
부 부 [拈] 집어들다 념 [篁] 대(대숲) 황 [迸] 솟아나오다 병 [蕉] 파
초 초 [當心] 한가운데 [殆] 거의 태 [百聯鈔(백련초)] 『百聯抄解』로

金麟厚(1510~1560)가 중국의 七言古詩 중에서 聯句 100수를 뽑아 엮은 漢詩入門書 [允] 동의하다 윤 [絶調(절조)] 절묘한 詩文 [齷齪(악착)] 기량이 좁음

〈국역〉 근래 호곡 南龍翼(1628~1692)이 엮은 『箕雅』의 목록을 보니, 이규보의 문장을 우리나라에서 으뜸이라고 칭찬하였는데, 나 김창협 생각에 이 논의는 매우 옳지 못하다. 이규보의 시는 동방에 명성을 떨친 지가 오래되었으니, 여러 선배들도 모두 미칠 수 없다고 추앙하였다. 아마 그의 재능이 민첩하고 축적된 식견이 풍부하여 많이 짓고 빨리 짓기를 다투어 당대에 미칠 자가 없었기 때문일 것이다. 게다가 그는 스스로 말을 짓는 능력이 있어 앞 사람들의 언어를 답습하지 않는 것을 뛰어나다고 여겼으니, 또한 시인의 재주가 있었다고 말할 수 있다. 그러나 그는 학식이 비루하고 기상이 용렬하여 시의 격조가 비천하고 잡되며, 언어가 잗달고 의미가 천박하였으니, 古體詩·율시·절구 수천 수백 편 가운데 한 자 한 구도 맑고 깨끗하며 고상하고 광활한 의미를 담았다고 말할 수 있는 것이 없다. 그리고 그가 의기양양하게 스스로 기뻐하며 '남들이 쓴 적이 없는 말'이라고 한 것은 대체로 다 서응의 나쁜 시와 같은 부류이니, 참으로 嚴羽(宋: 1197?~1253?)의 이른바 "저열한 詩魔가 그 폐부에 들어간다"라는 경우이다. 시험 삼아 그중 몇 구를 들어 보면, 예컨대

솔과 대가 집에 가득한 스님은 부귀하고
온 강에 안개 달빛 비친 절 운치있네

땅위로 솟은 대뿌리는 굽어진 용의 허리

창 앞의 파초 잎은 기다란 봉황 꼬리
호수는 잔잔하여 한가운데 달을 잘 새겼고
포구는 넓어서 밀물 한껏 들이켜네

이러한 구들은 모두 사람들에게 회자되고 기이하고 뛰어나다고 여겨
지는 것들이다. 그러나 지금 이것들을 살펴보면, 시골 학동이 익히는
『百聯鈔』의 어구와 거의 흡사하니, 어찌 숭상할 가치가 있겠는가? 당
시 사람들은 그가 풍부하고 민첩한 글로 시단에서 종횡하는 것을 직
접 보았으므로, 외경하여 심복하는 것이 진실로 당연하다. 그러나 후
세 그 글을 논할 적에는 마땅히 그렇지 않아야 한다. 그런데 3, 4백
년이 흐른 지금까지도 여전히 감히 그 사이에 이론을 제기하지 못하
고 있으니, 참으로 이해할 수 없다. 그러나 이것은 시만 가지고 말한
것일 뿐이고, 다른 문장의 경우는 깊이 논할 가치가 더욱 없다. 비록
詞・賦・騈儷文 중에 취할 만한 것이 상당히 있기는 하나, 만약 이것
으로 목은 李穡 등 여러 사람들의 작품을 압도하여 우리나라의 으뜸
으로 삼는다면 아마도 수긍할 수 없을 것 같다. 우리나라에서 문장을
논할 적에 한 사람을 으뜸으로 삼기는 진실로 어렵다. 그러나 문장은
목은을 대가로 추앙해야 하고, 시는 挹翠軒 朴誾(1479~1504)을 훌륭
한 시인으로 추앙해야 한다. 목은은 비단 문장으로만 대가인 것이 아
니라 시도 규모가 크고 호방하여 그 기상이 볼만하니, 이규보가 도량
이 좁은 것과는 같지 않다.

李奎報字春卿 號白雲居士 黃驪人 九歲 能屬文 高麗明宗朝
登第 後附崔忠獻 拜翰林 在誥院十九年 官至太尉 爲詩文 頃

刻百篇 汪洋大肆 自名唐白 時人目之曰 走筆李唐白 年十四
籍文憲公徒 每夏課刻燭占韵 名曰急作 春卿連爲榜頭 同輩皆
不及 肰詩苦無警切之趣 粗率散漫 名不副實 惟其敏速富贍
故人皆畏之 生時固可畏 死後不足觀 嘗評古人詩 以梅聖兪爲
不佳 池塘生春草 爲非警語 而以徐凝瀑布詩爲妙製 則其詩性
之下劣可知也 成慵齋倪以爲能捭闔而不斂 我則苦不見其捭闔
善乎 農岩先生之言 曰 近見壺谷所編箕雅 稱李奎報文章爲東
國之冠 余意此論殊不然 其學識鄙陋 氣象庸下 格卑而調雜
語瑣而意淺 試拈其數句 如滿院松篁僧富貴 一江煙月寺風流
竹根迸地龍腰曲 蕉葉當牕鳳尾長 湖平巧印當心月 浦潤貪吞
入口潮 此等皆人所膾炙以爲奇警者 而自今觀之 殆同村學童
所習百聯鈔句 至今三四百年 猶不敢置異議於其間 誠所未解
農岩此評 快洗從前之陋 可謂卓越千古 余嘗讀李相國集 有詩
滔滔滸滸只生時 身後何煩禍棗梨 眞箇白雲村學究 竹龍蕉鳳
一何痴 農岩先生見此 亦應頷可也 春卿見其子涵編詩文 題其
後曰 常恐身先草木枯 區區詩卷不如無 茫然千載還知否 姓李
人生東海隅 春卿詩名 藉甚當世 至于今 其名不泯 而亦載于
中國詩選 生時猶慮後世之不傳 況不如春卿者乎 亦或有詩勝
春卿十倍者 湮沒無傳 讀此詩 寧不氣短 汗漫支離中 只有一
絶句堪入選夏日詩 輕衫小簟卧風櫺 夢斷啼鶯三兩聲 密葉翳
花春後在 薄雲漏日雨中明(『靑莊館全書』「淸脾錄」)

〈주석〉 [屬] 글을 짓다 속 [誥院] 고원은 임금의 명령을 글로 작성하는 관아
란 뜻으로, 翰林院이나 藝文館을 가리킴 [汪洋(왕양)] 끝이 없는 모양

[文憲公徒] 문헌은 崔冲의 시호, 곧 최충이 설립한 私學의 생도 [夏課] 고려 때 선비들의 학습 관례, 5~6월이 되면 선비들이 절의 僧房을 빌려 약 50일간 함께 모여 글을 읽는 것을 말한다. 특히 崔冲의 문도는 歸法寺의 승방을 빌려 하과를 닦았는데, 그들 중 학업이 우수한 자들을 뽑아 刻燭賦詩를 시험하여 우수한 자를 술로 표창하였음 [刻燭占韻] 초에 눈금을 그어 놓고 그곳까지 탈 동안에 시를 짓는 일 [狀] 그런데 연 [苦] 엉성하다 고 [桴] 거칠다 솔 [挴] 열다 패 [闥] 닫다 함 [瑣] 자질구레하다 쇄 [拈] 집어들다 념 [篁] 대숲 황 [迸] 솟아나오다 병 [蕉] 파초 초 [滿] 넓다 망 [棗梨(조리)] 예전에 대추나무나 배나무를 사용해 목판을 만들었음 [學究] 비루한 독서인 [頷] 끄덕이다 함 [隅] 모퉁이 우 [藉甚(자심)] 성대함 [泯] 멸하다 민 [湮] 빠져 파묻히다 인 [汗漫(한만)] 방대한 모양 [衫] 옷 삼 [簟] 대자리 점 [檻] 난간, 격자창 령 [翳] 가리다 예

〈국역〉 이규보의 자는 춘경, 호는 백운거사이고 황려 사람인데, 9세에 글을 지을 수 있었다. 고려 명종 때에 과거에 급제한 후 최충헌에게 의탁하여 한림에 제수되고 고원에 있은 지 19년 만에 벼슬이 태위에 이르렀다. 詩文을 지을 때 잠시 동안에 백여 편씩 지어 방대하게 늘어놓고는 스스로 당나라 李白이라 하였으므로, 당시 사람들이 그를 지목하여 '주필 이당백'이라 하였다. 나이 14세 때 문헌공도에 入籍하였고, 매양 하과 때에 각촉점운하는 것을 '급작'이라 하는데, 춘경이 잇달아 방의 첫머리가 되었고 함께 공부하던 무리들이 다 그를 따르지 못하였다. 그러나 그의 시는 엉성하여 기발하고 간절한 지취가 전혀 없고, 추솔하고 산만하여 명실이 꼭 맞지 않았다. 오직 그 민첩하고 풍부한 것 때문에 사람들이 모두 그를 두렵게 여겼는데, 그가 살

앗을 때에는 진실로 두렵게 여겼지만 죽은 뒤에는 볼만한 것이 없다. 그가 일찍이 옛 사람의 시를 논평할 때에 매성유(宋: 1002~1060)의 시를 좋은 것이 못 된다고 했고, 사영운(南北朝時代: 385~433)의, "못에 봄풀이 돋아나누나"라는 시구는 사람을 경동시킬 만한 말이 아니라고 하면서, 서응의 「瀑布」 詩를 매우 기묘한 작품이라고 여겼으니, 그의 詩性이 저속하고 졸렬함을 알 수 있다. 용재 성현은 말하기를, "開闔는 능하나 다듬지를 못했다" 하였으나, 내가 보기에는 그 개폐라는 것도 전혀 볼 수가 없다. 좋구나! 농암 선생 金昌協의 말이. 즉, "근래에 호곡 南龍翼이 편찬한 『箕雅』를 보니, 이규보의 문장을 우리나라의 으뜸으로 일컬어 놓았으나, 나는 이 논평이 거의 옳지 않다고 생각한다. 그는 학식은 비루하고 기상도 저속한데다, 격조가 낮고 잡스러우며, 어의도 잘고 얕다. 시험 삼아 그의 시 몇 구를 들어보면,

솔과 대가 집에 가득한 스님은 부귀하고
온 강에 안개 달빛 비친 절 운치있네

땅위로 솟은 대뿌리는 굽어진 용의 허리
창 앞의 파초 잎은 기다란 봉황 꼬리

호수는 잔잔하여 한 가운데 달을 잘 새겼고
포구는 넓어서 밀물 한껏 들이켜네

인데, 이런 것들이 모두 기발한 작품으로 알려져 사람들에게 많은 인기를 모았다. 그러나 지금 살펴보니, 거의 시골 학동들이 익히는 『백

련초구』에 불과하다. 지금까지 3~4백 년에 이르러도 여전히 감히 그 사이에 이의를 두지 않으니, 참으로 이해할 수 없는 일이다" 하였으니, 농암의 이 평은 종전의 고루함을 통쾌하게 씻어버린 것으로, 천고에 탁월한 평론이라 할 만하다. 나 이덕무가 일찍이 『동국이상국집』을 읽다가,

도도하고 망망한 것 다만 살았을 때뿐이니
죽은 뒤에 무엇하러 출판 목재 허비하랴
참으로 백운은 시골의 학구로
죽롱 초봉처럼 어찌 그리 어리석은지

라는 시를 보았는데, 농암 선생도 이를 보았더라면 과연 그렇다고 고개를 끄덕였을 것이다.
춘경이 그의 아들 함이 자기 시문을 편찬하는 것을 보고 책 뒤에 쓰기를,

항상 초목보다 먼저 시들까 염려하는데
구구한 시권 따윈 없는 것만 못하다
아득한 천 년 뒤에 다시 그 누가 알아줄는지
이씨 사람이 동녘 구석에 살았다고

라 하였다. 춘경의 詩名은 당세에 매우 자자하였고 지금까지도 그 명성이 사라지지 않았으며, 또한 중국의 시선집에 실리기까지 하였다. 그런데도 살았을 때에 후세에 전하지 않을까 염려했으니, 하물며 춘

경보다 못한 사람에 있어서랴. 또한 시가 춘경보다 열 배나 훌륭한 사람도 사라져서 전하지 못하는 경우가 가끔 있으니, 춘경의 이 시를 읽어보면 어찌 기가 질리지 않겠는가? 그 방대하고 지리한 가운데 그래도 選集에 들어갈 만한 것으로는 「夏日」詩 절구 한 수만이 있을 뿐이다. 그 시는 다음과 같다.

가벼운 적삼 조그만 대자리로 바람 부는 난간에 누워
두세 번 꾀꼬리 울음에 꿈을 깨었네
빽빽한 잎에 가린 꽃은 봄 뒤의 경치요
엷은 구름에 새어난 해는 빗속에 밝네

金東峰詩曰 是是非非非是是 非非是是是非非 又曰 同異異同
同異異 異同同異異同同 奇服齋詩曰 人外覓人人豈異 世間求
世難同世 又曰 紅紅白白紅非白 色色空空色豈空 豈兩公喜用
此等句語 頗近戲劇 李白雲閑居詩曰 莫問纍纍兼若若 不曾是
是況非非 始知此老始刱此體(『小華詩評』상, 64)

〈주석〉 [色] 물질 [纍纍若若(루루약약)] 『漢書』「佞幸傳・石顯」에, "民歌之曰
牟邪石邪 五鹿客邪 印何纍纍 綬若若邪 言其兼官據勢也"라 했는데,
顔師古의 注에 "纍纍 重積也 若若 長貌"라 하여, 뒤에 官吏가 많음을
형용함 [刱]=創, 비롯하다 창
〈국역〉 동봉 김시습(1435~1493)의 시에,

옳은 것은 옳다 하고 그른 것을 그르다 함은 옳은 것이 아니요

그른 것을 그르다 하고 옳은 것을 옳다 함은 그르지 않은 것이네

라 하였다. 또 그의 시(「贈峻上人」)에

같은 것이 다르고 다른 것이 같으니 같고 다름이 다르고
다른 것이 같고 같은 것이 다르니 다름과 같음이 같네

라 했다. 복재 奇遵(1492~1521)의 시에,

세상 밖에서 사람을 찾으니 사람이 어찌 다르겠는가?
세상 속에서 세상을 찾으니 세상을 같이하기가 어렵네

라 했고, 또 그의 시에,

붉은 것은 붉고 흰 것은 희니 붉은 것은 흰 것이 아니요
색은 색이요 공은 공이니 색이 어찌 공이겠는가?

라 했다. 아마 이 두 분이 이런 어구를 쓰기 좋아한 것은 자못 장난
에 가깝다고 할 것이다. 백운 李奎報의 「한거」 시(「辛酉五月 草堂端
居無事 理園掃地之暇 讀杜詩 用成都草堂詩韻 書閑適之樂」)에,

첩첩이 포개놓은 인통과 길게 늘어진 인끈 묻지를 말라
옳은 것을 옳다 하지 않았는데 하물며 그른 것을 그르다 하랴

라 했다. 비로소 백운거사가 처음으로 이 체를 만들었음을 알겠다.

☆ 李承休(1224~1300)

動安居士李承休詠雲詩 一片纔從泥上生 東西南北便縱橫 謂
爲霖雨蘇羣枯 空掩中天日月明 頗含譏諷 承休仕忠烈朝爲御
史 言事落職 卜居頭陁山 終身不仕 盖以雲之掩日月 以比羣
小壅蔽之狀 予嘗見僧奉忠 贈章惇夏雲詩 如峰如火復如綿 飛
過微陰落檻前 大地生靈乾欲死 不成霖雨謾遮天 李詩實祖於
忠 而詞意俱圓 古人以謂述者 未必不賢於作者 信哉(『東人詩
話』상, 58)

〈추석〉 [泥] 여기서는 泥人으로, 가뭄이 들면 진흙으로 사람을 빚어 기우제
　　　　를 지냄 [霖] 장마 림 [壅] 막다 옹 [檻] 난간 함 [謾] 부질없이 만 [遮]
　　　　막다 차
〈국역〉 동안거사 李承休의 「영운」 시에,

　　　한 조각 구름이 겨우 진흙 위에서 생기더니
　　　동서남북으로 곧 퍼져가네
　　　장맛비 되어 뭇 메마른 생명을 소생시킬 것이라 여겼는데
　　　부질없이 하늘의 밝은 해와 달을 가리네

　　　라 했는데, 기롱하고 풍자하는 뜻을 상당히 함축하고 있다. 이승휴는
충렬왕 때 어사가 되었는데, 언사 때문에 벼슬을 잃고 두타산에 살면
서 죽을 때까지 벼슬하지 않았다.[29] 아마 구름이 해와 달을 가린다
고 한 것으로 여러 소인배들이 임금을 막고 가리고 있는 상황을 비

유한 것인 듯하다. 나 徐居正이 일찍이 송나라 스님 봉충의 「장돈에
게 드리는 여름 구름」 시를 보았는데,

(구름이) 봉우리인 듯 불인 듯 다시 솜인 듯
날아 지나가며 옅은 그늘만 난간 앞에 드리웠네
대지의 생명들은 말라 죽으려 하는데
장맛비 되지 못하고 부질없이 하늘만 가리네

라 했다. 이승휴의 시는 실제로 봉충의 시를 본받으면서도 말과 뜻이
다 원만하다. 옛 사람들이 "잇는 것이 반드시 창작한 것보다 못한 것
만은 아니다"라 했는데, 믿을 만하구나!

☆ 安珦(1243~1306)

高麗文成公安珦 嘗作詩 書于學宮曰 香燈處處皆祈佛 絃管家
家盡祀神 獨有一間夫子廟 滿庭春草寂無人 慨然以興起斯文
爲己任 納臧獲百口于成均館 卒後 配享文廟 血食中外 至今
公之承祀宗子 連十代 登科第 可謂食其報矣(『謏聞瑣錄』)

〈주석〉 [臧獲(장획)] 노비 [血食(혈식)] 고대 희생을 죽여 제사를 지냈으므로,
제사를 흠향함을 이름 [中外] 국내와 국외, 서울과 지방, 朝廷과 民間
〈국역〉 고려의 문성공 안향이 일찍이 시를 지어 성균관에 쓰기를,

---

29) 고려 忠烈王 때인 1280년에 李承休가 殿中侍御로서 政事를 말하다가 임금의 뜻을 거스르게 되어 파직
당했다. 이승휴는 강원도 두타산 밑에 터를 잡아 살면서 스스로 動安居士라 호하였다.

곳곳에 향등 달아 모두 부처에게 기원하고

집집마다 음악 연주하며 다 신을 제사하는데

홀로 한 칸 孔子의 사당에는

봄풀만 뜰에 가득하여 사람 없이 쓸쓸하구나

라고 개탄하고는, 儒學의 진흥을 자신의 임무로 삼고, 노비 1백 家口
를 성균관에 바쳤다. 죽은 뒤에 문묘에 배향되어 조정이나 민간에서
제사지낸다. 지금까지 공에게 제사지내는 자손이 10대를 이어 과거
에 올랐으니, 그의 보답을 누린다고 할 만하다.

☆ 金台鉉(1261～1330)

高麗五百年 只傳閨人詩一首 金台鉉字不器 光山人 言動循禮
忠烈王朝登第 如元 帝授征東行省左右郎中 官至檢校政丞 撰
東國文鑒 少時受業先進之門 先進有女新寡 見公風儀端雅 眉
眼如畵 從窓間投詩曰 馬上誰家白面生 邇來三月不知名 如今
始識金台鉉 細眼長眉暗入情 公自此絶不往(『青莊館全書』「淸
脾錄」)

〈주석〉 [先進]=先輩 [儀] 거동 의 [邇來(이래)] 근래
〈국역〉 고려 5백 년 동안에 규수의 시는 다만 한 수만이 전해지고 있다. 김
태현의 자는 불기이며 광산 김씨인데, 말과 행동이 예를 따랐다. 충
렬왕 때에 과거에 급제하였고, 원나라에 갔을 때는 원나라 황제가 정
동행성 좌우랑을 제수하였으며, 벼슬이 검교정승까지 이르렀고, 『동

국문감』을 편찬하였다. 젊었을 때에 선배의 문하에서 수업하였는데, 선배에게 갓 과부가 된 딸이 있었다. 그녀가 공의 풍채와 거동이 단아하고, 눈썹과 눈이 그림과 같음을 보고 창문 사이로 시를 들여보냈는데, 그 시에,

말 위에 계신 분 누구 집 백면서생인가?
근래 석 달이 되도록 이름도 몰랐었네
지금에야 비로소 김태현임을 알았는데
가는 눈 긴 눈썹이 나도 몰래 마음에 드네

라 하였다. 공은 이로부터 결코 그 집에 가지 않았다.

☆ 崔瀣(1287~1340)

崔猊山瀣 才奇志高 放蕩不羣 嘗登海雲臺 見萬戶張瑄題詩松樹 曰 此樹何厄 遭此惡詩 遂刮去 塗以糞土 瑄怒 命將追獲傔從 械立門外 猊山遁還 其恃才傲物如此 然坐此蹭蹬 嘗貶長沙監務 有詩云 高名千古長沙上 却愧才非賈少年 又云 三年竄逐病相仍 一室生涯轉似僧 雪滿四山人不到 海濤聲裏坐挑燈 又嘗有詩云 我衣縕袍人輕裘 人居華屋我圭竇 天工賦與本不齊 我不嫌人人我詬 讀其詩 可見困頓氣象(『東人詩話』 상, 19)

〈주석〉 [萬戶] 무관직으로, 대개 정4품관임 [厄] 재앙 액 [塗] 칠하다 도 [傔從(겸종)] 하인 [械] 형틀 계 [還] 물러나다 환 [坐] 죄입다 좌 [蹭蹬(층

등)] 失意, 失足 [賈少年(가소년)] 漢나라의 賈誼, 그는 20여 세의 소년일 때 文帝가 그의 재주를 사랑하여 1년 동안에 갑자기 太中大夫의 벼슬에 승진시켰더니, 元老大臣들이 배척하므로 長沙王의 太傅로 삼아 멀리 내보내었다. 여기서는 作者가 長沙監務로 좌천되어 갔기 때문에 지명이 같으므로 가의의 일을 인용하였음 [竄逐(찬축)] 먼 곳으로 귀양 보냄 [仍] 거듭하다 잉 [挑] 돋우다 도 [縕袍(온포)] 솜을 둔 옷 [奎竇(규두)] 홀 모양으로 된 문 옆의 출입구로, 초라한 집을 말함 [天工] 원전에는 天翁으로 되어 있음 [賦] 주다 부 [嫌] 싫어하다 혐 [詬] 욕보이다 후 [困頓(곤돈)] 가난하여 여유가 없음

〈국역〉 예산 최해는 재주가 기이하고 뜻이 높으며 방탕하여 세상 사람들과 어울리지 않았다. 일찍이 해운대에 올랐다가 만호 장선이 소나무에 쓴 시를 보고 "이 나무가 무슨 액이 있어 이런 악시를 만났는가?"라 하고, 마침내 그 시를 도려내고 썩은 흙으로 발라 놓았다. 장선이 노하여 하인에게 추격하여 잡아오게 하고 문밖에는 형틀을 세워놓게 하니, 예산이 달아나버렸다. 그가 재주를 믿고 사람에게 오만하게 구는 것이 이와 같았다. 그런데 이것에 연루되어 궁핍해졌다. 일찍이 장사감무로 좌천되어 시를 지었는데,

높은 이름 천고토록 장사에 남았거니와
다만 내 재주가 가소년에 못 미쳐 부끄러울 뿐[30]

---

30) 전문은 다음과 같다.
　「到縣 和人韻」
　榮辱循環理自然 영화와 욕됨의 돌고 도는 것은 자연의 이치라
　有誰哀怨向蒼天 누가 푸른 하늘을 향해 슬퍼하고 원망하랴
　高名千古長沙上 높은 이름 천고토록 장사에 남았거니와
　只愧才非賈少年 다만 내 재주가 가소년에 못 미쳐 부끄러울 뿐

이라 하였고, 또 (「縣齋雪夜」에)

3년을 쫓겨 다니면서 병이 서로 겹쳤는데
방 한 칸의 생애가 스님과 같구나
온 산에 눈은 가득하고 사람은 오지 않는데
바다 물결 소리 속에 앉아 등불을 돋운다

라 하였다. 또 일찍이 시(「上元 會造齋 得漏字」)를 짓기를,

내가 솜옷을 입었는데 남들은 가벼운 갖옷 입고
남은 화려한 집에 사는데 나는 초라한 집에 살았다
하늘이 준 것은 본래 가지런하지 않아
나는 사람을 꺼리지 않는데 사람들은 나를 욕한다[31]

라 했다. 그의 시를 읽어보면 궁핍한 기상을 읽을 수 있다.

詩者小技 然或有關於世敎 君子宜有所取之 李存吾正言忤逆
旽 貶長沙詩 狂妄眞堪棄海邊 聖恩天大賜歸田 草廬隨意生涯
足 一片丹心倍昔年 陳補闕瑾 言事落職 將赴沃川詩 欲知民

---

31) 나머지 전문을 소개하면 다음과 같다.
　(위의 시)
　今夕何夕是元宵 이 밤이 어떤 밤인가? 대보름 밤인데
　筵秩侯家隨客後 연회 베푼 후가에서 손님 뒤를 따르네
　人間萬事何足論 인간 만사를 무슨 말할 거리 있나
　身健且向尊前鬪 몸은 건강하니 우선 술동이 앞에서 술잔이나 다투어야지
　君乎添酒復回燈 그대여, 술을 더 붓고 등불을 다시 켜게나
　轟飮直到傳曉漏 새벽 파루 울릴 때까지 한껏 마시고 말리라

水載君舟 要盡忠誠誡逸遊 諫院未能陳藥石 長沙見謫不須愁
無孤臣怨謫之辭 有警戒規箴之意 吳諫議洵觀稼亭詩 春耕易
耨夏多熱 秋斂未盡冬已寒 安得茲亭移輦道 君王一見此艱難
有陳誡稼穡艱難之意 崔拙翁雨荷詩 胡椒三百斛 千載笑其愚
如何碧玉斗 終日量明珠 有譏誚不廉之意 辛政堂藏木橋詩 斫
斷長株跨一灘 濺霜飛雪帶驚瀾 須將步步臨深意 移向功名宦
路看 有自警之辭 李縣監那戒子詩云 朔風號怒雪飄揚 念爾飢
寒感歎長 色必敗身須戒愼 言能害己更商量 狂荒結友終無益
驕慢輕人反有傷 萬事不求忠孝外 一朝名譽達吾王 有父子勸
誡之意 是烏可以小技而少之哉(『東人詩話』하, 47)

<주석> [忤] 거스르다 오 [赴] 나아가다 부 [藥石] 약과 침으로, 사람을 훈계
하거나 잘못을 바로잡음을 의미함 [長沙] 漢나라 賈誼가 좌천된 곳으
로, 귀양살이를 의미함 [孤臣] 重用되지 못한 遠臣 [規箴(규잠)] 권면
과 경계 [易] 다스리다 이 [耨] 김매다 누 [輦] 천자가 타는 수레 련
[胡椒(호초)] 후추 [胡椒三百] 唐나라 재상 元載가 죽임을 당한 후에
家産을 몰수하였는데, 후추가 8백 섬이었고 그 외의 재물도 많았다
고 함 [斛] 10말 곡 [斗] 국자 두(연꽃처럼 생김) [碧玉斗 終日量明珠]
晋나라 巨富인 石崇이 採訪使가 되었을 때, 진주 서른 말을 주고 여
인을 샀다고 함 [譏] 나무라다 기 [誚] 꾸짖다 초 [斫] 베다 작 [跨] 걸
치다 고 [灘] 여울 탄 [濺] 흩뿌리다 천 [朔] 북방 삭

<국역> 시는 작은 기예이다. 그러나 간혹 세교에 관련이 있을 수도 있으니,
군자는 마땅히 그것에서 취할 것이 있어야 한다. 정언 이존오가 역적
辛旽의 뜻을 거슬러 장사(전북 고창군에 있던 옛 지명)로 좌천되었을

때 지은 시(「從便後 贈弟存斯」)에,

미치고 망령되니 정말로 바닷가로 버려질 만한데
성은이 하늘같이 커서 전원에 돌아가도록 하셨네
초가집에서 뜻대로 살아 삶을 만족하니
일편단심 예전의 배네

라 하였고, 보궐 진근이 언사 때문에 폄직되어 장차 옥천으로 부임할
때 지은 시(「將赴沃州 漢江船上 用華嚴信聰師韻」)에,

백성인 물이 임금인 배를 띄움을 알고자 한다면
충성과 정성을 다해 편안히 노님을 경계해야지
간원에서도 약석 같은 忠言을 올릴 수 없었으니
장사로 좌천된 것 근심해서는 안 되네[32]

라 하였다. 이 두 시는 내침을 당한 신하가 좌천됨을 원망하는 말은
없고, 경계하여 잘못된 것을 바로잡아야 한다는 뜻이 들어있다. 간의
오순의 「관가정」 시에,

봄에 밭 갈고 김매려니 여름은 뜨겁게 타오르고
가을걷이 끝나기도 전에 겨울은 이미 싸늘하네
어떻게 이 정자를 임금님 지나시는 길에 옮겨
임금께 이 농사의 어려움을 한 번 보시게 할까[33]

---

32) 『동문선』에는 黃瑾이 이 시의 작가로 되어 있으며, 약간의 글자 출입이 있다. 『동문선』의 내용을 제시하
면 다음과 같다. "欲知民水載君舟 要盡忠誠誠逸遊 諫苑未能呈藥石 長沙見謫不須愁"

라 하였는데, 여기에는 농사짓는 어려움에 대한 경계의 의미가 들어 있다. 졸옹 崔瀣의 「우하」 시에,

후추 삼백 곡을
천 년 동안 그 어리석음 비웃었네
어찌하여 푸른 옥의 국자로
종일토록 아름다운 구슬을 헤아렸는가?[34]

라 했는데, 여기에는 청렴하지 못함을 나무라는 의미가 들어 있다. 정단 신천(?~1339)은 목교를 두고 지은 시(「臥水木橋」)에,

긴 나무 잘라 여울에 걸쳐놓으니
서리 날리고 눈 뿌리며 물결은 일어 출렁이네
모름지기 걸음마다 깊은 물에 임하는 마음을
공명을 향한 벼슬길에 옮겨놓고 보리라[35]

라 했는데, 여기에는 스스로 경계하는 말이 들어있다. 현감 이나가 자식을 경계하는 시(「寄子安命」)에,

북풍은 성난 듯 몰아치고 눈은 어지러이 날리는데

---

33) 『동문선』의 내용과 약간의 차이가 있는데, 제시하면 다음과 같다. "春耕欲耨夏多熱 秋斂未終天已寒 安得玆亭移輦道 君王一見此艱難"

34) 『동문선』의 내용과 약간의 차이가 있으며, 끝에 "목은이 이르기를 '이 시는 청렴하지 못한 부귀한 사람을 나무란 시이다'라 했다"는 주석이 실려 있다. "貯椒八百斛 千載笑其愚 何如綠玉斗 竟日量明珠 (注)牧隱云此諷不廉饒富者"

35) 『동문선』에는 '長株'가 '長條'로 되어 있다.

너의 굶주림과 추위를 생각하니 탄식이 길어지네

여자는 반드시 몸을 망치니 반드시 삼가고

말은 자기를 해칠 수 있으니 더욱 헤아려라

함부로 벗을 사귐은 끝내 이로움이 없을 것이요

교만하여 남을 업신여김은 도리어 다침이 있을 것이다

충효를 제외하고 모든 일을 구하지 말라

하루아침에 명예가 우리 임금께 이르리라[36]

라 했는데, 부자지간에 권면하고 경계하는 뜻이 들어 있다. 그러니
이것을 어찌 작은 기예라 하여 시를 소홀히 여길 수 있겠는가?

詩可以達事情 通諷諭也 若言不關於世教 義不存於比興 亦徒
勞而已 崔拙翁瀣遞職後詩曰 塞翁雖失馬 莊叟詎知魚 倚伏人
如問 當須質子虛 以警患得患失之輩 鄭雪谷誧示兒詩曰 乏食
甘藜藿 無衣愛葛絺 若求溫飽樂 不得害先隨 以警非分妄求之
輩 李稼亭穀有感詩曰 身爲藏珠剖 妻因徙室忘 處心如淡泊
遇事豈蒼黃 以譬人之物欲內蔽 成獨谷石磷送人楓岳詩曰 一
萬二千峯 高低自不同 君看日輪出 高處最先紅 以譬人之品性
高下 崔猿亭壽城江上詩曰 日暮蒼江上 天寒水自波 孤舟宜早
泊 風浪夜應多 有急流勇退之意 宋龜峰翼弼南溪詩曰 迷花歸
棹晚 待月下灘遲 醉睡猶垂釣 舟移夢不移 有操守不變之意
徐萬竹益詠雲詩曰 漠漠復飛飛 隨風任狗衣 徘徊無定態 東去

又西歸 以譬改頭換面 隨勢飜覆者 申春沼最歧灘詩曰 歧灘石
如戟 舟子呼相謂 出石猶可避 暗石眞堪畏 以譬口蜜腹劍 潛
發巧中者(『小華詩評』)

〈주석〉 [遞] 갈마들다 체(遞職: 當職을 교체함) [詎] 어찌 거 [莊叟詎知魚] 莊
　　　子가 惠子와 함께 濠梁에서 물고기가 노는 것을 보다가 말하기를,
　　　"피라미가 조용히 나와 노니 이것은 물고기의 낙이로다" 하니, 혜자
　　　가 말하기를, "자네가 물고기가 아닌데 어찌 물고기의 낙을 아는가?"
　　　하였다. 장자는, "자네는 내가 아닌데 내가 물고기의 낙을 아는지 모
　　　르는지를 어찌 아는가?" 하였다 함(『莊子』) [倚伏] 『노자』에, "禍兮福
　　　所倚 福兮禍所伏"라는 말이 있음 [當須質子虛] 子虛는 가공의 인물
　　　이다. 司馬相如의 「子虛賦」는 자허와 亡是公과 烏有先生 세 사람의
　　　문답으로 되어 있음. 가공의 말을 상징하니, 득실에 대해 따지는 것
　　　은 헛되다는 것을 의미함 [藜藿(려곽)] 명아주와 콩, 전하여 惡食 [絺]
　　　고운 갈포옷 치 [身爲藏珠剖] 西域의 상인이 美珠를 얻으면, '배를 째
　　　고서 그 구슬을 몸 안에 감추기까지 한다(剖身以藏之)'는 이야기가 『資
　　　治通鑑』에 실려 있음 [妻因徙室忘] 魯 哀公이 孔子에게, 건망증이 심
　　　한 사람은 "이사하면서 처를 데려오는 것도 잊는다(徙而忘其妻)"고
　　　하는데 사실이냐고 묻자, 공자가 그보다 더 심한 사람은 자기 몸도
　　　잊어버리는데, 桀紂가 바로 그들이라고 대답했다는 이야기가 『孔子
　　　家語』에 나옴 [蒼黃(창황)] 당황함 [灘] 여울 탄 [睡] 자다 수 [漠莫(막
　　　막)] 무성한 모양 [戟] 창 극
〈국역〉 시는 일의 실정을 전하고, 풍유를 통달하게 할 수 있어야 한다. 만약
　　　말이 세교와 관련이 없거나, 뜻이 비흥에 있지 않으면 또한 헛수고일

124

뿐이다. 졸옹 최해의 「체직된 뒤에」시(己酉三月 褫官後作)에,

변방 늙은이 비록 말을 잃었으나(후에 복이 되었는데)
장자가 어찌 물고기를 알겠는가?
화와 복을 사람이 만일 묻는다면
마땅히 자허에게 물어보리라

라 했는데, 득실을 근심하는 무리를 경계한 시이다. 설곡 정포(1309
~1345)의 「아들에게」 시에,

먹을 것이 부족하면 명아주잎과 콩잎도 달고
옷이 없으면 갈옷도 아낀다
만약 따뜻하고 배부름만 찾는다면
얻지도 못한 채 해악이 먼저 따를 것이다

라 했는데, 분수도 아닌데 망령되이 구하는 무리를 경계한 시이다.
가정 이곡의 「유감」 시(「復寄仲始司藝」)에,

몸은 구슬을 감추기 위해 가르기도 하고
아내는 집을 이사하다가 잊기도 하네
마음가짐을 만약 담박하기만 한다면
일이 닥칠 때 어찌 당황하겠는가?

라 했는데, 인간의 물욕이 마음을 가림을 비유하였다.[37] 독곡 성석린
(1338~1423)이 「풍악산으로 가는 사람을 전송하며」 시(「送僧之楓岳」)에,

일만 이천 봉우리는

높고 낮음이 절로 다르네

그대 보게나, 해 돋을 때에

어느 곳이 가장 먼저 붉는가를

라 했는데, 사람의 품성이 높고 낮음을 비유하였다.[38] 원정 최수성
(1487~1521)의 「강가에서」 시에,

해 저문 창강 위에

날은 차고 물결은 절로 이네

외로운 배야, 일찍 배를 대어라

풍랑은 밤이 오면 응당 높아지리니

라 했는데, 세상의 급류에서 용감히 물러남의 뜻이 있다. 구봉 송익
필(1534~1599)의 「남계」 시(南溪暮泛)에,

꽃에 홀려 저물어서야 배를 돌렸고

달 뜨기 기다리다 늦게 여울을 내려갔네

취해 자는 중에도 낚시 드리우니

배는 흘러가도 꿈은 흘러가지 않는구나

라 했는데, 자신을 지키며 변하지 않겠다는 뜻이 있다. 만죽 서익

---

37) 金宗直은 『靑丘風雅』에서, "좌우명으로 삼을 수 있다(可爲座右之銘)"라 하였다.

38) 金宗直은 『靑丘風雅』에서, "도를 터득함에 선후와 심천이 있으니, 사람의 성품이 높고 낮음에 달려 있음
을 비유한 것이다(喩得道之有先後深淺 由人性之有高下)"라 하였다.

(1542~1587)의 「영운」 시에,

뭉게뭉게 피어오르다 다시 날아
바람 따라 개틸 구름을 이루네
배회하며 정해진 형태 없어
동쪽으로 갔다가 다서 서쪽으로 가네

라 했는데, 머리를 고치고 얼굴을 바꾸어 형세에 따라 번복하는 자를 비유하였다. 춘소 신최(1619~1658)의 「기탄」 시(「舟行」)에,

기탄의 바위는 창과 같아
뱃사공이 불러 말하길
"솟아난 돌이야 피할 수 있지만
숨은 돌은 정말 무섭다네"

라 했는데, 입으로는 꿀처럼 단 이야기를 하면서 자기 뱃속에는 칼을 품고 있다가 몰래 끄집어내어 교묘하게 찌르는 것을 비유하고 있다.

☆ 李齊賢(1287~1367)

又問臣曰 我國古稱文物侔於中華 今其學者 皆從釋子 以習章
句 是宜雕蟲篆刻之徒寔繁 而經明行修之士絶少也 此其故何
耶 對曰 昔我太祖 經綸草昧 日不暇給 而首興學校 作成人材
一幸西都 遂命秀才廷鶚爲博士 教授六部生徒 賜綵帛以勸之

頒廩穀以養之 則可見其用心之切矣 光廟之後 益修文敎 內崇
國學 外列鄕校里庠黨序 絃歌相聞 師儒弟子 涵養陶薰 連茹而
彙征 初創而潤色 所謂文物侔於中華 蓋非過論也 不幸毅王季
年 武人變起所忽 薰蕕同臭 玉石俱焚 其脫身虎口者 遯逃窮山
蛻冠帶而蒙伽梨 以終餘年 若神駿悟生之流是也 其後國家 稍
復用文之理 士子雖有願學之志 顧無所從而學焉 未免裹足遠
尋蒙伽梨而遯窮山者 以講習之 故神駿有送其學者應擧京師詩
云 信陵公子統精兵 遠赴邯鄲立大名 天下英雄皆法從 可憐揮
淚老侯嬴 此其證也 故臣謂 學者從釋子學章句 其源蓋始于此
今殿下誠能廣學校謹庠序 尊六藝明五敎 以闡先王之道 孰有
背眞儒而從釋子 捨實學而習章句者哉 將見雕蟲篆刻之徒 盡
爲經明行修之士矣 德陵曰 卿之言爲然(『櫟翁稗說』 전집, 1)

〈주석〉 [侔] 같다 모 [雕] 새기다 조 [篆刻(전각)] 語句의 겉치레에만 힘쓰고
실질이 없는 문장 [寔] 진실로 식 [絶] 대단히 절 [草眛(초매)] 처음으
로 만듦 [幸] 임금의 거동 행 [秀才] 科擧 과목 중의 하나, 科擧에 응
시한 사람 [六部] 중앙의 6官司인 吏部·戶部·禮部·兵部·刑部·
工部 [綵] 비단 채 [頒] 하사하다 반 [廩] 곳집 름 [庠] 학교 상 [序]
학교 서 [絃歌(현가)] 학업의 하나로, 현악기를 타며 낭송함 [師儒] 學
官, 儒者 [連茹(련여)] 계속 이어진 모양 [彙征(휘정)] 同類와 같이 나
감 [侔] 같다 모 [薰蕕(훈유)] 훈은 향기 나는 풀이고, 유는 악취 나는
풀임 [遯] 달아나다 둔 [蛻] 허물 벗다 세(태) [蒙] 입다 몽 [伽梨(가
리)]=袈裟 [裹足(과족)] 발을 싸서 멀리 감 [信陵公子] 戰國시대 魏나
라의 公子, 이름은 無忌이며 신릉군은 그의 封號이다. 그는 文武를

겸하고 義氣가 있었으며 선비들을 예우하여 門客이 수천 명에 이르렀음 [趨] 나아가다 부 [邯鄲(한단)] 조나라의 수도 [侯嬴(후영)] 위나라의 귀공자로, 명망이 높던 信陵君 公子無忌가 나이 70세가 넘도록 위나라 동문의 문지기로 있던 후영이 어질다는 소문을 듣고 몸소 찾아가 예의를 깍듯이 차리고 마침내 上客으로 대우하였다. 나중에 신릉군이 秦나라의 공격을 받아 위급해진 趙나라를 구원하기 위해 아무런 대책도 없이 갈 때에 후영이 계책을 올려 위나라 安釐王의 兵符를 훔쳐내어 위나라 장군 晉鄙 대신 신릉군이 직접 대군을 거느리고 진격하여 조나라를 구원하게 하였는데, 진비의 군대를 탈취하러 떠날 적에 후영이 말하기를 "신이 의당 따라가야 하나 늙어서 갈 수 없으니, 공자께서 떠나신 日數가 진비의 군에 당도할 쯤이 되거든 北向하고 自刎하여 공자를 전송하겠습니다" 하더니, 과연 공자가 진비의 군에 당도할 쯤에 미쳐 그가 북향하고 自刎했음 [謹] 존중하다 근

〈국역〉 또 (충선왕이) 저 李齊賢에게 묻기를, "우리나라는 옛날 문물이 중국과 같다고 일컬어졌는데, 지금 학자들이 모두 스님을 따라서 장구를 익히고 있다. 그러니 마땅히 자질구레한 문장을 꾸미는 무리는 진실로 많아지고, 경서에 밝고 덕행을 닦는 선비는 매우 적은데, 그 까닭은 무엇인가?" 하니, 대답하기를, "옛날 우리 태조께서 나라를 만들어 다스린 초창기에 여가가 없었으나 먼저 학교를 일으켜 인재를 양성하였습니다. 하루는 서도에 가셔서 수재인 정악을 박사로 삼아서 육부의 생도를 가르치게 하고 비단을 하사하여 그들을 권면하고 창고의 곡식을 주어 양성하였으니, 그 마음 씀씀이가 절실했다는 것을 알 수 있습니다. 광종 이후에는 문교를 더욱 닦아 안으로는 국학을 높이고 밖으로는 향교·이상·당서를 설치하여 낭송하는 소리가 서

로 들리며, 스승과 제자가 서로 함양하고 훈도하여 서로 이어져 함께 나아가 초창하고 윤색하였으니, 말하자면 문물이 중국과 같다는 것은 지나친 논의가 아닙니다. 그런데 불행히 의종 말년에 무인의 변란이 갑자기 일어나 훈유가 그 냄새를 같이하고 옥석이 함께 타버렸습니다. 그 중에 호랑이 입에서 몸을 벗어난 자들은 깊은 산속으로 달아나 의관을 벗어버리고 가사를 입고서 남은 생을 보냈으니, 신준과 오생 같은 무리가 이들입니다. 그 후 국가에서 조금씩 문교를 쓰는 政策을 회복하자, 선비들이 비록 학문을 원하는 뜻이 있으나 도리어 좇아 배울 만한 곳이 없었으니, 발을 싸서 멀리 가사를 입고 깊은 산중에 도망가 있는 사람을 찾아가 배움에서 벗어나지 못했습니다. 그까닭에 신준이 자기 제자를 서울로 보내 과거에 응시하게 하던 시에,

신릉 공자가 정병을 거느리고
멀리 한단에 가서 큰 이름 날리니
천하 영웅들이 다 본받아 좇았으나
가엾어라, 눈물짓는 늙은 후영이여!

이라 하였으니, 이것이 그 증거입니다. 그러므로 신이 생각하기에, 학자들이 스님을 좇아 장구만을 익히게 된 그 근원이 대개 이로부터 시작되었다고 봅니다. 그러니 지금 전하께서 진실로 학교를 넓히고 상서를 존중하며, 육경을 높이고 오교를 밝혀 선왕의 도를 천명하신다면, 누가 참 선비를 배반하고 스님을 따를 것이며, 실학을 버리고 장구만 익히는 자가 있겠습니까? 앞으로 자질구레하게 글귀나 다듬는 무리가 경서를 밝히고 덕행을 닦는 선비로 모두 변하는 것을 볼

수 있을 것입니다" 하니, 충선왕께서는, "경의 말이 그럴듯하다" 하
였다.

我東人不解音律 自古不能作樂府歌詞 世傳李益齋齊賢隨王在
燕邸 與學士姚遂諸人遊 其菩薩寺諸作 爲華人所賞云 豈北學
中國 深有所得而然耶 余見其舟中夜宿 詞曰 西風吹雨鳴江樹
一邊殘照靑山暮 繫纜近漁家 船頭人語譁 白魚兼白酒 徑到無
何有 自喜臥滄洲 那知是宦遊 其舟次靑神 詞曰 長江日落煙
波綠 移舟漸近靑山曲 隔竹一燈明 隨風百丈輕 夜深篷底宿
暗浪鳴琴筑 夢與白鷗盟 朝來莫漫驚 詞極典雅 華人所讚 其
指此歟(『小華詩評』 상, 38)

〈주석〉 [邸] 집 저 [菩薩蠻(보살만)] 巫山一片雲・子夜歌・花間意・花溪碧・
城裏鐘・重疊金・梅花句・晚雲烘月 등 별칭이 많다. 이 사는 쌍조
44자, 전・후단 각 4구 2측운 2평운으로 되어 있음 [纜] 닻줄 람 [譁]
시끄럽다 화 [徑] 곧 경 [無何有] 道家에서 말하는 완전 해방의 경지.
여기서는 술로 인해 얻어진 즐거운 기분을 말한 것임 [滄洲] 물빛이
푸른 섬으로, 隱者가 거처하는 고장을 말함 [靑神] 지금의 중국 四川
省의 縣名, 長江 沿岸의 한 성임 [百丈] 선박을 끄는 닻줄 [篷] 거룻배
봉 [筑] 거문고와 비슷한 대로 만든 악기 축

〈국역〉 우리나라 사람은 음률을 잘 이해하지 못하여 예부터 악부나 가사를
지을 수 없었다. 세상에 전하기를, 익재 이제현이 왕을 따라 연경 관
저에 있을 때, 학사 요수 등 여러 사람과 교유하였는데, 그가 지은 「보
살만」과 같은 여러 작품들은 중국 사람들이 감상하였다고 한다. 혹

시 북쪽으로 가서 중국에서 배워 깊이 터득한 것이 있어서 그런 것
인가? 내가 「밤배 안에서 자다」[39]를 보니,

서풍이 비를 몰아 강가의 나무를 울리고
한 모퉁이 어스름 속에 청산이 저물어 간다
닻줄을 매고 어부의 집에 가까이 가니
뱃머리에서 사람의 말소리 왁자지껄 한다

흰 물고기에 흰 술을 겸하여
곧장 무하유의 경지에 도달하였다
창주에 누워 있음 스스로 기뻐하니
이 길이 벼슬길인지 어찌 알리오

라 하였다. 또 「그 배가 청신에 머물다」[40]를 보니,

장강에 해 지자 연기 물결 푸른데
배를 옮겨 점차로 푸른 산 모퉁이로 다가간다
대나무를 사이에 두고 등불 하나 밝고
바람 따라 배 끄는 줄이 가볍다

밤이 깊어 거룻배 안에서 자자니
어둠 속의 물결이 금과 축의 소리를 내네

---

39) 「보살만」 아래 「舟中夜宿」이라는 제목이 있다.
40) 「보살만」 두 번째 시 아래에 「舟次靑神」이라는 제목이 있다.

꿈속에서 백구와 맹약을 맺었으니
아침이 되어도 쓸데없이 놀라게 하지 말라

라 하였다. 사가 지극히 전하다. 중국 사람들이 찬탄했다는 것이
혹시 이 작품을 가리키는 것일까?

李益齋過漂母墳詩 婦人猶解識英雄 一見慇懃慰困窮 自棄瓜
牙資敵國 項王無賴目重瞳 李陶隱過淮陰感漂母 有詩曰 一飯
王孫感慨多 不須菹醢竟如何 孤墳千載精靈在 笑煞高皇猛士
歌 項王之不能用 漢王不終用 皆不及一母之知 兩詩風意俱深
(『小華詩評』 상, 39)

〈주석〉 [漂母(표모)] 표모는 회음에서 빨래하는 부인으로, 韓信에게 밥을 주
었던 부인이다. 韓信이 미천했던 시절 南昌의 亭長에게 밥을 빌어먹
었는데, 그 부인이 싫어하므로 성 밑에서 낚시를 하다 배가 고프자,
표모가 밥을 주었다. 그 뒤 項羽에게 갔으나 重用되지 않자 劉邦에게
가서 大將軍이 되어 큰 공을 세웠다. 그 공로로 楚王에 봉해진 한신
은 고향인 회음에 가서 표모에게 천금을 주어 보답하고 남창 정장에
게는 꾸짖은 다음 백금을 주었음(『漢書』「회음후열전」) [慰困窮(은곤
궁)] 漂母가 韓信에게 밥을 주자, 한신이 "내가 반드시 이 은혜를 곱
으로 갚겠다"라고 하니, 표모가 성내며 "내가 王孫을 가엾게 여겨 밥
을 주었는데, 어찌 보답을 바라겠는가"라 하였음 [爪牙(조아)] 발톱과
어금니로 훌륭한 장수를 일컫는데 여기서는 韓信을 가리킴 [資敵國
(자적국)] 韓信이 처음 項羽를 찾아갔으나 重用되지 않아 劉邦을 찾

아가 大將軍이 되어 큰 공을 세운 것을 말함 [賴] 힘입다 뢰 [重瞳(중동)] 겹눈동자로, 한 눈에 두 개의 눈동자가 있는 것으로 훌륭한 將軍의 相임 [王孫(왕손)] 귀한 집 자제로, 여기서는 韓信을 가리킴 [菹醢(저해)] 소금에 절여 젓을 담그는 형벌로, 韓信이 劉邦을 도왔다가 결국 兎死狗烹 당한 것을 말함 [笑煞(소살)] 비웃음, 煞은 어조사 [猛士歌(맹사가)] 한고조의 「大風歌」를 말한다. 劉邦이 반란을 진압하고 장안으로 개선하던 도중 고향인 沛땅에 들러 잔치를 베풀고 부른 노래(大風起兮雲飛揚 威加海內兮歸故鄕 安得猛士兮守四方) [風]=諷 풍자하다 풍

〈국역〉 익재 이제현이 「빨래하는 여인의 무덤을 지나며」 시(「淮陰漂母墓」)에,

여자인데도 오히려 영웅을 잘 알아봐서
한번 보자 은근히 곤궁을 위로했네
스스로 훌륭한 장수 버려 적국에 보냈으니
항왕은 눈이 중동이라도 소용이 없었네

라 했다. 도은 이숭인이 회음을 지나가다 「빨래하는 여인에게 느낌이 있어」 시(「過淮陰 有感漂母事」)를 지었는데,

왕손에게 한 끼 밥을 주어 감개 많긴 하였으나
처형될 줄 모른 것 마침내 어찌하랴
외로운 무덤 천 년 뒤에도 정령만은 있을 테니
한고조의 「맹사가」를 비웃으리

라 했다. (익재 시의) 항우가 한신을 기용할 수 없었던 것과 (도은 시의) 한 고조가 한신을 끝까지 기용할 수 없었던 것은 모두 한 표모의 지혜에 미치지 못한다. 두 시는 풍자의 뜻이 모두 심오하다.[41]

詞林鉅公 每推挹翠軒爲詩宗 遡以上之 推佔畢齋爲第一 余嘗讀益齋集 斷然以益齋詩爲二千年來東方名家 其詩華艷韶雅 快脫東方僻滯之習 雖在中原 優入虞楊范揭之室 成慵齋所謂益齋能老健而不能藻者 非鐵論也 以益齋而不能藻 何者果能藻乎 今世之人 甚至不知益齋之爲李齊賢者 可悲也 字仲思一號櫟翁 慶州人 十五登第 名盖一世 忠宣王在燕 搆萬卷堂 召置幕府 與趙子昂 元復初等遊 奉使西蜀 降香江南 所至題詠 膾炙人口 牧菴姚公閻公子靜張公養浩 擧皆推轂 改聽易視 摩屬變化 及東歸 相五朝 四爲冢宰 倡起古文詞 牧隱父子 從而和之 東之人士 去其靡陋 而稍爾雅者 益齋之功也 忠宣被讒 竄西蕃 萬里奔問 忠憤藹然 及恭愍王時 攝政丞 措置得宜 人賴以安 後封金海侯 八十一卒 諡文忠 有集行世 牧隱銘其墓曰 道德之首 文章之宗 功在社稷 澤流生民 此其人之大畧可見 其遊歷見於詩 若井陘豫讓橋 (즁랴) 月支使者獻馬 足跡所到 皆偉壯 東人之所不及 嗟乎 詩安得不佳 其放舟向蛾眉雨催寒犢歸漁店 波送輕鷗近客舟 其思歸 窮秋雨鎖靑神樹 落日雲橫白帝城 其路上 馬上行吟蜀道難 今朝始復入秦關 碧雲暮隔魚鳧水 紅樹秋連鳥鼠山 文字剩添千古恨 利名誰博一身

41) 김종직도 『청구풍아』에서 이 시에 대해 "盆齋以責項羽 公以責高皇 意語皆好(익재는 항우를 책망하고 이숭인은 한고조를 책망했는데, 뜻이 둘 다 좋다)"라 언급하고 있다.

閒 令人最憶安和路 竹杖芒鞋自往還 其函谷關 土囊約住黃河
北 地軸句連白日西 其二陵早發 雲迷柱史燒丹竈 雪壓文王避
雨陵 其多景樓 風鋒夜喧潮入浦 烟蓑暝立雨侵樓 其漁村落照
落日看看含遠岫 歸潮咽咽上寒汀 漁人去入蘆花雪 數點炊烟
晚更青 其荷舟香月 微波澹澹月溶溶 十頃荷花一道風 記得臨
平山下宿 酒醒身在畫舡中 其小樂府 脫却春衣掛一肩 呼朋去
入菜花田 東馳西走追胡蝶 昨日嬉遊尙宛然 此等詩 東人集中
尙復有之哉 顧俠君編元百家詩選 而高麗人詩無一首 以其不
得見也 若齋益齋集 贈之 其編於安南國王陳益稷之上 可勝言
哉(『靑莊館全書』「淸脾錄」)

〈주석〉 [鉅] 크다 거 [遡] 거슬러 올라가다 소 [韶雅(소아)] 빼어나고 우아함
[藻] 화려하다 조 [幕府(막부)] 장군이 軍務를 보는 軍幕. 옛날 중국에
서 장군을 常置하지 않고 有事時에만 임명하였다가 일이 끝나면 해
임하였으므로, 廳舍가 없이 장막을 치고 집무소로 삼은 데서 유래한
것임 [降香江南] 고려 충숙왕 6년(1319), 충선왕이 강남의 보타굴에
香을 내릴 때를 말하는데, 이제현이 그때 따라갔었음 [推轂(추곡)] 협
조, 천거 [厲] 갈다 려 [五朝] 충숙왕·충혜왕·충목왕·충정왕·공
민왕의 조정을 말함 [麗] 화려하다 미 [藹然(애연)] 성대한 모양 [澤]
은택 택 [犢] 송아지 독 [靑神] 청신은 四川省 眉山縣 남쪽에 있는 지
명 [白帝城] 백제성은 사천성 奉節縣 동쪽 白帝山에 있음 [蜀道難]
李白이 지은 詩의 제목으로, 蜀으로 가는 길이 험난함을 소재로 하여
지은 것임 [秦關] 秦나라 때 설치한 關所를 말함 [剩] 그 위에 잉 [芒
鞋(망혜)] 짚신 [土囊(토낭)] 洪水를 막을 때 쓰는 것이다.『新唐書』「馬

燧傳」에 "黃河水를 가로질러 흙주머니를 쌓아 물을 막은 뒤에 건넜다"라 하였음 [句連] 이음 [柱史燒丹竈] 주사는 柱下史라는 벼슬 이름의 약칭으로 道敎의 元祖인 老子가 지낸 벼슬로 노자를 가리킨 말이고, 燒丹은 錬丹으로 도교에서 말하는 長生不死藥인 丹藥을 굽는 것을 말하는데, 노자가 靑牛를 타고 巴蜀에 가서 단약을 구웠다 함 [文王避雨陵] 『左傳』 僖公 32年에, "殽函에 두 언덕이 있는데 남쪽 언덕은 夏桀의 조상인 夏侯 皐의 무덤이 있고, 북쪽 언덕은 문왕이 風雨를 피하던 곳이다"라 하였음 [鐸] 풍경 탁 [喧] 떠들썩하다 훤 [煙蓑(연사)] 도롱이 [瞑] 어둡다 명 [看看] 점점 [岫] 산봉우리 수 [咽咽(인인)] 리듬이 있는 북소리 [汀] 모래섬 정 [蘆] 갈대 로 [炊] 밥 짓다 취 [澹澹溶溶(담담용용)] 파도가 성대하게 일렁이는 모양 [舡] 배 강 [胡蜨(호접)] 나비(胡=蝴, 蜨=蝶) [脫脚(탈각)] 신을 벗음 [宛] 완연하다 완 [齎] 주다 재

〈국역〉 시문학의 대가로는 언제나 읍취헌 朴誾을 추앙하여 詩家의 종주로 삼고, 소급하여 올라가면 佔畢齋 金宗直을 추대하여 제일로 삼는다. 그러나 나 李德懋는 일찍이 『익재집』을 읽고 나서는 단연코 익재 李齊賢의 시를 2천 년 이래 우리나라의 名家로 여긴다. 그의 시는 화려하고 우아하여 우리나라의 침체된 습속을 시원스럽게 탈피하였다. 비록 중국에 있었다 하더라도 虞集・楊載・범팽(范椁)・게혜사(揭傒斯)의 수준에 충분히 이르렀을 것이다. 용재 成俔이 말한 '익재는 노건하나 화려하지는 못하다'고 한 것은 확고한 논평이 못 된다. 익재의 시를 가지고 화려하지 못하다고 한다면 어떤 시를 과연 화려하다고 하겠는가? 요즈음 세상 사람들은 심지어 익재가 이제현이 된 까닭을 알지 못하니, 슬퍼할 만한 일이다.

익재의 자는 중사, 다른 호는 역옹인데, 경주 이씨다. 15세에 급제하여 이름이 한 세상을 덮었으며, 충선왕이 燕京에 있을 때 만권당을 지어 놓고 막부에 불러들여, 자앙 趙孟頫·복초 元明善 등과 교유하였다. 서촉에 사신으로 갔을 때와 강남에 향을 내릴 때 이르는 곳마다 시를 읊었는데, 그것이 사람들의 입에 널리 칭송되었다. 목암 요수(姚燧)와 자정 염복(閻復), 그리고 장양호가 모두 도와주어서 다시 듣고 새로 보았으며, 학문을 갈고 닦아 많은 것을 변화시켰다. 우리나라에 돌아오자 다섯 조정을 도와 네 번이나 총재가 되었으며, 고문을 제창하여 일으켰는데, 목은 부자가 따라 화답하여 우리나라 선비들이 화려하거나 고루함을 버리고 차츰 우아하게 되었으니, 이것은 익재의 공이다. 충선왕이 참소를 입고 서번에 귀양 갔을 때, 만 리 길을 달려가 안부를 물을 적에는 충성심과 분개함이 복받쳐 올랐었다. 공민왕 때에 이르러서는 정승의 일을 섭정하면서 모든 일을 적절하게 처리하여 백성들이 그 힘을 입어 편안할 수 있었다. 뒤에 김해후에 봉작되었으며, 81세에 졸하였는데, 시호는 문충이고, 문집이 세상에 전한다. 목은이 그의 묘비에 명하기를, "도덕의 우두머리요, 문장의 宗主로다. 그 공은 사직에 남아 있고, 그 혜택 백성에게 끼치었네" 하였는데, 여기에서 그 사람의 대략을 볼 수 있다. 그리고 그가 유람했던 곳으로 시에 나타난 것은 대략 정경·예양교 (중략) 월지 사자가 말을 바친 곳 등인데, 발자취가 이른 곳은 모두 웅장한 곳으로, 우리나라 사람들이 미치지 못한 곳이다. 아! 그의 시가 어찌 훌륭하지 않을 수 있겠는가? 그의 「배를 타고 아미산으로 향해 가다」 시에,

추운 송아지는 비에 쫓겨 고기가게로 돌아가고

가벼운 갈매기는 물결 타고 뱃전으로 다가온다

한 것과 「돌아갈 것을 그리다」 시에,

쓸쓸한 가을 청신의 숲에 비 자욱하고
저물녘 백제성에 구름이 가리네

한 것과 「노상에서」 시에,

말 타고 다니며 「촉도난」을 읊었는데
오늘 아침 비로소 진관으로 들어가네
저무는 푸른 구름 어부수를 가로막고
가을철 붉은 단풍 조서산에 연하였네
문자는 그 위에다 천고의 한만을 더하는데
공명을 누가 일신의 한가함과 바꾸랴
사람에게 평화로운 이 길을 가장 잘 기억하게 하여
죽장망혜로 스스로 왕래하는 거지

한 것과 「함곡관」 시에,

흙주머니는 황하의 북쪽에 머물러 있고
지축은 서편으로 이어졌구나

한 것과 「이릉에서 일찍 떠나다」 시에,
주사가 연단하던 부엌엔 구름이 끼고

문왕이 비 피하던 언덕엔 눈이 덮였네

한 것과 「다경루」 시에,

풍경 소리 요란한 저녁 조수 포구에 들고

도롱이 입고 서 있는 밤 누에 비 뿌리네

한 것과 「어촌의 저녁놀」 시에,

지는 해는 점점 먼 산으로 넘어가는데

돌아온 조수는 소리치며 차가운 갯벌에 오르네

어부들은 갈대꽃 속으로 사라져 흰데

몇 줄기 밥 짓는 연기 늦게 다시 푸르네

한 것과 「하주의 향기로운 달」 시에,

엷은 파도 출렁출렁 달빛은 일렁일렁

십 경의 연꽃에 한 줄기 바람일세

임평산에 유숙하던 그 시절 생각하니

술 깨자 내 몸은 그림 배에 있었지

한 것과 「소악부」 시에,

봄옷을 벗어서 어깨에 걸치고

친구 불러 채마밭에 들어갔다네

동서로 쫓아가며 나비 잡던 일들이
어제의 놀이같이 완연하구나

한 이러한 시가 우리나라 문집 가운데 있기나 하였던가? 협군 顧嗣
立(淸: 1665~1722)이『원백가시선』을 편찬하였는데, 고려 사람의 시
는 한 수도 없다. 그것은 우리나라 시를 볼 수가 없었기 때문이다. 만
약『익재집』을 가져다주었다면, 안남국왕 진익직보다 더 위에 엮었
다고 말할 수 있을 것이다.

人言 崔猊山悉抹益齋詩卷 只留 紙被生寒佛燈暗 沙彌一夜不
鳴鍾 應嗔宿客開門早 要看庵前雪壓松 益齋大服 以爲知音(『惺
叟詩話』)

〈주석〉 [抹] 지우다 말 [被] 이불 피 [沙彌(사미)] 나이 어린 스님 [應] 아마
응 [壓] 누르다 압

〈국역〉 어떤 사람이 말하길, "예산 최해가 이익재의 시권을 다 지워버리고
단지,

종이 이불에 한기 생기고 불당 등불은 어두운데
사미는 한밤 내내 종을 치지 않는다
아마 성내겠지, 자던 객이 일찍 문을 열고서
암자 앞의 눈에 덮인 소나무를 보잔다고
라는 시(「山中雪夜」)만을 남겨 놓으니, 익재는 대단히 탄복하고 그를
지음이다"라고 하였다.[42)]

☆ 李穀(1298~1351)

李稼亭穀入中國　捷制科第二甲　名聲藉甚　嘗有道中避雨詩曰
甲第當街陰綠槐　高門應爲子孫開　年來易主無車馬　唯有行人避
雨來　人之侈大宮室　爲後世計者　可以爲戒(『小華詩評』 상, 40)

〈주석〉 [制科]=制擧, 황제가 임시로 詔令을 내려 실시하는 부정기적인 科擧
　　　를 말한다. 고려 말에 崔瀣·安軸·李穀·李穡 등이 응시하여 합격
　　　하였음 [二甲] 殿試에서 제2등 [藉甚(자심)] 성대함 [甲第(갑제)] 훌륭
　　　한 집 [蔭] 가리다 음 [槐] 홰나무(周代에 조정에서 이 나무 3그루를
　　　심어 三公의 좌석의 標識로 삼았음) 괴 [應] 아마 응

〈국역〉 가정 이곡이 중국에 들어가서 제과에 제2등으로 급제하여 명성이 자자
　　　하였다. 일찍이 「도중에서 비를 피하며」 시(「李穀途中避雨 有感」)에,

　　　거리의 훌륭한 집, 홰나무에 가렸는데
　　　높은 문은 아마도 자손 위해 열었겠지만
　　　근래엔 주인 바뀌고 찾는 손님조차 없어
　　　오직 길 가던 나그네만 비를 피하러 오네

　　　라 했다. 사람 중에 집을 사치스럽게 크게 지어 후손을 위한 계획을
　　　세운 자는 이 시를 경계로 삼을 만하다.

---

42) 徐居正은 『동인시화』에서 이 시에 대해 "산속 집 눈이 온 밤의 기이한 운치를 그대로 묘사하여 읽으면
　　사람으로 하여금 상큼한 침이 어금니와 뺨 사이에 솟아나게 할 정도이다(能寫出山家雪夜奇趣 讀之令人
　　沆瀣生牙頰間)"라 하였다.

☆ 李穡(1328~1396)

東坡平生功名出處 自比白香山 牧隱亦嘗以東坡自比 熙寧中
王安石 以新法誤天下 東坡有山村五絶 有邇來三月食無鹽 過
眼青錢轉手空等句 坐譏時事 謫南荒 謂其詩曰烏臺詩案 牧隱
謫長湍 寄省郎十首 有黜僧還恐似王輪 滿庭青紫絶無人等句
爲臺官所彈 禍且不測 其視烏臺詩案 亦無幾矣(『東人詩話』
상, 25)

〈주석〉 [邇來(이래)]=近來 [青錢] 青苗錢으로, 봄에 벼가 아직 익지 않았을
때 나라에서 돈을 빌려 썼다가 가을 추수 후에 갚는 돈 [讒] 나무라
다 기 [荒] 변방 황 [烏臺詩案] 오대는 御史臺의 별칭으로, 蘇軾이 王
安石의 新法을 반대하는 시를 썼는데, 이 시가 임금을 비방하는 것이
라 하여 어사대에 감금됐던 것에서, 사회를 비판하는 시로 인하여 불
이익을 당하는 것을 뜻함 [黜] 물리치다 출 [似王輪] 고려 시대 최고
의 사찰이라 할 王輪寺로 승려를 쫓아낸 것처럼, 목은이 그동안 벼슬
을 그만두고 전원으로 돌아가고 싶어 하던 소원을 이번 기회에 이루
게 해 주었다는 뜻의 냉소적인 표현이다. 개성 송악산에 있는 왕륜사
는 원래 고려 태조 王建이 창건한 사찰로, 역대의 왕들이 여기에서
佛事를 성대히 거행하였으며, 특히 공민왕대에 이르러 전성기를 맞
았음 [青紫(청자)] 高官 [臺官] 御史臺 장관의 총칭이며, 널리 조정의
公卿을 가리킴 [彈] 탄핵하다 탄 [無幾]=不多, 不久

〈국역〉 동파 蘇軾은 평생의 공명과 출처를 스스로 향산 白居易(中唐: 766~
826)에 빗대었다. 목은 李穡도 일찍이 동파를 스스로 빗대었다. 희녕

연간에 왕안석이 신법으로 천하를 그르치자, 동파가 「산촌오절」이라는 시를 지었는데,

근래 석 달 동안 음식에 소금이 사라졌네[43]
청묘전이 눈에 스친 듯해(금방 써버려) 더욱 손이 텅 비었네[44]

라는 구절들이 당시 일을 비판한 것에 연루되어 남쪽 변방으로 귀양 갔다. 그 시를 '오대시안'이라고 한다. 목은은 장단으로 귀양 갔을 때 「기성랑」 10수를 지었는데,

승려를 오히려 왕륜사로 쫓아낸 격은 아닐는지[45]
조정 가득 고관 중에 이런 사람은 없을 것이다[46]

라는 구절이 있는데, 대관의 탄핵을 받아 화가 장차 예측할 수 없게

---

43) 왕안석이 소금의 밀매를 엄격하게 다스렸기 때문에 貧民들의 음식에 소금이 사라진 것을 비판한 것이다.

44) 왕안석이 청묘법을 만들어 시행하자, 백성들이 더욱 가난해진 것을 풍자한 것이다.

45) 이 시는 그 중 6수인데, 전문을 제시하면 다음과 같다.
彈章大勢乍驚人 탄핵한 문장이 사람을 언뜻 경악케도 하겠지만
熟讀深思摠失眞 찬찬히 읽고 깊이 생각하면 모두가 사실과 어긋나네
捉敗老翁唯四字 오직 네 글자 앞세워서 노옹을 족치려 한다마는(이성계 일파가, 우왕은 공민왕의 아들이 아니라 辛旽의 아들이니 우왕과 그 아들 창왕은 왕씨가 아니라는 이른바 '禑昌非王'의 설을 제기하며 廢假立眞을 명분으로 삼아 우왕과 창왕을 잇달아 폐위시키고 恭讓王을 옹립한 뒤에, 목은을 이 죄목으로 탄핵한 것을 말한다.)
黜僧還恐似王輪 승려를 오히려 왕륜사로 쫓아낸 격은 아닐는지

46) 이 시는 그 중 9수인데, 전문을 제시하면 다음과 같다.
玄陵策上甲寅寅 갑인년 현릉 때에 책문 올려 시험 보고
放牓辛朝始出身 신조 때에 급제하여 처음 출신한다니요
坐數至今荒野去 지금 황야로 떠나와서 앉아서 헤아려 봐도
滿廷靑紫絕無人 조정 가득 고관 중에 이런 사람은 없으리라(갑인년은 공민왕이 9월에 세상을 떠나고 곧바로 왕이 즉위한 해이다. 따라서 우왕이 黨人들의 말대로 辛旽의 아들로서 성이 辛氏라고 한다면, 갑인년에 과거에 응시했다가 우왕의 시대로 넘어와서 합격자 발표가 이루어져 급제한 사람들은, 결과적으로 왕씨의 임금에게 시험을 보고 나서 신씨의 임금에게 등용되었다는 말이 되는데, 지금 조정의 고관들 중에 그렇게 생각하는 사람들이 과연 한 사람이라도 있겠느냐는 뜻의 신랄한 비판이 담겨 있다.)

144

되었으니, 오대시안과 견주어 보더라도 큰 차이가 없을 것이다.

牧隱初入元朝 文士稍輕之 嘲曰 持杯入海知多海 牧隱應聲曰
坐井觀天曰小天 嘲者更不續 嘗謁歐陽學士玄 得印可 牧老晚
有詩云 衣鉢當從海外傳 圭齋一語尙琅然 邇來物價皆翔貴 獨
我文章不直錢 盖嘆晚節之蹭蹬也(『東人詩話』 하, 18)

〈주석〉 [稍] 적다 초 [嘲] 조롱하다 조 [印可(인가)]=認可 [衣鉢(의발)] 禪家
에서 法統을 전하는 것을 말한다. 達摩가 인도에서 중국으로 오면서
석가모니가 입던 袈裟와 밥 먹던 바리때를 가지고 와서 法統을 전하
는 제자에게 그것을 전하여 六祖에까지 전하였다 함 [圭齋一語(규재
일어)] 규재는 元나라의 학자로 翰林學士 承旨를 지낸 歐陽玄의 호인
데, 恭愍王 3년(1354)에 牧隱이 원나라에 가서 會試에 응시했었을 당
시 讀券官이던 구양현이 목은의 對策文을 보고는 대단히 稱賞하면서
二甲 第二名으로 발탁하고 말하기를 "道統이 海外로 갔다"고 한 것
을 이른 말임 [邇來(이래)]=近來 [琅] 금석소리 랑 [翔] 날다 상 [直]=
値 [蹭蹬(층등)] 헛디디는 모양으로, 세력을 잃거나 失意한 모양

〈국역〉 목은 이색이 처음 원나라 조정에 들어갔을 때, 원나라 문사들이 조금
그를 얕잡아 보면서 조롱하기를, "잔을 가지고 바다에 들어왔으니,
바다가 넓은 줄을 알겠구나"라 했는데, 목은이 대답하길, "우물에 앉
아 하늘을 보며 '하늘이 좁다' 하는구나"라 하니, 조롱하던 자들이 더
이상 잇지를 못했다. 일찍이 학사 구양현(1273~1357)을 찾아뵈었다
가 인정을 받았다. 목은이 만년에 지은 시(「紀事」)에,

의발이 응당 해외로 전해질 것이라는

규재의 한마디가 아직도 귀에 쟁쟁한데

근래에 물건 값이 모두 뛰어올랐는데도

유독 나의 문장만 값을 받지 못하는구나

라 했다. 이것은 아마 만년에 순탄치 않은 삶을 한탄한 것일 것이다.

文靖入元 中制科 應奉翰林 歐陽圭齋虞道園輩 皆推獎之 圭
齋嘆曰 吾衣鉢 當從海外 傳之於君也 其後文靖困於王氏之末
流徙播遷 門生故吏 皆畔而下石 公嘗作詩曰 衣鉢當從海外傳
圭齋一語尙琅然 近來物價俱翔貴 獨我文章不直錢 蓋自傷其
遭時不淑也(『惺叟詩話』)

〈주석〉 [制科]=制擧, 황제가 임시로 詔令을 내려 실시하는 부정기적인 科擧
를 말한다. 고려 말에 崔瀣·安軸·李穀·李穡 등이 응시하여 합격
하였음 [推獎(추장)] 추천하여 칭찬함 [流徙]=播遷, 옮겨 다님 [不
淑]=不善

〈국역〉 문정공 이색이 원나라에 들어가서 제과에 합격하니, 응봉한림 규재
歐陽玄·도원 虞集의 무리가 모두 칭찬하였다. 규재는 탄복하면서
"우리의 의발은 마땅히 해외로 그대에게 전해지리라"라 하였다. 그
후 문정공이 고려조 말에 곤궁해져서 이리저리 옮기며 쫓겨 다닐 적
에, 문하생과 옛 동료 관리들도 모두 배반하여 돌을 던지니, 공이 시
를 짓기를,

의발이 응당 해외로 전해질 것이라는

규재의 한마디가 아직도 귀에 쟁쟁한데

근래에 물건 값이 모두 뛰어올랐는데도

유독 나의 문장만 값을 받지 못하는구나

라 했는데, 대개 때를 만난 것이 좋지 못한 것을 스스로 슬퍼한 것이다.

稼亭牧隱父子 相繼中皇元制科 文章動天下 今二集盛行於世 牧
隱之於稼亭 猶子美之於審言 子瞻子由於老泉 自有家法 評者曰
牧隱之詩 雄豪雅健 天分絶倫 非學可到 稼亭之詩 精深平淡優
遊不迫 格律精嚴 自有優劣 具眼者辨之(『東人詩話』 하, 34)

〈주석〉 [制科]=制擧, 황제가 임시로 詔令을 내려 실시하는 부정기적인 科擧
를 말한다. 고려 말에 崔瀣·安軸·李穀·李穡 등이 응시하여 합격
하였음 [審言] 杜甫의 조부인 두심언을 말함

〈국역〉 가정 李穀과 목은 李穡 부자는 서로 이어서 원나라 제과에 급제하여
문장이 천하를 울렸는데, 지금 두 사람의 문집이 세상에 널리 유포되
고 있다. 목은의 가정에 대한 관계는 자미 杜甫와 두심언, 자첨 蘇軾·
자유 蘇轍과 노천 蘇洵의 관계와 같아서, 저절로 가법이 있었다. 평
하는 사람들이 말하길, "목은의 시는 웅혼하고 호방하며, 타고난 천
성이 매우 뛰어나 배워서 이를 수 있는 것이 아니다. 가정의 시는 정
심하고 평담하고 넉넉하면서도 박절하지 않으며, 율격이 정미하면서
도 엄격하니, (이 두 사람의 시에는) 저절로 우열이 있다"라 하였으
니, 안목을 갖춘 사람은 분별할 것이다.

李文靖昨過永明寺之作 不雕飾 不探索 偶然而合於宮商 詠之
神逸 許穎陽見之曰 你國亦有此作耶 其浮碧樓大篇 其曰 門
端尚懸高麗詩 當時已解中華字者 雖藐視東人 亦服文靖之詩
也(『惺叟詩話』)

〈주석〉 [雕] 새기다 조 [神逸] 文思가 살아서 날뜀, 神奇超逸 [藐] 업신여기다 묘

〈국역〉 文靖 李穡의 「어제 영명사에 들르다」라는 작품은 별로 수식하거나
탐색한 흔적 없이 우연히 음률에 맞아서 그것을 읊으면 신일하다.
(元나라 대학자) 허영양은 이것을 보고 "당신네 나라에도 이와 같은
작품이 있었습니까?"라고 했다. 그의 부벽루 시는 대작인데,

문 머리에는 여전히 고려 시가 걸렸으니
당시에 이미 중화 문자 깨쳤다네

라고 했으니, 비록 우리나라 사람을 깔보기는 했으나 또한 문정공의
시를 감복하고 있었던 것이다.

牧老題浮碧樓詩 昨過永明寺 暫登浮碧樓 城空月一片 石老雲
千秋 麟馬去不返 天孫何處遊 長嘯倚風磴 山靑江自流 景泰
初 倪侍講登浮碧樓 讀此詩 歎曰 惜不得與此人同時也 其後
華使之來 觀察使例去本國之人作 故此詩亦不得留 嘉靖年間
龔雲岡謁箕子廟 讀春亭所製碑銘 屢加稱美 牧老之詩 豈下於
春亭之碑乎 恨不使雲岡輩見之 而碑亦非詩板之易去者 得遇
賞於雲岡耳 余竊謂 文章論其工拙而已 而必拘以中國也 大同

148

江又有三峯江之水辭 鄭之常雨歇長堤草色多之詩 若使倪瓚見
之 未必不與李下之作同其嘆美也(『稗官雜記』 4)

〈주석〉 [浮碧樓(부벽루)] 평양 북쪽 錦繡山에 있음. 그 꼭대기에 乙密臺가 있
고 그 아래에 부벽루가 있으며, 그 서쪽에 영명사가 있음 [麟馬(린
마)] 영명사 아래에 기린굴이 있는데, 기린은 朱蒙이 타던 말을 말한
다. 그 남쪽에 朝天石이 있어서 주몽이 기린을 타고 하늘로 올라갔다
는 전설이 있음 [嘯] 휘파람 불다 소 [風磴] 돌계단. 風은 밖에 노출되
어 있다는 뜻임 [景泰(경태)] 명나라 대종 때의 연호(1450~1456) [嘉
靖(가정)] 명나라 세종 때의 연호(1522~1566)

〈국역〉 목은이 부벽루에 쓴 시에,

어제 영명사를 지나다가
잠깐 부벽루에 올랐네
성은 빈 채 달 한 조각 떠 있고
돌은 오래되어 구름은 천 년간 흘러가네
기린마는 가서 돌아오지 않고
천손은 어느 곳에 노니는가
길게 휘파람 불고 돌계단에 기대자니
산은 푸르고 강물은 흘러가네

라 하였는데, 경태 초년에 예시강이 부벽루에 올라서 이 시를 읽고
탄식하기를, "이 사람과 같은 시대에 살지 못한 것이 애석하도다!"
하였다. 그 뒤 중국 사신이 오면 관찰사가 으레 본국 사람의 작품을

떼어 버렸기 때문에 이 시도 남아 있을 수 없었다. 가정 연간에 공운 강이 기자묘에 참배하고, 春亭 卞季良이 지은 비명을 읽고 여러 번 칭찬하고 아름답게 여겼는데, 목은의 시가 어찌 춘정의 비문만 못하 겠는가? 공운강의 무리로 하여금 그것을 보게 하지 못한 것이 한이 다. 비문은 또한 시의 현판처럼 떼어 버리기 쉬운 것이 아니어서 공 운강에게 칭찬을 받았을 뿐이다. 나 成俔은 생각건대, 문장은 그 잘 되고 잘못됨을 논할 뿐이고, 반드시 중국에 구애될 것은 아니다. 대 동강에는 또 삼봉 정도전의 「강지수사」47)와 정지상의 '우헐장제초 색다'란 시48)가 있으니, 만일 예시강과 공운강이 그것을 보았더라면,

---

47) 정도전의 「江之水辭」 전문을 제시하면 다음과 같다.
　　江之水兮悠悠 강물(대동강)이 유유히 흐르는데
　　泛蘭舟兮橫中流 木蘭으로 만든 배를 중류에 띄웠구나
　　高管激噪兮歌聲發 드높은 피리 가락 시끄럽고 노랫소리 가운데
　　賓宴譽兮獻酬 손님을 맞아 잔 드리네
　　或躍兮錦鯉 혹 뛰는 건 비단 잉어요
　　飛來兮白鷗浦 날아오르는 건 흰 갈매기
　　煙沈沈兮極浦 먼 개펄에 연기는 자욱하고
　　草萋萋兮芳洲 방주에 풀은 더북더북하네
　　覽時物以自娛兮 철 경치 바라보며 스스로 즐기면서
　　蹇忘歸兮夷猶 돌아갈 줄 잊고 서성거리네
　　景忽忽乎西馳兮 황홀한 햇볕이 서로 달리고
　　水沄沄兮逝不留 세찬 물은 가고 안 머무르네
　　曾歡樂之未幾兮 환락이 많지 않을 것이라
　　隱予心兮懷憂 측은하게도 내 마음속에 시름이네
　　嗟哉盛年不再至兮 아! 젊음이 두 번 오지 않으니
　　老將及兮夫焉求 늙음이 다가오는데 무엇을 구하리오?
　　軒冕兮儻來 벼슬살이는 우연히 오는 것이요
　　富貴兮雲浮 부귀는 뜬 구름과 같다네
　　惟君子所重者義兮 군자의 소중한 것은 의요
　　名萬古與千秋 만고・천추에 이름이 남는 것
　　擧一杯以相屬兮 술 한 잔 들어 서로 권하노니
　　庶有企兮前修 우리도 옛 사람 높은 자취 배워 따르세
48) 정지상의 시 「送人」으로 전문을 제시하면 다음과 같다.
　　雨歇長堤草色多 비 갠 긴 둑엔 풀빛이 짙어가는데
　　送君南浦動悲歌 남포에서 임 보내며 슬픈 노래 부르네
　　大同江水何時盡 대동강 물은 어느 때 마르려는지
　　別淚年年添綠波 해마다 이별 눈물 푸른 강물에 더해지네

반드시 이색과 변계량의 작품과 함께 찬미하였을 것이다.[49]

冶隱問去就之義於牧隱 牧隱曰 當今各行其志 我輩大臣與國
同休戚 不可去 爾則可去也 冶隱因定去就 告歸辭於牧隱 牧
隱時在長湍別業 贈以詩曰 鴻飛一箇在冥冥(『月汀漫筆』)

〈주석〉 [休戚(휴척)] 기쁨과 근심

〈국역〉 야은 吉再가 진퇴의 의리를 목은에게 물으니, 목은이 대답하기를,
"지금 시대에는 각기 자기 뜻대로 행할 뿐이다. 그러나 우리 대신들
은 국가와 고락을 같이해야 하므로 떠날 수 없지만, 너는 떠날 수 있
다" 하였다. 야은은 그 이야기에 말미암아 거취를 결정하고 목은에
게 돌아가겠다는 작별 인사를 고하였다. 목은은 그때 장단의 별장에
있었는데, 시를 써서 주기를, "나는 외기러기 아득히 떠 있구나" 하
였다.

☆ 鄭夢周(1337~1392)

鄭圃隱江南女 江南女兒花插頭 笑呼伴侶游芳洲 蕩槳歸來日
欲暮 鴛鴦雙飛無限愁 風流豪宕 輝映千古 而詩亦酷似樂府(『惺
叟詩話』)

---

49)『호곡만필』에서는 고려시대 작품 가운데 五言律詩로는 이 시를 최고의 시로 꼽았고, 『惺叟詩話』에서는
"아름답게 꾸미거나 어려운 고사를 찾아 쓰지 않으면서도 우연히 음률에 들어맞고 읊어보면 신묘하고 뛰
어나다(不彫飾 不探索 偶然而合於宮商 詠之神逸)"라고 평하고 있으며, 『小華詩評』에서는 "맑고 아득하
다(淸遠)"라 평하고 있다.

[江南(강남)] 중국 양자강 남쪽으로, 호화로운 곳을 표상함 [揷] 꽂다

삽 [伴侶(반려)] 짝, 벗 [芳洲(방주)] 芳草가 많이 피어 있는 작은 모래

섬 [蕩] 움직이다 탕 [槳] 노 장

〈국역〉 포은 정몽주의 「강남녀」에,

강남의 아가씨는 머리에 꽃을 꽂고

웃으며 벗들 불러내어 방주에서 노니네

노를 저어 돌아올 때 해가 막 지려는데

원앙새만 쌍으로 나니 무한히 시름겹네

라 했는데, 풍류가 호탕하여 천고에 빛나는데, 이 시는 또한 악부시

와 몹시 비슷하다.

☆ 元天錫(1330~?)

元天錫者 高麗人 恭愍時不仕 居原州 與牧隱諸老相往來 其

遺稿中 有直載當時事迹 後世所不能知者 以辛禑爲恭愍子者

此其直筆之尤者 其詩以伏聞主上殿下遷于江華 元子卽位有感

爲題者二首曰 聖賢相遇適當時 天運循環自此知 田畝豈無憂

國意 更殫忠懇念安危 新主臨朝舊主遷 蕭條海郡但風煙 天關

正路誰開閉 要見明明鑑在前 (증략) 以聞今月十五日 國家以

定昌君立王位 前王父子以爲辛旽子孫 廢爲庶人 爲題者二首

曰 前王父子各分離 萬里東西天一涯 可使一身爲庶類 寸心千

古不遷移 祖王信誓應于天 餘澤流傳數百年 分揀假眞何不早

彼蒼之鑑照明然 以國有令前王父子賜死爲題者一首曰 位高鍾
鼎是君恩 反目含饞已滅門 一國豈能流景祚 九原難可雪幽冤
古風淪喪時還泰 新法淸平道益尊 且向玉墀呼萬歲 願施優渥
及山村 (중략) 詩語雖質朴 多不成語 而事則直書無隱 比之麟
趾之麗史 不啻日星蝃蝀之相懸 讀之淚數行下 大抵麗之亡 由
於戊辰之廢主 廢主之後 如牧隱儕流尙存 一脈公議未泯 故其
時道傳紹宗等輩 倡爲非王氏者爲忠 謂王氏者爲逆之論 簧鼓
朝廷 眩惑人心 遂得以魚肉士流 箝制口舌 僅五年 而國亡矣
生乎其時而正直自樹者 其爲生 辛苦顚沛 當如何也 然而人心
未盡眩 人口未盡箝 草野之間 有此董狐之筆 豈非石壓筍斜出
者耶(『晴窓軟談』 하)

〈주석〉 [殫] 다하다 탄 [蕭條(소조)] 쓸쓸한 모양 [揀] 가리다 간 [鍾鼎(종정)]
　　　 부귀영화 [景] 크다 경 [祚] 복 조 [九原] 黃泉 [淪] 잠기다 륜 [泰] 편
　　　 안하다 태 [玉墀(옥지)] 궁전 앞의 섬돌로, 조정을 가리킴(墀 섬돌 지)
　　　 [渥] 은혜를 입다 악 [蝃蝀(체동)] 무지개 [儕流(제류)] 무리 [泯] 멸하
　　　 다 민 [簧鼓(황고)] 사람을 미혹시킴 [魚肉] 잔인하게 해침 [箝] 재갈
　　　 먹이다 겸 [顚沛(전패)] 사망, 좌절 [董狐之筆] 동호는 춘추 시대 晉나
　　　 라의 太史인데, '趙盾이 그 임금 靈公을 시해했다'고 곧장 쓴 고사를
　　　 말함. 실제로 임금을 시해한 자는 趙穿이었는데, 이때 조순이 正卿의
　　　 지위에 있으면서도 그를 토벌하지 않았으므로 죄를 그에게 돌린 것
　　　 으로서, 기록을 하는 자가 거리낌 없이 바른 대로 쓰는 것을 말함(『春
　　　 秋左氏傳』 宣公 2年) [筍] 죽순 순
〈국역〉 원천석은 고려 사람으로 공민왕 때 벼슬하지 않고 원주에 살면서 목

은 등 여러 노인들과 서로 왕래하였다. 그의 유고 중에 후세에 알 수 없었던 당시의 사적을 직설적으로 기재한 것들이 있는데, 신우를 공민왕의 아들이라고 한 것은 그의 직필 가운데에서도 대표적인 것이다. 그의 시 가운데 「엎드려 주상전하가 강화로 옮겨가고 원자가 즉위했다는 말을 듣고 느낀 감상[伏聞主上殿下遷于江華 元子卽位 有感]」이라고 쓴 2수에 이르기를,

성스럽고 현명한 父子 꼭 알맞게 나오셨기에
하늘의 운세 이제부터 돌아올 줄 알았네
초야라고 어찌 나라 걱정하는 마음 없을까?
간절한 마음 다하여 안위를 염려하네

새 임금 즉위하고 옛 임금은 옮겨 가니
쓸쓸한 해변 고을엔 다만 바람과 구름뿐이네
하늘 문과 바른 길을 누가 열고 닫는가?
밝은 거울은 앞에 있음(밝은 역사의 전철) 살펴보리라

라 했다. (중략) 「이달 15일에 국가가 정창군을 왕으로 세우고 전왕 부자는 신돈의 자손이라 하여 서인으로 폐했다는 것을 듣고[聞今月十五日 國家以定昌君立王位 前王父子以爲辛旽子孫廢爲庶人]」라고 쓴 2수에 이르기를,

전 임금 부자가 각각 헤어지니
만 리 동쪽 서쪽 하늘 끝이라네

한 몸이야 서인으로 만들 수 있으나
마음은 천고에도 변하지 않으리라

조왕(王建)의 맹세 하늘에 감응하여
남은 은택이 수백 년에 전해졌네
참과 거짓을 분별함을 어찌 일찍 하지 않았는가?
저 푸른 하늘의 거울만은 환하게 비추어 주리라

라 하였으며, 「국가가 명령을 내려 전왕 부자에게 죽음을 내리다[國
有令 前王父子賜死]」라고 쓴 시 1수에,

높은 지위 부유한 생활 모두 임금 은혜인데
반목하며 원한 품고 이미 집안을 멸했구나
나라에 어찌 큰 복이 내려질 수 있겠는가?
황천에서 깊은 원한 씻기 어렵게 되었구나
옛날 풍속 없어지고 태평 시대 돌아옴에
새 법 맑고 공평해지고 도는 더욱 높아지리
조정 향해 부르는 만세 소리
산골까지 넉넉하게 은총 내려 주시기를

라 하였다. (중략) 시어가 질박하여 말을 이루지 못한 곳이 많긴 하지
만 일은 곧이곧대로 써서 숨김이 없었다. 鄭麟趾의 『高麗史』에 그것
을 비교해 보면, 해·별과 무지개처럼 현격하게 차이가 날 뿐만이 아
니라, 그것을 읽으면 몇 줄기 눈물이 떨어지곤 한다. 대저 고려가 망

하게 된 것은 무진년(1388, 우왕14)에 임금을 폐위시킨 데에서 유래한다. 그런데 임금을 폐위시킨 뒤에도 목은과 같은 사람들이 아직 남아 있어 한 가닥 공의는 없어지지 않았다. 그래서 그때 鄭道傳과 尹紹宗 등의 무리가 '임금이 王氏가 아니라고 하는 자는 충신이고, 왕씨라고 하는 자는 역적이다'는 주장을 내놓은 뒤 조정을 선동하고 인심을 현혹시켜 마침내 사류를 해치고 사람들의 입에 재갈을 물릴 수 있었던 것인데, 겨우 5년 있다가 나라가 망하였다. 그때에 태어나서 바르고 올곧게 자신을 세우려는 사람들의 삶은 얼마나 고달프고 힘들었겠는가? 그런데도 인심이 다 현혹되지는 않고 사람의 입을 다 재갈 물릴 수는 없어 초야 사이에 이러한 동호의 直筆이 나왔으니, 어찌 바위에 눌린 죽순이 사이로 나오는 것이 아니겠는가?

☆ 金九容(1338~1384)

金惕若九容詩 甚淸贍 牧老所稱敬之下筆如雲煙者是已 嘗以回禮使 致幣于遼東 都司潘奎執送京師 其咨文馬五十疋 誤塡以五千疋 高皇帝怒其私交 且曰 五千馬至 當放送也 時李廣平當國 素不喜公輩 迄不進馬 帝流公大理 作詩曰 死生由命奈何天 東望扶桑路渺然 良馬五千何日到 桃花門外草芊芊 武昌詩曰 黃鶴樓前水湧波 沿江簾幕幾千家 釀錢沽酒開懷抱 大別山靑日已斜 公竟卒于配所 其後曹參議庶 亦流金齒數年 而放還黃州 作詩曰 水光山氣弄晴沙 楊柳長堤十萬家 無數商船城下泊 竹樓煙月咽笙歌 丈夫生褊壤 嘗恨不獲壯游 二公雖流竄殊方 亦看盡吳楚山川 寔人間快事也(『惺叟詩話』)

〈주석〉 [敬之] 김구용의 字 [咨文(자문)] 중국과 왕복하는 공문서 [疋] 말을 세는 단위 필 [塡] 메우다 전 [廣平] 廣平府院君 李仁任(?~1388) [迄] 마침내 흘 [扶桑(부상)] 해가 뜨는 곳 [渺] 아득하다 묘 [芋] 무성하다 천 [湧] 샘솟다 용 [沿] 물을 따라 내려가다 연 [醼] 추렴하다 갹 [沽] 술을 사다 고 [咽] 목메다 열 [褊] 좁다 편

〈국역〉 惕若齋 김구용의 시는 매우 맑고 섬부하였으니, 牧隱이 '경지가 붓을 내려 쓰면 마치 운연과 같다'라고 칭찬한 것이 바로 이를 두고 이른 말이다. 일찍이 회례사가 되어 폐백을 요동에 바치니, 도사 반규가 잡아서 서울로 보냈다. 그 공문서에 '말 50필'이라 할 것을 '5천 필' 이라 잘못 적었기 때문이다. 明의 고황제는 우리나라가 요동백과 사 사로이 사귄 것에 대해 성을 내며 말하기를, "말 5천 필이 오면 풀어 서 돌아가게 해 주겠다"라고 했다. 이때 이광평이 국정을 맡고 있었 는데, 평소에 공의 무리들과 사이가 나빠 끝내 말을 바치지 않았으므 로 황제가 공을 대리에 유배시키니,50) 공이 시를 지어 이르기를

죽고 사는 것은 천명에 말미암으니 천명을 어이하리?
동으로 부상 바라보니 고향길은 아득하네
좋은 말 오천 필이 언제나 닿을는지
도화관 밖에는 풀만 수북 우거졌네

---

50) 韓致奫의 『海東繹史』에, "金九容 初名齊閔 字敬之 安東人 中進士 拜三司左尹 與李崇仁權近 上書都堂 阻迎北元使 竄竹州 召爲左司議大夫 終成均大司成 尋流大理衛(김구용은 초명이 김제민이고, 자가 경지 이며, 안동인이다. 진사시에 급제하여 삼사 좌윤에 제수되었다. 이숭인, 권근과 더불어 도당에 글을 올려 북원의 사신을 맞이하는 것을 저지하였다가 죽주에 유배되었다. 소환되어 좌사의대부가 되었으며, 마침내 성균관 대사성이 되었다. 얼마 뒤에는 대리위[대리위는 지금의 雲南省에 있는 지명이다. 김구용이 성균관 대사성으로 있으면서 遼東에 行禮使로 갔는데, 명나라의 遼東摠兵 潘敬과 葉旺에게 잡혀 경사로 끌려갔 다가 대리위에 유배되어 가던 중 瀘州 永寧縣에 이르러서 병들어 죽었다. 『高麗史 卷104 金九容列傳』]로 유배되었다)"라는 비슷한 내용이 실려 있다.

라 하였고, 또 무창에서 지은 시에서

황학루 앞에는 물결 솟구치는데
강 따라 발 드리운 주막은 몇 천 채인고?
추렴한 돈을 술을 사와 회포를 푸노라니
대별산 푸르른데 해는 이미 기울었네

라 했는데, 공은 마침내 유배지에서 죽고 말았다. 그 뒤 참의 조서가 또
한 금치에 유배당한 수년 만에 석방되어 황주로 돌아오다 지은 시에,

물빛과 산 기운은 맑은 모래 어르고
버들 푸른 긴 둑에는 천만 채 집이로세
무수한 상선은 성 아래 대고
죽루의 연기 낀 달에는 생황 노래 드높네

라고 하였다. 나 허균은 장부로 좁은 땅에서 태어나 천하를 유람하지
못함을 일찍이 한스럽게 여겨 왔었는데, 두 공은 비록 異方에 유배되
었으나 그래도 오·초의 산천을 다 보았으니, 참으로 인간의 쾌사라
할 수 있겠다.

☆ 李崇仁(1349~1392)

梅聖兪蘇子美齊名一時　二家詩格不同　蘇之筆力豪俊　以超邁

橫絶爲奇 梅則研精覃思 以深遠閑淡爲高致 各臻所長 雖善論
者 未易甲乙 然歐陽子隱然以梅爲勝 李陶隱鄭三峯齊名一時
李淸新高古 而乏雄渾 鄭豪逸奔放 而少鍛鍊 互有上下 然牧
老每當題評先李而後鄭 一日牧隱見陶隱嗚呼島詩 極口稱譽
間數日 三峰亦作嗚呼島詩 謁牧老曰 偶得此詩於古人詩藁中
牧隱曰 此眞佳作 然君輩亦裕爲之 至如陶隱詩 不多得也 後
三峰當國 牧隱屢遭顚躓 僅免其死 陶隱終蹈其禍 論者以謂
未必非嗚呼島詩 爲之祟也(『東人詩話』 상, 32)

〈주석〉 [邁] 뛰어나다 매 [覃] 깊다 담 [致] 풍취 치 [臻] 이르다 진 [豪逸(호
일)] 奔放瀾脫 [題評(제평)]=品評 [裕] 넉넉하다 유 [躓] 넘어지다 지
(질) [祟] 빌미 수

〈국역〉 성유 梅堯臣(北宋: 1002~1060)과 자미 蘇舜欽(北宋: 1008~1049)은
한때 이름이 나란하였는데, 두 사람의 시격은 같지 않았다. 소순흠의
필력은 호준하여 초매하고 분방으로 뛰어났고, 매요신은 정치하게
다듬고 깊이 생각하여 심원하고 한담함을 고상한 운치로 여겼다. 각
각의 장점에 있어서는 비록 논평을 잘 하는 사람도 우열을 가리지
쉽지 않을 것이다. 그런데 歐陽脩(北宋: 1007~1072)는 은근히 매요
신이 뛰어나다고 여겼다.

도은 이숭인과 삼봉 정도전은 한때 이름을 나란히 하였다. 이숭인은
청신하고 고고하나 웅혼함이 부족하고, 정도전은 호일하고 분방하
나 단련함이 적으니, 서로 장단점이 있다. 그런데 목은 李穡은 늘 시
를 평할 때 이숭인을 앞세우고 정도전을 뒤로 하였다. 하루는 목은
이 도은의 「오호도」[51] 시를 보고 매우 칭찬하였다. 며칠 뒤에 삼봉

도 「오호도」 시를 지어 목은을 찾아가 "옛 사람의 시집 중에서 이 시를 우연히 얻었습니다"라고 하자, 목은이 "이 시는 정말로 좋은 작품이다. 그러나 그대들도 이것을 충분히 지을 수 있지만, 도은의 시와 같은 것은 많이 얻을 수 있는 것이 아니다"라 하였다. 뒤에 삼봉이 국정을 담당할 때, 목은은 자주 위기를 만났다가 겨우 죽음에서 벗어났고, 도은은 끝내 그 화를 밟고 말았다. 논자들은 "반드시 「오호도」 시 때문이 아니라 할 수는 없으며, 그것의 빌미는 되었을 것이다"라 여겼다.[52]

---

51) 전문을 제시하면 다음과 같다.
「嗚呼島」 李崇仁
嗚呼島在東溟中 오호도라, 동해바다 한복판 떠 있는데
滄波渺然一點碧 푸른 파도 아득한 속에 새파란 한 점
夫何使我雙涕零 대체 무엇이 나로 하여 두 줄 눈물 흘리게 하나
祗爲哀此田橫客 다만 전횡의 객들이 슬프기 때문이네
田橫氣槪橫素秋 전횡의 기개가 가을 하늘 뻗쳤었고
義士歸心實五百 의사 심복한 이 실로 5백 명
咸陽隆準眞天人 함양의 코 큰 분은 하늘에서 내린 사람
手注天潢洗秦虐 손으로 은하를 당겨 진의 학정 씻었는데
橫何爲哉不歸來 전횡은 어찌하여 귀의하지 않고
怨血自汚蓮花鍔 원한의 피로 스스로 연화검을 더럽혔나
客雖聞之爭奈何 객들 그 기별 들었으나 하소연한들 어쩔 도리 있었으랴
飛鳥依依無處托 나는 새도 아련히 의탁할 곳 없어지니
寧從地下共追隨 차라리 지하에 따라가 함께 따를망정
軀命如絲安足惜 실낱같은 몸과 목숨 어찌 아낄 수 있으리오
同將一刎寄孤嶼 모두 같이 목을 찔러 외로섬에 묻히니
山哀浦思日色薄 산도 섧고 개펄도 시름 지는 해 희미하네
嗚呼千秋與萬古 아, 천 년 지나가고 또 만 년이 흘러간들
此心菀結誰能識 맺힌 이 마음 누가 알아줄까
不爲轟霆有所洩 천둥이 되어서 이 기운 풀지 못하면
定作長虹射天赤 정녕코 긴 무지개 되어서 하늘을 붉게 뻗치리
君不見 그대는 보지 못했나
古今多少輕薄兒 고금의 수많은 경박한 소인들이
朝爲同袍暮仇敵 아침엔 친구였다 저녁에는 원수되는 것
52) 이숭인의 이 「오호도」에 대해, 金宗直은 『청구풍아』에서 "강개하고 격렬하며 조문과 위로의 뜻이 모두 극진하니 5백 명이 지각이 있다면 어두움 속에서 감격하여 울지 않을 수 있겠는가? 동방의 시에 그 짝할 만한 것이 드물구나(慷慨激烈 弔慰兩盡 五百人有知 能不感泣於冥冥 東方之詩 鮮有其儔)"라 평하고 있으며, 洪萬宗도 『小華詩評』에서 "강개하고 극렬하여 조문과 위로의 뜻이 모두 극진하다(悲愡激烈 弔慰兩盡)"라 평했다.

宋王沂公曾微時 以所業 贄呂文穆公 有早梅詩 雪中未知和羹
事 且向百花頭上開 呂曰 此生次第安排 當作大魁 登喦廊 後
果然 金學士黃元作詩 好使夕陽字 金學士富儀 以爲晚登要路
之讖 李陶隱登崧山詩 有飛上危巓一瞬間之句 論者 以謂有躁
進之氣 果不大施 益齋登鵠嶺詩 徐行終亦到山頭 論者 以謂
從容寬緩 有遠大氣象 果能年踰八秩 輔相五朝 功名富貴終始
雙全 詩者 心之發 氣之充 古人以謂讀其詩 可以知其人 信哉
(『東人詩話』하, 38)

〈주석〉 [贄] 폐백 지 [和羹(화갱)] 음식의 간을 맞출 때 매실을 사용했는데,
매화꽃은 아직 매실이 되지 않았으니, 국의 간을 맞추는 일은 아직
모른다고 한 것임 [大魁(대괴)] 장원 [喦廊(암랑)] 의정부의 별칭 [讖]
조짐 참 [崧山(숭산)] 開城 松嶽山의 異名 [危] 높다 위 [巓] 산꼭대기
전 [躁] 성급하다 조 [鵠嶺(곡령)] 송악산에 있는 고개 이름 [秩] 책갑
질=秩: 八秩=八十 [謂讀其詩 可以知其人] 『맹자』「만장」에 "誦其詩
讀其書 不知其人可乎"라는 구절이 있음

〈국역〉 송나라 沂國公 왕증이 미천했을 때, 과거 공부하던 여가에 문목공 呂
夢正(946~1011)에게 폐백으로 가져간 시에 「조매」라는 시가 있는데,

눈 속에 국의 간 맞추는 일을 아직 모르나
온갖 꽃보다 먼저 피어났네

라 하였다. 여몽정이 말하길, "이 서생이 詩語를 차례로 안배하였으
니, 마땅히 급제하여 관직에 오를 것이다"라 하였다. 뒤에 과연 그러

하였다.

학사 김황원(1045~1117)은 시를 지을 때 '석양'이라는 글자를 즐겨 사용하였는데, 학사 김부의(1079~1136)가 만년에 요직에 오를 조짐이라 여겼다. 도은 李崇仁의 「등숭산」 시에, "나는 듯 높은 준령을 한 순간에 올랐네"[53]라는 구절이 있는데, 논자들은 조급하게 나아가려는 기상이 있다고 하였다. 과연 크게 쓰이지 못했다. 익재 이제현의 「등곡령」 시에, "서서히 가도 마침내 산꼭대기에 이르리라"[54]라 하였는데, 논자들은 조용하고 여유가 있으며 원대한 기상이 있다고 하였다. 과연 나이 80이 넘어 5왕을 보필하였고, 공명과 부귀는 시종일관 온전하였다. 시는 마음의 발로이고 기가 충만해야 하는 것이니, 옛 사람들이 "그 시를 읽으면 그 사람을 알 수 있다"고 하였는데, 믿을 만하구나!

李陶隱嗚呼島詩 牧隱推轂之 以爲可肩盛唐 由是不與三峯相善 仍致奇禍 頃日朱太史見此作 亦極加嗟賞 其山北山南細路分 松花含雨落紛紛 道人汲井歸茅舍 一帶靑煙染白雲之作 何減劉隨州耶(『惺叟詩話』)

---

53) 전문을 제시하면 다음과 같다.
  蓐食晨登至天還 이른 밥 먹고 새벽에 하늘 높이 오르니
  層氷積雪滿山顔 층층의 얼음과 쌓인 눈이 온 산에 쌓였구나
  少年脚力眞堪託 젊은이 다리 힘은 정말 의탁할 만하니
  飛上危巓一瞬間 나는 듯 높은 준령을 한 순간에 올랐네
54) 전문을 제시하면 다음과 같다.
  煙生渴肺汗如流 목은 타는 듯 김이 나고 땀은 물 흐르는 듯
  十步眞成八九休 열 걸음에 정말 여덟아홉 번을 쉬네
  莫怪後來當面過 뒤에 오며 앞질러 감을 괴이하게 여기지 말게
  徐行終亦到山頭 서서히 가도 마침내 산꼭대기에 이르리라

〈주석〉 [推轂(추곡)] 추천하다 [頃日(경일)] 근래, 옛날 [一帶] 한 줄기 [劉隨州] 唐나라 中唐의 시인 劉長卿(709?~785?)으로, 隨州刺史를 지냈으므로 부르는 이름이다. 자는 文方

〈국역〉 도은 李崇仁의 「오호도」 시를 목은이 추천하여 盛唐에 비길 만하다고 하였다. 이로 인해 삼봉과 서로 사이가 좋지 않게 되고, 마침내 기구한 화마저 당하게 되었다. 지난날 (明나라 사신) 태사 朱之蕃이 이 작품을 보고 또한 매우 감탄하였다. 도은이 (「題僧舍」에서)

산 뒤쪽 산 앞쪽 오솔길이 갈려 있고
송화꽃은 비에 젖어 어지럽게 떨어지네
스님이 샘물 길어 띠집으로 돌아간 뒤
한 줄기 푸른 연기 흰구름을 물들이네

라고 한 시는 劉長卿보다 무엇이 모자란다 하겠는가?[55]

李陶隱崇仁鄭圃隱夢周 同會牧隱第 談論竟夕 陶隱謂圃隱曰 達可之文 與吾式相上下 若夫韻語篇章 安敢望吾門墻 圃隱嘿然變乎色(『五山說林草藁』)

〈주석〉 [達可] 정몽주의 字 [式] 꼴 식 [篇章] 글로 된 저작, 특히 詩 [門墻] 『論語』 「子張」 "夫子之牆數仞 不得其門而入 不見宗廟之美 百官之富

---

55) 이 시는 옛 그림을 벽에 걸어 놓고 지은 題畵詩로, 자연의 경물을 묘사하면서 자연 속에 사는 스님의 깨끗함을 읊고 있다. 이수광은 『지봉유설』에서 "목은이 이 시를 보고 '당풍에 가깝다'라고 하는 바람에 명성이 마침내 이루어졌다(牧隱見之 以爲逼唐聲 名遂成)"라 전하고 있다.

得其門者或寡矣" [嘿]=默 입다물다 묵

〈국역〉 도은 이숭인과 포은 정몽주는 같이 목은의 집에 모여서 밤이 다하도록 담론했다. 도은이 포은을 보고, "달가의 문장은 나의 문장과 서로 오르내리는 적수이지만, 저 운어와 편장과 같은 것은 어찌 감히 나의 문과 담장을 바라볼 수 있겠는가?" 하자, 포은은 아무 말 없이 얼굴빛이 변했다.

半山與東坡不相能 然讀東坡雪後又韻詩 追次至六七篇 終日
不可及 時人服其自知甚明 一日三峰假寐 族姪黃鉉 從傍誦陶
隱扈從詩 郊甸秋成早 君王玉趾臨 觀魚前事陋 講武睿謀深
鼓角滄江動 旌旗白日陰 詞臣多侍從 會見獻虞箴 三峰忽開眼
令鉉再誦曰 語韻淸圓 似唐詩 鉉曰 李簽書崇仁所著也 三峰
曰 兒子輩何從得惡詩來乎 嗚呼 以半山之執拗自是 尙不廢公
論 鄭之不及半山 亦遠矣(『東人詩話』 중)

〈주석〉 [扈] 뒤따르다 호 [甸] 교외 전 [玉趾(옥지)] 귀한 발로, 임금의 발걸음을 말함 [觀魚] 『春秋』에, 魯나라 隱公이 棠지역에 가서 고기 잡는 것을 구경하려 하자, 신하인 臧僖伯이 말렸으나 듣지 않고 구경을 갔다. 후에 고기 잡는 것을 구경하거나 고기가 노니는 것을 감상하는 것을 '觀魚'라 함 [講武(강무)] 임금이 사냥이나 또는 군사 연습을 하는 것을 '講武'라고 한다. 장희백이 隱公에게 간하는 내용에는 임금이 해마다 해야 할 일을 열거하였다. 그 중에 각 계절에 따른 사냥에 대해 언급하고 있는데, 그 사냥은 농사일이 바쁘지 않은 틈과 짐승의 生育을 해치지 않는 시기를 택해서 군사 연습을 하는 것이라는 의미가 내포되어 있음 [睿] 천자에 관한 사물의 冠稱으로 쓰임 예 [會] 반드시 회 [虞箴(우잠)] 임금이 사냥에 지나치게 탐닉하면 안 된다는 것을 경계한 글. 春秋시대에 晉나라 임금이 사냥을 좋아하므로, 魏絳이 말하기를 "옛날 周나라 辛甲이 太史가 되었을 때에, 百官을 시켜 천자의 잘못을 경계하는 글을 짓게 하니, 山野의 짐승을 맡은 벼슬인 虞人의 箴에 '사냥을 경계하는 말'이 있었습니다" 하였음 [執拗(집요)] 자기의 견해를 굳게 지킴

〈국역〉 반산 王安石과 동파 蘇軾은 서로 文才를 인정해주지 않았었다. 그러나 반산이 동파의 「설후우운」 시를 읽고서 그 시에 뒤좇아 차운하여 예닐곱 편을 지어 보고 마침내 "나는 그에게 미칠 수 없다"라고 말하니, 당시 사람들이 반산이 자기 자신을 알아봄이 매우 현명한 것에 탄복하였다.

하루는 삼봉 정도전이 설핏 선잠이 들었는데, 족질인 황현이 그의 곁에서 도은 이숭인의 「호종」 시(「扈從城南」)를 낭송하기를,

교외에 가을걷이 일찍 맞아서
임금님 귀한 걸음 행차하셨네
고기 구경 옛일이야 비루하지만
무예 수련 임금님 뜻 깊으시네
북과 나팔에 푸른 강이 출렁이고
깃발에 대낮에도 그늘지네
글 하는 신하가 많이 시종하였으니
반드시 우잠을 올리는 것을 보시리

라고 하였다. 삼봉이 갑자기 눈을 뜨고, 황현에게 다시 외워 보라고 하고는 "시어와 운이 청아하고 원만하니, 唐詩인 듯하구나"라 하였다. 그러자 황현이 "이 시는 첨서 이숭인이 지은 것입니다"라고 하자, 삼봉이 "어린 녀석이 어디에서 惡詩를 가지고 왔느냐?"고 하였다. 아! 반산이 스스로 자부하는 마음이 집요할 정도로 강한 사람인데도 오히려 公論을 저버리지 않았는데, 정도전이 반산에게 미치지 못함이 또한 멀다 하겠다.

☆ 趙云仡(1332~1404)

高麗宰臣趙云仡 知時將亂 謀欲避患 乃詐爲狂誕 嘗爲西海道觀察使 每念阿彌陁佛 有一守令與公相友者 亦來窓外 念趙云仡 公曰 汝何以稱我名 守令曰 令公念佛欲成佛 吾之念令公欲爲令公耳 相視大笑 又詐得青盲疾 辭職居家 其妾與公之子相私 每戲於前 公不露形色者數年 及亂定 忽揩目曰 吾疾愈矣 率其妾 遊於江上 數其罪而投之 其所居鄕墅 在今廣津下 公求爲沙平院主 與鄕人結侶 每於飮會 相與雜坐 該諧戲謔無所不至 一日坐亭上 朝臣貶斥者多渡江 公作詩曰 柴門日午喚人開 步出林亭坐石苔 昨夜山中風雨惡 滿溪流水泛花來(『慵齋叢話』3)

〈주석〉 [詐] 거짓 사 [誕] 방종하다 탄 [令公] 節度使나 中書令의 존칭 [青盲(청맹)] 눈병 중의 하나로, 겉으로 보기에는 멀쩡하나 시력이 점점 감퇴하여 잃게 됨 [私] 사통하다 사 [揩] 닦다 개 [愈] 낫다 유 [數] 죄목

166

을 일일이 들어 책망하다 수 [數] 별장 서 [墅] 짝 려 [侶] [詼諧(회해)] 농담 [謔] 섞 시 [厠] 이끼 태

〈국역〉 고려의 재신인 조운흘은 시대가 장차 어지러워질 것을 알고 근심을 피하고 싶어 마침내 거짓 미친 체하는 꾀를 내었다. 일찍이 서해도 관찰사가 되었을 때 늘 '아미타불'을 외웠다. 공과 친한 한 수령이 있었는데, 또한 창 밖에 와서 '조운흘' 하고 외웠다. 공이 "너는 어찌 내 이름을 말하는가?"라 하니, 수령이 "영감이 부처를 염불하는 것은 부처가 되고자 해서이고, 내가 영감을 외우는 것은 영감처럼 되고자 해서 입니다"라 하고는 서로 보고 크게 웃었다. 또 청맹병을 얻었다고 속이고서 사직하고 집에 있었는데, 그의 첩이 공의 아들과 서로 사통하여 늘 앞에서 수작을 부렸으나, 공은 얼굴에 드러내지 않은 지가 여러 해였다. 난리가 안정되자, 갑자기 눈을 문지르며 "내 병이 나았다" 하고는 그 처를 데리고 강에서 노닐다가 그 죄목을 하나하나 들어 그녀를 강에 던져버렸다. 그가 살던 시골집은 지금 광나루 밑에 있다. 공이 사평원주가 되기를 구하여 마을 사람들과 벗이 되어 늘 술자리에서 서로 섞여 앉아 농담을 주고받는데, 이르지 않은 것이 없었다. 하루는 정자 위에 앉아 있는데, 조정 신하 중에 쫓겨나 귀양 가는 자 여럿이 강을 건너고 있었다. 공이 시를 짓기를,

사립문은 한낮에 사람 불러 열게 하고
숲 속 정자로 걸어 나가 이끼 돌에 앉는다
어젯밤 산중의 비바람이 거칠더니
개울 가득 흐르는 물에 꽃잎이 떠내려오네

라 하였다.[56]

☆ 尹虎(?～1392)

陳后主召一隱者 問近作何詩 答曰 有漁父詩云 風雨揭却屋
全家醉不知 盖諷主之沈湎 後主黙然 恭愍王嘗與判事尹虎圍
棋 約不勝者 書事以贈 虎不勝 書詩以進曰 欺暗常不然 欺明
當自戮 難將一人手 掩得天下目 盖諷王養辛禑爲子 王黙然
二詩有譎諫風 使二主覺悟易轍 安有亡國之禍乎(『東人詩話』
상, 70)

〈주석〉 [陳后主] 陳나라 왕 叔寶로, 건국한 지 33년 만에 향락을 일삼다가 隋
나라에게 망함 [揭] 높이 들다 게 [湎] 빠지다 면 [圍棋(위기)] 바둑의
일종으로, 전설에 堯임금이 만들었다고 함 [譎] 넌지시 비추다 휼
[風] 모습 풍 [使] 만약 사 [易轍(역철)] 도로를 바꾸어 가는 것으로,
계획이나 방침을 바꿈
〈국역〉 진나라 후주가 한 은자를 불러 근자에 어떤 시를 지었는지 물으니,
대답하기를 "「어부」시가 있는데,

비바람이 지붕을 벗겨가도

---

56) 『惺所覆瓿藁』에도 이와 비슷한 이야기가 실려 있는데, 제시하면 다음과 같다.
"석간 조운흘은 고려 때 이미 관직이 현달하였으나 만년에 미친 체하며 세상을 즐기고 지내면서 사평원
주가 되기를 자청하였다. 하루는 林堅味와 廉興邦의 당여로서 외지에 유배당한 사람들이 길에 줄을 이은
것을 보고 다음과 같이 시를 지었다(趙石磵云仡 在前朝已達官 暮年佯狂玩世 求爲沙坪院主 一日見林廉
黨與流于外者相繼于道 作詩曰 柴門日午喚人開 步出林亭坐石苔 昨夜山中風雨惡 滿溪流水泛花來[『惺
所覆瓿藁』 설부4])."

온 집안사람은 술에 취하여 모른다네

라고 한 것이 있습니다"라 하였다. 대개 후주가 술에 빠진 것을 풍자
한 것이니, 후주는 아무 말이 없었다.
공민왕이 일찍이 판사 윤호와 바둑을 두면서 지는 사람이 時事로 글
을 써서 줄 것을 약속하였다. 윤호가 지자 시(「讀李斯傳」)를 써서 올
렸는데,

어두움 속에 속임도 늘 옳지 못한 것인데
밝은 천지에 속이면 당연히 죽게 되네
어려워라, 한 사람의 손으로
천하의 이목을 가리기는57)

이라 했다. 대개 왕이 신우를 길러 아들로 삼음을 풍자한 것이니, 왕
은 아무 말이 없었다.58) 이 두 시에는 넌지시 간하는 풍모가 들어 있
으니, 만약 두 왕이 깨달아 방침을 바꾸었다면, 어찌 나라가 망하는
재앙이 있었겠는가?

☆ 吉再(1353~1419)

吉先生再 痛高麗之亡 以門下注書扱綏 居一善金鼇山下 誓不
仕我朝 我朝亦以禮待之 不奪其志 公聚郡中諸生徒 分爲兩齋

---

57) 『星湖僿說』에는 이 시가 당나라 曹業의 시라고 기록하고 있다.
58) 『고려사절요』 권29에 의하면, 이 일이 있고 난 뒤로 왕은 윤호를 점차 疏遠하게 대했다고 한다.

以閭閻之裔爲上齋 以鄕曲賤族爲下齋 敎以經史 課其勤惰 受
業者日以百數 公嘗作閑居詩曰 盥手淸泉冷 臨身茂樹高 冠童
來問字 聊可與逍遙 又云 臨溪茅屋獨閑居 月白風淸興有餘
外客不來山鳥語 移床竹塢臥看書 梅軒作畫像贊曰 人固有道
挺生者稀 惟我吉公 其殆庶幾 珪組之榮 斧鉞之威 視如浮雲
高蹈而歸 桑梓十畝 茅屋柴扉 圖書一室 峞冠褒衣 噫 周德之
如天兮 不問西山之採薇 曁漢祖之中興兮 亦放羊裘於釣磯 迄
今千餘載兮 信此心此理之無違(『慵齋叢話』 3)

〈주석〉 [扱] 걷다 삽 [綬] 인끈 수 [一善]=善山 [裔] 후손 예 [課] 시험하다
과 [盥] 씻다 관 [床] 평상 상 [塢] 둑, 마을 오 [挺] 특출하다 정 [珪組
(규조)] 높은 관직 [高蹈(고도)] 멀리 가거나 은거함 [桑梓(상재)] 고향
땅을 桑梓鄕이라 함 [柴扉(시비)] 사립문 [峞] 높다 외 [褒衣(포의)] 넓
은 옷으로, 儒者들이 입는 옷 [西山之採薇] 西山은 首陽山을 말하고,
採薇는 伯夷와 叔齊가 고사리를 캐먹은 것을 일컬음 [曁] 이르다 기
[中興] 後漢 광무제의 즉위를 말함 [羊裘(양구)] 後漢 때 양외투를 입
고 은거한 嚴光을 가리킨다. 엄광은 光武帝와 소년 시절의 친구 사이
로서, 광무제가 등극한 이후로는 姓名을 바꾸고 富春山에 들어가 낚
시하며(엄광이 낚시하던 곳이 嚴光臺임) 밭을 갈면서 은거하다가, 한
번은 광무제의 간절한 부름을 받고 대궐에 들어가서 수일 동안 광무
제와 단 둘이 노닐던 중 하루는 함께 누워서 엄광이 광무제의 배 위
에 발을 얹었는데, 그 다음 날 太史가 아뢰기를, "客星이 帝座를 매우
급하게 범했습니다"라고 하자, 광무제가 웃으면서 이르기를, "나의
친구 嚴子陵과 함께 누워 있었다"라고 하였다 한다. 子陵은 엄광의

字임 [磯] 물가 기 [迄] 이르다 흘

〈국역〉 길재 선생은 고려가 망하는 것을 통탄이 여겨 문하주서의 인끈을 던지고 선산 금오산 밑에 살면서 조선에서는 벼슬하지 않기로 맹서하였는데, 조선에서는 정말 예로써 그를 대우하였으나 그 뜻을 빼앗지 못했다. 공은 군의 여러 생도를 모아 두 재로 나누었는데, 양반의 후손들을 상재로 삼고, 마을의 천한 가문의 아이들을 하재로 삼아, 經·史를 가르치고 부지런함과 게으름을 시험하는데, 수업을 받는 사람이 하루에 백 명을 헤아렸다. 공이 일찍이 「閑居」 詩를 지었는데,

맑은 샘물에 손을 씻으니 차갑고
무성한 나무에 몸을 기대니 높네
아이들 찾아와 글자를 물으니
이럭저럭 더불어 소요함도 좋구나

라 하였고, 또 (「述志」 시에) 이르기를

시내 임한 초가집에 홀로 한가로이 살아가도
달 밝고 바람 맑아 흥취 남음이 있네
속세 사람 오지 않고 산새만 지저귈 때
대숲으로 평상 옮겨 누워서 책을 본다

라 하였다. 매헌 權遇(1363~1419)가 공의 「畫像贊」을 지었는데,

사람에겐 진실로 도가 있는데
뛰어난 사람은 드물다

오직 우리 길공만은

그와 거의 가깝다

높은 문관의 영화와

장수의 위세를

뜬구름같이 보고

은거하니

뽕나무와 가래나무 열 이랑에

초가집과 사립문이라

책 쌓인 방 한 칸에

높은 갓과 넓은 옷이로다

아! 주나라 덕이 하늘과 같아

서산에서 고사리 캐먹는 것 묻지 않았었고

한조가 중흥함에 이르러도

역시 양외투 입을 자를 낚시터에 놓아 두었도다

오늘까지 천여 년이 흘러도

참으로 이 마음 이 이치에는 어긋남이 없도다

라 하였다.

6. 朝鮮

☆ 鄭道傳(1342~1398)

遁村李公集 字浩然 官至判典校寺事 卒於麗季 未嘗入本朝 其
卒也 鄭宗之道傳哭之曰 屈指誰知我 傷心欲問天 若齋曾萬里
遁老又重泉 慷慨驚人語 清新絶俗篇 卽今俱已矣 烏得不潸然
若齋卽惕若齋金九容也 麗朝赴京 高皇帝以貢馬欠數 命流大
理 道卒 路中嘗有詩曰 良馬五千何日到 桃花關外草芊芊 遁村
之卒 蓋與若齋同時 柳參議希齡 撰大東詩林 於遁村名下註乃
曰 入本朝 止某官 誣孰甚焉 爲後孫者 所當辨白其冤枉也(『月
汀漫錄』)

〈주석〉 [重泉]=九泉 [潸] 눈물 흐르다 산 [赴] 나아가다 부 [欠] 모자라다 흠
[芊] 무성하다 천 [枉] 억울한 죄 왕

〈국역〉 둔촌 이집(1327~1387)은 자는 호연이며, 벼슬은 판전교시사에까지
이르렀다. 고려 말에 죽어 조선에 들어온 적이 없었다. 그가 죽자, 종
지 정도전이 그를 위해 곡(「哭遁村」)하며 말하기를,

손꼽아 세어본들 누가 나를 알아주랴!
상심하여 하늘에나 물어보련다
약재는 예전에 만 리 길 떠났는데
둔촌 노인이 또 저 세상 사람이라네
강개한 그 말은 사람들을 놀라게 했고
맑고 산뜻한 시는 세상에 으뜸이었도다
지금은 모두 죽었으니
어찌 눈물 흘리지 않을 수 있겠는가?

라 하였다. 약재는 곧 척약재 김구용(1338~1384)이다. 고려 때 북경
에 사신으로 갔었다. 고황제가 공마의 수가 모자란다 하여 대리에 귀
양 보내게 했는데, 도중에서 죽었다. 길을 가다가 시를 짓기를,

좋은 말 오천 필은 어느 날 도착하려나?
도화관 밖에는 풀만이 더부룩하도다

라 하였다. 둔촌의 죽음이 아마 척약재와 같은 시기였을 것이다. 참
의 유희령(1480~1552)이 편찬한 『대동시림』에는 둔촌의 이름 밑에
서 주석을 달기를, "조선에 들어와서 무슨 벼슬에 이르렀다"라 하였
으니, 이보다 더 심한 거짓말이 어디 있겠는가? 후손되는 사람은 그
억울함을 분명히 밝혀야 될 것이다.

三峯在謫中　與金若恒逢河崙偰長壽　賦詩云　別離三載始相逢
往事悠悠一夢中　毀譽是非身尙在　悲歡出處道還同　此二句詞

意渾融 咀嚼有餘味 洗盡前古騷人遷謫中酸苦之語 風雅(『海東雜錄』)

〈주석〉 [渾融(혼융)] 융합하여 밖으로 드러내지 않음 [咀] 씹다 저 [嚼] 씹다 작 [騷人(소인)] 시인 [酸] 괴롭다 산

〈국역〉 삼봉 鄭道傳이 귀양 중에 김약항·하륜·설장수와 만나 시를 짓기를,

이별한 지 3년 만에 처음 서로 만나니
지난 일은 아득하여 한바탕 꿈속이구려
헐뜯음과 칭찬·시비는 이 몸에 아직 남아 있으나
슬픔과 기쁨·출처 길은 도리어 같구려

라 하였다. 이 두 구절의 글 뜻이 많은 것을 포함하고 있어서 음미하면 여운이 있으며, 옛날 시인으로 귀양살이하는 동안의 괴로움을 나타낸 시어를 다 씻어버렸다.

☆ 鄭以吾(1354~1434)

晉州人 號郊隱 恭愍王末年登第 工於詩 出守善山 莅事淸而簡 文治有餘 入本朝 官至贊成事 年過八十 諡文定 有集行于世 李雙梅詹與郊隱論詩 自詑得句云 烟橫杜子秦淮夜 月白蘇仙赤壁秋 郊隱吟玩再三曰 籠小 李初不認 鄭徐吟曰 烟籠杜子秦淮夜 月小蘇仙赤壁秋 籠小二字 比前 精彩百倍 早春與諸耆老 會城南聯句 同里子弟多在座 郊隱先唱云 眠牛壟上草

初綠 朴生致安卽對曰 啼鳥枝頭花正紅 滿座稱賞 詩名自此大
振當時 郊隱詩 立錐地盡入侯家 只有溪山屬縣多 言豪强兼幷
貧者無立錐之地 所不幷者 溪山而已(『海東雜錄』)

〈주석〉 [茌] 담당하다 리 [訑]=訕 으쓱거리다 이 [杜子秦淮] 杜牧의 「迫秦淮」
라는 시에 "찬 강에 안개 덮이고 백사장에 달빛 쏟아지는데(煙籠寒
水月籠沙), 밤에 진회에 정박하니 술집이 가까워라(夜泊秦淮近酒家)"
라는 구절이 있음 [聯句] 詩句를 하나씩 부르는 것 [壟] 언덕 롱 [錐]
송곳 추 [侯家] 권문세족의 집안 [豪强] 권세를 가지고 멋대로 부리는
사람 [兼幷(겸병)]=幷呑

〈국역〉 (정이오의) 본관은 진주이며 호는 교은이다. 공민왕 말년에 과거에
급제하였고 시를 잘 지었으며, 선산에 지방관으로 있었는데 일처리
가 맑고 간략하며 文治에 여유가 있었다. 조선에 들어와서 벼슬이 찬
성사에 이르렀으며, 80여 세까지 살았고, 시호는 문정이며, 문집이
세상에 전한다. 쌍매당 이첨이 교은과 시를 논할 때에, 스스로 글귀
를 얻은 것을 자랑하며,

연기는 두목의 진회의 밤에 비꼈고
달은 소동파의 적벽 가을에 밝구나

라 하니, 교은이 두세 번 읊어보고, "籠·小"라 하였으나, 이첨이 처
음에 알아듣지 못하였다. 정이오가 천천히 읊기를,

연기는 두목의 진회 밤에 덮였고

달은 소동파의 적벽 가을에 작구나

라 하였다. 籠·小 두 글자는 먼저 것에 비하여 백 배나 정채롭다. 이른 봄에 여러 늙은이들과 城 남쪽에서 연구하는 모임을 가졌는데, 같은 마을의 자제들이 그 자리에 많이 있었다. 교은이 먼저 부르기를, "조는 소가 있는 언덕엔 풀이 비로소 파랗고"라 하니, 박치안이 곧 응대하여 이르기를, "새 우는 가지 끝엔 꽃이 한창 붉구나"라 하였다. 자리를 같이한 모든 사람들이 칭찬하였으며, 시의 명성이 이때부터 당시에 크게 떨쳤다. 교은의 시(「次茂豊縣壁上韻」)에,

송곳을 세울 만한 땅도 모두 권문세족에 들어갔나니
다만 시내와 산 몇 곳만이 현에 붙어 있구나

라 하였는데, 권세를 가진 자들이 모두 차지하여 가난한 사람들은 송곳 꽂을 만한 땅도 없으며, 빼앗기지 않은 것은 시내와 산뿐임을 말한 것이다.

國初之業 鄭郊隱李雙梅最善 鄭之二月將闌三月來 一年春色夢中回 千金尙未買佳節 酒熟誰家花正開之作 不減唐人情處 (『惺所覆瓿藁』)

〈주석〉 [闌] 한창 란
〈국역〉 국초의 업적 중에 교은 정이오와 쌍매당 이첨의 시가 가장 훌륭했다. 정이오의 시(「次韻寄鄭伯容」)에,

2월도 무르익고 3월이 오려 하니

한 해의 봄빛이 꿈속에 돌아오네

천금으로도 좋은 계절 살 수가 없으니

술 익는 뉘 집에서 꽃은 정히 피었는가?

라 한 작품은 唐人의 아름다운 경지에 뒤지지 않는다.

予嘗愛翁施龍鑑湖詩云 昨年曾過賀家湖 今日烟波太半無 惟
有一天秋夜月 不隨田畝入官租 此言鑑湖亦屬官府 徵租所不
及者 唯月色耳 鄭郊隱題茂豊縣詩 立錐地盡入侯家 惟有溪山
屬縣多 童稚不知軍國事 穿雲互答採樵謌 此言豪强兼幷 貧者
無立錐之地 所不兼併者 溪山而已 與翁詩意同 頗含譏諷 掊
克貪黷者 可以少省矣(『東人詩話』하, 40)

〈주석〉 [鑑湖] 절강 紹興縣에 있음. 경치가 뛰어나며, 賀鑑湖 또는 賀家湖라
　　　　부르는데, 당나라 현종이 賀知章에게 하사했기 때문에 붙여진 이름
　　　　[租] 세금 조 [錐] 송곳 추 [軍國] 군대를 통솔하고 나라를 다스림 [採]
　　　　나무꾼 채 [樵] 나무꾼 초 [謌]=歌 [掊克(부극)] 백성들의 재물을 빼
　　　　앗음 [貪黷(탐독)] 탐내어 더럽혀진 사람
〈국역〉 나 徐居正이 일찍이 옹시룡의 「감호」 시를 좋아했는데,

　　　　작년 일찍이 하가호에 들렀는데

　　　　오늘은 물안개가 거의 보이지 않네

　　　　오직 하늘에 있는 가을밤 달만이

밭이랑 따라 부과하는 관의 세금을 내지 않는구나

라 하였다. 이것은 감호도 관부에 속했으니, 세금 징수가 미치지 않
는 곳은 오직 달빛뿐임을 말한 것이다. 교은 鄭以吾(1354~1434)가
무풍현에 대해 쓴 시(次茂豐縣 壁上韻)에,

송곳을 세울 만한 땅도 모두 권문세족에 들어갔나니
다만 시내와 산 몇 곳만이 현에 붙어 있구나
어린애들은 전쟁과 나라 일을 알지 못하고
큰소리로 서로 나무꾼 노래를 주고받네

라 했다. 이것은 부호나 권력자가 토지를 겸병하여 가난한 사람들은
송곳을 꽂을 땅도 없으니, 겸병하지 않은 것은 시내와 산뿐임을 말한
것이다. 이것은 옹시룡의 시와 같은 의미를 지니고 있으며, 풍자하여
기롱하는 뜻을 자못 함축하고 있으니, 백성들의 재물을 착취하고 재
물을 탐내는 자들은 조금이라도 반성할 수 있을 것이다.

☆ 權近(1352~1409)

陽村權文忠公詩 溫醇典嚴 洪武年間 被徵入朝 高皇帝命題賦
詩二十四篇 皆操紙立就 詞理精到 不加點綴 其賦弁韓云 紛
紛蠻觸戰 擾擾弁辰韓 帝悅之 其賦大同江云 霈然入海朝宗意
政似吾王事大誠 帝曰 人臣之言當如是 大加寵異 或問於浩亭
河公曰 陶隱詩文 刻意鍊琢 精深雅高 陽村詩文 平淡溫厚 成

於自然 畢竟陶優於陽乎 浩亭曰 陶之鍊琢 陽爲之有裕 陽之
天機 陶終不能及也 且應制詩二十四篇 陽村爲之 而陶隱必不
能也(『東人詩話』 하, 25)

〈주석〉 [醇] 純一하다 순 [到] 주밀하다 도 [點綴(점철)] 장식을 더해 더 좋게
만드는 것 [蠻觸戰(만촉전)] 작은 나라들끼리 서로 다툰다는 뜻. 『莊
子』에 "달팽이의 왼쪽 뿔 위에 蠻이라는 나라가 있었고 오른쪽 뿔 위
에는 觸이라는 나라가 있었는데, 서로 땅을 쟁탈하느라 전쟁을 벌여
수만의 시체가 쌓였었다"라고 한 寓言에서 나온 것임 [霈] 물이 흐르
는 모양 패 [朝宗] 조종은 모든 물이 바다로 들어가는 것을 말하는데,
뒤에 諸侯가 천자에게 朝謁하는 의미로 썼음 [天機]=性靈

〈국역〉 문충공 양촌 권근의 시는 온화하고 순일하며 전아하고 엄정하다. 홍
무(1368~1398) 연간에 명나라의 부름을 받아 조정에 들어갔는데, 고
황제 朱元璋이 제목을 주어 24편의 시를 지어 올리라 명하니, 모두
종이를 잡고 곧 이루었는데, 말의 이치가 정밀하고 주밀하여 덧붙일
것이 없었다. 그가 지은 「변한」 시에,

어지럽게 일어나는 만촉의 싸움
뒤숭숭 소란했던 변한과 진한[59]

---

59) 전문을 제시하면 다음과 같다.
  東國三分際 동쪽 나라 셋으로 나눠졌을 땐
  民生久未安 백성들이 오래도록 불안했었네
  紛紛蠻觸戰 어지럽게 일어나는 만촉의 싸움
  擾擾弁辰韓 뒤숭숭 소란했던 변한과 진한
  古壘悲風起 옛 성가퀴 슬픈 바람 메아리치고
  荒臺滄月寒 오래된 누대에 밝은 달빛 차갑구나
  自從成統合 통합이 이뤄진 뒤로부터는
  彼此永交懽 피차 길이 서로 즐거웠다오

라 했는데, 고황제가 기뻐했다. 그가 지은 「대동강」 시에

바다로 들어가는 조종의 뜻
정말 우리 임금 대국을 섬기는 정성과 비슷하네[60]

라 하니, 황제가 "남의 신하된 자의 말은 마땅히 이와 같아야 한다"
고 하고, 크게 특별한 은총을 내려주었다. 어떤 사람이 호정 河崙
(1347~1416)에게 "도은 이숭인의 시문은 생각을 고심하고 단련하고
다듬어서 정심하고 고아한데, 양촌의 시문은 평담하고 온유하여 자
연스럽게 글을 이루니, 반드시 도은이 양촌보다 낫지요?"라 하니, 호
정이 "도은의 단련하고 다듬는 일은 양촌도 충분히 할 수 있으나, 양
촌의 천기는 도은이 끝내 미칠 수 없다. 또한 응제시 24편은 양촌은
지을 수 있지만, 도은은 반드시 지을 수 없을 것이다"라 하였다.

權近乃麗末名大夫也 其被罪 一則以牧隱 一則以陶隱 苟使當
時安於流放 則其文章名論 烏下於二公 而鷄龍一頌 遽作開國
寵臣 哀哉 旣降之後 位不滿三司 年未享六旬 所得微矣 其時
有譏近之詩曰 白晝陽村談義理 世間何代更無賢 豈不可羞也
哉 惟其子姓相承 冕弁不絶 至今猶勝 故人皆曰 陽村陽村 有

60) 전문을 제시하면 다음과 같다.
箕子遺墟地自平 기자가 남긴 옛터라서 땅이 절로 평탄한데
大江西拆抱孤城 큰 강물 서쪽으로 틔어 외로운 성 감쌌구려
烟波縹緲連天遠 물안개는 아득아득 하늘 닿아 아스라하고
沙水澄明徹底淸 모래는 맑고 맑아 바닥까지 보이네
廣納百川常混混 온갖 내 받아들여 언제고 넘실넘실
虛涵萬像更盈盈 만상 잠기어 더욱 출렁출렁
霈然入海朝宗意 바다로 들어가는 조종의 뜻
正似吾王事大誠 정말 우리 임금 대국을 섬기는 정성과 비슷하네

若有德行者然 甚矣盜也(『象村雜錄』)

〈주석〉 [一則以牧隱] 1390년 明軍을 끌어들이려는 음모를 꾸몄다고 윤이와
이초의 獄事에 연좌되어 李穡 등과 함께 益州에 유배됨 [一則以陶隱]
1389년 동문인 이숭인이 臺諫에게 탄핵당하는 것을 보고 구원하는
상소를 올렸다가 함께 탄핵을 받아 牛峰에 유배됨 [苟使] 만약 [流放]
귀양 [烏] 어찌 오 [鷄龍] 계룡산으로, 태조가 계룡산 行在所에서 권
근을 부르자, 달려가 응제시 「進風謠」를 지었음 [子姓] 자녀, 후배
[冕弁(면변)] 벼슬하는 사람들이 쓰는 것으로, 벼슬하는 사람을 가리
킴 [若~然] ~인 듯하다

〈국역〉 권근은 바로 고려 말년의 이름난 대부이다. 그가 죄를 입은 것은 하
나는 목은 李穡 때문이고, 하나는 도은 李崇仁 때문이다. 만약 당시
에 그가 귀양 가는 것을 편안히 여겼더라면 그 문장과 名論이 어찌
두 공만 못했겠는가? 그러나 鷄龍頌 한 편으로 갑자기 개국의 총신
이 되었으니, 슬프도다! 항복한 뒤에도 벼슬이 삼사에 지나지 못했고,
나이는 육순도 누리지 못했으니, 얻은 것이 적었다. 그 당시 권근을
기롱하는 시가 있었는데,

대낮에 양촌이 의리를 말하고 있으니
세상에 어느 시대인들 어진 이가 없으리

라고 하였으니, 어찌 부끄럽지 않겠는가? 오직 그 자손들이 서로 계
승하여 조정에 벼슬하는 이가 끊어지지 않았고, 지금에 이르러서는
오히려 전보다 낫다. 그러므로 사람들이 모두, "양촌 양촌" 하며 마

치 덕행이 있었던 사람처럼 하니, 심하도다! 그 이름을 도둑질함이.

☆ 趙浚(1346~1405)

趙文忠公浚 相業經綸 若不經意於詩 爲詩橫放傑出 有大人君
子之氣象 題安州百祥樓詩 薩水湯湯漾碧虛 隋兵百萬化爲魚
至今留得漁樵話 未滿征夫一哂餘 盖有譏隋唐之意 造語奇特
大明奉使祝孟獻次韻曰 隋兵再擧豈成虛 此地應爲涸轍魚 不
見當時唐李薛 直揮征節到扶餘 盖反趙意 有抑東方之氣象(『
東人詩話』하, 46)

〈주석〉 [經綸(경륜)] 국가를 다스리는 큰 일 [湯湯] 물줄기가 성대한 모양
　　　 [漾] 물이 넘치는 모양 양 [征夫] 멀리 가는 사람 [哂] 비웃다 신 [涸
　　　 轍魚(학철어)] 涸轍은 길바닥의 수레바퀴 자국에 고인 빗물이다. 『장
　　　 자』「外物」에 학철에 든 붕어가 莊周에게 물을 부어 살려 달라고 도
　　　 움을 청하는 고사에서, 궁지에 처해 있음을 뜻함 [李薛] 당나라 장수
　　　 李世勣과 薛仁貴로, 고구려 보장왕 14년(645)에 신라와 연합하여 침
　　　 공하였음 [節] 병부 절
〈국역〉 문충공 조준은 재상으로 나라를 경영하느라 시에는 마음을 쏟지 않
　　　 은 듯한데, 지은 시는 자유분방하고 걸출하여 대인군자의 기상이 있
　　　 었다. 안주 백상루에 쓴 시(「安州懷古」)에,

　　　 살수가 넘실넘실 푸른 허공에 출렁일 때
　　　 수나라 병사 백만이 변하여 물고기가 되었네

지금도 어부와 나무꾼의 이야기로 남아 있지만
나그네의 한 농담거리로도 차지 않는다네

라 했다. 대개 수나라와 당나라를 기롱하는 뜻이 있어 말을 만든 것
이 기이하고 특이하다. 명나라 사신 축맹헌이 차운하기를,

수나라 군대 두 번 출동한 것이 어찌 헛된 일인가?
이 땅은 응당 위태로운 물고기 되었으리
당시의 당나라 이설을 보지 못했나?
곧바로 정벌의 깃발 휘날리며 부여까지 이르렀네

라 했다. 대개 조준의 뜻과 반대되는 것으로, 우리나라의 기상을 억
누르려는 뜻이 있다.

☆ 李石亨(1415~1477)

李石亨延安人 英廟朝 登三壯元 名冠一時 最與成三問朴彭年
諸人相切 光廟受禪 適丁內憂 服闋 卽除全羅監司 丙子六月
二十五日 成三問等獄事起 石亨以外任之故 不爲連累 二十七
日巡到益山 聞諸人盡死 遂題一詩于縣壁上 書曰丙子六月二
十七日作 詩曰 虞時二女竹 秦日大夫松 縱有哀榮異 寧爲冷
熱容 其時臺諫 啓請鞫問詩意 光廟覽之曰 詩人命意 不知所
在 何必乃爾 事遂止(『海東樂府』)

184

〈주석〉 [三壯元] 生員試·進士試·東堂試에 壯元한 것을 말함 [切] 정성스럽
다 절 [丁內憂] 어머니 초상 [以~故] ~때문이다 [虞] 순임금성 우
[闋] 마치다 결 [二女竹] 열녀의 상징으로 쓰이는데, 舜임금이 남쪽에
순행하다가 죽자, 그의 두 妃가 湘江에서 슬피 울 때, 피 눈물이 대숲
에 뿌려져 斑竹이 되었다고 함 [大夫松] 秦始皇이 泰山에 놀러 갔다
가 도중에 비를 만나, 다섯 소나무 밑에서 비를 피했으므로, 그 소나
무에게 大夫의 벼슬을 주었다고 함 [縱] 비록 종 [啓] 아뢰다 계 [命
意]=主旨

〈국역〉 李石亨의 본관은 延安이다. 세종 때에 三壯元에 올라 이름이 한때 으
뜸이었으며, 성삼문과 박팽년 등 여러 사람과 서로 가장 친하였다.
세조가 선양을 받자 마침 모친상을 당하였는데, 복을 마치자 곧 전라
감사를 제수받았다. 병자(1456)년 6월 25일에 성삼문 등의 獄事가 일
어났으나, 석형은 外職에 있었기 때문에 연루되지 않았다. 27일 순찰
길에 益山에 이르러 여러 사람이 모두 죽었다는 소식을 들었다. 마침
내 시 한 수를 지어 현의 벽 위에 써 놓고, '병자년 6월 27일에 지었
다'고 썼는데, 그 시에 이르기를,

순임금 때의 두 여인의 대나무요
진시황 때의 대부였던 소나무
비록 슬프고 영화로움이 다름은 있지만
어찌 차고 뜨거운 얼굴을 하리오

라 하였다. 그때 대간이 그 시의 뜻을 국문하기를 아뢰어 청하니, 세
조가 그것을 보고 말하기를, "시인의 뜻이 있는 곳을 모르니, 어찌 반

드시 그렇게 하랴?" 하여, 일은 드디어 그치고 말았다.

☆ 李塏(1417~1456)

李塏牧隱之曾孫也 詩文淸絶 爲世所重 英廟幸溫陽 塏與三問
等 便服隨駕 備顧問 人皆榮之 預三問之謀 爲人瘦弱 而杖下
顔色不變 見者壯之 光廟在潛邸 塏之叔父季甸 出入甚密 塏
戒之 及是光廟曰 曾聞有此言 心以爲不肖 果有異心而然耶
塏載車有詩曰 禹鼎重時生亦大 鴻毛輕處死猶榮 明發未寐出
門去 顯陵松柏夢中靑(『東閣雜記』)

〈주석〉 [淸絶] 매우 美妙하거나 淸雅함 [瘦] 파리하다 수 [潛邸(잠저)] 임금이
      즉위하기 전에 거처하는 곳 [密] 가깝다 밀 [禹鼎(우정)] 우임금이 만
      들었다는 솥으로, 국가의 영토나 정권을 비유함 [明發] 여명 [顯陵]
      文宗의 능 [松柏] 소나무와 잣나무로, 굳은 지조를 의미함
〈국역〉 이개는 목은 李穡의 증손인데, 詩와 문이 뛰어나 세상에서 중망을 받
      았다. 세종이 온양에 갈 때에 이개가 성삼문 등과 함께 편한 옷으로
      행차를 따라가 고문이 되니, 사람들이 모두 영광스럽게 여겼다. 성삼
      문의 모사에 참여하였는데, 사람됨이 몸이 파리하고 약하나 곤장 아
      래에서도 안색이 변하지 아니하므로, 보는 사람들이 장하게 여겼다.
      세조가 잠저에 있을 때에 이개의 숙부 이계전이 매우 친밀하게 출입
      하므로, 이개가 그것을 경계한 적이 있었다. 이때서야 세조가 말하기
      를, "일찍이 이개가 숙부에게 이런 말이 있었다는 것을 듣고, 마음속
      으로 어리석다고 여겼는데, 과연 다른 마음이 있어 그러하였던 것인

가?" 하였다. 이개가 수레에 실려 (刑場으로 나갈 때에) 시를 짓기를,

우의 솥처럼 중할 때엔 삶도 또한 크지만
기러기 털처럼 가벼운 데선 죽음 또한 영광일세
새벽까지 자지 못하고 문을 나가니
현릉의 송백이 꿈속에 푸르구나

라 하였다.[61]

☆ 姜希顔(1417~1464)

姜仁齋希顔 少有才藝 晚年登楊州樓院 有小詩三篇 其一篇曰
有山何處不爲廬 坐對靑山試一噓 簪笏十年成老大 莫敎霜鬂
賦歸歟 永川君定 字安之 見而拜之 且批曰 此詩逼眞太甚 非
徐則李 時徐居正李承召擅詩名 爲定所服 過樓下 更讀前批
其下有書曰 此詩有江山雅趣 無一點塵埃 必非世儒拘於結習
者所作 且夫天地之大 江山之奧 豈無人才 而必推徐李 是何
孤人才 蔑人類 太甚耶 定見書 大悔恨 抹其前所批 今之晉山
世稿 三篇皆不載 景醇輯之 不博如此(『秋江冷話』)

61) 비슷한 내용이 남효온의 「六臣傳」에도 실려 있다. 제시하면 다음과 같다.
  "韓山人 字伯高 一字淸甫 牧隱之曾孫 而種善之孫也 生而能文 有祖父風 我英廟朝再登第 爲集賢殿直提
  學 及光廟朝受禪 與朴彭年成三問等 謀復魯山 事覺誅 方彭年三問繫闕廷烙刑時 塏徐問曰此何等刑也
  爲人瘦弱 然杖下顔色不變 人皆壯之 終不屈 與三問等同日死 臨刑載車 有詩曰 禹鼎重時生亦大 鴻毛輕
  處死猶榮 明發不寐出門去 顯陵松柏夢中靑"

〈주석〉 [小詩] 짧은 시 [廬] 오두막집 려 [噓] 탄식하다 허 [簪笏(잠홀)] 관의
비녀와 홀로, 관직을 의미함 [教]=使 [霜鬢(상빈)] 흰 머리가 자람
[逼] 가까이 다다르다 핍 [埃] 티끌 애 [結習] 오래되어 제거하기 어려
운 관습 [奧] 심원하다 오 [孤] 멀리하다 고 [抹] 지우다 말 [晉山世稿]
강희맹이 조부 강회백과 부친 강석덕, 형 강희안, 자신의 글을 모아
엮은 책

〈국역〉 인재 강희안은 젊을 때부터 재주가 있었다. 만년에 양주의 누원에 올
라가 짧은 시(「登楊州樓院」) 3편을 지었는데, 그 중 한 편에 이르기를,

산이 있으면 어디나 오두막집 못 지으랴만
앉아 청산을 대하고 한번 탄식하노라
벼슬살이 십 년에 늙은이 되었으니
늙어서 「귀거래사」를 읊게 하지 말라

라 하였다. 영천군 李定(1422~?)의 자는 안지인데, 이 시를 보고 절
을 하면서 비평하기를, "이 시는 몹시 참에 가까우니, 徐居正이 아니
면 李承召(가 지은 것)일 것이다"라고 써두었다. 당시 서거정과 이승
소가 시인으로 이름났기 때문에 정에게 탄복되었던 것이다. (그 후)
누각 아래를 지나가면서 지난번에 써놓은 글을 다시 읽으니, 그 아래
에 써놓은 글이 있었는데, "이 시는 강산의 아취가 있고 한 점의 속
됨도 없으니, 이것은 반드시 오랜 관습에 얽매인 속된 선비가 지은
것이 아닐 것이다. 게다가 천지가 크고 강산이 깊은데, 어찌 인재가
없어 반드시 서거정이나 이승소를 추천하는가? 이 어찌 인재를 멀리
하고 사람을 멸시하는 것이 이렇게 심한가?" 하였다. 정이 이 글을

보고 크게 뉘우쳐 앞서 써놓았던 비평문을 지워버렸다. 지금의 『진산세고』에는 3편이 모두 실리지 않았다. 경순 姜希孟이 그것을 편집함에 이처럼 넓지 못했다.

☆ 成三問(1418~1456)

成三問臨刑載車 其奴泣而上之酒 三問俯而飲之 即有詩云 食君之食衣君衣 素志平生願莫違 心上但知忠與孝 顯陵松柏夢依依 本傳(『海東雜錄』)

〈주석〉 [上] 올리다 상 [俯] 구부리다 부 [心上]=心中 [顯陵] 문종의 능 [松柏] 굳은 지조 [依依(의의)] 희미한 모양

〈국역〉 성삼문이 형벌을 받으러 수레를 타고 갈 때, 그 집 종이 울면서 그에게 술을 올리니, 성삼문이 구부려 마시고는 곧 시를 지어 이르기를,

임금이 내린 밥 먹고 임금이 주신 옷 입으며
본디 먹은 마음 평생에 어김없기 바랐노라
마음은 다만 충효만 알 뿐
현릉의 송백이 꿈에 아련하여라

라고 하였다.

赴燕 題夷齊廟曰 當年叩馬敢言非 大義堂堂日月輝 草木亦霑周雨露 愧君猶食首陽薇 華人見之 知其爲忠節之人云(『練藜

室記述』)

〈주석〉 [叩] 잡아당기다 고 [輝] 빛나다 휘 [霑] 젖다 점 [薇] 고비 미
〈국역〉 (성삼문이) 북경에 가는 길에 伯夷와 叔齊의 사당에 쓰기를,

　　　당시 말을 잡아당기고 감히 그르다고 말한 것은
　　　대의가 당당하여 일월같이 빛났네
　　　초목도 주나라의 비와 이슬에 자랐는데
　　　그대들이 수양산 고사리 먹은 것 부끄럽네

라 하였다. 중국 사람들이 그 시를 보고 충절이 있는 사람인 줄 알았
다 한다.

成承旨三問夷齊廟詩　草木亦霑周雨露　愧君猶食首陽薇　劉峻
辨命論云　夷齊甓淑媛之言注　夷齊采薇　有女子謂之曰　子義不
食周粟　此亦周之草木也　因饑首陽　成詩偶然符合耶　或因用此
事歟(『靑莊館全書』)

〈주석〉 [淑媛(숙원)] 아름다운 여자
〈국역〉 승지 성삼문의 「이제묘」 시에,

　　　초목도 주나라의 비와 이슬에 자랐는데
　　　그대들이 수양산 고사리 먹은 것 부끄럽네

190

라고 하였다. 류준의 「辨命論」에, '伯夷와 叔齊가 여자의 말 때문에 죽었다'라는 말에 주석을 달기를 "백이와 숙제가 고사리를 캐다가 어떤 여자가 '당신들이 의리상 주나라 곡식을 먹지 않는다고 하는데, 이 고사리도 주나라의 초목이다'라고 하자, 수양산에서 굶어 죽었다"라고 했으니, 성삼문의 시가 우연히 그와 부합된 것일까? 혹 그대로 이 일을 따다 쓴 것일까?

☆ 徐居正(1420~1488)

徐居正號四佳亭 權陽村外孫也 六歲屬句 人稱神童 八歲春 陪陽村坐 四佳曰 古人七步成詩 尙似遲也 請五步成詩 陽村 大奇 遂指天爲題 因呼名行傾三字 四佳應聲曰 形圓至大蕩難 名 包地回旋自健行 覆燾中間容萬物 如何杞國恐頹傾 陽村歎 賞不已(『小華詩評』 상, 60)

〈주석〉 [屬] 글을 짓다 속 [七步成詩] 曺植의 「七步詩」를 일컬음. 三國시대 魏의 文帝가 자기 아우인 조식에게 일곱 걸음을 걷는 사이에 시를 짓게 하면서 그 사이에 시를 짓지 못하면 큰 처벌을 내리겠다고 하자, 조식이 바로 그 짧은 시간에 시를 지어 읊기를 "콩대로 불을 지펴 콩을 볶으니, 콩이 솥 안에서 서글피 우네. 본디 한 뿌리에서 생겨났거늘, 어찌하여 무참히 볶아대는지(煮豆燃豆萁 豆在釜中泣 本是同根生 相煎何大急)"라고 함 [蕩] 넓다, 크다 탕 [旋] 돌다 선 [燾] 덮다 도 [杞國恐頹傾] 杞憂를 가리킴

〈국역〉 서거정의 호는 사가정인데, 양촌 권근의 외손자이다. 6세 때 시를 지

어 사람들이 신동이라 불렀다. 8세 봄, 양촌을 모시고 앉아 있다가 사가정이 말하길, "옛 사람은 7걸음만에 시를 지었다고 하는데, 여전히 느린 것 같습니다. 저는 5걸음 안에 시를 지어보겠습니다"라 하니, 양촌이 매우 기이하게 생각하여 마침내 하늘을 가리키며 주제로 삼고, '명행경' 3자를 운자로 불러주었다. 사가정이 즉시 짓기를,

모양이 둥글고 지극히 커서 이름 짓기 어렵고
땅을 안고 돌면서 절로 힘차게 다니네
덮은 중간에 만물을 포용하고 있는데
어찌하여 기나라 사람은 무너질 것을 걱정했을까?

라 하니, 양촌이 감탄과 칭찬을 그치지 않았다.

姜私淑之詩文 俱精緻典雅 自是四佳之敵 而其規模之大 不及四佳(『晴窓軟談』 하)

〈국역〉 사숙재 姜希孟의 시와 문은 모두가 정치하고 전아하다. 이 점에서는 본래 사가 徐居正에 필적한다고 하겠으나, 규모의 방대함은 사가에 미치지 못한다.

孫勿齋舜孝 幷三休四休 自號七休子 以事適罷憲長 徐達城以詩戲呈云 可休休日休方好 休不休時休亦羞 三四休幷七休客 休休今復更休休(『海東雜錄』)

〈주석〉 [三休] 송나라 嚴參의 호 [四休] 송나라 孫昉의 호 [休休] 안락한 모습

〈국역〉 물재 손순효가 삼휴와 사휴를 합쳐 스스로 호를 칠휴자라 하였는데,
이 일로 인하여 마침내 大司憲을 파직당하였다. 서거정이 시로 희롱
하여 바치기를,

쉴 수 있는 날에 쉬는 것은 쉬는 것이 좋지마는
쉬지 않는 날에 쉬는 것은 쉬는 것도 부끄럽네
삼휴와 사휴를 합쳐서 칠휴가 된 나그네
전에도 안락하더니 오늘 다시 안락하네

라 하였다.

☆ 姜希孟(1424~1483)

有嘲鸚鵡詩云 絛金纏鎖隔籠紗 遍歷雲山入大家 爭似江湖一
鷗鳥 月明隨意宿淸沙 默用莊子龜寧曳尾之語(『海東雜錄』)

〈주석〉 [嘲] 비웃다 조 [絛] 끈 조 [纏] 묶다 전 [鎖] 잠그다 쇄 [籠紗(롱사)]
깁으로 만든 등롱으로, 여기서는 비단으로 만든 새장을 의미함 [雲
山] 높이 솟아 구름 속으로 들어간 산 [爭] 어찌 쟁 [龜寧曳尾] '거북
이 차라리 꼬리를 끈다'는 『莊子』에 나오는 말로, 남에게 구속받는
영화보다는 마음 편한 가난함을 바란다는 뜻

〈국역〉 강희맹에게 「앵무새를 비웃음」이라는 시가 있는데,

쇠사슬에 매여 비단 새장에 갇혀

높은 산 두루 다니다가 대가로 들어왔네

어찌 강호의 한낱 갈매기처럼

달 밝은 밤에 마음대로 맑은 모래에 자는 것만 하겠는가?

라 하였으니, 은연중 『장자』의 '귀녕예미'의 말을 인용하고 있다.

☆ 成侃(1427~1456)

東詩無效古者 獨成和仲擬顏陶鮑三詩 深得其法 諸小絶句得
唐樂府體 賴得此君 殊免寂寥(『惺叟詩話』)

〈주석〉 [殊] 특별히 수
〈국역〉 우리나라의 시 중에 古詩를 본받은 것이 없다. 오직 화중 성간만이
顏延之・陶淵明・鮑照 세 사람의 시에 비겨 깊이 고시의 법을 체득
하였고, 그의 여러 오언절구들이 당나라의 악부체를 터득하였다. 이
분에 의지해 마침내 적막함을 면하게 되었다.

眞逸齋偶書一絶曰 白日春天萬里暉 祥麟威鳳共乘時 三更月
落村墟黑 留與狐狸假虎威 佔畢齋評云 謂當淸明之朝 或有竊
弄威福者 詩意似有所指 朴仁叟批云 此詩多有奇氣 名不虛得
成眞逸博覽强記 手不釋卷 爲詩文 豪放奧健 森有法度(『靑丘
風雅』)

〈주석〉 [暉] 빛나다 휘 [村墟(촌허)] 마을 [留] 기회를 엿보다 류 [狸] 살쾡이
리 [奧] 심원하다 오 [槮] 무섭거나 차가워 움츠러드는 모양 삼
〈국역〉 진일재 성간이 우연히 한 절구를 짓기를,

흰 태양과 봄 하늘이 만 리에 빛나니
상서로운 기린과 위엄스런 봉황새가 함께 때를 탔네
삼경에 달 지고 촌락이 적막하니
기회를 틈타 여우와 살쾡이가 호랑이 위세를 빌렸구나

라 하니, 점필재 金宗直이 평하기를, "淸明한 조정에 간혹 위엄과 복
록을 몰래 농간하는 자가 있다는 것을 말한 것인데, 시의 뜻이 지적
하는 사람이 있는 듯하다" 하였고, 인수 朴彭年이 비평하기를, "이
시는 신기한 기운이 많이 있으니, 명성이 헛되이 얻어진 것이 아니
다" 하였다. 진일재 성간은 책을 넓게 읽고 잘 기억하며 손에서 책을
떼지 않았다. 시문을 짓는 데는 호방하고 심원하고 씩씩하며, 삼엄하
게 법도가 있었다.[62]

☆ 金宗直(1431~1492)

成謹甫在時 編東人之文 名曰東人文寶 未成而死 金季醞踵而
成之 名曰東文粹 然季醞專惡文之繁華 只取醞藉之文 雖致意

---

62) 『海東雜錄』에도 비슷한 이야기가 다음과 같이 실려 있다. "眞逸齋偶書一絕曰 白日春天萬里暉 祥麟威鳳
共乘時 三更月落村墟黑 留與狐狸假虎威 佔畢齋評云 謂當淸明之朝 或有竊弄威福者 詩意似有所指 朴
仁叟批云 此詩多有奇氣 名不虛得"

於規範 而萎繭無氣 不足觀也 其所撰靑丘風雅 雖詩不如文
然詩之稍涉豪放者 棄而不錄 是何膠柱之偏 至如達城所撰東
文選 是乃類聚 非選也(『慵齋叢話』10)

〈주석〉 [踵] 잇다 종 [醞藉(온자)] 함축적임 [萎] 시들다 위 [繭] 지치다 이
  [涉] 관계하다 섭 [膠柱(교주)] 막혀서 變通을 모름

〈국역〉 謹甫 成三問이 살아 있을 때 우리나라 사람의 글을 엮어 『東人文寶』
  라 이름 하였는데, 완성하지 못한 채 죽고, 季醞 金宗直이 이어 완성
  하여 『東文粹』라 하였다. 그러나 김종직은 글이 번화한 것을 오로지
  싫어하여 다만 함축적인 글만 취하니, 비록 규범에는 뜻을 이루었으
  나 시들고 기세가 없어 볼 만한 것이 못 되었다. 그가 엮은 『靑丘風
  雅』는 비록 시가 문장만 못하나 시가 조금이라도 호방한 것과 관계
  된 것은 버리고 기록하지 않았으니, 이 무슨 고지식하고 융통성 없는
  편견인가? 달성 서거정이 편찬한 『東文選』과 같은 것도 이것은 종류
  대로 모은 것이지, 뽑은 것이 아니다.

佔畢齋文 竅透不高 崔東皐最慢之 其詩專出蘇黃 宜銓古者之
小看也 仲兄嘗言鶴鳴淸露下 月出大魚跳 何減盛唐乎 如細雨
僧縫衲 寒江客棹舟 甚寒澹有味 斯言蓋得之(『惺叟詩話』)

〈주석〉 [竅] 구멍 규 [透] 극도에 달하다 투 [慢] 업신여기다 만 [銓古者(전고
  자)] 고전을 비평하는 사람 [衲] 스님의 옷 납 [棹] 노젓다 도 [澹] 담
  박하다 담

〈국역〉 佔畢齋 金宗直의 글은 요체는 깨달았으나 높은 경지에 이르지는 못

했으니, 동고 崔岦이 그를 가장 업신여겼다. 그의 시는 오로지 蘇軾·
黃庭堅에게서 나왔으니, 비평자가 작게 보는 것도 당연하다. 우리 중
형 許篈은 일찍이 그의 시(「齋日夜賦」)를 말씀하기를,

"학은 맑은 이슬 아래서 울고
달은 큰 고기 뛰는 데서 나오네[63)]

라고 한 구절은 어찌 盛唐에 뒤지겠는가?"라 하였고,

"보슬비 내리는데 중은 옷을 깁고
차가운 강물에는 길손이 노를 젓네[64)]

와 같은 구절은 심히 싸늘하면서 담박한 맛이 있다"고 했는데, 이 말

---

63) 전구를 제시하면 다음과 같다.
卷幔臨江水 휘장 걷고 강물을 내려다보니
蘋香夜寂廖 제수의 향기 속에 밤은 고요한데
鶴鳴淸露下 학은 맑은 이슬 아래서 울고
月出大魚跳 달은 큰 고기 뛰는 데서 나오네
刮眼占銀漢 눈 비비며 은하수에 점을 치고
齋心禱絳霄 마음 재계하여 하늘에 기도하노니
篙師知我意 사공은 나의 뜻을 알아차리고
早整木蘭橈 일찍 목란의 노를 정돈하였네
(龍壇은 동쪽 언덕에 있고 廚帳은 서쪽 언덕에 있으므로, 배를 타고 건너가서 제를 지냈다.)

64) 전문을 제시하면 다음과 같다.
「仙槎寺」
偶到仙槎寺 내 우연히 선사사에 이르니
巖空松桂秋 바위는 쓸쓸한데 소나무 계수나무에는 가을 깃들었다
鶴鱗羅代蓋 두루미는 신라 시대의 일산을 펴고
龍蹴佛天毬 용은 부처 하늘의 공을 찬다
細雨僧縫衲 보슬비 내리는데 중은 옷을 깁고
寒江客棹舟 차가운 강물에는 길손이 노를 젓네
孤雲書帶草 외로운 구름 조각 어지러운 풀을 띠고
獵獵滿池頭 바람 소리와 함께 못 머리에 가득 찼다

은 대체로 맞는 말씀이다.

佔畢齋之詩 稱爲冠冕者 實非誇也 每誦其細雨僧縫衲 寒江客
棹舟 則未嘗不服其精細 十年世事孤吟裏 八月秋客亂樹間 則
未嘗不服其爽朗 風飄羅代蓋 雨蹴佛天花 則未嘗不服其放遠
也(『晴窓軟談』 하)

〈주석〉 [冠冕(관면)] 으뜸 [衲] 스님의 옷 납 [棹] 노젓다 도 [飄] 나부끼다 표
　　　[蹴] 차다 축
〈국역〉 점필재 金宗直의 시가 으뜸이라 칭하는 것은 실로 과장된 것이 아니
　　　다. 늘 그의 시 가운데,

　　　보슬비 내리는데 중은 옷을 깁고
　　　차가운 강물에는 길손이 노를 젓네

　　　라는 구절을 읊으면, 일찍이 그 정세함에 탄복하지 않은 적이 없었
　　　다. 또

　　　십 년간 세상 일 홀로 읊는 가운데
　　　중추가절 나그네 되어 숲 사이를 서성이네

　　　라는 구절을 읊으면, 일찍이 그 상쾌하고 명랑함에 탄복하지 않은 적
　　　이 없었으며, 또

바람은 신라시대 당간깃발에 펄럭이고
비는 부처 나라 꽃잎 위에 내리치네

라는 구절을 읊으면, 일찍이 그 방대하고 원대함에 탄복하지 않는 적
이 없었다.

佔畢齋先生 以東文選徇私不公 擇焉而不精 淘沙揀金 更拔其
尤 文曰東文粹 詩曰靑邱風雅 可謂極精矣 然其先大夫之作
非超群拔萃 而亦在選中 可謂公無私者乎(『松溪漫錄』)

〈주석〉 [徇]=殉 좇다 순 [淘] 일다 도 [揀] 가리다 간 [拔] 빼어나다 발
〈국역〉 점필재 金宗直은 『東文選』이 '사사로움을 좇아 공정하지 않고, 뽑았
는데도 정밀하지 못하였다'고 생각하여, 모래를 일어내고 금을 가리
어 그 좋은 문장만을 다시 골라 산문은 『동문수』라 하고, 시는 『청구
풍아』라 하였으니, 지극히 정밀한 것이라 하겠다. 그러나 그의 아버
지인 金叔滋의 작품이 아주 뛰어난 것이 아닌데도 역시 그 선집 안
에 들었으니, 공정하고 사사로움이 없는 사람이라 할 수 있겠는가?

☆ 洪裕孫(1431~1529)

洪上舍裕孫 南陽鄕吏也 苦本邑侵役 中生員後 不赴擧 爲外
方士 放浪自高 於金剛山石崖題詩曰 身先檀帝戊辰歲 眼及箕
王號馬韓 要與永郎遊水府 偶牽春酒滯人間 時人以爲神仙所
作 後聞洪往來 始認洪之所爲(『淸江先生詩話』)

詩話 속의 漢詩 이야기 199

〈주석〉 [上舍] 일반적으로 독서인의 별칭 [侵] 법을 어기다 침 [崖] 벼랑 애
　　　 [永郎(영랑)] 신라 때 관동지방의 명승지를 두루 다니며 놀았다는 花
　　　 郎徒인 4仙의 한 사람 [水府] 용왕이 거처하는 곳 [春酒] 술

〈국역〉 상사 홍유손은 남양의 향리였다. 본읍에서 법을 어겨가며 부역시키
　　　 는 것을 고통스럽게 여겨 생원에 합격한 뒤에 과거를 보지 않고, 方
　　　 外之士가 되어 방랑하면서 스스로를 높게 여겼다. 금강산 석벽에 시
　　　 를 쓰기를,

　　　 몸이 단군 무진(BC. 2333)년보다 앞에 생기고
　　　 눈은 기자가 마한이라 이름함을 보았네
　　　 영랑과 함께 수부에서 놀려고 하다가
　　　 우연히 술에 이끌려 인간에 머물렀네

　　　 라 했다. 당시 사람들은 신선이 지은 것이라고 여겼는데, 뒤에 홍유
　　　 손이 왕래하였다는 말을 듣고 비로소 홍유손이 지은 시임을 알았다.

　　　 그런데 任輔臣이 지은 『丙辰丁巳錄』에도 비슷한 이야기가 다음과
　　　 같이 실려 있다.

秋江游金剛山錄曰 雪岳嶺上石間 有八分書一絶曰 生先檀帝
戊辰歲 眼及箕王號馬韓 偶與永郎遊水府 又牽春酒滯人間 墨
跡尙新 書之必不久也 世無仙者 豈非好事者僞題歟 然子程子
以國祚之祈天永命 常人之至於聖人 比修鍊之引年 深山大澤
之中 亦有這般等人 未可知也 讀其詩 令人有出塵之想 蓋公

之友洪裕孫餘慶 聞公將遊嶺東 預寫此詩 以待之 餘慶亦物外
士 嘗從淸寒子遊 爲詩文 不事古人科臼者

〈주석〉 [八分] 隸書 2분쯤과 篆書 8분쯤으로 섞어 만들어낸 글씨체의 한 가
지인데, 漢나라의 蔡邕이 처음으로 지은 것임 [跡] 자취 적 [祚] 복 조
[這般(저반)] 이러한 [科臼(과구)]=窠臼 옛날의 방식

〈국역〉 추강 南孝溫이 금강산에 노닌 기록에, "설악령 위 돌 사이에 팔분으
로 쓴 절구 한 수가 있는데,

단군 무진년보다 앞서 났고
눈은 기자가 마한이라 이름함을 보았네
우연히 영랑과 함께 수부에 놀려고 하다가
또 술에 이끌려 인간 세상에 머무네

라 하였다. 먹 자국이 아직 새로우니, 그것을 쓴 것이 반드시 오래되
지 않았을 것이다. 세상에 신선이 없으니, 아마 일을 꾸미기 좋아하
는 사람의 거짓 시가 아니겠는가? 그러나 정자는 국운이 영명하기를
하늘에 빌고, 평범한 사람이 성인에 이르는 것을 수련이 목숨을 연장
시킬 수 있는 것에 비유하였으니, 깊은 산과 큰 못 속에도 그런 사람
이 있음을 알 수 없을 것이다. 이 시를 읽으니, 읽는 사람으로 하여금
세속을 벗어난 느낌을 가지게 한다" 하였다. 이것은 아마 추강의 친
구 여경 홍유손이 공이 장차 영동에 놀러온다는 말을 듣고 미리 이
시를 써놓고 그를 기다린 것일 것이다. 홍유손도 세속을 벗어난 선비
로 일찍이 청한자 金時習을 따라 놀았고, 시문을 짓는데 옛 사람의

옛 방식을 따르지 않았다.

洪裕孫者南陽人 梅月堂之故人 學於佔畢齋 號篠叢子 不罹戊
午之禍 爲人歷落嶔崎 嘗有詩云 濯髮飛泉落不收 雪莖隨向海
東流 蓬萊仙子如相見 應笑人間有白頭 語甚峻爽 可訟 其子至
性 博學敎授千人 至孫天贊 三世歷百七十餘歲云(『星湖僿說』)

〈주석〉 [罹] 걸리다 리 [戊午之禍] 연산군 4년(1498)에 柳子光 등이 사림파인
金馹孫의 史草 속에 삽입된 金宗直의「弔義帝文」은 世祖가 端宗의
왕위를 찬탈한 것을 비방한 것이라고 연산군에게 참소하여 김종직을
부관참시하고, 김일손·權五福 등을 죽이고, 많은 사림파의 명사들
을 유배시키거나 또는 벼슬에서 내쫓은 일. 이 사화는 사림파의 중심
인물인 김종직을 중심으로 성종 때부터 많은 인사가 중앙에 등용되
어 三司를 장악하고, 훈구파들의 舊惡을 파헤치며 시정을 과감하게
개혁하는 데에 불만을 가진 훈구파들의 감정과 정권욕에서 빚어진
사건으로, 四大士禍 중 첫 번째 사화임 [歷落嶔崎(역락금기)] 세속을
벗어난 고결한 모양 [濯] 씻다 탁 [莖] 줄기, 가늘고 긴 막대기 경
〈국역〉 홍유손은 남양 홍씨로, 매월당 金時習의 친구요, 점필재 金宗直에게
배웠다. 호는 소총자이며, 무오(1498년, 연산군 4년)년 士禍에는 걸리
지 아니하였고, 사람됨이 세속을 벗어나 고결하였다. 일찍이 시를 짓
기를,

쾰쾰 솟는 샘물에 감은 머리 풀어두니
눈 같은 머리칼이 바다를 향해 동쪽으로 흘러가네

봉래산 신선이 만약 본다면
응당 인간에 백두가 있다 비웃을 걸세

라 하였다. 말이 매우 준상하여 욀 만하다. 그의 아들 지성은 박학하
여 천 사람을 가르쳤고, 손자 천찬에 이르러서는 삼대가 1백 70여 세
를 지났다고 한다.

☆ 曺偉(1454~1503)

曹梅溪詩云 突兀雙高馬耳峰 雲端擎出碧芙蓉 何時揷得衝天
翼 飛上尖頭一盪胸 洪篠叢詩云 深復深山無主花 等閒蜂蝶不
曾過 春風廿四吹將盡 嫩綠成陰可奈何 梅溪有飄擧出塵之想
篠叢有退藏惜時之意 皆可誦 吟諷之餘 錄之(『星湖僿說』)

〈주석〉 [突兀(돌올)] 우뚝 솟은 모양 [擎] 높이 솟다 경 [尖] 끝 첨 [盪] 씻다
탕 [等閒] 소홀히 함 [廿] 스물 입 [嫩綠(눈록)] 새로 난 어린 잎 [飄擧
(표거)] 날아오름 [吟諷] 읊음

〈국역〉 매계 조위의 시에,

우뚝한 쌍으로 높은 마이봉
구름 끝에 푸른 연꽃이 솟아났구나
어느 때 하늘 찌를 날개를 얻어
머리 위를 날아올라 가슴 한번 씻어볼까?

라 하였고, 소총 洪裕孫(1431~1529)의 시에,

깊고 깊은 산에 주인 없는 꽃은
등한히 여겨 벌 나비도 찾지 않네
스물네 번 봄바람 불어 다하려 하니
새잎이 그늘 이루는데 어찌 하리요?

라 하였다. 매계의 시에는 날아올라 티끌을 벗어날 생각이 있으며,
소총의 시에는 물러나 숨어서 시대를 애석히 여기는 뜻이 들어 있어
서, 다 외울 만하다. 읊조린 뒤에 그것을 기록한다.

☆ 文宗(1450~1452)

文廟在東宮時 橘一盤 賜下玉堂 諸臣聚啖 橘盡 詩見于盤面
御製手書也 詩曰 梅檀偏宜鼻 脂膏偏宜口 最愛洞庭橘 香鼻又
甘口 香鼻又甘口之喩 豈責備臣隣之意耶(『小華詩評』 상, 6)

〈주석〉 [橘] 귤 귤 [玉堂] 弘文館의 별칭, 司憲府·司諫院과 더불어 三司의 하
나이다. 세 사람에게 교대로 '賜暇讀書'의 특권을 주었고, 궐내의 도서
를 관장하며 임금의 顧問에 응하는 임무를 맡았음 [啖] 먹다 담 [梅] 단
향목 전 [偏] 오로지 그것만 편 [洞庭橘] 귤에는 金橘·동정귤·靑橘·
山橘·倭橘 등 5종이 있는데, 동정귤은 상품에 속한다고 함. 浙江省
太湖 가운데 있는 洞庭西山의 洞庭橘이 유명함 [責備(책비)] 盡善盡
美를 사람에게 요구함 [臣隣] 신하를 가리킴.『書經』「益稷」에, "臣哉

鄰哉 鄰哉臣哉"라는 말이 보임(鄰은 近의 의미임)

〈국역〉 문종께서 동궁에 계실 때, 귤 한 쟁반을 옥당에 내렸다. 여러 신하들이 모여서 귤을 먹는데, 귤이 바닥이 나자 시가 쟁반 바닥에 드러났다. 손수 쓰신 어제시였다. 시에 이르기를,

단향목과 박달나무의 향은 그저 코에만 좋고
기름진 고기는 입에만 좋다
동정에서 난 귤을 가장 사랑하니
코에도 향기롭고 맛도 달기 때문이다

라 했다. '코에도 향기롭고 맛도 달기 때문이다'라는 비유는 혹시 신하들에게 盡善盡美를 요구하려는 뜻인가?

『견한잡록』에도 비슷한 내용이 실려 있다.

英廟駕幸楊花渡邊喜雨亭 駐駕經日 文廟爲東宮隨之 安平大君亦隨之 一夕安平與成三問任元濬 臨江置酒翫月 東宮送洞庭橘二盤 盤內書之曰 楠檀偏宜鼻 脂膏偏宜口 最愛洞庭橘香鼻又甘口 遂令題詩以進

〈주석〉 [渡] 나루 도 [駐] 머무르다 주 [翫] 놀다 완 [洞庭橘] 귤에는 金橘·동정귤·靑橘·山橘·倭橘 등 5종이 있는데, 동정귤은 상품에 속한다고 한다. 浙江省 太湖 가운데 있는 洞庭西山의 洞庭橘이 유명함 [進] 올리다 진

〈국역〉 세종이 양화 나루 옆에 있는 희우정에 거동하여 수레를 멈추고 날을 보낼 때, 문종은 동궁으로서 따라가고, 안평대군 또한 따라 갔다. 그 날 저녁에 안평대군이 성삼문·임원준과 강을 내려다보고 술을 마시며 달구경하는데, 문종이 동정귤 두 쟁반을 보내주었다. 그 쟁반에 쓰여 있기를, ……라 하였다. 그리고 시를 지어 올리게 하였다.

☆ 俞應孚(?~1456)

俞應孚詩曰 將軍仁義鎭夷蠻 塞外塵淸士卒眠 晝永空庭何所玩 良鷹三百坐樓前 南秋江擧末句 足以可見其氣像云 全篇世不多見 故錄之(『淸江先生詩話』)

〈국역〉 유응부의 시에,

> 장군의 인의가 오랑캐를 진압하니
> 변방 밖에 전쟁 사라져 사졸이 졸고 있네
> 낮은 긴데 빈 뜰에 무엇을 가지고 놀까?
> 날랜 매 삼백 마리 다락 앞에 앉았네

라 했다. 추강 南孝溫은 그 말구를 들어 그 기상을 엿볼 만하다고 하였다. 전편이 세상에 많이 보이지 않기 때문에 그것을 기록한다.

☆ 金時習(1435~1493)

悅卿離胞八月 能知讀書 語遲而神警 口不能讀 而意則皆通
三歲乳母碾麥 朗然吟之曰 無雨雷聲何處動 黃雲片片四方分
人神之 三歲謂其祖曰 何以作詩 祖曰 聯七字謂之詩 答曰 如
此則可聯七字 呼首字可也 祖呼春字 卽應曰 春雨新幕氣運開
人嘆服 五歲能作詩 我英廟聞之 召致于政院 命知申事朴以昌
傳旨 問虛實能否 以抱置膝上 呼名曰 汝能作句乎 卽應曰 來
時襁褓金時習 又指壁上山水圖曰 汝又可作 卽應曰 小亭舟宅
何人在 所作詩文不少 卽入啓 傳曰 待年長學成 將大用之 大
加稱嘆 賜帛三十段 使之自輸 遂各綴其端 曳之而出 人亦奇
之(金時習 「本傳」)

〈주석〉 [警] 총민하다 경 [碾] 맷돌에 갈다 년 [襁褓(강보)] 포대기 [啓] 아뢰
다 계 [帛] 비단 백 [段] 반필 단 [曳] 끌다 예

〈국역〉 열경 김시습은 태어난 지 여덟 달 만에 글을 읽을 줄 알았다. 말은 더
디었으나 정신은 민첩하여 입으로 읽지는 못하였어도 뜻은 모두 통하
였다. 3살에 유모가 보리를 맷돌에 가는 것을 보고 또렷이 읊기를,

비는 안 오는데 우레 소리는 어디에서 울리는가?
누런 구름이 조각조각 사방으로 흩어지네

라 하니, 사람들이 신기하게 여겼다. 3살 때에 그 할아버지에게 묻기
를, "어떻게 시를 짓습니까?" 하니, 할아버지가, "7글자를 이어 놓은

것을 시라고 한다"라 하였다. "이와 같다면 7자를 엮을 테니, 첫 글자를 불러 주세요"라고 대답하였다. 할아버지가 春자를 부르자, 곧 응하기를, "봄비가 새 휘장 밖으로 내리니 기운이 열리도다" 하니, 사람들이 탄복하였다.

5살에 시를 지을 수 있었다. 우리 세종이 그 말을 듣고 승정원으로 불러, 知申事 朴以昌에게 명하여 임금의 뜻을 전하고 사실인지 아닌지 물었다. 박이창이 안아 무릎 위에 놓고 名자를 부르며 이르기를, "네가 시구를 지을 수 있느냐?" 하니, 바로 응하기를, "올 때 포대기에 쌓인 김시습"이라 하였다. 또 벽 위의 山水圖를 가리키면서, "네가 또 지을 수 있겠느냐?" 하니 곧, "작은 정자와 배 안에는 누가 있는가?" 하였다. 그가 지은 시와 글이 적지 않았다. 박이창은 곧 대궐로 들어가 아뢰니, 傳敎를 내리기를, "성장하여 학문이 이루어지기를 기다려 장차 크게 기용하리라" 하며, 크게 칭찬하고 비단 15필을 주고 스스로 가지고 가라고 하였다. 마침내 그 끝을 각각 이어 가지고 그것을 끌고 나가므로 사람들이 또한 기특하게 여겼다.

金時習遊嶺東 至襄陽府 讀樓題 罵曰 何物狗子作此詩乎 每讀罵不絶聲 讀至一篇曰 此漢稍可 及見其名曰 果貴達之作也 蓋謂涵虛洪公也 金時習與柳襄陽手簡累百言 其略曰 僕生孩八月 自能知書 族祖崔致雲命名時習 三歲能綴文 作桃紅柳綠三春暮 珠貫靑針松葉露等句 五歲讀中庸大學於修撰李季甸門下 司藝趙須命字作說以授 政丞許稠到廬曰 余老矣 其以老字作句 僕應聲曰 老木開花心不老 許擊節嘆賞曰 此所謂神童也 英廟聞 而召于代言司 命知申事朴以昌試之 知申事抱于膝上

指壁畫山水圖曰 汝能作句乎 僕應聲曰 小亭舟宅何人在 如此
作文作詩甚多 傳旨曰 欲親引見 恐駭人聽 宜韜晦敎養 待年
長學業成就 將大用 賜物還家 十三歲詣大司成金泮門下 受語
孟詩書春秋 又詣司成尹祥 受易禮諸史 比長不喜榮達 且以親
戚隣里濫譽爲惡 旣而心事相違 顚沛之際 英廟顯廟相繼賓天
光廟之初 故舊喬木盡爲鬼簿 而復異敎大興 斯文陵夷 僕之志
已荒涼矣 遂伴髠者 遊山水 故人以我爲喜釋 然不欲以異道顯
世 故光廟傳旨累召 而皆不就 處身益以疏曠 使人不齒 故或
以僕爲癡 或以僕爲狂 呼牛呼馬皆便應 今聖上登極 用賢從諫
冀欲筮仕 十餘年前 復於六籍溫熟稍精 而屢見身世相違 如圓
鑿方柄 舊知已盡 新知未慣 孰知余之素志 故復放浪於山水間
矣 是皆實事 唯公默志(『稗官雜記』)

〈주석〉 [手簡] 편지 [孩] 어린아이 해 [代言司] 승정원 [駭] 놀라게 하다 해
[韜] 감추다 도 [比] 이르다 비 [惡] 겸연쩍어하다 뇩 [顚沛(전패)] 곤
란이나 좌절 [賓天] 임금의 죽음을 완곡하게 표현한 것 [喬] 높다 교
[陵夷(릉이)] 쇠퇴함 [伴] 짝 반 [髠] 머리 깎다 곤 [疏曠(소광)]=豪放
[齒] 나란히 서다 치 [登極] 임금이 즉위함 [筮仕(서사)]=初仕 [六
籍=六經 [鑿] 구멍 조 [柄] 장부 예(나무 끝을 구멍에 맞추어 박기
위하여 깎아 가늘게 만든 부분: 柄鑿不相容-둥근 장부는 네모진 구멍
에 맞지 않는다는 뜻으로, 쌍방의 사물이 서로 맞지 아니함을 이름,
『장자』) [慣] 익숙하다 관 [志] 기억하다 지

〈국역〉 김시습이 영동으로 유랑하다 양양부에 이르러 누각에 쓰여 있는 시
를 읽고 욕하기를, "어떤 개새끼가 이런 시를 지었는가?" 하고는, 읽

을 때마다 욕하는 소리가 그치지 않았는데, 읽다가 한 편의 시에 이르러서는 말하기를, "이 녀석은 조금 괜찮군" 하고, 그 이름을 보고는, "과연 귀달의 시로군" 하였는데, 그것은 함허 洪貴達(1438~1504)을 말한 것이다. 김시습이 襄陽 부사를 지낸 柳自漢에게 보낸 편지가 수백 마디나 되는데, 그 대략은 다음과 같다.

"나는 태어난 지 8개월 만에 스스로 글을 알아서 일가 할아버지 최치운이 시습이라는 이름을 지어 주었다. 3세에 글을 지을 수 있어,

복숭아는 붉고 버들은 푸르러 봄이 저물었네
구슬은 푸른 바늘로 꿰었으니 솔잎의 이슬이로다

등의 구절을 지었다. 5세에 『中庸』·『大學』을 수찬 이계전의 문하에서 읽었으며, 사예 조수가 字를 '說'로 지어 주었으며, 정승 허조가 집에 와서 말하기를, '내가 늙었으니 老자로 시를 지으라' 하기에, 나는 곧 '늙은 나무에 꽃이 피나 마음이 늙지 않았도다' 하였더니, 허조가 무릎을 치면서 감탄하기를, '이 아이는 말하자면 신동이다' 하였다. 세종이 이 말을 듣고 대언사에 불러 지신사 박이창에게 명하여 시험하게 하였다. 지신사가 무릎 위에 앉히고 벽에 그려진 山水圖를 가리키면서, '네가 시구를 지을 수 있겠느냐?' 하니, 내가 곧, '작은 정자와 배 안에는 누가 있는가?' 하였다. 이렇게 하여 매우 많은 글과 시를 지었더니, 教旨를 내리기를, '내가 친히 보고 싶지만, 남들이 해괴하게 여길까 두려우니, 마땅히 드러내지 말고 가르치고 길러 자라서 학업이 성취되기를 기다려 장차 크게 쓰겠다' 하였다. 내려 주신 물건을 가지고 집으로 돌아왔다.

13세에 대사성 김반의 문하에 가서 『論語』·『孟子』·『詩經』·『書經』·『春秋』를 배웠고, 또 사성 윤상을 뵙고 『周易』·『禮記』와 여러 역사 책을 배웠다. 어른이 되어서 영달을 기뻐하지 않고, 또 친척이나 이웃이 너무 칭찬하는 것을 부끄러워하였다. 얼마 있다가 마음과 세상이 서로 어긋나 좌절할 즈음에 세종과 문종이 이어서 돌아가시고, 세조 초에 옛 친구인 큰 인물들이 모두 저승으로 가고, 다시 불교가 크게 일어나고 유학은 점점 쇠퇴해져 나의 뜻이 이미 황량해져서, 드디어 중들과 짝하여 산천을 유람하였다. 그러므로 사람들이 나를 부처를 좋아한다고 여기나, 불교로써 세상에 이름을 드러내고 싶지는 않다. 그래서 세조가 교지를 전하여 여러 차례 불렀으나 모두 나아가지 않고, 처신을 더욱 마음대로 하여 사람 축에 들지 않게 하였으므로, 어떤 사람은 나를 어리석다고 하고, 어떤 사람은 나를 미쳤다고 하였다. 소라고 부르든 말이라고 부르든 모두 다 응하였다.

지금 임금이 등극하여, 어진 이를 등용하고 간하는 말을 따른다기에, 처음으로 벼슬을 해 보려고 하였다. 그래서 10여 년 전에 다시 육경에 대해서 익히고 익혀 약간 정통했으나, 내 처지와 세상이 서로 자주 어긋나게 되는 것이 마치 둥근 구멍에 네모난 장부를 넣는 것과 같았다. 옛 친구들은 이미 모두 죽고 새로운 知己들과는 아직 친하지 못하니, 누가 나의 본래의 뜻을 알겠는가? 그래서 다시 산천을 방랑하게 되었다. 이것들은 모두 실지로 있었던 일로, 오직 공만은 묵묵히 이것을 기억하고 있을 것이다."

金東峯時習 五歲以奇童名 英廟召 試三角山詩 大奇之 後佯 狂爲髡 居山中 所賦詩極多 皆率口信手 止遣興而已 未嘗留

意推敲 然所造超越 有非凡人所可及 其無題詩 終日芒鞋信脚
行 一山行盡一山青 心非有想奚形役 道本無名豈假成 宿露未
晞山鳥語 春風不盡野花明 短筇歸去千峯静 翠壁亂煙生晚晴
非悟道者 寧有此語(『小華詩評』 상, 63)

〈주석〉 [佯] 거짓 양 [髡] 머리 깎다 곤 [率口(솔구)] 입에서 나오는 대로 [止]
겨우, 오직 지 [無題(무제)] 『매월당집』에는 「贈峻上人」으로 되어 있
음 [芒鞋(망혜)] 짚신 [信脚(신각)] 발 닿는 대로 감 [形役(형역)] 몸이
구속되거나 사역당하는 것으로, 功名이나 利祿에 끌리거나 지배당하
는 것을 이름 [道本無名] 『老子』에 "도라 할 수 있는 도는 항상 된 도
가 아니고, 이름 부를 수 있는 이름은 항상 된 이름이 아니다. 무명은
천지의 시작이요, 유명은 만물의 어머니이다(道可道 非常道 名可名
非常名 無名天地之始 有名萬物之母)"라는 말이 보임 [晞] 마르다 희
[筇] 지팡이 공 [翠] 비취색 취
〈국역〉 동봉 김시습은 5살 때 기이한 아이로 이름이 났다. 세종이 동봉을 불
러 「삼각산」 시로 시험해 보고, 매우 기특하게 여겼다. 그 뒤 동봉은
거짓 미친 체하며 스님이 되어 산중에서 살았다. 동봉이 지은 시가
대단히 많은데, 모두 입에서 나오는 대로, 손에서 쓰여지는 대로 지
어 오직 흥취만을 풀어 낼 뿐, 일찍이 퇴고에 신경 쓰지 않았다. 그러
나 경지가 높아서 보통사람이 미칠 수가 없었다. 그의 「무제」는 다음
과 같다.

온종일 짚신으로 발길 닿는 대로
한 산을 걸어 다하면 또 한 산이 푸르네

마음에 생각 없으니 어찌 몸에 부림 받으랴?

도는 본래 이름 없으니 어찌 거짓으로 이룰쏜가?

간밤 이슬은 마르지 않아 산새는 우는데

봄바람은 끝없이 불어와 들꽃이 아름답네

짧은 지팡이로 돌아가니 봉우리마다 고요한데

푸른 절벽에 자욱한 노을이 저물녘에야 갠다

도를 깨친 자가 아니면 어찌 이런 말을 하겠는가?

金悅卿落拓不遇 詩文極高 徐達城嘗一邀致 出姜太公釣魚圖
請題 卽書一絶云 風雨蕭蕭拂釣磯 渭川魚鳥識忘機 如何老作
鷹揚將 空使夷齊餓采薇 達城默然良久曰 子之詩 吾之罪案也
(『淸江先生詩話』)

〈주석〉 [落拓(락척)] 가난하고 失意에 빠짐 [邀致(요치)] 초청함 [蕭蕭(소소)]
　　　　적막하고 조용함 [拂] 추어올리다 불 [磯] 물가 기 [渭川] 강태공이
　　　　낚시하던 곳 [忘機(망기)] 세속에 일어나는 慾望을 잊는 것 [鷹揚(응
　　　　양)] 위엄 있고 씩씩한 모양으로, 武士의 대명사 [薇] 고비 미 [罪案
　　　　(죄안)] 범죄 사실을 적은 기록

〈국역〉 열경 金時習은 불우한 환경에 빠졌으나 시문이 극히 고매하였다. 달
　　　　성 徐居正이 일찍이 한 차례 초청하여 「강태공조어도」를 내어놓고
　　　　화제를 청하였더니, 즉시 절구 한 수를 썼다.

비바람 쓸쓸하게 낚시터를 스칠 때

위수의 물고기와 새는 망기한 줄 알았네

어쩌자고 늘그막에 위엄 있고 씩씩한 장수되어

부질없이 백이와 숙제 고사리 캐다 죽게 했나

달성은 묵묵히 한참 동안 있다가 말하기를, "자네의 시는 바로 나의
죄안이다" 하였다.

☆ 成俔(1439~1504)

四佳之後 虛白極太 古今衆體 無不作 其所著述之富 諸公無
與爲比 樂學軌範 風騷軌範 慵齋叢話 桑楡備覽 大平通載 皆
其所述 一時推爲文府 其中桑楡備覽六十餘卷 皆紀國朝故實
最關世道 而亂中見失 無他刊本 遂絶 惜也 其他四書 皆經朝
家壽梓 故俱傳至今(『晴窓軟談』 하)

〈주석〉 [文府] 문장의 창고 [梓] 판목(글자나 그림을 새긴 나무) 재
〈국역〉 사가 이후로는 虛白 成俔의 작품 세계가 지극히 크다. 고금의 여러
       체를 짓지 않은 것이 없는데, 그 저술의 풍부함은 여러 사람들 가운
       데 비견될 만한 사람이 없다. 『악학궤범』·『풍소궤범』·『慵齋叢話』·
       『桑楡備覽』·『태평통재』는 모두 그가 저술한 것인데, 한때 이를 문
       부로 추대하기도 하였다. 그 가운데 『상유비람』 60여 권은 모두 국조
       의 고사를 기록해 놓은 것으로서, 世道와 밀접한 관련이 있었다. 그
       런데 난리 통에 잃어버렸으며, 다른 간행본도 없어 마침내 없어지고
       말았으니, 애석하다. 그 밖에 네 책은 모두 조정에서 판각해 두었으

므로 모두 지금까지 전해오고 있다.

☆ 鄭汝昌(1450~1504)

先生平生不喜作詩 早卜築頭流山 只有一篇流傳於世云 風蒲
獵獵弄輕柔 四月花開麥已秋 觀盡頭流千萬疊 扁舟又下大江
流 其胷中洒落 無一點塵態 此可想矣(『丙辰丁巳錄』)

〈주석〉 [蒲] 부들 포 [獵] 바람이 부는 모양 렵 [疊] 겹치다 첩 [扁舟(편주)]
　　　　작은 배 [洒落(쇄락)] 상쾌함, 밝음
〈국역〉 정여창은 평생 시 짓기를 좋아하지 않았으므로, 일찍이 두류산에 터
　　　　를 골라서 집을 지을 적에 지은 시 한 편만이 세상에 전하는데,

　　　　바람에 부들이 휘날리어 가볍고 부드럽게 희롱하는데
　　　　4월에 화개에는 보리가 벌써 가을일세
　　　　두류산 천만 골짜기 다 구경하고서
　　　　조각배로 또다시 큰 강인 섬진강 따라 흘러내려가네

　　　　라 하였다. 가슴속이 깨끗하여 한 점의 티끌의 모습이 없는 것을 이
　　　　것에서 상상할 만하다.

☆ 崔溥(1454~1504)

成廟朝 崔溥爲司諫 鄭光弼南袞爲左右正言 崔溥題詩契軸 末

句曰 後人指點摩挲處 不知某也回某也忠 崔公此句 雖或偶然
而成 味其辭意 似專爲二公他日行事而發者 君子一言 忠邪之
鑑戒 其可畏哉(『寄齋雜記』)

〈주석〉 [軸] 두루마리 축 [點] 가리키다 점 [挲] 어루만지다 사 [回] 간사하다
회 [而] 시간사 뒤에 놓임 [他日] 과거, 미래
〈국역〉 성종 때에 최부가 사간이었고, 정광필·남곤은 좌·우정언이었다.
최부가 계축에 시를 지어 썼는데, 그 끝구에

뒷날 사람이 손으로 가리키고 어루만질 곳에
누가 간사하고 누가 충성되다 할는지 모르겠노라

라 하였다. 최공의 이 글귀가 비록 우연히 이루어진 것이겠지마는
그 말뜻을 음미해 보면 오로지 충성된 정광필과 간사한 남곤 두 분
의 훗날 행사를 가리켜 말한 것 같다. 군자의 한 마디 말은 충성된
사람이나 간사한 사람의 거울삼는 경계가 되는 것이니, 진실로 두려
워할 만하구나!

☆ 南孝溫(1454~1492)

南秋江玄琴賦 足爲國朝詞賦之冠 不特文藻爲然 其終論五音 極
有微意 豈有所感而發耶 余讀之 未嘗不潸然(『晴窓軟談』 하)

〈주석〉 [文藻(문조)] 문채, 문자, 문장 [潸] 눈물 흐르다 산

〈국역〉 추강 南孝溫의 「현금부」야말로 국조 詞賦의 으뜸이 되기에 충분하
다. 그 문장에서만 그런 것이 아니고, 그 말미에서 五音에 관해 논한
것65)에는 지극히 은미한 뜻이 들어 있는데, 혹시 느낀 것이 있어서
그렇게 드러낸 것인가? 나는 그것을 읽을 때면 일찍이 눈물을 흘리
지 않은 적이 없었다.

柳思庵淑碧瀾渡詩曰 久負江湖約 紅塵二十年 白鷗如欲笑 故
故近樓前 思庵後爲賊旽所害 久居盛名之患如此 南秋江孝溫

---

65) 해당부분에 관한 것만 제시하면 다음과 같다.
  樂半 음악이 반쯤 연주되었을 때
  有秋江居士揖主人而言曰 추강거사가 주인에게 읍하고 말하기를
  美哉灝灝 아름답도다! 조화로운 소리여
  廣矣熙熙 넓도다! 밝고 밝은 소리여
  直而不倨 곧으면서 거만하지 않고
  和而不弛 조화로우면서 해이하지 않네
  然亦知夫審音格律之方乎 그러나 또 저 심음과 격률의 방법을 아는가?
  宮長尊君 궁음이 장대함은 임금을 높임이고
  商微抑臣 상음이 은미함은 신하를 누름이고
  徵短者事 치음이 짧음은 사무이기 때문이고
  角卑者民 각음이 낮음은 백성이기 때문이라
  順宮者四端爲仁 순궁은 사단에 있어 인이 되고
  二氣爲陽 이기에 있어 양이 되고
  五行爲木 오행에 있어 목이 되고
  四象爲剛 사상에 있어 강이 되고
  辰爲子月 십이진에 있어 자월이 되고
  律爲黃鍾 십이율에 있어 황종이 되고
  其在易曰爲乾 『주역』에 있어서는 건이 되고
  於人堯舜羲農 사람으로는 요순 복희 신농이네
  變宮者四端爲義 변궁은 사단에 있어 의가 되고
  二氣爲陰 이기에 있어 음이 되고
  四象爲柔 사상에 있어 유가 되고
  五行爲金 오행에 있어 금이 되고
  辰爲申月 십이진에 있어 신월이 되고
  律爲夷則 십이율에 있어 이칙이 되고
  易布卦而爲革 『주역』의 괘로는 혁괘가 되고
  爲湯放與武伐 사람으로는 탕무의 방벌(탕왕이 桀를 留置하고 무왕이 紂를 정벌한 것)이라오
  主人再拜曰諾 주인이 재배하고 말하기를 그렇소
  耳聞道存 귀로 듣자 도의 소재를 알겠으니
  師汝昌言 그대의 훌륭한 말을 스승 삼겠소

過碧瀾渡 如作飜案體曰 未識紅塵路 江湖四十年 思庵終賊手
余在白鷗前 蓋傷思庵之禍 以放浪自幸也 戊午之獄 秋江有身
後之禍 而戮及妻孥 慘於思庵 是知天地否泰 則禍患之來 無
出處之殊 謝病辟穀 以保身者 固亦彼一時也(『涪溪記聞』)

〈주석〉 [碧瀾渡] 고려시대에 예성강 하구에 위치한 국제 무역항 [故故] 자주,
고의로 [飜案(번안)] 앞 사람이 지어 놓은 뜻을 뒤집어 새로운 뜻으로
만드는 것 [戊午之獄] 연산군 4년(1498)에 柳子光 등이 사림파인 金
馹孫의 史草 속에 삽입된 金宗直의 「弔義帝文」은 世祖가 端宗의 왕
위를 찬탈한 것을 비방한 것이라고 연산군에게 참소하여 김종직을
부관참시하고, 김일손·權五福 등을 죽이고, 많은 사림파의 명사들
을 유배시키거나 또는 벼슬에서 내쫓은 일. 이 사화는 사림파의 중심
인물인 김종직을 중심으로 성종 때부터 많은 인사가 중앙에 등용되
어 三司를 장악하고, 훈구파들의 舊惡을 파헤치며 시정을 과감하게
개혁하는 데에 불만을 가진 훈구파들의 감정과 정권욕에서 빚어진
사건으로, 四大士禍 중 첫 번째 사화임 [孥] 처자 노 [慘] 참혹하다 참
[否泰(비태)] 천지와 만물이 통하지 않는 비괘와 천지와 만물이 통하
는 태괘로, 막힘과 통함, 불운과 행운을 의미함 [辟]=避

〈국역〉 사암 유숙(?~1368)의 「벽란도」 시에,

> 오랫동안 강호의 약속을 저버리고
> 세속에서 이십 년을 살았구나
> 흰 갈매기가 비웃고자 하는 듯
> 자주 누대 앞으로 가까이 오네

라 했다. 사암이 뒤에 적 辛旽에게 해를 입었다. 오래도록 성대한 명성 속에 살고 있는 환란이 이와 같다.

추강 남효온이 벽란도를 지나다가 다음과 같은 번안체를 지었다.

세속의 길을 모른 채
강호에 사십 년을 살았네
사암은 적의 손에서 마치었는데
나는 백구의 앞에 있다네

이것은 아마도 사암이 화를 입은 것을 상심하고 방랑하고 있는 자신을 스스로 다행하게 여긴 것일 것이다. 그러나 무오년의 옥사 때에 추강은 죽은 뒤의 몸에 剖棺斬屍의 화가 있었으며, 誅戮이 처자에까지 미쳐서 사암보다도 더 참혹하였다. 이것으로 천지가 통하거나 통하지 않으면 환란이 옴은 出世와 隱遁의 다름이 없음을 알겠다. 병을 사양하고 곡식을 먹지 않으면서 몸을 보호하는 자는 진실로 또한 그 한 때의 일일 뿐이다.[66]

秋江早歲棄科業 從悅卿遊 一日悅卿謂秋江曰 我則受英廟厚
知 爲此辛苦生活宜也 公則異於我 何不爲世道計也耶 秋江曰
昭陵一事 天地大變 復昭陵之後 赴擧不晚也 悅卿不復強之云
(『山中獨言』)

---

66) 남효온의 『秋江冷話』에도 비슷한 내용이 실려 있다. 제시하면 다음과 같다.
　"柳思菴淑碧瀾渡詩曰 久負江湖約 紅塵二十年 白鷗如欲笑 故故近樓前 思菴竟未免紅塵之厄 其忠淸大
　節 終不見白於大名之下 爲賊旽所誣陷 黮黮就戮 哀哉 余年三十六 過碧瀾渡 步韻曰 未幾靑雲路 江湖
　四十年 思菴終賊手 余在白鷗前 乃翻思菴案也"

〈주석〉 [昭陵一事(소릉일사)] 소릉은 端宗의 생모 顯德王后의 능으로 安山에
　　　있었는데, 단종이 죽은 뒤 世祖의 꿈에 나타나 질책하였다 하여 능을
　　　발굴해서 물가에 移葬하였다. 이에 남효온이 성종 9년(1478)에 상소
　　　하여 追復할 것을 극력 청하였으나, 任士洪 등의 방해로 좌절되었음
　　　[趙] 나아가다 부 [强] 강요하다 강

〈국역〉 추강 南孝溫은 이른 나이에 과거 공부를 포기하고 열경 金時習을 따
　　　라 노닐었다. 하루는 열경이 추강에게 이르기를, "나는 世宗으로부터
　　　두터이 알아줌을 받았기 때문에 이러한 고달픈 생활을 하는 것이 마
　　　땅하다. 그러나 공은 나와 다른데, 어찌하여 세도를 위한 계책을 세
　　　우지 않는가?" 하니, 추강이 말하기를 "소릉에 관한 한 가지 일이야
　　　말로 천지의 큰 변고이니, 소릉을 추복한 뒤에 과거를 보더라도 늦지
　　　않습니다" 하였는데, 열경이 다시는 강권하지 않았다고 한다.

余嘗旅寓關西之祥原郡　寢屏有詩題三笑圖曰　遠公細而黠　破
戒非不知　暫寄虎溪興　欺謾措大癡　余且驚且喜　郡守曰　客子
所驚者何事　余曰　關西二百日之行　始見一詩　寧不驚動耶　且
儒生見句　勝得百金　豈不喜躍　卽翻案其詩　而步韻曰　小年昧
大年　小知迷大知　題詩亦措大　安知陶陸癡　仍謂守曰　作者必
是吾友也　到京廣問　則仲鈞手也(『秋江冷話』)

〈주석〉 [關西] 마천령 서쪽, 곧 황해도와 평안도 북부지역 [三笑圖] 慧遠·陶
　　　淵明·陸修靜 세 사람이 虎溪에서 크게 웃었던 고사를 그린 그림이
　　　다. 호계는 江西省 九江縣 廬山 東林寺 앞에 있는 시내이다. 晉나라
　　　때 慧遠法師가 동림사에 있으면서 손님을 보낼 때 이 시내를 건너지

220

않았는데, 여기를 지나기만 하면 문득 호랑이가 울었다. 하루는 도연명·육수정과 함께 이야기를 하다가 자신도 모르는 사이에 이 시내를 넘자 호랑이가 우니, 세 사람은 크게 웃고 헤어졌다고 함(『東林十八高賢傳』) [點] 약다 활 [謔] 속이다 만 [措大(조대)] 가난하고 失意한 讀書人 [癡] 어리석다 치 [小年昧大年] 작은 지혜를 지닌 사람은 큰 지혜를 지닌 사람의 뜻을 알지 못한다는 말이다. 莊子가 말하기를, "작은 지혜는 큰 지혜에 미치지 못하고, 소년은 대년에 미치지 못한다(小知不及大知 小年不及大年)"라 하였다. 소년은 초하루와 그믐이 있는 줄도 모르는 朝菌 같은 것이고, 대년은 8천 년을 한 계절로 삼는 大椿 같은 것임(『莊子』「逍遙遊」) [仲鈞] 李宗準의 字, 호는 浮休子, 또는 尙友堂·太庭逸民·藏六居士·慵軒居士라고도 하는데, 시문에 능하였음

〈국역〉 나 南孝溫이 일찍이 관서의 상원 고을에 나그네로 머무르고 있었을 때, 침실 병풍에 「삼소도」라는 제목의 시가 적혀 있었는데,

혜원이 잘고 약으니
파계를 모르지 않을 것이네
잠깐 호계의 흥에 붙여
매우 어리석은 선비를 속인 것이네

라 하였다. 나는 놀라면서 기뻐했더니, 군수가 말하기를, "손님이 놀라는 것은 무슨 까닭입니까?" 하기에, 내가 말하기를, "관서 2백 일 동안의 여행에서 처음으로 한 시를 보았는데, 어찌 놀라지 않겠소? 또한 유생이 이런 글귀를 보니, 백금을 얻은 것보다도 나은데, 어찌

기뻐 날뛰지 않겠소?" 하였다. 곧 그 시를 번안하여 운을 따라 짓기를,

소년은 대년을 모르고
소지는 대지를 모르는구나
시를 쓴 사람 또한 서생이니
어찌 도연명과 육수정의 어리석음을 알랴?

라 하였다. 이에 군수에게 말하기를, "삼소도의 작자는 반드시 나의
친구일 것이오" 하고, 서울로 이르러 널리 탐문했더니, 바로 중균의
솜씨였다.

☆ 魚無迹(조선 성종 때 문신)

魚無迹字潛夫 新曆歎曰 我願三萬六千日 判作人間兩朝夕 春
花一吐一年紅 秋月一照一年白 堯舜至今顔尚韶 周孔至今頭
尚黑 朝聞吁咈土階上 暮見絃誦杏壇側 余嘗聞 白露國比屋皆
聖賢 掘地則金銀 多晴少雨 有豊無凶 未嘗不翹首相望 以爲
樂土 及讀潛夫詩 始疑白露國 亦寓言 若華胥槐安之類也 李
奎報違心詩曰 人間萬事苦參差 動輒違心莫適宜 少歲家貧妻
尚侮 殘年祿厚妓將隨 雨陰多是出遊日 天霽皆吾閒坐時 腹飽
輒飧逢美肉 喉瘡忌飮遇深巵 儲珍賤售市高價 宿疾方痊隣有
醫 瑣小不猶諧類此 揚州駕鶴況堪期 世事乖張大盖如斯 宋人
詩云 九十日春晴景少 三千年事亂時多 令人恨不能自己(『青
莊館全書』「清脾錄」)

<주석> [韶] 아름답다 소 [吁咈(우불)] 임금과 신하가 태평성대를 이루기 위하여 조정에서 서로 의견을 교환하는 가운데, 좋은 말은 찬성하고 부당한 말은 반대하는 소리를 말함 [杏壇(행단)] 孔子가 제자들을 가르치던 단으로, 山東省 曲阜縣의 聖廟 앞에 있음 [絃誦(현송)] 詩와 禮로써 교화함 [比屋] 집집마다 [翹] 들다 교 [華胥槐安] 화서는 『列子』「黃帝」에, "옛날 黃帝는 천하가 다스려지지 않음을 근심하고 있었는데, 낮잠을 자다가 꿈에 화서 나라에 가서 그 나라가 아주 태평하게 다스려지는 것을 구경했다"는 고사이고, 괴안은 개미의 나라인데, 李公佐의 「南柯記」에 "唐나라 淳于棼이 느티나무 아래서 낮잠을 자다가 꿈에 개미의 나라에 가서 南柯太守가 되어 영화를 누렸다"는 寓話에서 온 말임 [侮] 업신여기다 모 [霽] 개다 제 [輟] 그치다 철 [飧]=飧 저녁밥 손 [喉] 목구멍 후 [瘡] 부스럼 창 [卮] 잔 치 [儲] 쌓다 저 [售] 팔다 수 [瘥] 병이 낫다 전 [瑣] 자질구레하다 쇄 [諧] 조화롭다 해 [楊州駕鶴] 모든 욕망을 다 이룬다는 뜻. 옛날 네 사람이 모여 각기 욕망을 말하는 자리에서, 한 사람은 楊州刺史가 되고 싶다 하고, 한 사람은 부자가 되고 싶다 하고, 한 사람은 학을 타고 싶다 하였는데, 한 사람은 허리에 십만 관의 황금을 차고 학을 타고 양주에 부임하고 싶다는 데서 온 말임 [乖] 어그러지다 괴

<국역> 어무적의 자는 잠부이다. 「신력탄」에,

나의 소원은 삼만 육천 날을
인간의 아침과 저녁으로 나눠 만드는 것
봄꽃 한번 피어 1년간 붉고
가을달 한번 비춰 일 년간 하얗다면

요순도 지금까지 얼굴이 여전히 아름다웠을 것이고
周公과 孔子도 지금까지 머리가 여전히 검어서
아침엔 흙섬돌 위에서 우불의 소리 듣고
저녁엔 행단 옆에서 현송 모습 볼 텐데

라 했다. 나 李德懋가 일찍이 들으니, 백로국은 집집마다 모두 聖賢이고, 땅을 파면 금과 은이 나오며, 개인 날이 많고 비 오는 날이 적으며, 풍년은 있고 흉년은 없다 하므로, 머리를 들고 바라면서 낙토라고 여기지 않은 적이 없었는데, 잠부의 시를 읽고서야 비로소 백로국 역시 우언으로써 화서·괴안과 같은 종류라는 의심을 가지게 되었다. 이규보의 「위심」 시에는,

인간의 모든 일 고르지 못해
움직일 때마다 뜻과 어긋나 맞지 않네
젊어서는 집이 가난하여 처에게 멸시받다가
늙어서는 녹 많으니 기생까지 따르며
외출하는 날에는 비오는 때 많더니
내가 한가로이 있을 땐 날씨도 맑네
배불러 그만 먹으려 하면 맛있는 고기 나오고
목 아파 못 먹을 땐 술도 많이 생기며
저장한 보물 싸게 팔자 시장에 값이 오르고
묵은 병 바야흐로 고치자 의원이 이웃에도 있네
사소한 것마저 어긋남이 이러한데
양주에 학 타기 어찌 바라겠는가?

라 하였으니, 세상일의 크게 어긋남이 대개 이와 같다. 송나라 사람의 시에,

구십 일 봄날엔 갠 날이 적고
삼천 년 일 속엔 어지러운 때가 많네

라 하였는데, 사람의 한을 스스로 그칠 수 없게 한다.

凡爲守宰者 例籍民家果樹 而收其實 其貪苛者 無問其歲之不結 取之必盈其數 民病之 至有伐其樹者 魚潛夫家于金海 見斫梅者 乃作賦有曰 世乏馨香之君子 時務蛇虎之苛法 慘已到於伏雌 政又酷於童殺 民飽一盂飯 官饞涎而齎怒 民暖一裘衣 吏攘臂而剝肉 使余香掩野殍之魂 花點流民之骨 傷心至此 寧論悴憔 奈何田夫無知 見辱斧斤 風酸月苦 誰招斷魂 又曰 黃金子繁 吏肆其饕 增顆倍徵 動遭鞭捶 妻怨晝護 兒啼夜守 玆皆梅崇 是爲尤物 南山有樗 北山有樆 官不之管 吏不之虐 梅反不如 豈辭翦伐 金海倅覽之 大怒 將捕治其罪 潛夫逃之他郡 欲往依節度使朴武烈公元宗 病卒於驛舍(『稗官雜記』)

〈주석〉 [斫] 찍다 작 [馨] 향기 형 [伏雌(복자)] 어미닭 [殺] 암양 고 [盂] 사발 우 [饞] 탐하다 참 [涎] 침 연 [齎怒(재노)] 갑자기 화냄 [剝] 벗기다 박 [殍] 굶어죽다 표 [點] 잎 점 [酸] 고되다 산 [饕] 탐하다 도 [顆] 낱알 과 [鞭] 매질하다 편 [捶] 채찍질하다 추 [崇] 빌미 수 [樗] 가죽나무(잎은 냄새가 이상하고 재목은 옹이가 많아 쓸모가 없으므로, 無

用의 뜻으로 쓰임) 저 [櫟] 상수리나무 력 [管] 맡다 관 [翦] 자르다
전 [倅] 원 쉬

〈국역〉 무릇 사또가 된 자는 으레 민가의 과일나무를 일일이 적어두고 그 열
매를 거두어들이는데, 가혹하게 탐하는 자는 그해의 흉년도 상관하
지 않고 거두어들이는 데에 반드시 그 수효를 채웠으므로, 백성들이
그것을 괴롭게 여겨 그 나무를 베어버리는 자도 생기기까지 하였다.
잠부 어무적이 김해에 살 때, 매화나무를 찍는 사람을 보고 마침내
賦(「斫梅賦」)를 짓기를,

세상에 향기 풍기는 군자가 적고
시대에 뱀과 범 같은 가혹한 법을 일삼는구나
참혹하기가 이미 어미닭에게 이르렀고
다스림이 또한 어린 암양에 혹독하도다
백성이 한 그릇의 밥을 먹으면
벼슬아치가 탐내 침 흘리며 화를 내고
백성이 한 벌의 갖옷을 입으면
벼슬아치가 팔을 걷고 살을 벗겨 가네
설령 내가 들에서 굶어 죽은 넋을 제사지내고
유민의 뼈에 꽃을 덮어 주어도
마음 아프기 이러하니
어찌 초췌함을 논하리오
어찌할까? 농부가 무지하여
형벌의 욕을 보고
바람에 시달리고 달에 고생하니

누가 이 끊어진 혼을 부르겠는가?

라 하고, 또,

황금 같은 열매가 많이 달리니
벼슬아치가 탐함을 멋대로 하여
수량을 늘려 갑절로 거두어들이고
걸핏하면 매질하니
아내는 원망하면서 낮에 지키고
어린 것은 울면서 밤에 지킨다
이것이 다 매화가 빌미이니
매화가 근심거리구나
앞산에는 가죽나무 있고
뒷산에는 상수리나무 있으나
관청에서는 상관하지 않고
아전도 모질게 하지 않네
매화는 도리어 그만도 못하니
어찌 베어짐을 면할 수 있겠는가?

라 하였다. 김해 사또가 그것을 보고 크게 성을 내어 장차 잡아다가
그 죄를 다스리려 하자, 잠부가 다른 고을로 도망하여 절도사 무열공
박원종에게 가서 의탁하려 했으나, 병들어 역사에서 죽었다.

☆ 金宏弼(1454~1504)

金宏弼字大猷 受業於佔畢齋 庚子年生員 與余同庚 而日月後於
余 居玄風 獨行無比 平居必冠帶 室家之外 未嘗近邑 手不釋小
學 人定然後就寢 鷄鳴則起 人問國家事 必曰 小學童子 何知大
義 嘗作詩曰 業文猶未識天機 小學書中悟昨非 佔畢齋先生批云
此乃作聖之根基 魯齋後豈無人 其推重如此 年三十後 始讀他書
訓後進不倦 如李賢孫李長吉李勣崔忠成朴漢恭尹信 皆出門下
茂材篤行如其師 年益高 道益卲 熟知世之不可回道之不可行 韜
光晦迹 然人亦知之 佔畢先生爲吏曹參判 亦無建明事 大猷上詩
曰 道在冬裘夏飲氷 霽行潦止豈全能 蘭如從俗終當變 誰信牛耕
馬可乘 先生和韻曰 分外官聯到伐氷 匡君救俗我豈能 從敎後輩
嘲迂拙 勢利區區不足乘 蓋惡之也 自是貳於畢齋 丁未年遭父憂
饘粥哭泣之哀 絶而復蘇(『師友明行錄』)

〈주석〉 [同庚(동경)] 연령이 서로 같음 [人定] 밤이 깊어 사람들이 고요할 때
[批] 찌붙이다(附箋을 달아 의견 또는 가부를 적음) 비 [魯齋] 송말원
초의 경학가 許衡(1209~1281). 호는 魯齋, 시호는 文正이며, 河內 사
람이다. 科擧에 뜻을 두지 않고 학문에 전념하여 여러 차례 불러 벼
슬을 내렸으나 나아가지 않았다. 원나라 세조가 그의 제자 王梓, 劉
季偉 등 12인을 불러 國子監의 齋長으로 삼았다. 蘇門山에 은거하고
있던 趙復의 문인 요추(姚樞)에게 정주학을 배운 뒤로 송대 성리학에
전념하여 북방에 정주학을 일으켰다. 주자의 『四書集註』가 科試에
채택되게 하는 데 크게 공헌하였음 [茂材] 재주와 덕이 뛰어남 [卲]

228

높다 소 [翶] 감추다 도 [建] 개진하다 건 [潦] 장마 료 [官聯] 관직 [伐氷]=伐氷之家. 고대 祭喪에 얼음을 사용할 수 있는 卿大夫 이상의 집안으로, 벼슬이 높은 귀족을 일컬음 [嘲] 비웃다 조 [迂] 물정에 어둡다 우 [貳] 떨어지다 이 [饘] 죽먹다 전

〈국역〉 김굉필은 字가 대유이며, 점필재 김종직에게 수업하여 경자년에 생원이 되었다. 나 남효온과 동갑인데 생일이 나보다 뒤이다. 현풍에 살았는데, 그의 독특한 행실은 비할 데가 없어서 평상시에도 반드시 의관을 갖추고 있었으며, 집 밖에는 일찍이 邑 근처에도 나가지 않았다. 손에서 『小學』을 놓아본 적이 없었고, 깊은 밤이 된 뒤에야 침소에 들었으며, 닭이 울면 일어났다. 사람들이 국가 일을 물으면, 그는 반드시, "『소학』을 읽는 아이가 어찌 대의를 알겠는가?" 하였다. 일찍이 시를 지어 이르기를,

글공부를 업으로 해도 아직 천기를 알지 못하나
『소학』 글 가운데서 어제의 잘못을 깨달았도다

라 하였다. 점필재 선생이 평하기를, "이것은 곧 성인될 바탕이니, 노재 이후에 어찌 사람이 없다고 하겠는가?" 하였으니, 이와 같이 그를 존중하였다. 나이 30이 넘은 후에야 비로소 다른 책을 읽었으며, 후진을 가르침에도 게으르지 아니하였다. 이현손·이장길·이적·최충성·박한공·윤신과 같은 이들은 모두 그의 문하에서 나왔으며, 그들의 뛰어난 才德과 독실한 행실은 그의 스승과 같았다. 그는 나이가 많아질수록 道가 더욱 높아졌는데, 세상이 만회하지 못할 것과 도가 행해지지 못할 것을 잘 알고 나서는, 빛을 감추고 종적을 흐려버렸으

나, 사람들은 또한 이러한 것을 알아주었다. 점필재 선생이 이조 참판이 되어 바른 일을 건의함이 없으니, 대유가 시를 지어 올리기를,

도는 겨울에 갓옷을 입고 여름에 시원한 것을 마시는 것에 있는데
비를 걷고 장마를 멈추게 함을 어찌 다 잘할 수 있겠습니까?
난초도 세속에 심으면 결국은 당연히 변질되니
소는 밭을 갈고 말은 타고 다닐 수 있음을 누가 믿어주겠습니까?

라 하였는데, 선생이 화답하기를,

분수 밖에 벼슬을 하게 되어 경대부 자리에 이르렀으나
임금을 바르게 하고 풍속을 바로잡는 것 내 어찌 할 수 있겠는가?
교육에 종사하는 후배가 우활하고 졸렬하다고 조롱하니
세도와 권리가 구구한 벼슬길은 탈 만한 것이 못 되는구나

라 하였다. 이것은 아마도 유쾌하게 여기지 않은 것일 것이다. 이로부터 점필재와 사이가 좋지 못하게 되었다. 정미년에 부친 喪을 당하여 죽만 먹고 너무 슬피 울던 나머지 졸도하였다가 깨어난 일도 있었다.

☆ 鄭希良(1469~?)

鄭虛庵希良 善於推算 知有甲子之禍曰 甚於戊午 一日從廬幕
出去 不知所之 人見其履脫在江涯 遂疑其溺死也 臨出有詩曰

日暮滄江上 天寒水自波 孤舟宜早泊 風浪夜應多 頗傳誦於世
諺傳 金慕齋以方伯 將入某院 有詩新題壁上 墨未乾 鳥窺頹
垣穴 人汲夕陽泉 天地爲家客 乾坤何處邊 慕齋以爲虛庵所題
卽分人廣索 不得云(『淸江先生詩話』)

〈주석〉 [推算(추산)] 운명에 대한 예언 [戊午] 무오사화로, 연산군 4년(1498)
에 柳子光 등이 사림파인 金馹孫의 史草 속에 삽입된 金宗直의「弔
義帝文」은 世祖가 端宗의 왕위를 찬탈한 것을 비방한 것이라고 연산
군에게 참소하여 김종직을 부관참시하고, 김일손 · 權五福 등을 죽이
고, 많은 사림파의 명사들을 유배시키거나 또는 벼슬에서 내쫓은 일.
이 사화는 사림파의 중심인물인 김종직을 중심으로 성종 때부터 많
은 인사가 중앙에 등용되어 三司를 장악하고, 훈구파들의 舊惡을 파
헤치며 시정을 과감하게 개혁하는 데에 불만을 가진 훈구파들의 감
정과 정권욕에서 빚어진 사건으로, 四大士禍 중 첫 번째 사화임 [履]
신 리 [泊] 배 대다 박 [方伯] 지방 장관 [院] 학교, 절, 마을, 관청 원
[頹] 무너지다 퇴 [汲] 긷다 급

〈국역〉 허암 정희량은 예언을 잘하여 갑자(1504)년에 재앙이 있을 것을 알고
말하기를, "무오(1498)년보다 심하리라"라 하였다. 하루는 그가 여막
에서 나갔는데 간 곳을 알 수 없었다. 사람들이 그의 신발이 벗겨져
강가에 있음을 보고, 드디어 그가 익사한 것으로 의심하였다. 그는
출발에 임하여 시를 남기기를,

해저문 창강 가에
날씨는 차고 물은 절로 파도를 치네

외로운 배 일찍 정박함이 마땅하네
풍랑이 밤에는 응당 많으리니

라 했는데, 세상에 널리 전하여 읊어지고 있다. 세상에 전하기를, 모
재 金安國(1478~1543)이 방백으로서 어느 원을 장차 들어가려고 하
는데, 벽에 새로 쓴 시가 있어 먹이 아직 마르지도 아니하였다.

새는 무너진 담 구멍을 엿보고
사람은 석양에 샘물을 긷네
천지를 집으로 삼는 객이
하늘과 땅의 어느 곳에 있을까?

모재는 허암이 지은 것이라고 생각하고 즉시 사람을 나누어 널리 찾
았으나, 찾을 수 없었다고 한다.

鄭虛庵希良 燕山朝避禍爲緇 浮遊山水間 老不知所終 嘗到一
寺 題詩壁間曰 朝天學士五更寒 鐵馬將軍夜出關 山寺日高僧
未起 世間名利不如閑 居僧傳之 識者知爲其虛庵作也 以余觀
之 不但人高 詩亦高矣(『小華詩評』상, 66)

〈주석〉 [緇] 승복 치
〈국역〉 허암 정희량은 연산군 시절에 화를 피해 중이 되어 산수를 떠돌아 다
  녔다. 그가 늙어서 어디에서 죽었는지도 알 수 없다. 허암이 일찍이
  어떤 절에 이르러 벽에 다음 시를 써 놓았다.

중국에 사신 가는 학사는 새벽에 추워 떨고
철마 탄 장군은 밤에 관문을 나서네
산사에 해 높이 떴어도 스님은 일어나지 않으니
세상 명리가 한가함보다 못하구나!

그 절에 사는 중이 이 시를 세상에 전하니, 식자들은 이 시가 허암이
지은 것임을 알았다. 나 홍만종이 볼 때, 허암은 인품이 높을 뿐만 아
니라, 시의 경지 또한 높다.

☆ 朴祥(1474~1530)

許筠嘗云 少見芝川 其持論甚倨 談古今文藝 少所許與 如容
齋而目爲太腴 李達而指爲摸擬 湖陰蘇齋稍合作家 惟最訥齋
以爲不可及云(『小華詩評』)

〈주석〉 [倨] 거만하다 거 [而] 곧, 즉, 다시 이 [腴] 기름지다 유 [摸擬(모의)]
         모방함
〈국역〉 허균이 일찍이 말하기를, "젊은 시절에 지천 黃廷彧을 뵈었는데, 그
         의 지론은 매우 오만하여 고금의 문예를 말씀하실 때 인정하는 작가
         가 적었다. 그는 용재 李荇은 너무 기름지다고 지목했고, 이달은 모
         방했다고 지적했고, 호음 정사룡과 소재 노수신이 겨우 작가의 법도
         에 합치된다고 했는데, 오직 눌재만을 최고로 여겨 미칠 수 없다고
         했다"라 하였다.

朴訥齋祥 性簡伉 少許可 嫉惡之心 出於天性 以此不容於朝 雖至累黜 終不改也 沈相貞於陽川構逍遙亭 遍請一時作者 以題懸板 公有半山排案俎 秋壑閣樽盂之句 沈相知其譏己 遂拔去(『병진정사록』)

〈주석〉 [伉] 굳세다 항 [嫉] 미워하다 질 [黜] 물러나다 출 [陽川] 김포 [半山] 산허리 [排] 늘어서다 배 [俎] 炙臺(祭享, 饗宴 때 희생이나 음식물을 담아 받치는 대) 조 [閣] 놓다 각 [樽] 술통 준 [盂] 사발 우

〈국역〉 눌재 박상은 성품이 단순하고 강직하여 용납하는 일이 적고, 악을 미워하는 마음은 천성에서 나왔다. 이 때문에 조정에 용납되지 못하고, 비록 여러 번 쫓겨났으나 끝내 고치지 않았다. 정승 심정이 양천에 소요정을 짓고 두루 당대 작가들의 글을 청하여 현판에 썼다. 공에게

산허리에는 잔칫상 늘어서 있고
가을 골짝에는 그릇 소리 펼쳐졌네

라는 구절이 있었는데, 심 정승이 그것이 자기를 비방한 것임을 알고 마침내 빼버렸다.

我東詩律 多數石洲東岳翠軒簡易 而簡易文勝 翠軒往往甚高著 然亦有些欠處 東岳半是酬唱調 石洲太軟媚 獨朴訥齋兼有諸能 當爲第一耳(『弘齋全書』「日得錄」)

〈주석〉 [詩律] 시의 格律 [些] 조금 사 [調] 가락 조 [軟] 부드럽다 연 [媚] 아

름답다 미

《국역》 우리나라의 시의 격률로는 대부분 석주 권필, 동악 이안눌, 挹翠軒
朴誾, 간이 최립을 꼽는다. 간이는 꾸밈이 많은 편이고, 읍취헌은 종
종 高邁한 수준에까지 이르기도 하지만 사소한 흠도 있으며, 동악은
태반이 수창하는 작품이고, 석주는 너무 부드럽고 아름답다. 눌재 박
상만이 이들 여러 사람의 장점을 겸비하였으니, 마땅히 으뜸이 될 것
이다.

朴訥齋詩 後人無稱道者 而嘗見其遺集 奇傑遒麗 儘是東詩中
第一家數(『弘齋全書』「日得錄」)

《주석》 [稱道] 찬양함 [遒] 강하다 주 [儘] 매우 진
《국역》 눌재 朴祥의 시를 후세에는 찬양하는 사람이 없지만, 일찍이 그가 남
긴 문집을 보니, 기걸차면서 힘이 있고 아름다운 것이 진실로 동방의
시 중에서 으뜸으로 꼽을 만했다.

近見朴訥齋詩 人力到底處 可與翠軒伯仲 非中世諸詩人所可
跂及 如帝魄秋枝款款賡句 何等神爽 何等爐錘 予於訥齋 別
有曠感者存 今讀其詩 如見其人(『弘齋全書』「日得錄」)

《주석》 [底] 이르다 저 [跂] 발돋움하다 기 [帝魄(제백)] 두견새 [款款(관관)]
和樂한 모양 [賡] 잇다 갱 [神爽] 정신이 상쾌함 [爐錘(로추)] 숙련됨
[曠] 요원하다 광
《국역》 근래에 눌재 朴祥의 시를 보니, 사람의 힘이 도달할 수 있는 경지에

詩話 속의 漢詩 이야기 235

까지 이른 점에서 읍취헌과 백중지간이어서, 중세의 시인들이 발돋
움하여 미칠 수 있는 것이 아니다. '가을 나뭇가지에서 두견새가 즐
거이 화답하네'라는 구절은 얼마나 정신이 상쾌하고 얼마나 노련한
것인가? 나 正祖는 눌재에게 남달리 오랜 세월을 사이에 두고 느끼
는 감회가 있는데, 지금 그 시를 읽으니 마치 그 사람을 보는 것만
같다.

☆ 李荇(1478~1534)

我國詩 當以李容齋爲第一 沈厚和平 澹雅純熟 其五言古詩
入杜出陳 高古簡切 有非筆舌所可讚揚 吾平生所喜詠一絶 平
生交舊盡凋零 白髮相看影與形 正是高樓明月夜 笛聲凄斷不
堪聽 無限感慨 讀之愴然(『惺叟詩話』)

〈주석〉[凋零(조령)] 죽음 [笛] 피리 적 [愴] 슬퍼하다 창
〈국역〉우리나라 시는 마땅히 용재 李荇을 제일로 삼아야 한다. 그의 시풍은
　　　침착하고 화평하며 아담하고 순숙하다. 그의 오언고시는 杜甫(唐:
　　　701~762)로 들어갔다가 陳師道(宋: 1052~1101)로 나와 고고·간절
　　　하여 글이나 말로는 찬양할 수가 없다. 내가 평소에 즐겨 읊던 절구
　　　한 수(「八月八日」)로,

　　　평생 사귄 벗 모두 죽어가고
　　　흰머리 마주 보니 그림자와 몸뚱이라
　　　때마침 높은 누각에 달 밝은 밤에

피리소리 애처로워 차마 듣지 못하겠네

는 감개가 무량하여 그것을 읽으면 가슴이 메어진다.

我朝詩 至中廟朝大成 以容齋相倡始 而朴訥齋祥申企齋光漢
金冲庵淨鄭湖陰士龍 竝生一世 炳烺鏗鏘 足稱千古也 我朝詩
至宣廟朝大備 盧蘇齋得杜法 而黃芝川代興 崔白法唐而李益
之闡其流 吾亡兄歌行似太白 姊氏詩恰入盛唐 其後權汝章晚
出 力追前賢 可與容齋相肩隨之 猗歟盛哉(『惺叟詩話』)

〈주석〉 [炳] 빛나다 병 [烺] 빛이 밝다 랑 [鏗鏘(갱장)] 金玉의 소리 [闡] 밝히
다 천 [恰] 꼭 흡 [猗] 아! 의

〈국역〉 조선의 시는 中宗朝(1506~1544)에 이르러 크게 성취되었다. 相公 용
재 李荇이 시작을 열어 눌재 박상·기재 신광한·충암 김정·호음
정사룡이 한 시대에 나란히 나와 휘황하게 빛을 내고 金玉을 울리니,
천고에 일컬을 만하게 되었다. 조선의 시는 선조(1567~1608)조에 이
르러서 크게 갖추어지게 되었다. 소재 盧守愼은 杜甫의 법을 터득했
는데, 지천 黃廷彧이 뒤를 이어 일어났고, 崔慶昌·白光勳은 唐을 본
받았는데 익지 李達이 그 흐름을 밝혔다. 우리 망형 허봉의 가행은
이태백과 같고, 누님인 허난설헌의 시는 성당의 경지에 들어갔다. 그
후에 여장 權韠이 뒤늦게 나와 힘껏 전현을 좇아 용재와 더불어 어깨
를 나란히 할 만하니, 아! 장하다.

本朝詩體 不啻四五變 國初承勝國之緒 純學東坡 以迄於宣靖

惟容齋稱大成焉　中間參以豫章　則翠軒之才　實三百年之一人
又變而專攻黃陳　則湖蘇芝　鼎足雄峙　又變而反正於唐　則崔白
李　其粹然者也　夫學眉山而失之　往往冗陳　不滿人意　江西之
弊　尤拗拙　可厭(『西浦漫筆』)

〈주석〉 [緒] 나머지 서 [迄] 이르다 흘 [峙] 솟다 치 [反正] 사악함에서 바름으
로 돌아감 [冗] 쓸데없다 용 [江西] 江西詩派를 말한다. 이 시파는 宋
나라 때의 문장가 黃庭堅을 宗으로 삼았는데, 이 시파의 시인에는 陳
師道・潘大臨・晁冲之 등이 있음 [拗] 비틀다 요

〈국역〉 조선의 시체는 네다섯 번 변했을 뿐만 아니다. 조선 초에는 고려의
남은 기풍을 이어 순전히 東坡 蘇軾(北宋: 1037～1101)을 배워 성종
(1468～1494)・중종 조에 이르렀으니, 오직 용재 李荇이 대성하였다.
중간에 예장 黃庭堅(北宋: 1045～1105)의 시를 참작하여 시를 지었으
니, 읍취헌 朴闇의 재능은 실로 삼백년 詩史에서 최고이다. 또 변하
여 황정견과 陳師道만을 오로지 배웠는데, 鄭士龍・盧守愼・黃廷彧
이 솥발처럼 우뚝 솟았다. 또 변하여 唐風의 바름으로 돌아갔으니,
崔慶昌・白光勳・李達이 순정한 이들이다. 대저 미산 사람인 蘇軾을
배워 잘못되면 왕왕 군더더기가 있는데다 진부하여 사람들을 만족시
키지 못하고, 江西詩派를 배운 데서 잘못되면 비틀고 천착하게 되어
염증을 낼 만하다.

李容齋荇爲詩　和平純熟　優入神境　許筠稱爲國士第一(『小華
詩評』)

용재 이행이 지은 시는 화평하고 순숙하여 넉넉하게 神境에 들어갔
다. 허균은 용재를 조선조 제일 대가라고 칭송했다.

容齋詩 雖格力不及挹翠 而圓渾和雅 意致老成 足爲一時對手
其五言古詩 往往有絶佳者 非東岳所及也(『農巖雜識』 外篇)

〈주석〉 [格力] 詩文의 格調, 기세 [意致] 意趣, 情致, 風致 [對手] 상대방
〈국역〉 용재의 시는 비록 풍격이 읍취헌 박은에 미치지 못하지만, 원만하고
화기롭고 전아하며, 의취가 노성하여 당대의 맞수가 되기에 충분하
였다. 그의 오언고시 중에는 종종 뛰어나게 아름다운 것이 있으니,
동악 李安訥이 미칠 수 있는 것이 아니다.

世謂中國地名 皆文字 入詩便佳 如九江春草外 三峽暮帆前
氣蒸雲夢澤 波撼岳陽樓等句 只加數字 而能生色 我東方皆以
方言成地名 不合於詩云 余以爲不然 李容齋天磨錄詩 細雨靈
通寺 斜陽滿月臺 蘇齋漢江詩云 春深楮子島 月出濟川亭詩
豈不佳 惟在鑪錘之妙而已(『小華詩評』)

〈주석〉 [楮子島] 뚝섬 [濟川亭] 보광동 언덕 한강변에 있던 정자 이름 [鑪錘
(로추)] 화로와 도가니로, 詩文의 단련을 의미함
〈국역〉 세상 사람들이 "중국의 지명은 모두 문자로서 시에 들어가도 아름답
다. 예를 들어, '봄풀 너머 구강이 흐르고, 저녁 배 앞에 삼협이 놓여
있네(陳陶의 「滋城贈別」)'·'물 기운은 운몽택을 찌고, 파도는 악양
루를 흔드네(孟浩然의 「臨洞庭」)'라는 등의 글귀는 단지 몇 자를 더

했을 뿐인데도 시가 빛을 낸다. 그런데 우리나라는 모두 방언으로 지명이 이루어졌기 때문에 시에 부합되지 않는다"고 말한다. 그러나 나 홍만종은 그렇게 생각하지 않는다. 용재 이행의 「천마록」 시(「題天磨錄後」)에,

영통사에는 가랑비가 내리고
만월대에는 석양이 비끼었네

의 구절이나, 소재 노수신의 「한강」에,

저자도에 봄이 깊어가고
제천정에 달 오르네

가 있는데, 어찌 아름답지 않는가? (시의 아름다움은) 오직 단련의 오묘함에 있을 뿐이지 (중국 지명과 우리나라 지명의 차이에 있지 않다).

☆ 朴誾(1479~1504)

挹翠軒朴誾容齋李荇 俱以文章相善 挹翠於燕山朝被禍死 容齋裒集詩文 印行于世 其詩天才甚高 不犯人工 如憑虛捕罔象 其永保亭詩曰 地如拍拍將飛翼 樓似搖搖不繫篷 北望雲山欲何極 南來襟帶此爲雄 海氣作霧因成雨 浪勢飜天自起風 暝裏如聞烏相叫 坐間渾覺境俱空 容齋曰 其詩出人意表 自然成章不假雕飾 殆千古希音(『小華詩評』 상, 69)

〈주석〉 [裒] 모으다 부 [憑] 기대다 빙 [罔象(망상)] 전설상의 물귀신 [永保亭] 충청도 보령에 있는 정자 [拍] 치다 박 [篷] 작은배 봉 [襟] 옷깃 금 [氛] 기운 분 [翻] 날다 번 [瞑] 어둡다 명 [叫] 울다 규 [渾] 전부 혼

〈국역〉 읍취헌 박은과 용재 이행은 모두 문장으로 서로 친했다. 읍취헌은 연산조 때에 화를 당해 죽었는데, 용재가 그의 시문을 수집해서 세상에 간행해 내놓았다. 그 시는 타고난 재주가 매우 뛰어나 인공적인 면을 범하지 않아 허공에 의지하여 귀신을 잡는 듯했다. 「영보정」 시(「營後亭子」)는 이렇다.

땅은 새가 날개를 치며 날아오르려는 것 같고
누각은 흔들흔들 매인 데 없는 배 같아라
북쪽으로 바라보니 구름 낀 산은 어디쯤이 끝인가?
남쪽으로 와 띠처럼 두른 산세 이곳에서 웅장하네
바다 기운은 안개가 되었다 이내 비를 뿌리고
물결 기세는 하늘에 닿듯 절로 바람을 일으킨다
어둑한 중에서 마치 새 우는 소리 들리는 듯
앉았노라니 온 경지가 텅 비는 걸 깨닫겠네

용재가 말하기를, "읍취헌 시는 사람의 의표를 벗어나 자연스럽게 문장을 이루었을 뿐 아로새기지 않았으니, 아마 천고의 드문 글이라 하겠다"라 하였다.[67]

---

67) 홍만종은 『小華詩評』의 다른 곳에서 역대의 시를 논하면서 首聯에 대해 "우리나라 시는 위로 고려시대부터 아래로 근대시에 이르기까지 볼만한 경련이 적지 않다. ……읍취헌 박은의 「영보정」에 ……라 하였는데, 신령하고 기이하고 황홀하여 마치 이무기가 기운을 토해 내어서 층층이 신기루를 만들어 놓은 것과 같다(我東之詩 上自麗朝 下至近代 警聯之可觀者 不爲不多 ……朴挹翠永保亭詩 ……神奇恍惚 如彩蜃吹霧 架出樓閣)"라 하였다.

挹翠軒之詩 一倣蘇黃 而天才甚高 得之自然 長篇渾渾 且有
意致 不犯人工 誠不可企而及也(『晴窓軟談』 하)

〈주석〉 [渾渾(혼혼)] 광대한 모양 [意致] 意趣. 情致. 風致 [企] 꾀하다 기
〈국역〉 읍취헌 朴誾의 시는 한결같이 蘇東坡와 黃庭堅을 모방하였는데, 타
고난 재주가 매우 뛰어나, 자연적으로 터득한 것이다. 광대한 장편은
또한 풍치가 있는데, 이것은 작위적으로는 만들어낼 수 없는 것으로
서 정말 아무리 꾀해도 미칠 수 없는 것이라 하겠다.

挹翠軒雖學黃陳 而天才絶高 不爲所縛 故辭致清渾 格力縱逸
至其興會所到 天眞瀾漫 氣機洋溢 似不犯人力 此則恐非黃陳
所得圍也(『農巖雜識』 外篇)

〈주석〉 [縛] 묶다 박 [致] 풍취 치 [格力] 詩文의 格調, 기세 [氣機] 詩文의 기
세 [洋] 넘치다 양 [圍] 얽매이다 유
〈국역〉 읍취헌은 비록 黃庭堅과 陳師道의 글을 배웠지만, 타고난 재주가 매
우 높아 그들에게 얽매이지 않았다. 그러므로 글의 운치가 맑고 혼연
하며 풍격이 호탕하고 분방하였으며, 흥이 생긴 곳에 이르러서는 천
진난만하고 기운이 가득 흘러넘쳐 사람의 힘으로 하지 않은 것 같았
다. 이것은 황정견과 진사도의 문장이 담아낼 수 있는 것이 아닐 것
이다.

挹翠之詩 最得正聲 每一開卷 想見其爲人(『弘齋全書』「日得
錄」)

읍취헌의 시는 가장 바른 소리를 얻었다. 늘 한 번 책을 펼칠 때마다
　　　그 사람됨을 상상해 보게 된다.

☆ 金安國(1478~1543)

申參判從濩 成廟朝詞臣也 嘗眄妓上林春 過其家有詩曰 紫陌
東風細雨過 輕塵不動柳絲斜 緗簾十二人如玉 靑瑣詞臣信馬
過 一時傳誦 由是上林春之名 亦高一倍價矣 參判公早卒 上
林春者淪落閭巷 年旣老 以公詩作貼 持詣貴游 倩題詠 名公
巨卿 莫不乞贈 而金慕齋安國詩爲冠 其詩曰 容謝尚存傾國手
哀絃彈出夜深詞 聲聲似怨年華暮 奈爾浮生與老期 哀怨激切
慕齋方在田間 豈亦有自寓之情故然耶 深味之 可見其所托也
(『晴窓軟談』)

〈주석〉 [詞臣] 문학으로 侍從하는 신하 [眄] 돌보다 면 [紫陌(자맥)] 서울의
　　　거리 [緗] 담황색비단 상 [靑瑣(청쇄)] 궁궐 [淪] 잠기다 륜 [貼]=帖
　　　문서 첩 [倩] 청하다 청 [彈] 연주하다 탄
〈국역〉 참판 신종호는 성종 때의 詞臣이었다. 일찍이 상림춘이라는 기생을
　　　돌봐주다가 그의 집에 들러 시를 짓기를,

　　　봄바람 부는 서울 거리에 가랑비 내리는데
　　　가벼운 먼지 일지 않고 버들가지 비꼈어라
　　　열두 폭 비단 장막에 사람은 옥과 같이 아름다워
　　　대궐 안의 시인들 말 가는 대로 찾아가네

라고 하였는데, 이 시가 한때 전해져 읊어지자, 이것에 말미암아 상림춘의 이름도 배나 값이 뛰었다. 참판공이 일찍 죽고 상림춘도 민간에 묻혔는데, 나이가 노년에 접어들자 공의 시로 시첩을 만든 다음 귀족 자제들이 노니는 곳에 가지고 나아가 시를 지어달라고 청하였다. 이름난 재상과 훌륭한 선비들이 지어주지 않은 이가 없었는데, 그 중에서도 모재 김안국의 시가 으뜸이었다. 그 시(「聽老妓上林春彈琴 有感 次前韻」)에,

뛰어난 용모 아직도 남아 있고 솜씨도 뛰어난데
슬픈 거문고로 밤 깊은 노래 연주하네
소리마다 인생의 황혼 원망하는 듯한데
네 뜬 인생과 늙어감을 어이하랴?

라고 하였다. 슬픔과 원망의 감정이 격렬하고 절실하다. 모재는 그 당시 시골에 내려가 있었으니, 혹시 또한 자신의 심정을 부쳤기 때문인가? 깊이 음미해 보면 그가 가탁한 것을 알 수 있을 것이다.

☆ 趙光祖(1482~1519)

靜庵先生坐己卯黨禍 杖配綾城 累囚中有詩一絶曰 誰憐身似傷弓鳥 自笑心同失馬翁 猿鶴正嗔吾不返 豈知難出覆盆中 詞極凄切 尋賜死 吟句曰 愛君如愛父 憂國如憂家 遂飮鴆卒 士林傳誦 莫不流涕(『小華詩評』 상, 74)

〈주석〉 [己卯黨禍] 기묘사화에 연루된 士人 [傷弓鳥(상궁조)] 화살에 맞은 새로, 재앙이나 근심을 겪고서 마음에 두려움이 남아 있는 상태를 비유함. 『戰國策』「楚策四」 [失馬翁(실마옹)]=失馬塞翁, 禍로 말미암아福을 얻음 [猿鶴(원학)] 은둔한 선비 [嗔] 성내다 진 [覆盆(복분)] 엎어진 동이로, 晉 葛洪의 『抱朴子』「辨問」에 "是責三光不照覆盆之內也"라고 한 데서, 밝은 빛도 엎어진 동이 아래를 비출 수 없다는 것으로, 뒤에는 어두운 사회나 하소연 할 곳이 없는 억울함의 비유로 쓰임 [鴆] 짐새의 독 짐

〈국역〉 정암 조광조 선생이 기묘 당적에 연좌되어 능성에 매를 맞고 유배되었는데, 감옥에서 절구 한 수(「綾城累囚中」)를 지었다.

화살 맞아 다친 새와 같은 신세 누가 불쌍히 여기랴
말 잃은 늙은이 같은 마음 스스로 우습다
원숭이와 학은 내가 돌아보지 않는다고 꾸짖겠지만
엎어진 동이 속에서 벗어나기 어려운 줄 어찌 알겠나?

시가 극히 처절하다. 머지않아 사사될 때, 시구를 읊조렸는데,

임금을 아비처럼 사랑하고
나라를 집안처럼 걱정하였네

라 하였다. 마침내 짐독을 마시고 운명하였다. 사람이 이 시를 전하여 외면서 눈물을 흘리지 않는 사람이 없었다.

上亦免光弼相 朝臣更無言者 光祖竟不免死 臨死仰天吟詩曰
愛君如愛父 天日照丹衷 國人悲之(『石潭日記』)

〈국역〉임금께서는 또 정광필도 정승직에서 해임시키니, 조정 신하 중 다시
　　　는 조광조를 변호하는 사람이 없어서, 조광조는 마침내 죽음을 면하
　　　지 못하였다. 죽음에 임하여 하늘을 우러러 보고 시(「絶命詩」)를 읊
　　　기를,

　　　임금을 아비처럼 사랑하니
　　　하늘의 해가 忠心을 비춰주겠지[68]

　　　라 하였다. 나라 사람들이 그것을 슬퍼하였다.

☆ 申光漢(1484~1555)

申企齋送人金剛詩曰 一萬峯巒又二千 海雲開盡玉嬋妍 少時
多病今傷老 終負名山此百年 柳月峰福泉寺詩曰 落葉鳴廊夜
雨懸 佛燈明滅客無眠 仙山一蹈傷遲暮 烏帽欺人二十年 申詩
傷其衰病 柳詩歎其纏縛 擺脫塵累 致身名區 若是之難乎 兩
詩格韻皆清切 而柳詩起語尤警(『小華詩評』 상, 80)

---

68) 원문을 제시하면 다음과 같다.
　　愛君如愛父 임금을 아비처럼 사랑하고
　　憂國如憂家 나라를 집안처럼 걱정하였네
　　白日臨下土 밝은 해가 아래 땅을 내려다보니
　　昭昭照丹衷 忠心을 환히 비춰주겠지

〈주석〉 [嬋] 곱다 선 [妍] 곱다 연 [躡] 오르다 섭 [烏帽(오모)] 烏紗帽로, 벼슬
아치들이 평상시에 쓰는 모자 [纏] 묶다 전 [縛] 감다 전 [擺] 털다 파

〈국역〉 기재 申光漢이 금강산에 가는 사람을 전송하는 시(「贈別堂姪元亮潛
之任嶺東郡」)에,

일만 봉우리에 다시 이천 봉우리
바다 구름 다 걷히자 옥빛이 곱다
젊을 때는 병이 많았고 이제는 늙음을 상심하며
끝내 명산을 저버린 지 백 년이네[69]

라 했다. 월봉 柳永吉의 「복천사」 시에,

낙엽 지는 회랑에 밤비는 내리는데
절 등불 깜빡이고 나그네는 잠 못 이루네
신선이 사는 산 한번 올라 늙은 나이 마음 상하니
오사모가 내 20년 삶을 속였구나

라 했다. 신광한의 시는 자신이 늙고 병들었음을 아파했고, 유영길의
시는 속세에 매여 있는 것을 탄식했다. 세속의 구속에서 벗어나 유명
한 산수에 몸을 둔다는 것이 이처럼 어렵단 말인가? 두 시는 격조와
운이 모두 맑고 절실한데, 유영길의 시는 起句의 시어가 매우 놀랍다.

---

69) 細注에 "欲遊楓岳而不得"이라는 언급으로 보아, 신광한은 금강산에 오르고자 했으나 여건이 허락지 않아
오르지 못했다.

☆ 金淨(1486~1520)

金冲庵淨 文章精深灝噩 先輩稱爲文追西漢 詩學盛唐 坐黨禍
杖流濟州 尋賜死 其至南海也 詠路傍松曰 海風吹去悲聲遠
山月高來瘦影疏 賴有直根泉下到 雪霜標格未全除 枝條摧折
葉鬢鬇 斤斧餘身欲臥沙 望絶棟樑嗟己矣 楂牙堪作海仙槎 格
韻淸遠 用意甚切 盖以自况 而竟不保命 棟樑之用旣已矣 仙
槎之願亦絶焉 悲夫(『小華詩評』상, 75)

〈주석〉 [灝噩(호악)]=博大 [尋] 얼마 아니 있다 심 [瘦] 파리하다 수 [賴] 힘입
다 뢰 [標格(표격)] 규범, 風度 [摧] 꺾다 최 [鬢] 헝클어지다 삼 [鬇] 머
리 풀어헤치다 사 [斧] 베다 부 [絶] 심히 절 [嗟] 탄식하다 차 [楂] 뗏목
사 [楂牙(사아)] 나뭇가지가 고르지 못한 모양 [槎] 뗏목 사 [况] 비유하
다 황 [仙槎(선사)] 신화 중에 해상과 天河를 왕래할 수 있는 배

〈국역〉 충암 김정은 문장이 정심하고 커서 선배들이 '산문은 서한을 추구하
였고, 시는 성당을 배웠다'고 칭송하였다. 그는 당화에 연좌되어 매
를 맞고 제주에 유배되었다가 얼마 되지 않아 사사되었는데, 남해에
이르러 길가에 서 있는 소나무를 시(「題路傍松」)로 읊었다.

바닷바람 불어가니 슬픈 소리 멀리 퍼지고
산 달 높이 뜨자 파리한 그림자 성기네
곧은 뿌리 샘 아래까지 있음에 힘입어
눈서리 모르는 품격 전부 없어지지 않았네

가지는 꺾이고 잎은 헝클어져 내려와

도끼에 찍히고 남은 몸은 모래 위에 쓰러질 듯하네

기둥이 되기 절실히 바람은 사라져 자신을 한탄하나

비쭉이 나온 가지는 바다 신선의 뗏목이 될 만하구나

이 두 시는 격조와 氣韻이 맑고 원대하며 용의가 매우 절실하다. 아
마도 이 시를 가지고 자신을 비유했는데, 결국 목숨을 보전하지 못했
다. 동량으로 쓰이려던 꿈도 이미 사라졌고, 뗏목감이나 되려던 바람
도 끊어졌으니, 슬프도다!

金冲庵詩 落日臨荒野 寒鴉下晚村 空林煙火冷 白屋掩柴門
酷似劉長卿 其牛島歌 眇冥惝怳 或幽或顯 極才人之致 申企
齋推以爲長吉之比也(『惺所覆瓿藁』)

〈주석〉 [寒鴉(한아)] 까마귀의 일종 [白屋] 초가집, 가난한 집 [眇冥(묘명)] 어
　　　둑함 [惝怳(창황)] 황홀함

〈국역〉 충암 金淨의 시(「感興」)에,

　　　지는 해는 거친 들에 임하고,

　　　까마귀는 저문 마을 내려앉네

　　　빈 숲엔 연기와 불이 싸늘하고

　　　초가집도 사립문 걸어 닫았네

라는 시는 唐나라 시인 劉長卿의 시와 흡사하다. 그의 「牛島歌」는 심

오하고 황홀하며 미묘하기도 하고 드러나기도 하며 가진 재치를 다
부렸다. 그래서 企齋 申光漢은 그를 推尊하여 당나라 長吉 李賀에게
견주었다.

☆ 鄭士龍(1491~1570)

金頤叔 構亭於東湖 窓下有松戴雪 得句窓壓松頭雪 久未覓對
適鄭湖陰至 金曰 先覓此對 然後可坐 鄭卽應曰 軒臨雁背風
金曰 得(『淸江先生詩話』)

〈주석〉 [東湖] 도성 동남쪽 10리 지점에 있는 豆毛浦를 東湖라 함 [覓] 찾다
면 [軒] 처마 헌
〈국역〉 이숙 金安老가 정자를 동호에 지었는데, 창 밑에 있는 소나무가 눈을
이고 있는 것을 보고, "창은 소나무 끝 눈을 누르네"라는 구를 얻었
으나, 오랫동안 대구를 찾지 못하였다. 마침 호음 鄭士龍이 찾아오니,
김안로가 "먼저 이 시의 대구를 찾은 뒤에야 앉을 수 있소"라 하자,
정사룡이 즉석에서, "처마는 기러기 등 바람에 임했도다"라고 응대
하였더니, 김이숙은 "되었다"고 하였다.

陽谷曰 國朝以來 代有作者 各擅名家 而未免偏邦氣習之累
不趨於流麗 則或失於組織 鄭湖陰士龍 奇古峭拔 一洗萎累之
氣 可與唐之長吉義山 並較才云 湖陰夜坐卽事詩曰 擁山爲郭
似盤中 暝色初沈洞壑空 峯項星搖爭缺月 樹巓禽動竄深叢 晴
灘遠聽翻疑雨 病葉微零自起風 此夜共分吟榻料 明朝珂馬軟

塵紅 眞所謂高秋獨眺 晚霽孤吹(『陽谷集』「湖陰集序)

〈주석〉 [國朝]=本朝 [趨] 달리다 추 [峭] 가파르다 초 [拔] 빼어나다 발 [萎]
시들다 위 [較] 견주다 교 [楊根(양근)] 양평 [同事(동사)] 같은 일을
하는 사람, 동료 [盤] 소반 반 [暝] 어둡다 명 [搖] 흔들리다 요 [缺]
이지러지다 결 [巓] 머리 전 [竄] 숨다 찬 [灘] 여울 탄 [翻] 뒤집다 번
[吟榻(음탑)] 시를 조탁함(陳師道가 밖에서 좋은 詩句가 떠오르면 급
히 집으로 돌아와 침대에서 이불을 뒤집어쓰고 시를 조탁했다 함)
[料] 요금 료 [珂] 말굴레 장식 가 [眺] 바라보다 조

〈국역〉 양곡 蘇世讓(1486~1562)이 말하기를, "국조 이래로 시대마다 작가가
있어 각자 명가라 불렸으나, 치우친 나라의 기습에 얽매인 단점에서
벗어나지 못하였다. 그리하여 유려한 데로 달려가지 않으면 간혹 얽
는 실수를 범했다. 그런데 호음 정사룡은 기이하고 예스럽고 깎아지
른 듯하고 빼어나서, 시들고 얽매인 기운을 완전히 씻어 버렸기 때문
에, 당나라 장길 李賀나 의산 李商隱과 더불어 재주를 겨룰 만하다"
고 하였다. 호음의 「밤에 앉아 즉석에서 쓰다」라는 시(「楊根夜坐 卽
事示同事」)에,

산을 끼고 이룬 성곽이 소반과 비슷한데
노을이 막 지자 골짜기는 텅 빈 듯하네
봉우리에 별빛이 반짝이며 이지러진 달과 다투니
나무 끝에 새가 움직여 깊은 숲으로 숨네
맑은 여울 소리 멀리서 들려 빗발이 뿌리는 듯
병든 잎 살짝 떨어지자 절로 바람 일어나네

이 밤 시를 읊는 침상 값을 함께 내겠지만(시를 읊조리며 함께 자겠지만)
내일 아침이면 붉은 흙길에 말방울소리 부드럽게 울리겠지

라 하였다. 이 시는 참으로 하늘이 높아진 가을에 홀로 자연을 조망하고, 저녁 비갠 뒤에 외로이 피리를 부는 경지라 일컬을 수 있겠다.

我東卞春亭季良 虛白連天江郡曉 暗黃浮地柳堤春 鄭湖陰 雨氣壓霞山忽暝 川華受月夜猶明 兩公亦皆矜神助 春亭詩寫景雖神 未見其神處 湖陰詩極有淸虛之氣 雖謂之神助 亦非過許 (『小華詩評』)

〈국역〉 우리나라의 춘정 변계량이 지은 시(將赴京都 長淵途中 寄呈鼎谷)에,

강마을에 새벽 되자 환한 빛이 하늘과 닿았고
버드나무 방죽에 봄이 찾아오니 누런빛이 땅 위에 떠도네

라는 시구가 있고, 호음 정사룡이 지은 시(「紀懷」)에,

비 기운이 노을을 눌러 산이 갑자기 어두운데
강물은 달빛을 받아서 밤인데도 오히려 밝구나

라는 시구가 있다. 두 사람 또한 모두 신령의 도움이 있었다고 자랑스럽게 여겼다. 그러나 춘정의 시는 경물묘사가 비록 신선하기는 하

지만 신령스러운 곳을 볼 수 없다. 호음의 시는 지극히 맑고 허허로운 기상이 있으니, 비록 신령의 도움을 얻었다고 해도 지나친 인정은 아닐 것이다.

湖陰黃山驛詩曰 昔年窮寇此殲亡 鏖戰神鋒繞紫芒 漢幟竪痕餘石縫 斑衣漬血染霞光 商聲帶殺林巒肅 鬼燐憑陰堞壘荒 東土免魚由禹力 小臣摸日敢揄揚 奇傑渾重 眞奇作也 浙人吳明濟見之 批曰 爾才屠龍 乃反屠狗 惜哉 蓋以不學唐也 然亦何可少之(『惺所覆瓿藁』)

〈주석〉 [黃山驛] 경상도 양산에 있는 역 [殲] 다 죽이다 섬 [鏖戰(오전)] 힘을 다하여 적이 다 죽든지 자기편이 다 죽든지 간에 최후까지 싸움(鏖 모조리 죽이다 오) [芒] 빛 망 [幟] 기 치 [竪] 세우다 수 [痕] 흔적 흔 [縫] 솔기 봉 [斑] 얼룩 반 [漬] 적시다 지 [商聲]=秋聲 [燐] 도깨비불 린 [憑] 기대다 빙 [堞] 성가퀴 첩 [壘] 성 루 [摸] 베끼다 모 [揄] 칭찬하다 유 [屠] 잡다 도

〈국역〉 호음의 「黃山驛」 시에,

지난날 쫓긴 왜구 이곳에서 섬멸할 때
혈전 벌인 神劍에는 붉은 빛깔 둘렀다네
한의 깃대 꽂힌 흔적 돌 틈에 남아 있고
얼룩진 옷 적신 피는 노을빛을 물들이네
소슬바람 살기 띠어 숲과 산은 엄숙하고
도깨비불 음기 타니 성루는 거칠어졌네

동방 사람 魚肉 면한 건 우임금의 덕일 텐데
소신이 해를 그려 어찌 감히 칭찬하리

라 하였다. 奇杰하고 혼중하니, 참으로 훌륭한 작품이다. 浙江의 오
명제가 이 시를 보고 비평하기를, "그대의 재주는 용을 잡을 만한데,
도리어 개를 잡고 있으니, 애석하다"고 했는데, 아마 唐詩를 배우지
않았기 때문이다. 그러나 어찌 그를 작게 평가할 수야 있겠는가?

☆ 林億齡(1496~1568)

近有石川林公億齡 以能詩名 有人請賦酒詩 呼甘字韵 林卽應
聲曰 老去方知此味甘 又呼三字 應聲曰 一盃通道不須三 又
呼男字 應聲曰 君看嵇阮陶劉季 不羨公侯伯子男 眞奇作也
余嘆賞之餘 乃次其韵 以戒兒孫 曾聞大禹飮而甘 嗜酒全身十
二三 勿把一盃宜戒愼 須知遠色是貞男 反林之意 而詩則不及
遠矣(『遣閑雜錄』)

〈주석〉[韵]=韻 [須] 바라다 수 [嵇阮(혜완)] 혜강과 완적으로, 東晋 때 죽림
      7현의 한 사람 [陶] 교화하다 도 [劉季] 漢 고조 劉邦 [把] 잡다 파
〈국역〉근래 석천 임억령 공은 시에 능한 것으로 이름이 났다. 어떤 사람이
      술을 노래하는 시를 짓기를 청하며 '甘'자 운을 부르니, 임억령이 즉
      시 응하기를,

늙어서야 비로소 이 맛 단 줄 알았네

라고 하였다. 또 '三'자 운을 부르니, 응하기를,

한 잔 술에도 도가 통하니 석 잔을 기다리지 않네

라 하였다. 또 '男'자 운을 부르니, 곧 응하기를,

그대는 혜강과 완적이 한 고조를 조롱한 것을 아는가?
공후백자남도 부러워하지 않는다

라고 하였으니, 참으로 기이한 작품이다. 나 沈守慶이 감탄하고 나서
그 시에 차운하여 자손들을 경계하기를,

일찍이 들으니, 우임금은 술을 마셔보고 달게 여겼다지만
술 좋아하고 몸 온전한 이는 열에 두셋뿐이네
한 잔 술도 잡지 말고 마땅히 삼가 경계할 것이요
모름지기 여자를 멀리할 줄 아는 자가 곧은 남자라네

라 하였다. 임석천의 뜻을 뒤집은 것이나, 시는 훨씬 미치지 못한다.[70]

林石川億齡 卓犖不羈 登第後 不喜仕宦 屢爲淸顯 不肯來 以

---

70) 尹光啓는 「石川先生集序」에서, "근래 시로 이름을 날린 사람이 한둘이 아니지만, 분방웅양에 이르러 마치
장강과 대하가 주야로 흘러서 마르지 않는 것과 같은 경지는 오직 석천 선생 한 분일 뿐이다(近以詩鳴者
不一 而至於奔放雄洋 如長江大河 日夜滔滔而不渴 則唯吾石川先生一人而已)"라 하였고, 金壽恒도 「行蹟
紀略」에서 "문장은 굉방준일하였는데, 시에는 더욱 뛰어나 붓을 잡으면 곧장 일필휘지로 써 내었으니, 당
시 사람들이 다투어 전하며 읊었다(爲文章 宏放俊逸 尤長於詩 揮灑立就 一時人爭傳誦)"라 하였다.

故多棲遲外官 其季百齡 参乙巳功臣 勢傾一時 石川時在京爲
承旨 亟棄去 百齡苦留 不聽 及渡漢江 作詩贈之曰 好在漢江
水 安流不起波 遂終不至 士論韙之 百齡死後 晚年來京 求爲
江原監司 遍踏海山 篇章淋漓 至今輝映林泉 政化亦清寧 未
幾拂衣(『惺所覆瓿藁』 說部)

〈주석〉 [卓犖(탁락)]=卓越, 월등하게 뛰어남 [羈] 매이다 기 [淸顯(청현)] 중
       요한 관직 [棲遲(서지)] 머무름 [乙巳功臣] 임백령이 1545년(명종 즉
       위년)에 호조 판서로서 尹元衡 등의 小尹에 가담하여 尹任·柳仁淑
       등 大尹을 제거한 을사사화를 일으킨 주동인물이 되었다. 그 공으로
       衛社功臣 1등이 되고 崇善府院君에 봉해졌음 [亟] 빨리 극 [趨] 바르
       다 위 [遍] 두루 편 [淋漓(림리)] 盛多한 모양 [淸寧] 『老子』에, "昔之
       得一者 天得一以淸 地得一以寧"라 하여, 시대가 태평함을 가리킴 [拂
       衣(불의)] 옷을 털고 간다는 것으로, 歸隱을 의미함

〈국역〉 석천 임억령은 기개가 뛰어나 세속에 얽매이지 않았다. 과거에 급제
       한 후 벼슬살이를 좋아하지 않아서 여러 번 요직에 제수되었으나 응
       하려 하지 않았다. 이 때문에 外職에 있을 때가 많았다. 그의 아우 백
       령이 을사년의 공신에 참여해서 권세가 한 시대를 경도하게 되자, 석
       천은 당시 서울에 있으면서 승지로 있다가 빨리 벼슬을 버리고 떠났
       다. 백령이 굳이 만류하였지만 듣지 않았다. 한강을 건너게 되자 시
       를 지어 주었는데,

       잘 있거라 한강수야
       고요히 흘러 물결을 일으키지 마라

라 하였다. 그 후로 끝내 서울에 오지 않으니, 사론이 그를 바르다고 여겼다. 백령이 죽은 뒤 만년에야 서울에 왔고, 강원감사가 되기를 청하여 바다와 산을 두루 돌아다니며 많은 글을 지었으므로 지금까지 그곳 山水를 빛내고 있다. 정치의 교화도 태평하게 했는데, 얼마 안 되어 옷을 털고 은거했다.

☆ 李滉(1501~1570)

今世詩學 專尚晚唐 閣束蘇詩 湖陰聞之笑曰 非卑也 不能也 退溪亦曰 蘇詩果不逮晚唐耶 愚亦以爲如坡詩所謂 豈意靑州 六從事 化爲烏有一先生 凍合玉樓寒起粟 光搖銀海眩生花 風 花誤入長春苑 雲月長臨不夜城 不知晚唐詩中 有敵此奇絶者 乎 高麗時每榜云 三十三東坡出矣 麗代文章優於我朝 而擧世 師宗 則坡詩不可謂之卑也 若薄其爲人 則晚唐詩人 賢於蘇者 幾何人耶 唯退溪相公好讀坡詩 常誦雲散月明誰點綴 天容海 色本澄淸之句 其所著詩 使坡語者多矣(『松溪漫錄』)

〈주석〉 [閣束(각속)] 쓰지 않음 [烏有一先生] 어느 중이 소동파에게 술 여섯 병을 선사하였는데, 소동파가 떼어보니 빈 병뿐이었으므로, 소동파는 이 시를 지어 보내었다. 靑州從事는 좋은 술을 가리키는 隱語이며, 烏有先生은 실제 인물이 아니라, 司馬相如가 지은 「子虛賦」에 나오는 가공의 인물임 [凍合玉樓寒起粟 光搖銀海眩生花] 이 시는 소동파가 雪을 두고 지은 시인데, 얼른 보면 눈이 옥과 은처럼 희므로, 옥루니 은해니 한 것 같으나, 실은 道家書에 옥루는 어깨요, 은해는 眼

이다. 이것을 王安石이 알아보고 탄복하였음 [起粟(기속)] 피부에 닭살 같은 것이 일어남 [三十三東坡出] 고려시대에 과거 합격자의 정원은 없었으나, 중엽 이후에는 대체로 33명이었다. 당시의 선비들은 소동파를 숭상하고 그의 체를 많이 본받아 이런 말이 나왔음 [宗師] 스승으로 받들어 존경함 [點綴(점철)] 장식을 더하여 더 아름답게 하는 것 [澄] 맑다 징 [使] 쓰다 사

〈국역〉 지금의 詩學은 오로지 만당만을 숭상하고 蘇東坡 시를 버려두고 있다. 호음 鄭士龍이 그것을 듣고 웃으며 말하기를, "(소동파의 시가) 수준이 낮아서 그런 것이 아니라, 배우지 못해서 그러는 것이다" 하고, 퇴계 역시 말하기를, "소동파의 시가 과연 만당에 미치지 못하는가?" 하였다. 나 權應仁 역시 생각하기를, 소동파의 시에 이른바,

어찌 청주 육종사가
오유선생이 될 줄 알았으랴

옥루가 얼어 추워서 소름이 돋고
빛은 은해를 흔들어 안화가 피는구나

풍화가 잘못 장춘원에 날아들고
구름 달은 길게 불야성에 다달았네

한 것들이 있는데, 만당시 가운데 이러한 빼어난 것과 겨룰 만한 것이 있는지 모르겠다. 고려시대에 과거의 방이 붙을 때마다 '33사람의 소동파가 나왔다' 하였다. 고려의 문장은 우리 조선보다 우수한데,

온 세상이 소동파를 으뜸으로 삼았으니, 소동파의 시를 수준이 낮은 것이라 할 수 없다. 만약 그 사람됨을 가볍게 보아서라면, 만당대의 시인으로 소동파보다 나은 사람이 몇이나 되겠는가? 오직 퇴계 상공만은 소동파의 시를 즐겨 읽어 언제나,

구름 흩어 달 밝으니 그 누가 점철하였는가?
하늘색과 바다색은 본디 맑은 것

이라는 구를 외웠다. 자신이 지은 시에도 소동파의 시를 끌어 쓴 것이 많았다.

☆ 曺植(1501~1572)

曺南冥名植　字楗中　尚節義　有壁立千仞之氣　隱逸不仕　爲文章　亦奇偉不凡　如請看千石鍾　非大叩無聲　萬古天王峯　天鳴猶不鳴　不徒其詩韻豪壯　亦自負不淺也　獨怪其一　傳而仁弘做得許多刑殺　壞了百年倫紀爾　然龜山之於陸棠　奈何乎哉(『晴窓軟談』 하)

〈주석〉 [仞] 팔척 인 [逸] 달아나다 둔 [石] 섬(120근) 석 [做] 짓다 주 [龜山之於陸棠] 귀산은 宋나라 楊時로, 사후에 그의 제자였던 陸棠이 스승을 배반하였는데 남명과 정인홍의 관계도 이와 같다고 하는 뜻임

〈국역〉 조남명의 이름은 식이요, 자는 건중인데 절의를 숭상하여 천 길 벼랑에 성 있는 것과 같은 기상이 있었으며, 은둔 생활하며 벼슬하지 않

았다. 지은 문장 역시 기위하여 범상치가 않았다. 가령 (「題德山 溪亭柱」에)

청컨대 천석 종을 보라
크게 치지 않으면 소리가 나지 않는다
만고에 변함없는 천왕봉처럼[71]
하늘이 울어도 오히려 울지 않을 수 있을까?

라고 한 시는 그 시운이 호장할 뿐만이 아니라 자부하는 것이 얕지 않다. 다만 한 가지 괴이한 것은 1代를 전해 내려와 鄭仁弘이라는 자가 허다한 獄事를 만들어내어 사람을 죽이고, 백 년 동안 내려온 윤리와 기강을 무너뜨려버린 점이다. 그러나 귀산이 육당에 대해서 어떻게 할 수 있었겠는가?

曹南冥先生 不由科目 拜官而辭退 不過一卑位也 然病劇 道臣啓聞 遣御醫齎藥物 往護 及卒特贈大司諫 其禮崇重至此 足以風動一世也 苟非其人 又豈有是哉 尙論者 莫不以壁立萬仞爲題目公是也 余見其雷龍鷄伏之銘 想見其爲人 又嘗有詩云 請看千石鍾 非大叩無聲 萬古天王峯 天鳴猶不鳴 此何等力量氣魄 雖不可比論於退溪之一月春風 令人心膽爲之壯浪(『星湖僿說』)

71) 『남명집』에는 "爭似頭流山(어찌하면 두류산처럼)"이라 되어 있다.

〈주석〉 [科目]=科擧 [劇] 심하다 극 [道臣] 감사 [齎] 주다 재 [風動] 교화 [尙論者] 古人의 言行·人格을 논한 사람 [壁立萬仞(벽립만인)] 『世說新語』에, "王公目太尉 巖巖淸峙 壁立千仞"라는 것이 보임. 절벽이 만 길이나 된다는 뜻으로, 즉 사람의 기개를 비유함 [題目] 품평함 [何等] 얼마나 [一月春風] 朱光庭이 처음 程明道에게 배우고 돌아와서 사람에게 말하기를, "한 달을 봄바람 속에 앉아 있었다" 하였음

〈국역〉 남명 조식은 과거를 거치지 않고 벼슬에 제수되었으나 사퇴하였는데, 한낱 낮은 벼슬에 지나지 않았다. 그러나 그가 병이 심하므로, 감사가 장계를 올려 아뢰자, 어의를 보내어 약을 가지고 가서 간호하게 하였다. 죽자 특례로 대사간을 증직하였다. 그를 예우함이 이토록 극진하였으니, 한 세상을 교화할 만하다. 만약 그런 분이 아니었다면 또 어찌 이와 같은 일이 있었겠는가? 상론자들이 모두 '벽립만인'으로 공을 품평하는 것은 바로 이 때문이다. 나는 그의 「뇌룡명」과 「계복명」72)을 보고서 그 사람됨을 상상해볼 수 있었다. 또 그의 시(「題德山 溪亭柱」)에,

청컨대 천석 종을 보라
크게 치지 않으면 소리가 나지 않는다
만고에 변함없는 천왕봉처럼
하늘이 울어도 오히려 울지 않을 수 있을까?

라 하였으니, 이 얼마나 놀라운 역량과 기백인가? 비록 퇴계의 '一月

---

72) 『남명집』에는 실려 있지 않다.

春風'과는 비교해 논할 수 없겠지만, 사람으로 하여금 심담을 크게 물결치게 한다.

南冥詩曰　人之好正士　好虎皮相似　生則欲殺之　死後稱其美
可謂慣涉世間情態　而善形容之矣(『晴窓軟談』 하)

〈주석〉[慣] 익숙하다 관 [涉] 겪다 섭
〈국역〉 남명의 시에,

　　　사람들이 바른 인물 좋아하는 것
　　　호랑이 가죽 좋아함과 비슷하구나
　　　살아 있으면 죽이려 하고
　　　죽고 나면 아름답다 일컫네

　　　라 하였는데, 세간의 세태를 속속들이 겪어보고 알아서 잘도 형용했
　　　다 하겠다.

李縣監希顔　曹南溟植　皆以遺逸擧用　曹屢徵　不應　李前後三
命　曹以詩贈之　蓋譏辭也　山海亭中夢幾回　黃江老漢雪盈腮
半生三度朝天去　不見君王面目來　山海曹亭號　黃江蓋指李也
(『淸江先生詩話』)

〈주석〉[遺逸(유일)] 道學과 명망이 높은 사람으로서 草野에 은거하는 선비
　　　[譏] 나무라다 기 [回] 횟수 회 [漢] 남자의 賤稱 한 [腮] 顋(뺨 시)의

俗字 [度] 번 도 [朝天] 조회에서 천자를 뵘

〈국역〉 현감 이희안과 남명 조식은 다 유일로 등용되었는데, 조식은 누차 불
러도 응하지 않았으나, 이희안은 전후 세 번이나 임명되었다. 조식은
시를 그에게 주었는데, 대개 조롱한 말이었다.

산해정 속에서 몇 번이나 꿈꾸었던가?
황강에 늙은 놈은 눈이 머리에 가득하네
반평생 세 번이나 조회하러 갔으나
군왕의 얼굴도 못 보고 왔네

산해는 조식의 정자 이름이요, 황강은 아마 이희안을 가리킨 것일 것
이다.

題頭流山白雲洞詩云　天下英雄所可羞　一生筋力在封留　靑山
無限春風面　西伐東征定未收　詞語奇壯　無一點塵俗氣(『海東
雜錄』)

〈주석〉 [筋] 힘줄 근 [封留] 본래 漢 高祖가 張良을 留侯에 봉한 일로, 공이
이루어지면 몸은 물러남을 의미하나, 여기서는 후에 봉해짐을 의미
한다. 『史記』 「留侯世家」에 "漢六年正月 封功臣 良未嘗有戰鬪功 高
帝曰 '運籌策帷帳中 決勝千里外 子房功也 自擇齊三萬戶' 良曰 '始
臣起下邳 與上會留 此天以臣授陛下 陛下用臣計 幸而時中 臣願封留
足矣 不敢當三萬戶' 乃封張良爲留侯 與蕭何等俱封"

〈국역〉 조식이 두류산 백운동에 쓴 시(「遊白雲洞」)에 이르기를,

천하 영웅이 부끄러워해야 할 것은

일생 근력을 후에 봉해지는 데 있네

청산의 무한한 봄바람의 얼굴

서벌동정으로는 분명 거두지 못하리라

라 하니, 말이 기이하고 장엄하여 속된 기운이 한 점도 없다.

☆ 黃眞伊(조선 중종[1506~1544] 때 기생)

眞娘 開城盲女之子 性倜儻 類男子 工琴善歌 嘗遨遊山水間
其自楓岳歷太白智異 至錦城 州官方宴節使 聲妓滿座 眞娘以
弊衣膩面 直坐其上 捫蝨自若 謳彈無小怍 諸妓氣慴 平生慕
花潭爲人 必携琴釀酒 詣潭墅 盡驩而去 每言知足老禪 三十
年面壁 亦爲我所壞 唯花潭先生昵處累年 終不及亂 是眞聖人
將死 命家人曰 愼勿哭 出葬以鼓樂導之 至今歌者能謳其所作
亦異人也(『惺所覆瓿藁』 說部)

〈주석〉 [倜儻(척당)] 호방하여 예법의 구속을 받지 않음 [遨] 놀다 오 [膩] 때
이 [捫] 잡다 문 [蝨] 이 슬 [彈] 타다 탄 [怍] 부끄러워하다 작 [慴]
두려워하다 섭 [釀] 거르다 시 [墅] 별장 서 [驩] 기뻐하다 환 [壞] 무
너지다 괴 [昵] 친하다 닐

〈국역〉 진랑 황진이는 개성 장님의 딸이다. 성품이 예법에 얽매이지 않아서
남자 같았다. 거문고를 잘 탔고 노래를 잘했다. 일찍이 산수를 유람
하면서 풍악산에서 태백산과 지리산을 지나 금성에 오니, 고을 원이

바야흐로 節度使와 함께 잔치를 벌이는데, 풍악과 기생이 좌석에 가
득하였다. 진랑은 해어진 옷에다 때 묻은 얼굴로 바로 그 좌석에 끼
어 앉아 태연스레 이를 잡으며 노래하고 거문고를 타는데 조금도 부
끄러운 기색이 없으니, 여러 기생이 기가 죽었다. 평생에 화담 徐敬
德의 사람됨을 사모하였는데, 반드시 거문고를 가지고 술을 걸러 화
담의 별장에 가서 한껏 즐긴 다음에 떠나갔다. 매양 말하기를, "知足
禪師가 30년을 벽을 마주하여 수양했으나 내가 그의 지조를 꺾었다.
오직 화담 선생은 여러 해를 가깝게 지냈지만, 끝내 나를 어지럽히지
않았으니, 이분은 참으로 성인이다" 하였다. 죽을 무렵에 집사람에게
명령하기를, "삼가 곡하지 말고, 出喪할 때에 풍악으로 인도하라" 하
였다. 지금까지도 노래하는 자들이 그가 지은 노래를 부르고 있으니,
또한 특이한 인물이다.

眞娘常白于花潭曰 松都有三絶 先生曰 云何 曰 朴淵瀑布及
先生曁小的也 先生笑之 此雖善謔 亦有是理 蓋松都山水 鬱
然盤紆 人才輩出 花潭之理學 爲國朝最 而石峯筆法 振耀海
內外 近日車氏父子兄弟 亦有文名 眞娘亦女中翹楚 卽此 可
知其言不妄(『惺所覆瓿藁』 說部)

〈주석〉 [常]=嘗 [曁] 및 기 [小的] 평민이 벼슬아치에게, 종이 주인에게 自稱하
는 말 [鬱] 우거지다 울 [盤紆(반우)] 둘러서 구부러짐 [耀] 빛나다 요
[車氏父子兄弟] 車軾과 그의 아들 車天輅・車雲輅로, 모두 시문을 잘
지었음 [翹楚(교초)] 걸출한 인재, 『詩經』「周南・漢廣」에 "翹翹錯薪
言刈其楚"라 했는데, 鄭玄의 箋에 "楚 雜薪之中 尤翹翹者"라 하였음

진랑이 일찍이 화담에게 가서 아뢰기를, "송도에 삼절이 있습니다"
하니 선생이, "무엇인가?" 하자, "박연폭포와 선생과 소인입니다" 하
니, 선생께서 웃었다. 이것이 비록 잘한 농담이기는 하지만 또한 일
리가 있다. 대개 송도의 산수는 웅장하고 꾸불꾸불 돌아서 인재가 많
이 나왔다. 화담의 이학은 국조에서 제일이고, 석봉의 필법은 해내외
에 이름을 떨쳤으며, 근자에는 차씨 부자와 형제가 또한 문명이 있
다. 진랑도 또한 여자 중에 빼어났으니, 이것에 나아가 보면 그의 말
이 망령되지 않았음을 알 수가 있다.

☆ 金麟厚(1510~1560)

河西六歲能詩 客至曰 汝可作小詩 因指天爲題 卽書曰 形圓
至大又窮玄 浩浩空空繞地邊 覆幬中間容萬物 杞國何爲恐顚
連 祠堂之美 祭享之腆 必罄其誠 朔望之參 時物之薦 終始無
間(『河書集』「行狀」)

〈주석〉 [繞] 두르다 요 [幬] 덮다 주 [顚連(전련)] 곤란함 [腆] 많이 차리다 전
[罄] 다하다 경 [無間]=不斷
〈국역〉 河西 김인후가 6세에 시를 지을 수 있었는데, 객이 와서, "네가 짧은
시를 지을 수 있겠느냐?" 하고, 하늘을 가리키면서 지으라고 했다. 곧
쓰기를,

모양은 둥글어 지극히 크고 또 지극히 현묘한데
넓고 빈 것이 땅의 주변을 둘렀도다

덮여 있는 그 가운데 만물을 용납하는데

기 나라 사람은 어찌하여 하늘 무너질까 걱정했던고?

라고 하였다. 사당을 훌륭히 하고 제사의 차림을 푸짐히 하여 반드시 정성을 다하였으며, 초하루와 보름의 참배와 제철의 물건을 올리는 예가 시종 끊이지 아니하였다.

☆ 盧守愼(1515~1590)

盧蘇齋黃芝川 近代大家 俱工近體 盧之五律 黃之七律 俱千年以來絶調 然大篇不及此 未知其故也(『惺所覆瓿藁』)

〈주석〉 [調] 가락 조
〈국역〉 蘇齋 盧守愼과 芝川 黃廷彧은 근대의 대가로서 둘 다 近體詩에 뛰어났다. 노수신의 오언율시와 황정욱의 칠언율시는 모두 1천 년 이래의 절조이다. 그러나 장편시는 이것에 미치지 못하니, 그 까닭을 알수 없다.

盧相國守愼字寡悔 號蘇齋 乙巳名流也 謫珍島二十年 明廟末年量移 宣祖踐位 卽徵入館閣 未十年 置之端揆 眷遇極盛 爲文章奇健 爲一時領袖 其在海島所作詩 多警絶 膾炙人口 如別其弟詩一句曰 日暮林烏啼有血 天寒哀雁影無隣 謁孝陵詩一句曰 有實陵名孝 無私謚曰仁 詠事一句曰 物議當年定 人心後世公等作 可見其全體矣(『晴窓軟談』 하)

〈주석〉 [量移] 환경이 나은 곳으로 유배지를 옮기는 것 [館閣] 翰林苑의 별칭

으로, 經籍이나 도서 등을 보관함 [端揆(단규)] 우의정 [眷遇(권우)]

우대함 [領袖(령수)] 무리 중에 빼어남 [物議(물의)] 여러 사람의 의론

〈국역〉 상국 노수신의 자는 과회, 호는 소재로서 乙巳士禍 때의 유명한 무리

이다. 20년 동안 진도에 유배되었다가 명종 말년에 유배지를 옮겼으

며, 선조가 즉위하자 바로 부름을 받고 관각에 들어갔는데, 10년이

채 못 되어 우의정에 올라 임금의 우대가 지극하였다. 지은 문장은

기건하여 당시의 으뜸이었는데, 섬에 있을 때 지은 시 가운데 놀랄

만한 절창이 많아 인구에 회자되었다. 가령 그의 아우와 작별할 때

지은 시 1구를 보면,

석양 숲속 까마귀들 피 토하듯 울어대고

썰렁한 하늘 슬픈 기러기 그림자에 짝도 없네

라 했다. 仁宗을 알현했을 때의 시 1구를 보면,

그런 일 실제 있어 능을 효릉이라 했고

사심이 없었기에 시호를 인종이라 했네

라 했다. 일을 읊은 시 1구를 보면,

논의야 그 당시에 정해질 수 있겠지만

인심은 후세에야 공정해지는 법이라오

라 하였는데, 이런 작품들을 통해서 그의 전체를 살펴볼 수 있을 것이다.

盧蘇齋詩 在宣廟初 最爲傑然 其沈鬱老健 莽宕悲壯 深得老杜
格力 後來學杜者莫能及 蓋其功力深至 得於憂患者爲多 余謂
此老十九年在海中 只做得夙興夜寐箴解 而亦未甚受用 後日
出來 氣節太半消沮 獨學得杜詩 如此好耳(『農巖雜識』外篇)

〈주석〉 [沈鬱(침울)] 심각하고 함축적임 [莽宕(망탕)] 광활한 모양 [格力] 詩
文의 格調, 기세 [十九年在海中] 당시 副提學으로 있던 정언각이 명
종 2년 9월에 良才驛에서 "女王이 집권하고 奸臣 이기 등이 농권하
여 나라가 망하려 하니 이를 보고만 있을 것인가?"라는 익명의 壁書
를 발견하고, 尹仁鏡, 李芑, 鄭順朋 등에게 알리자 '이 같은 邪論은
乙巳獄의 뿌리가 아직 남아 있는 증거'라 하여 이에 관련된 20여 인
을 유배시켰다. 이것을 丁未士禍라고 한다. 노수신도 이때 순천으로
유배되었다가 진도로 옮김 [沮] 그치다 저

〈국역〉 소재 盧守愼의 시는 宣祖 초기 시들 중에서 가장 뛰어났으니, 심각하
고 함축적이며 노련하고 힘이 있으며 광활하고 비장한 것이 杜甫의
풍격을 깊이 체득하였다. 그 뒤에 두보를 배우는 사람들 중에는 그를
따를 자가 없었으니, 아마 그의 공력을 들인 것이 깊고도 지극하여
우환 속에서 터득한 것이 많았기 때문일 것이다. 그러나 내가 생각하
기에, 이 노인은 19년 동안 섬(진도)에 있으면서 오직 「숙흥야매잠해」
만 지었으면서도, 그 의리를 확실히 받아들이지 않았기 때문에, 훗날
나왔을 때에 기개와 절조가 태반은 사라져 버린 것 같다. 다만 두보

의 시를 배워 터득한 것만이 이처럼 좋았을 뿐이다.

世稱湖蘇芝 然三家詩實不同 湖陰 組織鍛鍊 頗似西崑 而風
格不如蘇 芝川 矯健奇崛 出自黃陳 而宏放不及蘇 蘇齋其最
優乎(『農巖雜識』 外篇)

〈주석〉 [世稱湖蘇芝] 이들을 館閣三傑이라 일컬음 [西崑] 서곤체로, 唐나라
李商隱의 詩體를 본받아 故事를 나열하고 對句, 修辭에 치중했던 五
代 및 宋나라 초기의 시풍을 말한다. 서곤이란 이름은 北宋 때 이러
한 시풍을 숭상한 楊億, 劉筠의 詩集에서 유래된 것임 [矯健(교건)]
시문이 강건하여 힘이 있음 [奇崛(기굴)] 독특함 [宏放(굉방)] 자유분
방함

〈국역〉 세상에서는 湖陰 鄭士龍·蘇齋 盧守愼·芝川 黃廷彧을 병칭하지만,
세 사람의 시가 실은 같지 않다. 호음은 글의 짜임과 수사가 상당히
서곤체와 흡사하나 풍격이 소재만 못하고, 지천은 강건하고 기발한
것이 黃庭堅과 陳師道에게서 나왔으나 활달함이 소재만 못하니, 소
재가 아마 가장 낫다고 할 것이다.

崔孤竹輩嘗曰 我國地名不及中原 故作詩不得使地名 每以爲
恨 及見蘇齋詩有 路盡平邱驛 江深判事亭 上下句皆使俚語
而句法穩著 乃知大家手自異於他人也(『鶴山樵談』)

〈주석〉 [平丘驛(평구역)] 광나루 동쪽에 있음 [判事亭(판사정)] 愼氏亭의 다
른 이름 [穩] 안온하다 온

〈국역〉 고죽 崔慶昌 등이 언젠가 말하기를, "우리나라 지명은 중국에 미치지
못하므로, 시 지을 때 지명을 사용할 수 없다" 하며 늘 한스럽게 여겼
다. 소재 盧守愼의 시(「愼氏亭 懷無悔甫弟」)에,

길은 평구역에서 끝나고
강물은 판사정에 깊구나

라는 구절을 보니, 상하구가 모두 속어를 썼지만 구법이 편안히 드러
나 있다. 그러니 대가의 솜씨는 자연 여느 사람과 다름을 알겠다.

趙持世嘗曰 我國地名 入詩不雅 如氣蒸雲夢澤 波撼岳陽城
凡十字六字地名 而上加四字 其用力只在蒸撼二字爲功 豈不
省耶 此言亦似有理 然盧相詩 路盡平丘驛 江深判事亭 柳暗
青坡晚 天晴白嶽春 亦殊好 其在爐錘之妙而已 何害點鐵成金
乎(『惺所覆瓿藁』)

〈주석〉 [爐] 화로 로 [錘] 도가니 추 [點鐵成金] 쇳덩이를 다루어서 황금을 만
듦, 나쁜 것을 고쳐서 좋은 것으로 만듦의 비유
〈국역〉 지세 趙緯韓(1558~1649)은 일찍이 "우리나라 지명은 시 속에 들여와
도 우아한 맛이 없다. 그러나 중국의 '대기는 운몽택을 찌고, 파도는
악양성을 뒤흔든다네'와 같은 시구는 모두 10자 중에서 6자가 지명
이고, 그 위에 4자를 보탠 것이요, 그 힘쓴 곳은 다만 '蒸'자와 '撼'자,
이 2자뿐이니, 어찌 살피지 않을 수 있겠는가?"라고 말한 적이 있는
데, 이 말이 또한 일리는 있는 것 같다. 그러나 정승 노수신의 시에,

길은 평구역에서 끝나고
강은 판사정에 깊구나

청파의 저녁에 버들빛 짙고
백악의 봄날에 하늘은 맑네[73]

같은 구절은 또한 대단히 좋다. 이것은 화로 도가니 속의 묘법에 달
려 있을 뿐이니, 쇠로서 금을 만들기에 무엇이 해로우랴?

☆ 朴淳(1523~1589)

朴思庵詩 久沐恩波役此心 曉鷄聲裏載朝簪 江南野屋春蕪沒
却倩山僧護竹林 嗚呼 士大夫孰無欲退之志 而低回寸祿 負此
心者多矣 讀此詩 足一興慨(『惺所覆瓿藁』)

〈주석〉 [簪] 비녀 잠 [蕪] 거친 풀 무 [倩] 청하다 청 [低回(저회)]=迎合 [慨]
　　　 탄식하다 개
〈국역〉 思庵 朴淳의 시(「贈堅上人」)에,

은혜의 파도에 오래 젖어 이 마음 쉴 새 없이
새벽 닭 울자마자 朝服을 챙기네
강남의 들집이 봄풀에 파묻히니

---

73) 이 시는 「會謁議政影子 移安于家」이다.

도리어 산승에게 대숲 지킬 것을 청하네

라 했다. 아! 사대부 중에 누가 은퇴하고 싶은 마음이 없겠는가마는 한 치의 녹봉에 영합하여 이 마음을 저버리는 자가 많을 것이니, 이 시를 읽으면 한 번 탄식의 소리를 내게 할 만하다.

☆ 黃廷彧(1532~1607)

芝川詩 與湖陰蘇齋齊名 近體之行于世者 未滿數百 而奇偉妙絶 往往有驚人語 文則尤尠 然如都堂一書 可見筆力 張谿谷序文中一臠足識全鼎云者 得之耳(『弘齋全書』「日得錄」)

〈주석〉 [尠] 적다 선 [都堂] 弘文館의 교리 이하의 벼슬아치를 선출하기 위해 議政府에 모여 圈點을 행하는 주체를 뜻하는 말로, 領經筵事·대제학·좌참찬·우참찬·이조의 판서·참의가 이에 해당함 [臠] 저민 고기 련

〈국역〉 지천 黃廷彧의 시는 호음 鄭士龍, 소재 盧守愼과 함께 이름이 나란하다. 세상에 전하는 그의 근체시는 수백 편이 못 되는데, 기묘하고 뛰어나 이따금 사람을 놀라게 하는 말이 있다. 그의 산문은 더욱 적다. 하지만 도당에서의 글과 같은 것에서는 필력을 볼 수 있다. 계곡 장유가 서문에서 '한 점의 고기로 온 솥 안의 맛을 충분히 알 수 있다' 하였는데, 맞는 말이다.

☆ 成渾(1535~1598)

思庵相捐舍 挽歌殆數百篇 獨成牛溪一絶爲絶唱 其詩曰 世外
雲山深復深 溪邊草屋已難尋 拜鵑窩上三更月 應照先生一片
心 無限感傷之意 不露言表 非相知之深 則焉有是作乎(『惺叟
詩話』)

〈주석〉 [捐舍]=捐館舍. 죽음의 완곡한 표현 [挽]=輓 [拜鵑窩(배견와)] 배견
와는 두견새에게 절을 하는 움집으로, 박순의 영평산 속에 있는 齋號
임(성혼의 文集 注에 "拜鵑窩 相公永平山中齋號"라 되어 있음)

〈국역〉 사암 朴淳이 세상을 버리자, 輓歌가 거의 수백 편이었는데, 유독 우
계 성혼의 절구시 한 편만이 절창이다. 그 시(「挽思菴朴相公(淳)」)에
이르기를,

세상 밖 구름 덮인 산은 깊고도 깊어
시냇가 초가집은 이미 찾기가 어렵구나
배견와 위에 뜬 한밤의 달은
응당 선생의 일편단심을 비추어주리

끝없는 感傷의 뜻이 말 밖으로 드러나지 않아, 서로 아는 것이 깊지
않으면 어찌 이러한 작품이 있을 수 있겠는가?[74]

---

74) 신흠의 『晴窓軟談』에도, "牛溪 成渾이 朴淳을 애도한 시에, ……라 하였는데, 사암을 애도하는 심정이
잘 표현되어 있다고 하겠다(成牛溪渾哭思庵詩曰 世外雲山深復深 溪邊草屋已難尋 拜鵑窩上三更月 曾照
先生一片心 可謂善哭思庵矣)"라는 언급이 보인다.

☆ 李玉峯(?∼?)

玉峯詩閨情 有約郞何晚 庭梅欲謝時 忽聞枝上鵲 虛盡鏡中眉
皆有情致(『靑莊館全書』)

<주석> [謝] 시들다 사 [致] 풍취 치
<국역> 이옥봉의 「閨情」 시에,

> 돌아온다 약속하신 님께선 어찌 늦으신가요?
> 뜰의 매화가 시들려고 해요
> 나뭇가지 위의 까치소리 문득 듣고
> 부질없이 거울 속에서 눈썹 그려요

라 하였는데, 멋과 운치가 모두 있다.

家姉蘭雪一時 有李玉峯者 卽趙伯玉之妾也 詩亦淸壯 無脂粉
態 寧越道中作詩曰 五日長關三日越 哀歌唱斷魯陵雲 妾身亦
是王孫女 此地鵑聲不忍聞 含思悽怨(『惺所覆瓿藁』)

<주석> [脂粉(지분)] 연지와 분으로, 유약하고 호탕함이 적음에 비유 [關] 잠
그다 관 [魯陵] 魯山君 즉 단종의 능 [鵑] 두견이 견
<국역> 나의 누님 蘭雪軒과 같은 시기에 이옥봉이라는 여인이 있었는데, 바
로 백옥 趙瑗의 첩이다. 그녀의 시 역시 淸壯하여 脂粉의 태가 없다.
영월로 가는 도중에 시를 짓기를,

닷새간 길게 문 닫았다 사흘에 넘어서자

노릉의 구름 속에서 슬픈 노래도 끊어지네

첩의 몸도 또한 왕손의 딸이라서

이곳의 두견새 울음은 차마 듣기 어려워라

라 하니, 품은 생각이 애처롭고 원한을 띠었다.

☆ 李珥(1536∼1584)

八歲就外傅 業日進 嘗題詩花石亭 林亭秋已晚 騷客意無窮
遠水連天碧 霜楓向日紅 山吐孤輪月 江含萬里風 塞鴻何處去
聲斷暮雲中 調格渾成 雖老於詩律者 有不能及也(沙溪 金長
生이 지은 율곡「行狀」)

〈주석〉[騷客(소객)] 詩人 [渾成(혼성)] 조탁의 흔적이 없음

〈국역〉8세에 스승에게 나아가 글을 배워 학업이 날로 향상되었다. 일찍이
花石亭에 올라가 시를 지었는데,

숲속 정자에 가을이 이미 깊으니

시인의 뜻이 끝이 없도다

먼 물줄기는 하늘에 닿아 푸르고

서리 맞은 단풍은 해를 향해 붉다

산은 외로운 보름달을 토해놓고

강은 만 리의 바람을 머금었다

변방의 기러기는 어디로 가는가?
소리가 저물어가는 구름 속에서 끊어지네

라고 했다. 그 격조가 渾成하여 비록 詩律에 능숙한 사람이라도 미칠
수 없었다.

☆ 鄭澈(1536~1593)

壬辰倭奴之充斥也 宣廟西幸 出鄭相國澈於安置中 命以都體
察使之任 公受命而南也 行抵黃海道長淵地金沙寺 留十日 時
■■■■歲七月秋也 公感慨遂作一律 十日金沙寺 三秋故國
心 夜潮分爽氣 歸雁送哀音 虜在頻看劍 人亡欲斷琴 平生出
師表 臨難更長吟[注: 時聞高公敬命戰歿故第六有云](『五山說
林草藁』)

〈주석〉 [充斥(충척)] 많음, 가득 참 [安置] 귀양 [抵] 다다르다 저
〈국역〉 임진란 때에는 왜놈들이 아주 많았다. 선조는 서쪽으로 피난길을 떠
        났는데, 상국 정철을 귀양에서 풀어 도체찰사의 직에 임명하였다. 정
        철이 명을 받고 남으로 갈 때, 가다가 황해도 장연의 금사사에 이르
        러 10일 동안을 묵게 되었다. 때는 - 4자 빠짐 - □해 7월 가을이었다.
        정철이 감개하여 드디어 율시 한 수를 지었는데,

        금사사에 열흘 머무른 것이
        고국을 생각하는 마음 삼 년처럼 길구나

밤 조수는 상쾌한 새벽기운을 흩뜨리는데

돌아오는 기러기는 슬픈 소리를 보내오네

오랑캐가 나타나니 자주 칼을 보게 되고

사람이 죽었으니 거문고를 끊고자 하노라

평소에 읽던 「출사표」를

난리를 당하여 다시 한 번 길게 읊어 보노라

라 하였다(주: 이때 고경명이 전사한 것을 들었기 때문에 제6구에 이렇게 말한 것이다).

義州統軍亭 臨三國之界 山川奇壯 求之天下 亦鮮其儷 自古韻人 題詠非不多 無能道其形容氣象者 鄭松江澈少年時 爲遠接使從事官 有一絶曰 我欲過江去 直登松鶻山 西招華表鶴 相與戲雲間 雖非大作 亦自奇拔可傳 其後詞客之來詠者 未見有及之者(『晴窓軟談』)

〈주석〉 [儷] 짝 려 [韻人(운인)]=詩人 [遠接使] 중국의 사신을 멀리까지 나아가 맞아들이는 임시 벼슬로, 義州까지 마중 나갔음 [松鶻山] 義州에 있는 산 이름 [華表鶴] 漢나라 丁令威가 죽은 뒤에 鶴으로 변해 고향인 遼東으로 돌아와서는 城門의 華表柱에 앉았다는 고사이다. 화표주는 백성의 불만을 듣기 위해 세워놓은 게시판임

〈국역〉 의주 통군정은 세 나라의 경계에 위치하면서 자연이 장관이니, 천하에서 찾아보아도 그 짝을 구하기가 힘들 것이다. 그래서 예로부터 시인들이 이곳을 주제로 읊은 시가 많지 않은 것이 아니지만, 그 형세

와 기상을 말할 수 없었다. 그런데 송강 정철이 연소한 나이에 원접사의 종사관이 되어 절구 한 수를 짓기를,

내가 강을 건너가서는
곧바로 송골산에 오르고 싶네
서쪽에서 화표주의 학 불러내다가
구름 속에서 서로 한번 놀아보려네

라 하였는데, 비록 大作은 아니라 하더라도 스스로 기발하여 전할 만하다 하겠다. 그 뒤에 시인들이 와서 읊은 것 가운데 그것에 미치는 것을 아직 보지 못하였다.

☆ 三唐詩人

崔詩悍勁 白詩枯淡 俱不失李唐蹊逕 誠亦千年希調也 李益之較大 故苞崔孕白 而自成大家也(『惺叟詩話』)

〈주석〉 [悍] 세차다 한 [蹊] 반걸음 규 [逕] 지름길 경 [調] 가락 조 [苞] 싸다 포
〈국역〉 고죽 崔慶昌의 시는 한경하며, 玉峯 白光勳의 시는 고담하다. 모두 唐詩의 노선을 잃지 않았으니, 참으로 천 년의 드문 가락이다. 익지 李達은 이들보다 크다. 그러므로 최경창과 백광훈을 함께 뭉쳐 나름대로 대가를 이루었다.

崔孤竹慶昌白玉峯光勳李蓀谷達 世所稱三唐者 唐調倡自金冲

菴詩 江南殘夢晝厭厭 愁逐年芳日日添 鶯燕不來春又暮 落花
微雨下重簾 最得意 三唐中蓀谷 跨崔越白 其詩有 病客孤舟
明月在 老僧深院落花多之句(『林下筆記』)

〈주석〉 [倡] 인도하다 창 [厭厭(염염)] 길게 이어진 모양 [跨] 넘다 과
〈국역〉 고죽 최경창·옥봉 백광훈·손곡 이달은 세상에서 말하는 '삼당'이
　　　란 분들이다. 당나라 음조는 충암 金淨(1486~1520)의 시로부터 시작
　　　되었는데,

　　　　　강남에서 희미한 꿈꾸고 나니 낮은 길기도 한데
　　　　　시름은 봄꽃을 쫓아 날마다 더해간다
　　　　　꾀꼬리랑 제비는 오지 않고 봄은 또 저무는데
　　　　　낙화와 이슬비가 거듭 친 주렴에 내리노라

　　　라는 시가 가장 득의한 작품이다. 삼당 중에서 손곡 이달이 최경창과
　　　백광훈보다 뛰어났는데, 그의 시에,

　　　　　병든 나그네의 외로운 배에는 밝은 달만 있는데
　　　　　늙은 스님의 깊은 절에는 낙화가 많네

　　　라는 시구가 있다.

崔白李三人詩 皆法正音 崔之淸勁 白之枯淡 皆可貴重 然氣
力不逮 稍失事厚 李則富艷 比二氏家 數頗大 皆不出郊島之

藩籬 崔白早世 李晚年文章大進 自成一家 斂其綺麗 歸於平
實 仲氏亞稱曰 可與隨州比肩 亦不多讓 余曰 文章與世升降
宋不及唐 元不及宋 勢使然也 安有度越二代 與作家爭衡之理
乎 仲氏曰 退之唐人也 子厚以爲直須與子長馳騁 子厚豈徒言
之士乎 益之亦若是也 余終不以爲然(『鶴山樵談』)

〈주석〉 [正音] 雅正한 시 [藩籬(번리)] 울타리 [綺] 화려하다 기 [亟] 자주 기
[爭衡(쟁형)] 輕重을 헤아림, 高低를 비교함 [騁] 달리다 빙

〈국역〉 崔慶昌·白光勳·李達 세 사람의 시는 모두 정음을 본받았다. 최경
창의 청경과 백광훈의 고담은 귀중히 여길 만하나, 기력이 미치지 못
하여 약간 후함을 일삼는 결점이 있었다. 이달은 부염하여 그 두 사
람에 비교하면 범위가 약간 크긴 하나, 모두 孟郊와 賈島의 울타리를
벗어나지는 못했다. 최경창과 백광훈은 일찍 죽었고, 이달은 늙어서
야 문장이 크게 진척되어 자기 나름대로 일가를 이루어, 그 화려함을
거두고 평실로 돌아갔다. 나의 중형 허봉이 자주 칭찬하기를, "수주
劉長卿과 어깨를 나란히 하더라도, 큰 손색이 없을 것이다" 하므로
許筠인 내가, "문장이란 세상과 더불어 올라가거나 내려가는 것이니,
송은 당만 못하고 원은 송만 못한 것은 형세상 그러한 것인데, 어찌
두 대를 뛰어넘어 당시의 작가와 우열을 다툴 이치가 있겠습니까?"
하였다. 중씨는, "퇴지 韓愈는 당나라 사람인데, 자후 柳宗元이 '곧장
자장 司馬遷과 함께 달린다'고 하였으니, 자후가 어찌 헛말을 할 사
람인가? 익지 이달도 이와 같다" 하였다. 그러나 나는 끝내 그렇게
여기지를 않았다.

☆ 崔慶昌(1539~1583)

余嘗聞諸先輩 我東之詩 唯崔孤竹終始學唐 不落宋格 信哉
其高者出入武德開元 下亦不道長慶以下語 如 春流繞古郭 野
火上高山 則中唐似之 人煙隔河沙 風雪近關多 則似盛唐 山
餘太古雪 樹老太平煙 則似初唐 不知今世復有此等調響耶(『小
華詩評』상, 107)

〈주석〉 [武德] 唐 高祖의 연호(618~626) [開元] 당 玄宗의 연호(713~741)
  [長慶] 당 穆宗의 연호(821~824) [繞] 두르다 요 [調] 가락 조

〈국역〉 나 홍만종은 일찍이 선배들에게 "우리나라의 시는 오직 고죽 최경창
  만이 처음부터 끝까지 당풍을 배워 송풍의 격조에 빠지지 않았다"고
  들었는데, 믿을 만하구나! 그의 시 중에 높은 것은 무덕과 개원에 출
  입하고, 낮은 것도 장경 이하의 시어는 말하지 않았다. 예를 들어,

  봄 시냇물은 오래된 성곽을 감싸 흐르고
  들불은 높은 산으로 올라간다

  는 중당과 비슷하다.

  사람 연기 강과 떨어져 있고
  눈보라가 관문에 가까워지니 많아지네

  는 盛唐과 비슷하다.

산에는 태곳적 눈이 남아 있고
나무는 태평시대 안개가 자욱이 끼여 있네

는 초당과 비슷하다. 오늘날 이 같은 곡조와 음향이 다시 나타날지
모르겠다.

孤竹詩 篇篇皆佳 必鍊琢之 無歉於意 然後乃出故耳 二家詩
余選入於詩刪者各數十篇 音節可入正音 而其外不耐雷同也(『惺
所覆瓿藁』)

〈주석〉 [歉] 뜻에 차지 아니하다 겸 [不耐(불내)] 차마 받아들일 수 없음, 원
하지 않음
〈국•역〉 孤竹의 시는 편편이 모두 아름다운데, 반드시 갈고 닦아 마음에 걸림
이 없는 그런 다음에야 내놓기 때문이다. 최경창과 백광훈의 시를 나
허균이 뽑아서 『國朝詩刪』에 넣은 것이 각기 수십 편인데, 그 시들은
음절이 正音에 들어맞을 만하나, 그 밖의 것은 雷同함을 면치 못하고
있다.

☆ 白光勳(1537∼1582)

白玉峰光勳弘慶寺曰 秋草前朝寺 殘碑學士文 千年有流水 落
日見歸雲 雅絶逼古(『小華詩評』)

〈국•역〉 옥봉 백광훈의 「홍경사」 시에,

가을 풀, 전 왕조의 절

남은 비석에 한림학사의 글이로다

천 년 동안 흘러온 물이 있어서

지는 해에 돌아오는 구름을 본다

라 했는데, 매우 우아하여 옛 시에 가깝다.

☆ 李達

盧相見僧軸有孤竹及益之詩 題曰 當代文章伯 唯稱李與崔 蓋
非溢辭也 仲兄亦言李之詩 自新羅以來 法唐者 無出其右 嘗
稱其 中天笙鶴下秋霄 千載孤雲已寂寥 明月洞門流水在 不知
何處武陵橋之作 以爲不可及已(『惺叟詩話』)

〈주석〉 [軸] 두루마리 축 [溢] 지나치다 일 [中天] 높은 하늘 [笙鶴(생학)] 신
　　　 선이 타고 있는 仙鶴. 漢 劉向『列仙傳』에 "周靈王太子晉(王子喬) 好
　　　 吹笙 作鳳鳴 游伊洛間 道士浮丘公 接上嵩山 三十餘年后 乘白鶴駐緱
　　　 氏山頂 擧手謝時人仙去"라 하였음 [霄] 하늘 소 [洞] 비다 통
〈국역〉 정승 盧守愼이 스님의 두루마리에 고죽 崔慶昌과 益之 李達의 시가
　　　 있는 것을 보고 시를 짓기를,

　　　 이 시대에 문장의 으뜸으로는
　　　 오직 이달과 최경창만을 일컫는다오

라 하였는데, 아마도 지나친 말은 아닐 것이다. 중형 許筬 또한 "이달의 시는 신라 이래로 唐詩를 본받은 자 중에 그 보다 나은 사람은 없을 것이다"라 하였다. 그리고 일찍이 그의 시(「尋伽倻山」) 중에서,

하늘의 仙鶴은 가을 하늘에 내려오고
천 년의 외로운 구름은 벌써 적막하구나
밝은 달 트인 문엔 흐르는 물이 놓였으니
어느 곳에 무릉교가 있는지 모르겠네

라 한 작품을 칭송하면서, 그에게 미칠 수 없다고 여겼었다.

蓀谷李達少與荷谷相善 一日往訪焉 許筠適又來到 睥睨蓀谷
略無禮容 談詩自若 荷谷曰 詩人在坐 卯君曾不聞知耶 請爲
君試之 卽呼韻 達應口而賦一絶 其落句云 牆角小梅風落盡
春心移上杏花枝 筠改容驚謝 遂結爲詩伴 且如贈湖寺僧詩曰
東湖停棹暫經過 楊柳悠悠水岸斜 病客孤舟明月在 老僧深院
落花多 歸心黯黯連芳草 鄕路迢迢隔遠波 獨坐計程雲海外 不
堪西日聽啼鴉 絶似唐人韻響(『小華詩評』상, 109)

〈주석〉 [睥] 흘겨보다 비 [睨] 흘겨보다 예 [卯君] 卯年에 태어난 사람 [角] 모퉁이 각 [伴] 짝 반 [湖寺] 한강 東湖(현재 동호대교 부근) 부근에 있던 奉恩寺를 가리킴 [棹] 노 도 [黯黯(암암)] 드러나지 않음, 근심스러운 모습 [迢] 아득하다 초 [鴉] 갈까마귀 아 [韻響(운향)] 소리가 계속 이어지고 울림이 맑음

〈국역〉 손곡 이달이 젊어서 하곡 許筠과 서로 친했는데, 하루는 손곡이 하곡의 집을 방문하였다. 허균이 마침 또 찾아왔는데, 손곡을 깔보고서 전혀 예우하는 모습을 보이지 않은 채 태연자약하게 시에 대해 이야기하였다. 하곡이 "시인이 자리에 계신데, 그대는 일찍이 소문도 듣지 못했는가? 내 아우를 위해 그것을 시험해 주기(시 한수)를 부탁드리겠소" 하였다. 곧 운자를 부르자, 이달이 소리에 응해 절구 한 수(「呼韻」)를 지었는데, 그 낙구는

담 모퉁이 작은 매화는 바람에 다 떨어지자
봄 마음 살구꽃 가지로 옮겨 갔구나

라 했다. 허균은 모습을 바꾸며 놀라 사죄하고 마침내 맺어서 시벗이 되었다. 이달의 「호사의 스님에게 주다」 시(「題衍上人軸」)에,

동호에 배 세우고 잠시 봉은사에 들렀더니
버들은 아득히 강가에 늘어져 있네
병든 나그네의 외로운 배에는 밝은 달만 있는데
늙은 스님의 깊은 절에는 낙화가 많네
돌아가는 마음 근심스럽게 방초에 이어져 있고
고향길은 아득히 먼 물결에 막혀 있네
홀로 앉아 갈 길을 헤아려 보니 구름 바다 밖이라
지는 해 갈까마귀 소리 차마 못 듣겠네

라 했는데, 당나라 시인의 운향과 매우 비슷하다.

益之詩 世或以花欠實病之 然洞山驛詩 隣家少婦無夜食 雨中
刈麥草間歸 青薪帶濕煙不起 入門兒女啼牽衣 田家食苦之態
若親觀之 拾穗謠曰 田間拾穗村童語 盡日東西不滿筐 今歲刈
禾人亦巧 盡收遺穗上官倉 凶歲村民之語 若親聆之 嶺南道中
老翁負鼎林間去 老婦携兒不得隨 逢人却說移家苦 六載從軍
父子離 其賦役煩重 民不聊生 流離辛苦之狀 備載於一篇中
使牧民者 觀此而惕然驚悟 施行惠活疲癃 則其爲補於風化者
豈淺淺乎哉 爲文不關於世敎 則亦徒作而已 此等製作 豈不賢
於瞽誦工諫乎(『鶴山樵談』)

⟨주석⟩ [病] 헐뜯다 병 [刈] 베다 예 [觀] 보다 도 [穗] 이삭 수 [筐] 광주리
광 [聆] 듣다 령 [惕] 놀라다, 근심하다 척 [癃] 느른하다 륭 [風化] 교
화 [瞽] 소경 고

⟨국역⟩ 익지 李達의 시를 세상 사람들은 기생에 대한 실수 때문에 트집을 잡
지만, 그의 「동산역」 시에,

이웃집 어린 며느린 저녁거리도 없어
빗속에서 보리 베어 풀길로 돌아오네
푸른 땔나무는 축축해 불도 안 붙는데
문 들어서자 어린 딸이 옷 잡고 칭얼대네

라 하였으니, 시골의 식량 고통의 실정을 직접 보는 듯하다. 그의 「이
삭줍기노래」에는,

논에서 이삭 줍는 시골 어린이 하는 말

온종일 이리저리 주워도 광주리 안 차요

올해는 벼 베는 사람도 솜씨 좋아

흘린 이삭 다 주워서 관의 창고에 다 바쳤대요

라 하였으니, 흉년에 시골 사람의 말을 마치 친히 듣는 듯하다. 「영남
도중」 시에서는,

영감은 솥 지고 숲길로 갔는데

할멈은 어린 것을 끌고 따라가질 못하네

사람 만나 떠돌아다니는 괴로움 넋두리하길

종군한 지 6년이라 부자도 이별이라오

라고 하였으니, 부역의 과중함 때문에 백성들이 편안히 살 수 없어
유리하며 괴로워하는 모습이 한 편에 갖추어 실려 있다. 백성을 다스
리는 사람들로 하여금 이 시를 보고 놀라 깨달아서 고달프고 힘든 자
에게 은혜로운 삶을 베풀게 한다면, 그 교화에 도움되는 것이 어찌
적다고 하겠는가? 문장을 지음이 세상 교화와 관계가 없다면 또한 다
만 짓는데 그칠 뿐일 것이니, 이러한 작품이 어찌 소경의 시 외는 소
리나 뛰어난 간언보다 낫지 않겠는가?

☆ 崔岦(1539~1612)

簡易文章名世 人謂詩非本色 而要亦蘇芝之流 其風格豪橫 質

致深厚 不及蘇齋 而鐫畫矯健 過之 其警絶處 聲響鏗然 若出
金石 要非後來詩人所能及也 嘗聞權石洲見簡易問曰 當今文
筆 固有吾丈 在詩則當推何人擅場 蓋意其必許己也 簡易瞑目
良久曰 不知老夫死後何人擅場耳 石洲憮然有慚色 其自負如
此云(『農巖雜識』 外篇)

〈주석〉 [豪橫(호횡)]=豪放 [致] 풍취 치 [鐫] 새기다 참 [矯健(교건)] 시문이
강건하여 힘이 있음 [警絶] 짧은 글이 뛰어남 [鏗然(갱연)] 소리가 맑
은 모양 [瞑] 눈을 감다 명 [憮然(무연)] 놀라는 모양

〈국역〉 간이 崔岦은 문장으로 세상에 이름이 나서, 사람들은 시가 그의 본색
이 아니라고 하나 요컨대 그의 시도 소재 노수신과 지천 황정욱과 같
은 부류이다. 그의 시는 풍격이 호방하고 바탕의 운치가 깊고 두터운
것은 소재에 미치지 못하나, 필력이 힘 있는 것은 그보다 낫다. 그리
고 그 뛰어난 부분은 성음이 마치 金石 악기에서 나오는 것처럼 맑게
울려, 요컨대 후세의 시인들이 미칠 수 있는 것이 아니다. 일찍이 들
으니, 석주 權韠이 간이를 만나 묻기를, "오늘날 문장에는 진실로 우
리 어른이 계십니다만, 시에 있어서는 누구를 가장 뛰어나다고 추앙
해야 하겠습니까?" 하였으니, 이것은 아마 간이가 반드시 자신을 인
정해 주리라고 생각한 것이었다. 그런데 간이는 한참 동안 눈을 감고
있다가 이르기를, "늙은 이 몸이 죽은 뒤에는 누가 뛰어날지 알 수
없네" 하였다. 이에 석주가 놀라 부끄러워하는 기색이 있었으니, 간
이의 자부심이 이와 같았다고 한다.

古人曰 爲人 而欲一世之皆好之 非正人也 爲文 而欲一世之

皆好之 非至文也 信哉言乎 其不知者 則毀不足怒 譽不足喜
不如其知之者好之也 客有自金剛來 謁於張谿谷 谿谷曰 君今
行 豈無一詩耶 客以崔東皐杆城所題觀日出詩 爲己作 以瞞之
谿谷擊節吟咏 良久曰 此非君詩 是作必在八月十六七日夜 客
大愕曰 此詩本非警作 而又何知其八月十六七日夜所吟也 谿
谷曰 古人於正秋多用玉宇文字 又曰欲東而月在西 乃十六七
日也 第一句玉宇迢迢落月東 起得崔崒 蒼波萬頃忽翻紅 狀得
恍惚 蜿蜿百怪皆銜火 極幽遐詭怪之觀 捧出金輪黃道中 有高
明廣大之象 一語一字 皆有萬鈞之力 古今詠日出詩 皆莫能及
君從何得此來乎 客大驚服 遂吐實 谿谷曰 非此老 不能道此
語 噫 嚮使東皐爲詩 而必欲一世皆好之 則其能使谿谷敬服如
是乎 若不知者之毀譽 何足爲喜怒哉(『小華詩評』하, 17)

〈주석〉[瞞] 속이다 만 [愕] 놀라다 악 [玉宇] 太空, 가을 하늘 [迢] 아득하다
　　초 [崔崒(최줄)] 높이 솟은 모양 [翻] 뒤집다 번 [蜿] 굼틀거리다 완
　　[幽遐] 深幽 [黃道] 태양·[鈞] 서른 근 균 [嚮] 접때 향

〈국역〉옛 사람이 말하기를, "사람이 되어서 만약 온 세상 사람들이 모두 자기
　　를 좋아하기를 바란다면 바른 사람이 아니다. 글을 짓는데 만약 온
　　세상 사람들이 모두 자기를 좋아하기를 바란다면 뛰어난 글이 아니
　　다" 하였다. 믿을 만하구나! 이 말이여. 모르는 자는 헐뜯어도 성낼
　　가치가 없으며, 칭찬해도 기뻐할 가치가 없다. 아는 자가 좋아하는
　　것만 못하다. 손님 중에 금강산에서 온 사람이 있어 계곡 張維를 뵈
　　니, 장유가 "그대가 이번 여행에서 어찌 한 수의 시도 짓지 않았겠는
　　가?"라 하였다. 그러자 손님이 동고 최립이 간성에서 일출을 보고 지

은 시(「十七日朝」)를 자기 작품으로 삼아 그를 속였다. 장유가 무릎을 치면서 읊조리다가 한참을 지나 "이것은 자네의 작품이 아니네. 이 시는 반드시 8월 16일이나 17일 밤에 지어진 것이네" 하였다. 손님이 매우 놀라서 "이 시는 본래 놀랄 만한 작품도 아닌데, 어떻게 8월 16일이나 17일 밤에 읊은 것임을 아셨습니까?" 하니, 장유가 "옛사람은 한가을에 玉宇라는 글자를 많이 썼네. 또 해가 동쪽에서 뜨려고 하는데 달이 서쪽에 있으니, 바로 16일이나 17일이네. 첫 구의 '가을 하늘 아득하여 달이 진 동편'은 우뚝하게 시작하였고, '만경창파 홀연히 붉게 일렁이네'는 황홀함을 형상화하였고, '꿈틀꿈틀 온갖 괴물 모두 불을 머금고서'는 매우 그윽하고 기괴한 경관을 극대화하였으며, '황도 속으로 황금 바퀴를 받들어 올렸네'는 고명하고 광대한 형상을 가지고 있다. 한마디 한 글자가 모두 만 균의 힘을 가지고 있으니, 고금의 일출을 읊은 시는 모두 여기에 미칠 수 없다. 그대는 어디에서 이 시를 얻었는가?" 하였다. 손님이 매우 놀라 탄복하고서 마침내 사실을 털어 놓았다. 장유가 "이 분이 아니라면 이러한 말을 할 수 없지"라 했다. 아! 지난번에 만약 동고가 시를 짓는데 반드시 온 세상 사람들이 다 좋아하기를 바랐었다면 장유로 하여금 이처럼 공경하고 탄복하게 할 수 있었을까? 만약 알지 못하는 사람이 헐뜯고 칭찬하더라도 어찌 기뻐하고 화낼 가치가 있겠는가?

☆ 林悌(1549~1587)

林悌子順 有豪氣能詩 嘗著浿江曲十首 其一曰 浿江兒女踏春

陽 何處春陽不斷腸 無限煙絲若可織 爲君裁作舞衣裳 語甚艶
麗 蓋學樊川者也(『晴窓軟談』 하)

〈주석〉 [浿江(패강)] 대동강 [煙絲(연사)] 가늘고 긴 버들가지
〈국역〉 자순 임제는 호방한 기운으로 시도 잘했는데, 일찍이 지은 「패강곡」
　　　 10수 가운데 하나(其六)를 보면,

　　　 대동강의 계집아이 봄볕에 거니노라니
　　　 강 위에 드리운 버들에 정말 애간장이 끊어지네
　　　 "한없는 가는 버들가지로 만약 베를 짤 수 있다면
　　　 임을 위해 춤출 옷을 짓고 싶네요."

　　　 라 하였다. 시어가 매우 곱고 화려한데, 대개 번천 杜牧(唐: 803~853)
　　　 을 배웠기 때문이다.[75)]

林斯文悌 豪士也 嘗爲平安評事 行過松都 以隻鷄壺酒操文 往
祭于眞伊墓 文辭放蕩 至今傳誦 悌夙有文才任俠傲物 終爲禮
法之士所短 官纔正郞 齎志早沒 豈非命也 惜哉(『松都記異』)

〈주석〉 [斯文] 儒士, 文人 [評事] 조선 초기 정6품 외직 무관의 하나인 兵馬
　　　 都事를 1466년(세조12)에 兵馬評事로 고쳐 부르던 말이다. 병마절도
　　　 사의 밑에서 開市에 대한 사무를 보았다. 평안도와 함경도에 각각 1

75) 梁慶遇도 『霽湖詩話』에서 "정랑 임제는 시를 지을 때 杜牧을 배워 명성이 한 시대에 떨쳤다(林正郎白湖
　　 悌 爲詩學樊川 名重一世)"라 하여, 두목의 영향을 받았음을 언급하고 있다.

명씩 있었음 [壺] 병 호 [任俠(임협)] 의를 보고 용감히 행할 수 있는
사람 [傲] 거만하다 오 [短] 흉보다 단 [齎志(재지)] 뜻을 품음(齎志而
歿: 이루지 못한 뜻을 품고 죽음, 南朝 梁 江淹의 「恨賦」에 "齎志沒
地 長懷不已"라는 말이 보임)

〈국•역〉 사문 임제는 호걸스런 선비이다. 일찍이 평안도 評事가 되어 송도를
지니다가 닭 한 마리와 술 한 병을 가지고 글을 지어 黃眞伊의 묘에
제사지냈는데, 그 글이 호방하여 지금까지 전해오면서 외워지고 있
다. 임제는 일찍이 文才가 있고 俠氣가 있으며 남을 깔보는 성질이
있으므로, 마침내 예법을 배운 선비들에게 미움을 받아 벼슬이 겨우
正郎에 이르고 뜻을 이루지 못한 채 일찍 죽었으니, 어찌 운명이 아
니겠는가? 애석한 일이구나!

李公後白按節嶺北　盡祛宿弊　郡縣賦入　蠲除殆盡　雄富之邑
遂爲凋殘　其後守宰　或鑿空他稅徵之　民始苦之　林悌以詩諷
而傷之曰　蕙折霜風玉委塵　一時淸德動簪紳　可矜貊道終難繼
相國醫民是病民(『五山說林草藁』)

〈주•석〉 [嶺北] 함경도 [祛] 없애다 거 [蠲] 제거하다 견 [凋] 시들다 조 [鑿空
(착공)] 근거가 없음 [蕙] 난초의 일종인 혜초 혜 [委] 버리다 위 [簪
紳(잠신)] 벼슬아치 [貊] 濊貊으로, 古朝鮮 관할 경내에 있던 나라로
서, 강원도와 함경도 지역을 가리킴

〈국•역〉 이후백(1520~1578) 공이 영북의 안절사로 가서 묵은 폐단을 모두 없
애버렸다. 그리고 군현의 부세 수입을 거의 삭제해 버렸기 때문에,
풍부한 고을이 드디어 쇠해지고 말았다. 그 뒤 수령들이 간혹 아무런

근거도 없이 다른 세금을 징수하니, 백성들이 비로소 이것을 괴롭게
여겼다. 임제가 시로써 이것을 풍자하고 슬피 여겨 다음과 같이 말하
였다.

혜초는 서릿바람에 꺾이고 옥은 티끌에 버려졌는데
한때 맑은 덕이 벼슬아치들을 고무시켰네
가련하도다! 맥도는 결국 이어가기가 어려워
상국이 백성의 병을 고쳐 준 것이 바로 백성의 병이 되었도다

楊滄海倅安邊 林悌爲高山察訪 林悌漫謂滄海曰 德山驛壁上
見有七言絕句一首 以拙筆書之 疑是北道邊將之所作也 爲滄
海誦之曰 胡虜曾窺數十州 將軍躍馬取封侯 如今絕塞烟塵靜
壯士閑眠古驛樓 滄海笑曰 此非出武夫口中 必高山手也 其後
崔公慶昌以將軍躍馬取封侯 改爲當時躍馬取封侯(『五山說林
草薰』)

〈주석〉 [倅] 고을의 장관 쉬 [察訪] 지금의 철도 국장과 같은 벼슬 [漫] 방종
하다, 멋대로 만 [窺] 엿보다 규 [躍] 뛰다 약
〈국역〉 滄海 楊士彦(1517~1584)이 안변 군수로 있을 때, 임제는 고산 찰방
이 되었다. 임제가 창해에게 농담 삼아 말하기를, "덕산역 벽 위에 칠
언절구 한 수가 붙어 있는데, 못 쓰는 글씨로 쓴 것입니다. 아마 北道
邊將이 지은 시가 아닌가 생각합니다" 하고 창해를 위해 그 시(「驛樓」)
를 읊기를,

오랑캐 일찍이 이십 주를 엿볼 적엔

장군은 말을 달려 후에 봉해졌지

지금은 머나먼 변방에 싸움 없으니

장사는 옛 역루에서 한가로이 잠을 자네

라 하였더니, 창해가 웃으면서, "이것은 武夫의 입에서 나온 것이 아니요, 반드시 高山 당신의 솜씨일 것이다"라고 하였다. 그 뒤에 崔慶昌이 '將軍躍馬取封侯'를 고쳐서 '當時躍馬取封侯'로 하였다.[76]

☆ 李恒福(1556~1618)

白沙李相當光海君時 抗疏讁於北青 臨行賦詩曰 白日陰陰晝
晦微 北風吹裂遠征衣 遼東城郭應依舊 只恐令威去不歸 果坳
於北塞 誦之 令人隕淚(『星湖僿說』)

〈주석〉 [抗] 저지하다 항 [令威] 丁令威로, 漢나라 때 遼東 사람이며, 靈虛山
에서 도술을 배워 鶴이 되어 천 년 만에 요동으로 돌아왔다 함, 『搜
神後記』에, "丁令威 本遼東人 學道于靈虛山 後化鶴歸遼 集城門華表
柱 時有少年 擧弓欲射之 鶴乃飛 徘徊空中而言曰 有鳥有鳥丁令威 去
家千年今始歸 城郭如故人民非 何不學仙冢纍纍 遂高上沖天'이라 하
였음 [坳] 죽다 몰 [隕] 떨어뜨리다 운
〈국역〉 백사 이정승이 광해군 때에 항쟁하는 疏를 올리고 北青으로 귀양 가

---

76) 허균은 『惺所覆瓿藁』에서, "중형도 임자순의 ……라는 시를 칭찬하여 俠氣가 펄펄 뛴다고 하였다(仲兄
亦稱其胡虜曾窺二十州 將軍躍馬取封侯 如今絶塞無征戰 壯士閑眠古驛樓 以爲翩翩俠氣)"라고 평했다.

게 되자,[77] 길을 떠나면서 지은 시에,

한낮이 그늘져 대낮이 깜깜한데
북녘 바람 불어 멀리 가는 나그네의 옷을 찢네
요동의 성곽은 응당 예와 같을 테지만
정령위는 가고 돌아오지 않을까 다만 걱정이야

라 하였다. 그런데 과연 북쪽 변방에서 죽고 말았다. 이 시를 읽을 적마
다 사람으로 하여금 눈물을 흘리게 한다.

己丑之獄 鄭相彦信 廷杖安置甲山 其子悍 不食歐穴死 時株
連波及 人皆懍懍 家人葬不敢以禮 李白沙恒福 時爲問郞 知
其冤 方閉棺時 密以挽詩一紙 納於棺中 家人不覺也 及子長
遷厝啓棺 則歲已三紀 而紙墨宛然 其詩曰 有口不敢言 有淚
不敢哭 撫枕畏人窺 吞聲潛飮泣 誰將快剪刀 痛割吾心曲 聞
者莫不酸鼻 此詩始載於集中 今本去之 舊本世或有之 大爲時
諱 余聞廣州宋姓家有藏 倩人錄出 世變多類此(『星湖僿說』)

〈주석〉 [己丑之獄] 선조 22년(1589) 鄭汝立의 모반을 계기로 일어난 옥사
[歐] 토하다 구 [株連] 연루됨 [懍] 벌벌 떨다 름 [問郞] 조선조 때 죄
인의 심문서를 작성하여 읽어 주는 일을 맡아 보던 임시 벼슬, 文事
郞廳 [挽]=輓 만사 만 [厝]=措 두다 조 [紀] 12년 기 [宛然(완연)] 전

과 다름없는 모양 [快] 빠르다 쾌 [剪] 자르다 전 [酸] 시다 산 [倩]
고용하다 천

〈국역〉 기축옥사에 정승 정언신이 조정에서 매를 맞고 갑산으로 귀양을 가
게 되니, 그 아들 정률이 먹지를 않다가 피를 토하고 죽었다. 이때에
연루되어 파급될까 사람들은 모두 두려워하였고, 집안사람들조차 장
사를 예로 치루지 못하였다. 백사 이항복은 당시에 문랑이 되었던 까
닭으로, 그 원통함을 알고서 바야흐로 관 뚜껑을 덮을 때 만사 한 수
를 지어 몰래 관 속에 넣었는데, 집안사람들도 몰랐다. 그 아들이 장
성하여 遷葬하려고 관을 열어보니, 세월이 이미 36년이 지났는데 종
이와 먹이 그대로 있었다. 그 시는 다음과 같다.

입이 있어도 감히 말을 못하고
눈물이 있어도 감히 울지 못하네
베개를 어루만지나 남이 볼까 무섭고
소리를 삼키며 몰래 눈물을 삼키네
누가 빠르게 자르는 칼을 가지고서
굽이 맺힌 내 심장을 아프게 잘라줄까?

이 말을 듣는 자 중에 코를 시리지 않는 자가 없었다. 이 시는 처음에
本集 속에 실렸는데, 지금 본에는 삭제되었다. 舊集이 세상에 간혹
있는데, 크게 당시 기휘하는 바가 되었다. 나 李瀷은 광주에 사는 송
가 성을 가진 사람의 집에 보관되어 있다는 말을 듣고 사람을 고용
해 기록해 두었다. 세상의 변괴가 이와 같은 것이 허다하다.

與自獻俱謫咸鏡道北青 臨行謂餞僚曰 明年八月 當復還來 其
時相見 不相遲也 因吟詩曰 雲日蕭蕭畫晦迷 北風吹破遠征衣
遼東城郭應依舊 只恐令威去不歸 途中相與詼諧 以消憂勞 見
出站處 大噱曰 若知待候 可以早來 奇乘둥주리 鰲城騎浮擔
謂奇曰 令公은둥주리ㄹ른厄을맛낫늬 奇曰 令公은到處의浮談
이로다 在北青有詞曰 鐵嶺第一峰의 자고가는 져구룸아 孤臣
冤淚을 비사마 가져다가 님 겨신 九重宮闕의 썰려본들 엇더리
其詞傳播都下宮人 光海聞是詞 問誰所作也 宮人以實對 光海
愁然不樂 猶不有召還之命 嗚呼 人心一誤 難悟至此 鰲城實
是曠世大賢 東方名相 生於季世 不能容 可恨(『續雜錄』)

〈주석〉 [餞] 전별하다 전 [僚] 동료 료 [令威(영위)] 漢나라 때 遼東 사람 丁令
威를 가리키는데, 그가 일찍이 靈虛山에 들어가 仙術을 배워, 뒤에
鶴으로 化하여 요동에 돌아와서 城門의 華表柱에 앉았다가 다시 날
아갔다는 고사에서 온 말임 [詼諧(회해)] 실없이 하는 농담 [站] 역 참
[噱] 크게 웃다 갹 [候] 기다리다 후 [둥주리] 짚으로 크고 두껍게 엮
어 둥우리처럼 만든 것(추울 때, 밖을 지키는 사람이 들어앉거나 말
을 타고 가는 사람이 말 위에 얹고 그 안에 들어앉아서 추위를 막았
음) [令公] 中書令의 별칭 [浮談] 허튼 이야기 [曠世] 세상에 드묾
〈국역〉 이항복은 기자헌과 함께 함경도 북청으로 귀양을 갔다. 떠나기에 임
하여 전송하는 동료에게 말하기를, "내년 8월에 마땅히 다시 돌아올
것이니, 그때 서로 만나 보아도 늦지 않을 것이다" 하고, 시(「到靑坡
移配慶源 又移三水 正月九日 改北青 延陵諸君携壺 送于山壇道左」)
를 읊기를,

구름과 해는 쓸쓸하여 한낮도 어두컴컴한데
북풍은 먼 길 가는 사람의 옷을 찢을 듯 부네
요동의 성곽은 응당 예전과 같겠지만
다만 영위가 가서 돌아오지 않을까 염려되도다

라고 하였다. 도중에 서로 농담을 하면서 시름과 피로를 씻었다. 역참에 나오는 마부를 보고 크게 웃으면서 말하기를, "만약 네가 기다릴 줄 안다면 일찍 돌아올 수 있을 것이다" 하였다. 기자헌은 둥주리를 타고 오성은 부담을 탔는데, 기자헌에게 말하기를, "令公은 둥주리 같은 액을 만났네"라고 하니, 기자헌은, "영공은 도처에 부담이로다" 하였다. 오성이 북청에 있을 때 노래를 지으니,

철령 제일봉에 자고 가는 저 구름아
孤臣寃淚를 비삼아 가져다가
임 계신 구중궁궐에 뿌려 본들 어떠리

라고 하였다. 이 노래가 서울 장안의 궁인들에게 전파되니, 광해군이 이 노래를 듣고 누가 지은 것이냐고 물었다. 궁인이 사실로써 대답하니, 광해군은 수심에 싸여 기뻐하지 않았다. 그래도 여전히 소환하라는 명령은 없었다. 아! 사람의 마음이 한번 그르치게 되면 깨닫기 어려움이 이러한 지경에 이르는구나. 오성은 실로 세상에 드문 大賢이요, 동방의 名相인데 말세에 태어나서 받아들여지지 못했으니, 한스러워할 만한 일이다.

☆ 車天輅(1556〜1615)

有車天輅者 自其父軾 世有文才 天輅尤絶倫 長篇大作 袞袞
不渴 足爲詞壇之雄 如風外怒聲聞渤海 雪中愁色見陰山之句
膾炙人口 而爲人輕佻無賴 受擧子賄物 借述場屋 得第者甚多
晩與李再榮蝨附權奸 代其子製作 且上疏 傅會時議 人皆憤之
未幾病死 才之不足論如此 古人所謂文章一小技者 其信哉(『晴
窓軟談』 하)

〈주석〉[滾滾(곤곤)] 계속 흘러 끊어지지 않는 모양 [陰山] 崑崙山의 북쪽 支
脈으로서, 예로부터 中原의 병풍이라고 불렸음 [佻] 방정맞다 조 [擧
子] 과거 응시자 [賄] 뇌물 회 [場屋] 과거 시험장 [蝨] 섞이다 슬 [權
奸] 권세를 농단하여 악한 일을 하는 간사한 신하 [傅會(부회)]=牽强
附會

〈국역〉차천로라는 자가 있었는데 그 아비 차식 때부터 대대로 글재주가 있
었다. 그런데 그중에서도 천로의 재주가 더욱 뛰어나 장편 대작을 끊
임없이 왕성하게 지어내어 사단의 우두머리가 되기에 충분하였다.
가령,

바람결에 울부짖는 발해의 파도 소리 들리고
눈 속에 잠긴 수심 음산의 빛이 보이네

라고 한 구절은 사람들의 입에 널리 오르내리기도 하였다. 그러나 사
람됨이 경솔하고 불량하여 과거 응시생으로부터 뇌물을 받고 시험장

에서 대신 답안지를 작성해서 합격시켜 준 경우도 매우 많았으며, 만
년에는 이재영과 함께 권간에게 빌붙고는 그의 아들 대신 제술해주
기도 하였고, 또 상소를 올려 당시의 의논에 억지로 맞추려고 하였으
므로, 사람들이 모두 분개하였는데, 얼마 있다가 병으로 죽었다. 재
주란 이처럼 논할 가치가 없는 것이다. 옛 사람이 "문장은 하나의 조
그마한 기예에 불과하다"고 한 것이 정말 맞는 말이다.

文士車天輅 以能文名於世 而最長者 詩與四六也 壬辰夏 倭
寇陷京都 車駕西巡駐義州 請救於中朝 帝命遣侍郎宋應昌都
督李如松討之 癸巳春 都督大破倭寇于平壤 夏倭寇退屯于東
萊釜山等處 秋都督還朝 臨別求別詩於諸文士 天輅作詩及七
言律詩一百首七言排律一百韻 律詩則上下平聲 各韻盡押 而
二日作之 排律則押陽字韻 而半日作之 富贍敏捷 當代無雙
眞天才也 其詩世方傳播焉(『遣閑雜錄』)

《주석》 [車駕(거가)] 왕이 타는 수레 [駐] 머무르다 주 [屯] 진치다 둔

《국역》 문사 차천로는 문장에 능함으로써 세상에 이름이 났는데, 가장 잘하
는 것은 시와 四六騈儷體이다. 임진년 여름에 왜구가 서울을 함락하
자, 임금이 서쪽 의주로 가서 머무르며 중국에 구원을 청하니, 명나
라 신종이 시랑 송응창과 도독 이여송을 보내어 토벌하게 하였다. 계
사(1593)년 봄에 도독 이여송이 왜구를 평양에서 대파하니, 그해 여
름에 왜구가 동래와 부산 등지로 물러가 주둔했다. 가을에 도독 이여
송이 중국으로 돌아가려고 작별에 임하여 이별시를 여러 문사에게
구하니, 차천로는 시와 7언율시 1백 首와 7언 七言排律詩 1백 韻을

지어 주었다. 율시는 上下平聲으로 각각의 운자를 붙여서 2일 만에 지었고, 배율시는 陽자 운으로 압운하여 반나절 만에 지었는데, 그 시가 풍부하고 민첩하여 당대에 짝이 없었으니, 진실로 천재다. 그 시가 바야흐로 세상에 널리 퍼졌다.

車五山天輅 滄洲雲輅詩 雖有武庫利鈍之譏 而大抵並振古俊才也 五山尤有華國之功 李提督破平壤倭 意得張甚 人無敢蒲伏其前 而乃令於鮮 選能爲露布者 材俊林立 而步盡縮 乃以五山應之 五山昂然不辭 拉韓濩而前 五山貌甚窮陋 提督輕之曰 此子能文乎 投文錦而使之書 五山口號如宿構 石峯疾書如飛 提督移席就之 至曰 班聲噎鵬背之風 喜氣融牛目之雪 雪及牛目 公羊氏語 而破城之日 適雪也 提督大驚曰 天下奇才也 及其返也 又以七律百篇 送之平壤 致語亦五山作也 華國有過此耶 然官不踰奉常僉正而死 則曰爲之食於奎 趙振占之果然 謝靈運范曄之死 皆有是災 雲輅亦落拓而終 天輅父軾子轉坤 並登第 柳夢寅志軾墓 歷敘其世德 天輅兄殷輅 亦神童也 早沒 然天輅集 終不行 見於箕雅者 若干詩也 先君子傷惜之 哀其詩及滄洲詩 上及其父軾祖廣運詩 合爲十一卷 藏之今上辛亥 幸顯隆園 道過果川 五山墓在焉 上爲之曠感 命刊其集 而吾家所藏 始出焉 刻於湄營 文章之顯晦 自各有時 幸而出於今也 然誤字甚多 無可證也 甚可恨已(『靑城雜記』)

〈주석〉 [武庫] 사람의 학식이 깊고 재능이 많음을 칭송하는 말 [振古(진고)] 예전 [蒲伏(포복)]=匍匐 [露布] 승리를 알리는 문서 [昂] 들다 앙 [拉]

끌다 랍 [宿] 미리 숙 [班聲] 班馬의 울음소리로, 말의 울음소리를 가리킴 [班聲噫鵬背之風] 李如松이 평양성을 공격할 당시의 드높은 사기를 형용한 말이다.『五山集』권6의「破平壤城倭賊露布」에 "대장의 기와 북을 세우니, 말 울음소리는 붕새 등의 바람에 우렁찼고, 중군의 관과 애[관과 아는 陣의 명칭임]를 정돈하니, 기뻐하는 기운은 소눈망울까지 쌓인 눈을 녹였다네[建大將之旗鼓 班聲噫鵬背之風 整中軍之鶴鵝 喜氣融牛目之雪]"라 하였음 [公羊氏語]『춘추공양전』에서는 이런 표현을 찾을 수 없고, 戰國時代에 魏 惠王의 장례를 눈이 많이 쌓여 힘들게 치렀다는 기사에 이런 표현이 보임(『戰國策』卷23) [致語] 慶事가 있을 때 임금에게 올리는 글 [落拓(락척)] 영락함 [裒] 모으다 부 [顯隆園(현륭원)] 경기도 화성군에 있는 사도세자의 묘 [浿營(패영)] 평양

〈국역〉 五山 차천로와 창주 차운로 형제의 시는 비록 재능의 고하에 대한 비평이 있으나, 대체로 모두 예전의 준재이다. 특히 오산은 나라를 빛낸 공로가 있다. 提督 李如松이 평양의 왜구를 격파하고 의기양양해하니, 사람 중에 감히 그 앞에서 기어 다니는 사람도 없었다. 그는 마침내 조선에 명하여 승전보를 지을 만한 자를 뽑아 보내라 하였는데, 뛰어난 인재들이 줄줄이 있었으나 모두 뒤로 빼고 나아가지 못하였다. 마침내 오산에게 응하게 하자, 오산은 당당하게 사양하지 않고 石峯 한호를 끌고 앞으로 나아갔다. 오산의 외모가 매우 초라하니, 이여송은 그를 하찮게 여기며 "이런 자가 글을 지을 수 있겠는가?"라 하고, 글을 쓸 비단을 던져 주고 그에게 쓰게 했다. 오산은 미리 구상한 것처럼 입으로 불러 주고, 석 봉은 날듯이 빨리 써 내려갔다. 이여송이 자리에서 일어나 그에게 다가가 보았는데,

말 울음소리는 붕새 등의 바람에 우렁찼고
기뻐하는 기운은 소 눈망울까지 쌓인 눈을 녹였다네

라 하였다. 눈이 소 눈망울까지 쌓였다는 표현은 『春秋公羊傳』에 나
오는 말인데, 평양성을 격파하는 날에 마침 눈이 내렸었다. 이여송은
크게 놀라며, "천하의 기재로다"라고 칭찬하였다. 이여송이 돌아갈
때에 또 칠언 율시 100편을 지어 평양으로 보냈으며, 치어도 오산이
지은 것이었으니, 나라를 빛냄이 이보다 더할 수 있겠는가? 그러나
관직은 겨우 奉常寺僉正을 넘지 못하고 죽었다. 그가 죽을 때에 태양
이 奎星에서 日蝕하였다. 조진은 이것을 점쳐 보고 (차천로가 죽을
것이라고 예언하였는데) 과연 그러하였다. 옛날 사영운과 범엽이 죽
을 때에도 모두 이러한 災異가 있었다고 한다. 차운로도 영락한 채로
죽었다. 차천로의 아버지는 식이고, 아들은 전곤인데 모두 과거에 급
제하였다. 유몽인이 차식의 묘갈명을 지으면서 그 집안 대대로 내려
오는 덕을 낱낱이 서술하였다. 차천로의 형 은로 역시 신동이었는데
일찍 죽었다. 그러나 차천로의 문집은 끝내 간행되지 못하였고, 『箕
雅』에 보이는 것은 시 몇 편뿐이다. 선친께서 이것을 안타깝게 여기
고, 오산의 시와 창주의 시, 위로 아버지 식과 조부 광운의 시를 수집
하여 모아서 합하여 11권으로 엮어 보관하셨다. 임금께서 신해년
(1791, 정조 15)에 현륭원에 행차할 적에 과천을 지나게 되었는데, 오
산의 묘가 그곳에 있었다. 임금께서 옛일을 생각하고 그의 문집을 판
각할 것을 명하였다. 그리하여 우리 집에서 소장하고 있던 것을 비로
소 꺼내어 패영에서 판각하게 되었다. 문장이 드러나고 묻히는 것이
각기 때가 있으니, 다행히 지금에 와서 세상에 나오게 되었다. 그러

나 오자가 매우 많은데, 입증할 수 있는 것이 없으니, 참으로 한스러울 뿐이다.

余見五山詩藁 皆所手書者 其詩汪洋麗豪 卒多未精 如奉使日本詩 爲人所稱 而未免疵累 其詩曰 愁來徙倚仲宣樓 碧樹凉生暮色遒 鼇背島空風萬里 鶴邊雲散月千秋 天連魯叟乘桴海 地接秦童探藥洲 長嘯一聲凌灝氣 夕陽西下水東流 旣曰海空 又曰探藥洲 又曰水東流 一何水之多也 況探藥下洲字 尤爲未安 蓋五山之文章 贍給無比 終歸亂雜 豈五山無意傳後 不點化歟(『詩評補遺』)

〈주석〉 [汪洋(왕양)] 기세가 渾厚하고 雄建함 [疵(흠 자)] [徙倚(사의)] 배회함 [仲宣樓(중선루)] 중선은 漢나라 王粲이 지은 것으로, 왕찬이 올라 「登樓賦」를 지은 湖北省 當陽縣의 城樓를 가리킴(일본에서 지은 것이라면 일본에 있는 누각의 이름임) [遒] 닥치다 주 [鼇] 자라 오 [桴] 뗏목 부 [嘯] 휘파람불다 소 [灝氣(호기)] 天上의 맑은 氣 [給] 넉넉하다 급 [點化(점화)] 다른 사람이 지은 詩文을 보고 그 시에 나오는 문자와 격식을 그대로 취하여 자신이 새로이 구상한 詩想을 대입시키는 한시 표현법↔換骨奪胎

〈국역〉 나 홍만종이 오산의 시고를 보았는데, 모두 손수 쓴 것들이었다. 그 시는 왕양여호하여 끝내 精緻하지 못한 것이 많았다. 예를 들어 일본에 사신 갈 때 지은 시는 사람들에게 많이 일컬어지고 있으나, 흠이 있는 것에서 벗어나지 못했다. 그 시(「杆城詠月樓」)에 이르기를,

시름이 일어 중선루에 배회하는데

푸른 나무에 찬 기운 생겨 저녁 빛이 다가드네

자라 등의 섬은 비었는데 바람이 만 리에서 불고

학 주변의 구름은 흩어졌는데 달은 천 년 동안 밝네

하늘은 노나라 늙은이가 뗏목 타려던 바다로 이어져 있고

땅은 진나라 동자가 약 캐던 섬에 이어져 있네

길게 휘파람 부는 한 소리에 天上의 기운 가로지르니

석양은 서쪽으로 지고 물은 동쪽으로 흐르네

라 했다. 이미 '海空'이라 하고 또 '採藥洲'라 하고 또 '水東流'라 했으니, 어찌 물이 그렇게 많은가? 더구나 '採藥' 아래의 '洲'는 더욱 불안하다. 대개 오산의 문장은 富贍하여 비교할 자가 없는데 마침내 잡스러움으로 귀착했으니, 아마 오산이 후세에 전할 뜻이 없어 점화하지 않은 것이 아니겠는가?

權石洲與車五山 共次僧軸韻 到風字 石洲先題曰 鶴邊松老千秋月 鰲背雲開萬里風 自詑其豪警 五山次之曰 穿雲洗鉢金剛水 冒雨乾衣智異風 其壯健過之(『小華詩評』)

〈주석〉 [詑]=訑 으쓱거리다 이 [鉢] 바리때 발 [冒] 무릅쓰다 모

〈국역〉 석주 權韠이 오산 차천로와 더불어 스님의 시축에 차운하다가 '풍'자에 이르렀다. 석주가 먼저,

학이 노니는 나무는 천 년 달에 늙어가고

자라 등(삼신산) 구름은 일만 리를 불어가네

라 하였다. 석주가 이 시구가 호방하고 경책임을 자랑하였다. 오산이
이 시구에 차운하길,

구름을 뚫고 올라와 금강산 물에 바리때를 씻고
비를 무릅쓰고 와서 지리산 바람에 옷을 말리네

라 했다. 오산 시의 장건함이 석주의 시보다 낫다.

☆ 許楚姬(1563~1589)

許草堂之女 金正字誠立之妻 自號景樊堂 詩集刊行于世 篇篇
警絶 所傳廣寒殿上樑文 瑰麗淸健 有似四傑之作 而但集中所
載 如游仙詩 太半古人全篇 嘗見其近體二句 新粧滿面猶看鏡
殘夢關心懶下樓 此乃古人詩 或言其男弟筠剽竊世間未見詩篇
竄入以揚其名云 近之矣(『晴窓軟談』하)

〈주석〉 [瑰麗(괴려)] 글이 화려함 [四傑] 初唐의 王勃・楊炯・盧照隣・駱賓
王을 말함 [猶] 그 위에 더 유 [懶] 늦다 라 [竄] 숨기다 찬

〈국역〉 허초희는 초당 許曄의 딸이자 정자 김성립의 처로서 스스로 경번당
이라고 호를 지었고 시집이 세상에 간행되었는데, 편편마다 놀랄 만
큼 뛰어나다. 그 중에서도 전해 오는 「광한전상량문」은 화려하고 청
건하여 사걸의 작품과 비슷한 점이 있다. 그런데 다만 시집에 실려

있는 것 가운데 가령 유선시 같은 것은 태반이 옛 사람의 시편을 그대로 옮겨놓은 것이다. 일찍이 그 근체시 2구를 보았는데,

금방 얼굴에 화장하고 또 거울 쳐다보고
남은 꿈 마음 걸려 누각 아래에 눕네

라 하였는데, 이것은 바로 옛 사람이 시이다. 어떤 이는 말하기를 "그녀의 남동생 許筠이 세상에 보지 못한 시편을 표절하여 몰래 끼워 넣어 이름을 날린 것이다"고 하는데, 이 말이 그럴 듯하다.

婦人能文者 古有曹大家班姬薛濤輩 不可彈記 在中朝非奇異
之事 而我國則罕見 可謂奇異矣 有文士金誠立妻許氏 卽宰相
許曄之女 許篈筠之妹也 篈筠以能詩名 而妹頗勝云 號景樊堂
有文集 時未行于世 如白玉樓上樑文 人多傳誦 而詩亦絶妙
早死可惜(『遣閑雜錄』)

〈국역〉 婦人으로 문장에 능한 자는 옛날 중국의 曹大家와 班姬, 그리고 薛濤 등으로 이루다 기재하지 못하겠다. 중국에서는 기이한 일이 아닌데, 우리나라에서는 드물게 보는 일로 기이하다 하겠다. 文士 金誠立의 妻 허씨는 바로 재상 허엽의 딸이며, 許篈·許筠의 여동생이다. 허봉과 허균도 시에 능하여 이름이 났지만, 그 여동생인 허씨는 더욱 뛰어났다고 한다. 호는 景樊堂이며 文集도 있으나 당시 세상에 유포되지 못하였지만, 「백옥루상량문」 같은 것은 많은 사람들이 傳誦하고 시 또한 절묘하였는데, 일찍 죽었으니 아깝도다!

☆ 李晬光(1563~1628)

芝峯類說多載己詩數十句曰 世所稱道者 故錄之云 而以余觀
之 無可稱者 惟林間路細繞通井 竹裏樓高不碍山一句 差可於
意 如本集中所載棘城詩 烟塵古壘鵰晨落 風雨荒原鬼晝行一
聯 句語奇怪 有足可稱 而不錄於其中 豈以世不稱道 故闕之
歟 車滄洲嘗評芝峯詩 如草屋明窓 賓主相對 酒旨肴嘉 而一
巡行盃 更問餘幾 則只有一盃 無以更進 歡意索然(『小華詩評』
하, 29)

〈주석〉 [碍] 막다 애 [差] 조금 치 [壘] 진 루 [鵰] 수리 조 [素然(삭연)] 쓸쓸한
모양

〈국역〉 『지봉유설』에 지봉 자신이 지은 시를 수십 구나 싣고서 "세상에서
칭송하는 것이므로 싣는다"고 했다. 그러나 내가 보기에는 칭송할
만한 시구가 없는데, 오직

숲 사이 오솔길은 겨우 샘물과 통하고
대숲 속 높은 누대는 산을 막지 않네

한 구절만 조금 마음에 든다. 본집 중에 실려 있는 「극성」 시에

안개와 먼지 낀 옛 성루에 새벽되어 매가 내려앉고
비바람 치는 거친 들녘에는 대낮에도 도깨비가 다니네

한 연이 시구와 말이 기괴하여 칭송할 만하다. 그런데 이것이 문집 속에 수록되지 않은 것은 혹시 세상에서 칭송하지 않았기 때문에 뺀 것인가? 창주 車天輅(1556~1615)가 일찍이 지봉의 시를 평하며 "초가집 환한 창에 손님과 주인이 서로 마주 앉아서 맛있는 술과 안주를 먹으며 한 순배 술이 돌았다. 그리고 나서 남은 술이 얼마냐고 다시 물으니, 겨우 한 잔 밖에 없어 더 이상 올릴 수 없다고 하였을 때 즐겁던 기분이 사라지는 것과 같다"고 하였다.

李如松之北還也 上別簡文人五人 開藝文館 給筆札 命賦詩 以移其行事(金澤榮의 「崧陽耆舊傳」)

〈주석〉 [五人] 李廷龜, 崔岦, 李晬光, 李安訥, 車天輅 [筆札(필찰)] 문구류 [移] 쓰다 이

〈국역〉 이여송이 중국으로 귀국할 때, 宣祖가 따로 문인 5인을 뽑아서 예문관을 열고 지필묵을 하사하고 시를 지어서 환송하는 행사에 사용하게 하도록 하였다.

☆ 李廷龜(1564~1635)

月沙象村 同時齊名 前後論者 互有軒輊 當時文苑之論 頗以象村爲勝 觀谿谷所序二公文集 可見也 至近世尤翁 始以月沙爲勝 蓋象村視古修辭 藻飾之功多 月沙隨意抒寫 紆餘之致勝 尙辭者右象村 主理者取月沙 固各有所見也(『農巖雜識』 外篇)

〈주석〉 [軒] 수레의 앞부분이 가볍고 높음 헌 [輊] 수레의 앞부분이 무겁고 낮음 지 [藻飾(조식)] 꾸밈 [紆餘(우여)] 곡절 [致] 풍취 치

〈국역〉 월사 李廷龜와 상촌 申欽은 동시대에 나란히 이름이 났는데, 지금까지 논자들의 평이 서로 엇갈려 왔다. 당시 문단의 논의는 상촌을 상당히 낫다고 여겼으니, 계곡 張維가 쓴 두 사람의 문집 서문을 보면 알 수 있다. 그러다가 근세에 이르러 우옹 宋時烈(1609~1689)이 비로소 월사를 우위에 두었는데, 이것은 대개 상촌은 옛 수사법에 견주어 꾸미는 노력을 많이 기울였는데, 월사는 마음 가는 대로 풀어내어 곡절을 묘사한 흥취가 뛰어나기 때문이다. 문사를 중시하는 이들은 상촌을 우위에 두고, 이치를 위주로 하는 이들은 월사를 취한 것은 진실로 각기 주안점이 있기 때문이다.

李月沙之文 醇厚博茂 驟看不甚有滋味 而讀之逾久 令人不厭
自古稱文人浮夸少實 而斯人則却不然 誦其詩讀其文 自可驗
其後必昌(『弘齋全書』「日得錄」)

〈주석〉 [滋味] 좋은 맛(滋 맛있다 자) [浮夸(부과)]=誇張

〈국역〉 月沙 李廷龜의 문장은 순후하면서도 광대하여 얼핏 보아서는 그다지 좋은 맛을 느끼지 못하지만, 읽으면 읽을수록 사람으로 하여금 싫증나지 않게 한다. 예로부터 文人은 과장되고 진실성이 적다고 말해 왔지만, 이 사람은 전혀 그렇지 않다. 그 시를 읊고 그 산문을 읽어 보면 절로 징험할 수 있을 것이다. 그 후손은 반드시 창성할 것이다.

☆ 申欽(1566~1628)

申玄翁欽 自少爲文章 便自成家 評家或卑之 亦過矣 其龍灣
詩曰 九日遼河蘆葉齊 歸期又滯浿關西 寒沙淅淅邊聲合 短日
荒荒鴈翅低 故國親朋書欲絶 異鄕魂夢路還迷 愁來更上譙樓
望 大漠浮雲易慘悽 濃厚老成 不可輕也(『小華詩評』)

〈주석〉 [龍灣(롱만)] 義州 [遼河(요하)] 옛 이름은 句驪河인데, 吉林 薩哈嶺에
　　　서 發源하는 東遼河와 內蒙古 白岔山에서 발원하는 서요하가 遼寧
　　　昌圖縣 靠山屯 부근에서 합쳐진 다음에 요하라고 불린다. 그곳에서
　　　서남쪽으로 꺾어져 盤山灣을 통해 바다로 들어간다. 그러나 여기서
　　　는 요동, 곧 만주지방의 강이란 뜻으로 쓰인 듯함 [蘆] 갈대 로 [浿關
　　　(패관)] 浿水의 관문, 곧 淸川江 일대를 가리킴 [淅淅(석석)] 물체가
　　　부딪쳐 움직이는 소리 [邊聲(변성)] 오랑캐족이 부르는 노래를 뜻하
　　　기도 하는데, 여기서는 변방 진영 군사들의 소리를 말한 듯함 [荒荒
　　　(황황)] 쓸쓸한 모습 [翅] 날개 시 [譙樓(초루)] 성문 위의 望樓 일반
　　　적으로 鼓樓라 부름 [大漠(대막)] 몽고 高原의 큰 사막, 瀚海・大磧이
　　　라 부르기도 함 [慘] 애처롭다 참 [悽] 슬퍼하다 처
〈국역〉 현옹 신흠은 어려서부터 문장을 지어 곧 스스로 일가를 이루었다. 평
　　　하는 사람이 간혹 그를 낮게 평가하지만, 또한 지나치다. 그의 「용만」
　　　시에,

　　　구월 구일 요하에 갈댓잎 가지런한데
　　　돌아갈 기약 또 다시 패관서쪽에 묶였네

찬 모래 서걱거려 변방 소리에 합해지고

짧은 해 어둑한데 기러기 날개 나직하네

고국의 친척과 벗들 서신이 끊길 듯하고

타향의 꿈속에는 고향길이 아련하네

시름겨워 다시금 초루 올라 바라보니

큰 사막의 뜬구름에 쉽게도 서글퍼지네

라 했는데, 농염하고 노성하여 가볍게 볼 수 없다.

☆ 許筠(1569~1618)

朱太史之藩嘗稱 端甫雖在中朝 亦居八九人中 端甫許筠字也
第以刑死 文集不行 人罕知之 特揀數首 田園蕪沒幾時歸 頭
白人間官念微 寂寞上林春事盡 更看疎雨濕薔薇 懕懕晝睡雨
來初 一枕薫風殿閣餘 小吏莫催嘗午飯 夢中方食武昌魚 評者
謂 東岳詩如幽燕少年 已負沈鬱之氣 石洲詩如洛神凌波 微步
轉眄 流光吐氣 許筠詩如波斯胡陳寶列肆 下者乃木難火齊(『小
華詩評』)

〈주석〉 [第] 다만 제 [揀] 가리다 간 [上林(상림)] 上林苑으로, 漢나라 때 天子
의 苑의 이름 [懕懕(염염)] 혼몽한 모습 [薫風(훈풍)] 따뜻한 바람 [武
昌魚(무창어)] 무창 지역에서 생산된 물고기로, 삼국 시대 吳의 孫皓
가 도읍을 建業으로 옮길 때에 백성들도 무창에 머물러 살고 싶어 하
여 "건업의 물을 마시고 무창의 고기를 먹겠다"라는 童謠가 있었음

[幽燕] 중국 幽州는 전국시대의 燕趙의 땅이었는데, 이곳 사람들은 悲憤慷慨하여 슬픈 노래를 부르고 氣節을 숭상하고 俠客을 우대하는 것으로 이름 높음 [凌] 건너다 릉 [眄] 곁눈질하다 면 [波斯] 이란 [木難] 寶珠 이름 [火齊] 寶珠 이름

〈국역〉 태사 朱之藩이 일찍이 "단보는 비록 중국 사람으로 태어났다 하더라도 (뛰어난 문인) 8, 9 사람 중의 한 사람이 될 것이다"라고 하였는데, 단보는 허균의 자이다. 그런데 다만 형벌을 받아 죽었기 때문에 문집이 간행되지 않아서 그를 아는 사람이 드물다. 특별히 몇 수를 가려 싣는데, (「初夏省中作」 시에)

전원이 묵었는데 언제 돌아가지?
하얀 머리의 인간 벼슬 생각 적어지네
적막한 상림원에 봄빛이 다하려 하기에
다시 성긴 비에 젖은 장미를 보노라
몽롱한 낮잠 비가 막 내리는데
베개맡의 따뜻한 바람 전각에 남아도네
胥吏여, 점심밥 어서 들라 재촉 마소
꿈속에 한창 무창 물고기 먹고 있는데

라 하였다. 평자들이 말하길, "동악 이안눌의 시는 유연의 소년배들과 같아서 벌써 침울한 기상을 짊어지고 있고, 석주 권필의 시는 낙신이 파도를 타면서 가벼운 걸음을 내디디며 눈길을 이리저리 둘 때 그 눈빛이 기상을 토해내는 것과 같고, 허균의 시는 이란 장사꾼이 저자에 보물을 진열해 놓고 있는 것과 같은데, 하품의 물건이라도 목

314

난이나 화제 정도는 된다"라 하였다.

☆ 權韠(1569~1612)

有韋布權韠者 字汝章 參議擘之子也 擘能文章 韠早得家庭之
訓 弱冠而藝成 治少陵 所作甚淸艷 後來作詩者 推爲第一 以
詩觸時諱 壬子受廷刑 竄北荒 出都門而卒 年四十三 遠近聞
者 莫不嗟悼 爲人亦淸疏邁往 不拘少節 棄科業 放浪物外 詩
酒自娛 遭壬辰倭警 流寓江華 摳衣者日造門 至有贏糧躡屩
千里而來從者 及其歿也 門人痛其非辜 多捐科擧 與世相絶者
所著石洲集 行于世 有一子 其門人沈愓云(『晴窓軟談』 하)

〈주석〉 [韋布(위포)] 벼슬하지 않거나 평민이 입는 옷 [時諱(시휘)] 권필이 광
해군의 妃 柳氏의 아우 柳希奮 등 戚族들의 방종함을 비난하는 宮柳
詩를 지었는데, 광해군이 크게 노하여 시의 출처를 찾던 중 金直哉의
誣獄에 연루된 趙守倫의 집을 수색하다가 권필의 시를 찾아내었다.
이에 권필이 親鞫을 받고 귀양길에 올랐는데, 동대문 밖에 이르렀을
때 사람들이 주는 술을 폭음하고 이튿날 죽고 말았음 [荒] 변방 황
[悼] 슬퍼하다 도 [邁往(매왕)] 한결같이 앞만 바라봄, 세속을 초탈함
[物外=世外 [警] 놀라게 하다 경 [摳衣(구의)] 옷을 걷는 것으로, 공
경을 표시함 [贏] 싸다 영 [躡] 신다 섭 [屩] 짚신 갹 [辜] 허물 고
〈국역〉 寒士 권필이라는 자가 있었는데, 자는 여장으로 참의 권벽의 아들이
다. 권벽은 문장을 잘했는데, 권필이 어려서부터 가정의 훈도를 받아
20세에 文藝가 이루어졌다. 소릉 杜甫를 배웠으며, 작품은 매우 맑고

아름다운데, 후에 시를 짓는 사람들이 그를 으뜸으로 쳤다. 그런데 시가 시휘에 저촉되었기 때문에 임자년(1612, 광해군4)에 조정에서 형벌을 받고 북쪽 변경으로 유배당하게 되었는데, 도성 문을 나가다가 죽고 말았다. 이때 나이 43세였는데, 원근에서 들은 자 중에 탄식하며 슬퍼하지 않는 사람이 없었다. 사람됨 역시 소탈하고 세속을 초탈했으며 사소한 儀節에 구애받지 않았는데, 과거 공부도 포기하고 세상 밖으로 떠돌아다니면서 시와 술로 스스로 즐겼다. 임진왜란을 당해 강화로 흘러 들어가 寓居하고 있을 때는 추종하는 자가 날마다 문에 이르렀는데, 심지어는 식량을 싸들고 미투리를 신고 천 리에서 와서 따르는 자도 있었다. 그가 죽자 문인들이 죄 없이 그가 죽게 된 것을 가슴 아파하여 과거를 포기하고 세상과 관계를 끊어버리는 자들이 많았다. 저술한 『석주집』이 세상에 전해진다. 아들 하나가 있었으며, 그 문인은 심척이라고 한다.

權汝章氏 以宮柳一詩 壬子逮獄 旣出創痛 不卽登途 留興仁門外氓舍 一日親舊問疾送行 頗有來觀者 見汝章臥內壁上 有舊題古詩曰 正是青春日將暮 桃花亂落如紅雨 勸君終日酩酊醉 酒不到劉伶墳土 蓋是村家學究 曾所漫書者 而勸字 誤作權字 劉伶誤作柳聆 見者相顧錯愕 俄而汝章飢渴索酒 飲一大器訖 溘然就暝 是日卽三月之晦 窗外所見 恰似詩景 造物之生死斯人 處分前定 悲夫(『畸翁漫筆』)

〈주석〉 [逮] 미치다 태 [創] 상처 창 [氓] 백성 맹 [酩酊(명정)] 많이 취한 모양 [學究] 시골의 훈장 [錯愕(착악)] 갑자기 놀람 [溘] 갑자기 합 [暝] 눈

을 감다 명 [恰] 마치 흡

〈국역〉 여장 권필이 궁류시 한 편 때문에 임자년(1612, 광해군 4)에 옥에 갇혔다. 이미 옥문을 나와서도 상처가 아파서 곧 귀양길을 떠나지 못하고, 홍인문 밖의 민가에 유숙하였다. 하루는 친구들이 와서 문병을 하고 전송하는데, 와서 보는 사람들이 많았다. 여장이 누워 있는 방안의 벽을 보니 옛날 쓴 고시가 있는데,

때는 바야흐로 청춘이요 날은 저물려는데
복사꽃 어지러이 붉은 비처럼 떨어지네
그대에게 권하노니 온종일 진하게 취해 보소
술이 많다 해도 유령의 무덤 위엔 이르지 못한다네

라 했다. 아마 이것은 어떤 시골 훈장이 일찍이 아무렇게나 썼던 것 같은데, '勸'자를 잘못 '權'자로 쓰고, '劉伶'을 잘못 '柳聆'으로 써놓았으니, 보는 사람들이 서로 돌아다보며 놀랐다. 얼마 있다가 여장이 목마르다고 하면서 술을 찾아서 한 큰 그릇으로 마시고는 갑자기 눈을 감고 마니, 이날이 바로 3월 그믐날이었으며, 창밖의 풍경이 그 시 속의 풍경과 같았다. 조물주가 이 사람의 생사에 대한 처분을 미리 정해 놓았으니, 슬프구나!

我朝詩家 權石洲能得盛唐調響 而板本刓缺 故令湖營重刊(『弘齋全書』「日得錄」)

〈주석〉 [調] 가락, 운치 조 [刓] 닳다 완

〈국역〉 우리나라 시인 石洲 權韠은 盛唐 때의 격조와 운치를 터득할 수 있었는데, 문집의 판본이 닳아 이지러졌기 때문에 湖營으로 하여금 重刊하도록 하였다.

鳳山郡守申慄 捕盜鞫之甚酷 盜欲緩死 告文官金直哉謀反 申慄通于兵使柳公亮監司尹暄等 聞于朝 繫送直哉 鞫之 直哉誣稱與黃赫連謀 欲推戴晉陵君 晉陵卽順和繼後子 而順和夫人赫之女也 並拿鞫 赫殞於杖下 獄成 柳公亮申慄及推官皆錄勳 獄起於辛亥 成於壬子 黃赫家文書搜探時 得權韠詩於文書中 詩曰 宮柳靑靑鶯亂飛 滿城冠蓋媚春輝 朝家共賀昇平樂 誰使危言出布衣 鞫廳以詩語有怨誹意 請拿鞫 受刑遠竄 道死 韠兄韜亦被謫 韠以幼學 傷時廢科 憤戚里用事 有此句 宮柳蓋指王妃柳氏也(『光海朝日記』 辛亥(1611년)條)

〈주석〉 [鞫] 국문하다 국 [拿] 拏(잡다 나) 俗字 [殞] 죽다 운 [冠蓋(관개)] 높은 벼슬아치 [媚] 아첨하다 미 [暉] 빛 휘 [昇平(승평)] 태평 [危] 바르다 위 [誹] 비방하다 비 [幼學]『禮記』「曲禮 上」에, "人生十年曰幼學"이라 하였음 [戚里(척리)] 왕의 외척이 거주하는 곳으로, 외척을 가리킴

〈국역〉 鳳山郡守 신률이 도적을 잡아서 국문하는 것이 매우 혹독하니, 도적이 죽음을 늦추려고 文官 김직재가 모반하였다고 하였다. 신률이 병사 류공량, 감사 윤훤 등을 통하여 조정에 알리고, 김직재를 묶어 올려 보냈다. 그를 국문하니, 김직재가 황혁과 같이 모의하여 진릉군을 추대하려 했다고 거짓으로 말하였다. 진릉군은 바로 順和君의 양자

이며, 순화군의 부인은 황혁의 딸이다. 모두 잡아다가 국문했는데, 황혁은 곤장을 맞고 죽었다. 옥사가 끝나자, 류공량·신률 및 추관은 모두 녹훈되었다. 옥사가 신해년(1611)에 일어나 임자년(1612)에 끝났다. 황혁 집의 문서를 수색할 때, 문서 가운데서 권필의 시를 얻었는데, 그 시(「聞任茂叔削科」)에 이르기를,

궁궐 버들 푸르고 꾀꼬리 어지러이 나는데
성 안에 가득한 높은 사람 봄 햇살에 아첨하네
조정에서 함께 태평의 즐거움을 축하하는데
누가 바른말 하여 포의로 쫓겨났나?

라고 했다. 국청에서 詩語에 원망하고 비방하는 뜻이 있다 하여 권필을 잡아다가 국문하기를 청하였다. 그리하여 형벌을 받고 멀리 귀양가다가 도중에 죽었고, 권필의 형 권도도 귀양을 갔다. 권필은 幼學에, 시국에 마음이 상하여 과거를 그만두고 외척들이 권력을 마음대로 부리는 것을 분히 여겨 이 시를 지었던 것이다. 궁궐 버들은 아마도 왕비 柳氏를 가리키는 듯하다.

天使顧崔之來　權石洲韠以白衣從事被選　宣廟命徵詩稿以入置之香案　常諷誦之　其寒食詩　祭罷原頭日已斜　紙錢翻處有鳴鴉　山蹊寂寂人歸去　雨打棠梨一樹花　詞極雅絶　且如人煙寒食後　鳥語晚晴時　其自然之妙　何減於芙蓉露下落　楊柳月中疏　谿谷曰　余見石洲　凡形於口吻　動於眉睫　無非詩也云　蓋石洲之於詩　眞所謂天授者歟　惜乎　始以詩受知於宣廟　終以詩得禍

於光海 士之遇時 其幸不幸如此哉(『小華詩評』)

〈주석〉 [翻] 날다 번 [鴉] 갈까마귀 아 [蹊] 좁은 길 혜 [打] 치다 타 [棠] 팥배
나무 당 [吻] 입술 문 [睫] 속눈썹 첩

〈국역〉 명나라 사신 顧天埈과 崔廷健이 오자, 석주 권필이 포의로 종사관에
선발되었는데, 선조께서 석주의 시고를 찾아 들여오게 해서 향안에
다 놓아두고 항상 읊으시었다. 그의 「한식」시에,

제사 마친 들판에 해는 이미 기울고
지전 흩날리는 곳에 갈까마귀만 운다
적적한 산길에 사람들은 돌아가고
팥배나무 한 그루 꽃잎 위로 빗발치네

라 했는데, 시어가 지극히 곱다. 또

한식 지난 마을에 밥 짓는 연기 오르고
비개고 난 저녁에 새들 지저귀네

는 그 자연스러움의 오묘한 경지가 어찌 (蕭慤의 「秋思」의)

부용꽃은 이슬에 떨어지고
버들가지는 달빛 속에 성글다

에 뒤떨어지겠는가? 계곡 장유가 말하기를, "내가 석주를 보니, 그의

320

입에서 형상화되고 그의 눈앞에서 움직이는 모든 것이 시가 아닌 것이 없다"라고 하였다. 대개 석주의 시는 참으로 이른바 하늘이 부여해준 것인가? 안타깝구나! 처음에는 시로서 선조에게 인정을 받았다가 끝내는 시 때문에 광해군에게 화를 당하였으니. 선비가 때를 만나느냐 만나지 못하느냐에 따라 행불행이 이같이 달라지다니!

余問東溟曰 石洲東岳詩誰優 東溟曰 石洲甚婉亮 東岳甚淵伉
比之禪家 石洲頓悟 東岳漸修 二家門路 雖不同 優劣未易論(『小
華詩評』)

〈주석〉 [婉] 예쁘다 완 [亮] 밝다 량 [伉] 굳세다 항 [頓悟(돈오)] 南宗禪의 慧
能이 주장한 것으로, 갑자기 깨달음 [漸修] 北宗禪의 神秀가 주장한
것으로, 점차 수양한 뒤에 깨달음

〈국역〉 나 홍만종이 동명 鄭斗卿(1597～1673)에게 "석주 권필과 동악 李安訥
의 시 중에 어느 분이 더 낫습니까?"라 여쭈었더니, 동명이 "석주시
는 매우 곱고 밝으며, 동악의 시는 매우 깊고 강건하다. 이것을 선가
에 비유하면 석주는 돈오요, 동악은 점수이므로 두 분의 문로가 비록
같지 않으나, 그 우열을 쉽게 논할 수 없다"라고 하였다.

☆ 李安訥(1571～1637)

近日李實之能詩文 雖似宂雜 而氣自昌大 可謂作家 然不逮汝
章多矣 實之眼高 不許一世人 獨稱余及汝章子敏爲可 其曰
許飫權枯李滯 亦至當之論也(『惺所覆瓿藁』)

〈추석〉 [冗]=冗 번잡하다 용 [子敏] 이안눌의 字 [飫] 실컷 먹다 어

〈국역〉 근일에는 實之 李春英(1563~1606)이 시문에 능하다. 그 시가 비록 번잡한 것 같으나 氣는 나름 창대하여 작가라 이를 만하다. 그러나 汝章 權韠에게 미치지 못하는 점이 많다. 실지의 안목은 높아서 한 시대의 사람들을 인정하지 않고 다만 나 허균과 여장·子敏 李安訥만을 괜찮다고 칭찬하였다. 그는, "허균은 물리고, 권필은 말랐으며, 이안눌은 융통성이 없다"라고 하였는데, 역시 지당한 평론이다.

人謂子敏詩鈍而不揚者 非也 其在咸興作詩曰 雨晴官柳綠毿毿 客路初逢三月三 共是出關歸未得 佳人莫唱望江南 清楚流麗 去唐人奚遠哉(『惺所覆瓿藁』)

〈추석〉 [毿] 긴 털이 드리워진 모양 삼 [望江南] 한강 남쪽 시골의 경치를 그리워하는 노래라는 뜻이다. 원래는 隋나라 樂曲의 이름인데, 唐나라 白居易가 이를 본떠 「憶江南」이라는 시를 지어 읊은 뒤로부터 더욱 유명해지게 되었음 [流麗] 流暢하고 아름다움

〈국역〉 사람들이 자민 이안눌의 시는 둔하여 드날리지 못했다고 하는 말은 잘못이다. 그가 함흥에 있을 때에 지은 시에,

비 개자 관가의 버들 푸르게 늘어지니
객지에서 처음 맞은 삼월 삼짇날이라네
다 함께 고향 떠나 돌아가지 못한 신세
미인은 「망강남」의 노래를 부르지 마시게

라고 했는데, 淸楚하고 流麗하니 唐나라 사람들과의 차이가 어찌 멀다 할 수 있겠는가?

澤堂一日往拜東岳 適有二緇徒來在 時維正月之初五 而前三日連雪 東岳卽口占 春天五日雪三日 澤堂睨視 姑俟其對句如何 東岳又吟 遠客四人僧二人 儷偶極妙 澤堂驚歎不已(『小華詩評』)

〈주석〉 [緇] 승복 치 [占] 입으로 부르다 점 [睨] 맞이하여 보다 제 [儷偶]=對偶

〈국역〉 택당 李植이 하루는 동악 이안눌에게 가서 절을 하는데(이식은 이안눌의 再從姪이다), 마침 스님 두 분이 찾아와 앉아 있었다. 그때는 정월 초닷새였고, 그 전 사흘 동안 연이어 눈이 내렸다. 동악이 즉시 입으로, "봄날 닷새에 눈은 사흘 동안 내리고"라고 불렀다. 택당이 눈을 떼지 않고 쳐다보며 잠시 대구가 어떻게 놓여질까를 기다리고 있었더니, 동악이 또 "먼 손님 네 분에 스님이 두 분이로구나!"라 하였다. 대구가 지극히 묘하여 택당이 경탄하기를 그치지 않았다.

☆ 李梅窓(1573~1610)

古之才妓能詩者 如薛濤翠翹之輩頗多 我東方女子 雖不學書妓流中英資秀出之徒 不無其人 而以詩傳於世者絶無 何哉 按魚叔權稗官雜記 東方女子之詩 三國時則無聞焉 高麗五百年只有龍城娼于咄 彭原娼動人紅 解賦詩云 而亦無傳焉 頃世松都眞娘扶安桂生 其詞藻與文士相頡頏 誠可奇也 眞娘詠半月

詩 誰斲崑山玉 裁成織女梳 牽牛離別後 謾擲碧空虛 桂生號
梅窓 其詩云 醉客執羅衫 羅衫隨手裂 不惜一羅衫 但恐恩情
絶 語皆工麗 噫 緇髡娼妓 人之所甚賤 羞與爲齒者也 而今其
所作如此 則可見我東人才之盛也(『小華詩評』)

〈주석〉 [詞藻(사조)] 詩文의 꾸밈 [頡頏(힐항)] 겨룸 [斲] 깎다 착(一本에서는
斷으로 되어 있음) [梳] 빗 소 [謾] 부질없이 만(一本에서는 愁로 되어
있음) [衫] 윗도리 삼 [惜] 아깝다 석 [緇] 승복 치 [髡] 머리 깎다 곤
[齒] 나란히 서다 치

〈국역〉 옛날의 재주 있는 기생 중에 시에 능한 기생으로 당나라의 설도·취
교 같은 무리가 상당히 많았다. 우리나라의 여자들은 비록 글을 배우
지 않았으나, 기생 중에 자질이 영특하고 빼어난 자들이 없지 않다.
그러나 시로써 세상에 전해진 사람이 전혀 없으니, 무엇 때문인가?
어숙권의 『패관잡기』를 살펴보니, "우리나라 여자들의 시는 삼국시
대에는 알려진 것이 없고, 고려 오백년 동안 용성의 창기인 우돌과
팽원의 창기인 동인홍만이 시를 지을 줄 안다"라고 하였는데, 또한
전해지는 것은 없다(『補閑集』에는 실려 있다). 근자에 송도의 진랑
황진이와 부안의 계생은 그 사조가 문사들과 비교하여 서로 겨룰 만
하니, 참으로 기이하다. 진랑의 「영반월」에,

누가 崑崙山의 옥을 깎아다
직녀의 빗을 만들었는가?
견우와 이별하고 난 뒤로
부질없이 푸른 하늘에 던져두었네

라 했다. 계생의 호는 매창으로 그의 시(「贈醉客」)에,

취한 손님이 명주저고리를 잡으니
명주저고리 손길을 따라 찢어졌네
명주저고리 하나쯤이야 아까울 게 없지만
다만 주신 은정까지도 찢어졌을까 두려워라

라 하였다. 시어가 모두 공교하고 곱다. 아! 스님과 기녀는 사람들이
매우 천하게 여기어 함께 나란히 서기를 부끄러워하는 자들이다. 그
런데 지금 그들이 지은 것이 이와 같다면, 우리나라 사람들의 뛰어난
재주를 볼 수가 있는 것이다.

☆ 李植(1584~1647)

文章則李植爲首(『仁祖實錄』)

〈국•역〉 문장은 이식이 제일이다.

我國望族　先數德水之李　蓋道學則如栗谷　將略忠義則如忠武
公　文章則如容齋澤堂　以一門而集衆美　且其各派中科甲　不爲
不多　而無一人罪關惡逆　身犯誅戮　此又他族之所未有也(『弘
齋全書』)

〈주석〉 [望族] 명망 있는 집안 [關] 관계하다 관 [惡逆(악역)] 十惡大罪 가운

데 하나로, 조부모나 부모를 구타하거나 죽이는 것을 모의하거나, 백부·숙부·형제 등을 죽이는 것을 말함

〈국역〉 우리나라의 望族으로는 먼저 德水 李氏를 꼽는다. 도학으로는 栗谷이 있고, 장수의 지략과 충의로는 충무공이 있고, 문장으로는 容齋 李荇과 澤堂 李植이 있다. 한 문중에 많은 훌륭한 인물이 모였고, 게다가 각파에서 과거에 장원한 인물이 많지 않은 것이 아닌데도 惡逆의 죄를 범하여 주륙을 당한 사람이 하나도 없으니, 이것은 또한 다른 집안에 아직까지 없는 일이다.

或問澤堂曰 公詩七律中 何篇爲第一 公笑曰 岧嶢飛閣郡城隈
俯視中州氣壯哉 山鎭東南尊月岳 水趨西北抱琴臺 乾坤縱目
靑春動 今古傷心白髮催 已覺元龍豪氣盡 明朝投劾可歸來(『水
村謾錄』)

〈주석〉 [岧] 산이 높다 초 [嶢] 높다 요 [隈] 모퉁이 외 [中州(중주)] 忠州의 옛 이름 [尊] 높이다 존 [催] 재촉하다 최 [元龍(원룡)] 백 척의 누각에 누워 세상을 내려다보던 豪傑之士로 일컬어진 東漢 말 陳登의 字 [投劾(투핵)] 자신을 탄핵하는 소장을 올리는 것으로, 옛날 벼슬을 그만둘 때 사용하던 하나의 방식이었음

〈국역〉 어떤 사람이 택당에게 묻기를 "공의 칠언율시 중에 어떤 작품이 제일인가?"라 하니, 공이 웃으며 다음 시(「題忠州東樓」)라고 말했다.

성 모퉁이의 날아갈 듯 높이 솟은 누각 하나
충주를 굽어보는 그 기상 웅장하구나

산은 동남방 제압하여 월악산을 떠받들고

물은 서북쪽 따라 흘러 탄금대를 안고 있다네

하늘과 땅 둘러보니 푸른 봄기운 꿈틀대는데

고금에 마음 아파 흰머리 재촉하는구나

원룡의 호기 없어진 걸 이미 알겠으니

내일 아침 투핵하고 돌아가리라

澤堂文 體段渾成 不如谿谷 而結構精密過之 谿之詞賦 澤之
騈儷 又足相當 比之於古 殆似韓柳 近世蔡湖洲每稱張李云
澤堂詩勝谿谷 此又與子厚退之相似(『農巖雜識』 外篇)

〈주석〉 [體段(체단)] 詩文의 구조 [渾成(혼성)] 자연스러워 조탁의 흔적이 없음

〈국역〉 택당 李植의 문장은 문장 구조의 자연스러움이 계곡 장유의 문장만
못하나, 구성의 정밀함은 그보다 낫다. 계곡의 詞賦와 택당의 騈儷文
은 또 서로 맞먹을 만하니, 옛사람에 견주어 보면 韓愈·柳宗元과 거
의 흡사하다. 근세의 호주 蔡裕後(1599~1660)는 늘 장유와 이식을
일컬으며 이르기를, "택당의 시가 계곡의 시보다 낫다" 하였는데, 이
점도 자후 柳宗元·퇴지 韓愈와 비슷하다.

李澤堂植十歲時 詠柳絮曰 隨風輕似雪 着地軟於綿 見者奇之
壬辰後 倭奴來請信使 人皆憤惋 而朝廷恐其生釁 遣釋惟政
往試賊情 惟政遍求別章于縉紳間 澤堂未釋褐時 亦贈詩曰 制
敵無長算 雲林起老師 行裝冲海遠 肝膽許天知 試掉三禪舌
何煩六出奇 歸來報明主 依舊一筇枝 惟政亦能詩 見詩 喜曰

得此 而吾行不孤矣(『小華詩評』)

〈주석〉 [絮] 솜 서 [惋] 한탄하다 완 [釁] 흠 흔 [縉紳(진신)] 士大夫 [釋褐(석
갈)] 평민의 옷을 벗는다는 것으로, 처음으로 관직에 임함을 의미함
[裝] 차리다 장 [沖] 깊다 충 [試掉三禪舌] 높은 禪定의 힘을 발휘해
몇 마디 말만 하면 心服시킬 수 있으리라는 뜻이다. 三禪은 이른바
雲門禪師가 대중을 교화한 三字禪으로, 顧(나를 돌아봄), 鑑(남을 비
춰 봄), 咦(일체를 초월하여 自適함)를 말함 [掉] 흔들다 도 [六出奇]
陳平이 漢 高祖를 위해 여섯 차례나 내놓은 기막힌 계책을 말함 [筇]
지팡이 공

〈국역〉 택당 이식이 10살 때 「버들솜」을 읊어,

눈같이 가벼이 바람에 따르고
솜보다 부드럽게 대지에 붙어 있네

라고 했는데, 이 시를 본 사람이 기이하게 여겼다. 임진왜란 후 왜적
이 와서 통신사를 요청하였다. 우리나라 사람은 모두 분통해 하고 한
탄하였으나, 조정에서는 저들이 트집을 잡을까 걱정하여 유정 스님
을 보내 가서 적의 정세를 살피게 하였다. 유정은 사대부들에게 이별
의 시문을 두루 구하였다. 택당은 당시 아직 벼슬하지 않았을 때인
데, 유정에게 시를 선사하였다「送松雲僧將使日本」으로, 松雲은 임
진왜란 때의 승병장 惟政의 호이다. 宣祖 37년(1604) 國書를 지니고
일본에 건너가 講和를 맺고 우리나라 포로 3천5백 명을 데리고 돌아
왔다].

왜적 제압할 좋은 계책 없어

出世間의 노스님을 일으켜 세웠구려

행장 꾸려 먼 바다 들어가니

鐵石肝腸 하늘도 이미 알고말고요

시험 삼아 삼선의 혀 한 번만 놀리면 되는데

어찌 六出奇計를 번거롭게 할 것이 있겠는가?

돌아와서 임금님께 보고한 뒤엔

예전대로 지팡이 짚고 산으로 돌아가리

유정도 시에 능한 분이었는데, 이 시를 보고 기뻐하며 "이 시를 얻었
으니, 나의 여행길이 외롭지 않을 것이다"라고 하였다.

☆ 鄭斗卿(1597~1673)

對偶音律 亦文辭之精者 當以盛唐諸子爲法 趙宋諸詩 雖多大
家 非詩正宗 不必學也 初學之士 熟習浸淫 則體格漸墮 人雖
生晚 學古則高 不必匍匐於下乘(『東溟集』「東溟詩說」)

〈주석〉 [浸淫] 차츰차츰 배어들어감 [匍匐(포복)] 순종함, 힘을 쏟음 [下乘]=
下品

〈국역〉 대우와 음률 또한 문사 가운데 정수한 것이므로, 마땅히 성당의 여러
분을 법으로 삼아야 한다. 조송의 여러 시인 가운데에는 비록 대가가
많지만, 시의 정종이 아니므로 반드시 배울 필요는 없다. 처음 배우
는 사람이 송시를 익혀서 젖어 버리면 체제와 격조가 점차 낮아진다.

사람이 비록 늦게 태어났더라도 옛것을 배우면 높아지므로, 반드시 낮은 것에다 힘쓸 필요는 없다.

鄭東溟出於晚季 能知有漢魏古詩樂府爲可法 歌行長篇 步驟 李杜 律絶近體 摸擬盛唐 不肯以晚唐蘇黃作家計 亦偉矣 然 其才具氣力 實不及挹翠諸公 又不曾細心讀書 深究詩道 沈潛 自得 充拓變化 徒以一時意氣 追逐前人影響 故其詩雖淸新豪 俊 無世俗齷齪庸腐之氣 然其精言妙思 不足以窺古人之奧 橫 鶩旁驅 又未能極詩家之變 要其所就 未能超石洲東岳而上之 也(『農巖雜識』 外篇)

〈주석〉 [步驟(보취)] 모방함 [拓] 넓히다 척 [齷齪(악착)] 비루함 [庸腐(용부)] 평범하고 진부함 [奧] 깊다 오 [鶩] 달리다 무

〈국역〉 동명 鄭斗卿은 말세에 나와서 漢나라·魏나라의 고시와 악부시가 본 받을 만한 것이 있음을 알았다. 그래서 歌·行 등 장편은 李白과 杜 甫를 본받고, 율시·절구 등 근체시는 盛唐의 작품을 모방하여 晩唐 의 蘇軾·黃庭堅을 전범으로 삼으려 하지 않았으니 위대하다. 그러 나 그는 재주와 기력이 실로 읍취헌 朴誾 등 여러 공에 미치지 못하 고, 또 일찍이 세심히 독서하고 詩의 道를 깊이 탐구하여 깊은 사색 속에 스스로 터득하고 확충·변화시켜 본 적이 없이 다만 한때의 의 기로 옛사람들의 자취만을 따랐을 뿐이다. 그러므로 그 시는 비록 淸 新하고 뛰어나서 세속의 악착스럽고 진부한 기운이 없기는 하나, 정 밀한 말과 묘한 생각이 옛사람의 심오함을 엿보지 못하고, 자유분방 한 필치가 또 詩家의 변화를 다 구현하지 못하였으니, 요컨대 그가

이룩한 경지는 석주 權韠·東岳 李安訥을 뛰어넘을 수 없었다.

東溟詩所以易高於流俗者 以平生好讀馬史 又留意古樂府 爲
詩歌 喜用其語 此皆世人所不習 故驟見之 足以驚動耳目 而
其實殆古人所謂鈍賊 非竊狐白裘手也(『農巖雜識』 外篇)

〈주석〉 [流俗] 세상의 보통 사람 [驟] 갑자기 취 [鈍賊(둔적)] 宋나라 증조(曾
慥)의 『類說』 제51권 「詩苑類格」의 '三偸條'에서 시를 지을 때에 행
해지는 세 가지 도적질을 소개하였는데, 남의 작품에서 어구·뜻·
기세를 훔치는 것이 그것이다. 그중에 어구를 훔치는 것이 가장 둔한
도적이고, 기세를 훔치는 것은 재주가 공교롭고 뜻이 정밀하여 흔적
이 없는 것이 흰 여우 갖옷을 훔쳐 내는 솜씨라고 할 만하다고 하였
음 [狐白裘] 흰 여우 갖옷을 훔쳐 내는 솜씨란 표시 나지 않게 남의
물건을 감쪽같이 훔쳐 내는 것을 말한다. 戰國시대 때 秦 昭王에게
붙잡힌 孟嘗君이 소왕의 총애하는 여인에게 뇌물을 주고 자신의 석
방을 주선해 달라고 부탁하기 위해 門客을 시켜 전에 진 소왕에게 바
쳤던 흰 여우 갖옷을 훔쳐 내게 한 일이 있었던 데서 나온 말임(『史
記』 卷75 「孟嘗君列傳」)

〈국역〉 동명의 시가 세상 사람들에게 높이 평가받기 쉬웠던 까닭은 그가 평
소에 사마천의 『사기』를 즐겨 읽은 데다 옛 악부시에 뜻을 두어 詩
歌를 지을 때 그 말을 쓰기를 좋아했기 때문이다. 이것은 모두 세상
사람들이 익히지 않는 것이기 때문에 언뜻 보았을 때에 이목을 깜짝
놀라게 할 수 있었던 것이다. 그러나 실상은 거의 옛사람이 말한 '둔
한 도적'이라는 것이지, 흰 여우 갖옷을 훔쳐 내는 솜씨가 아니었다.

筆力壯健 人不可及 余嘗問於東溟君平曰 子詩於古 可方何人
東溟笑曰 李杜則不敢當 至於高岑輩 或可比肩(『終南叢志』)

〈주석〉 [君平] 정두경의 字 [方] 견주다 방
〈국역〉 (정두경은) 필력이 장건하여 남들이 미칠 수 없다. 나 金得臣이 일찍
    이 군평 정두경에게 "그대의 시는 옛날이라면 어떤 사람과 견줄 수
    있습니까?"라고 물었더니, 동명이 웃으면서 말하기를, "李白과 杜甫
    라면 감히 감당할 수 없겠지만, 高適과 岑參의 무리는 아마 어깨를
    나란히 할 수 있을 것이다"라고 하였다.

近世谿谷澤堂東溟三人 幷稱當世哲匠 論者各以所尙優劣 而
輕重之 甚無謂也 凡文章之美 各有定價 豈以好惡爲抑揚乎
余觀 谿谷文章 渾厚流暢 如太湖漫漫微風不動 澤堂精妙透徹
如秦臺明鏡物莫遁形 東溟發越俊壯 如白日靑天霹靂橫橫 三
家氣像 自是各別 至若東溟之 海上白雲間 蒼蒼皆骨山 山僧
飛錫去 笑問幾時還 俊逸中極閑雅 風神骨格酷似太白 二子亦
所未道也(『小華詩評』)

〈주석〉 [哲匠] 뛰어난 재주를 지닌 文人 [暢] 펴다 창 [流暢]=流暢 [漫] 질펀
    하다 만 [秦臺明鏡物莫遁形] 秦始皇이 궁정에 거울을 보관하고 인간
    의 善惡邪正과 질병의 유무를 비추어 보았음 [發越]=激揚 [錫] 석장
    (도사나 스님이 짚는 지팡이) 석 [風神] 詩文의 문채와 神韻
〈국역〉 근세에 계곡·택당·동명 이 세 사람이 당세의 철장으로 나란히 일
    컬어지는데, 논자들은 각자가 존중하는 기준으로 이분들의 우열을

정하고 그 경중을 평하니, 매우 무가치한 일이다. 무릇 문장의 아름
다움은 각기 정해진 값이 있으니, 어찌 자신의 좋고 싫어함으로써 작
품의 값을 올리고 낮출 수 있겠는가? 나 홍만종이 보건대, 계곡의 문
장은 혼후하고 유창하여 태호의 아득하게 펼쳐진 호수물이 산들바람
에도 파도가 일지 아니함과 같다. 택당은 정묘하고 투철하여 진나라
대에 있던 밝은 거울 앞에서는 사물이 형체를 드러내지 않을 수 없
는 것과 같다. 동명은 발월하고 준장하여 마치 갠 하늘의 청천 벼락
이 가로지르는 것과도 같다. 이 세 작가의 기상은 절로 다르다. 그런
데 동명의 시(「送楓岳悟山人 兼寄李通川國耳重國」)에,

바닷가 흰 구름 사이
푸르고 푸른 개골산으로
산 스님 지팡이 휘저어 떠나가니
언제 돌아오느냐 웃으며 묻노라

라 했는데, 준일한 가운데 지극히 한아하여 풍신골격이 이태백과 흡
사하니, 앞의 두 분조차도 아직껏 말하지 못한 시구이다.

曾聞 孝廟常愛鄭斗卿詩 長置東溟集於御案上(『弘齋全書』「日
得錄」)

〈국역〉 일찍이 들으니, 孝宗께서 항상 정두경의 시를 사랑하시어 『東溟集』
을 오래도록 御案 위에 놓아두었다고 한다.

鄭東溟斗卿 氣吞四海 目無千古 文章山斗一代 寄手劈秦漢盛
唐之派 可謂達磨西來 獨闡禪教 其詠白鷗詩曰 白鷗在江海
泛泛無冬夏 羽族非不多 吾憐是鳥也 年年不與雁南北 日日常
隨波上下 寄語白鷗莫相疑 余亦海上忘機者 試看吾東古今詩
人 怎敢道得如此語麼 谿谷嘗語人曰 余之文譬如良馬 欲步能
步 欲走能走 猶不免爲馬 至如君平 則寧蜥蜴 不失爲龍之類
也 因詠箕子墓詩 海外無周粟 天中有洛書 不覺擊節曰 此句
出人意表 不可及 不可及 其見許如此 君平則東溟字也 谿谷
於東溟長十年(『小華詩評』)

〈주석〉 [劈] 가르다 벽 [忘機] 『列子』「黃帝」에, "海上之人有好漚鳥者 每旦之
海上 從漚鳥游 漚鳥之至者 百住而不止 其父曰 '吾聞漚鳥皆從汝游 汝
取來 吾玩之' 明日之海上 漚鳥舞而不下也"라 했다. 뒤에 '鷗鷺忘機'
는 淡泊隱이나 世事에 마음을 두지 않음에 비유됨 [怎麼(즘마)]=如
何 [蜥蜴(석척)] 도마뱀으로, 인격이 비루한 小人에 비유됨 [海外無周
粟] 은나라를 멸망시킨 주나라 무왕이 기자를 조선에 봉했으니, 기자
는 자연 주나라의 곡식을 먹지 않게 되었다. 그러므로 은나라에 대한
충절을 지킬 수 있었음 [天中有洛書] 낙서는 夏나라 禹王 때 洛水에
서 나온 거북의 등에 1에서 9까지 나열된 반점인데, 우왕이 이를 보
고 『書經』의 洪範九疇를 지었다 하여, 易의 원리와 함께 천지 만물의
중요한 원리로 간주되어 왔음

〈국역〉 동명 鄭斗卿은 기운이 사해를 삼키며, 눈에는 천고의 작가들이 보이
지 않고, 문장이 한 시대의 태산북두라 할 수 있다. 그는 손으로 진한
성당의 유파를 만들어 내었으니, 달마가 서쪽으로 와서 선교를 혼자

서 밝힌 것과 같다고 하겠다. 백구를 읊은 시(「白鷗」)에,

강과 바다의 흰 갈매기가
겨울 여름 없이 둥둥 떠 있네
새 종류 많지 않은 것이 아니나
나는 이 새만을 사랑한다네
해마다 기러기처럼 남북으로 떠나지 않고
날이면 늘 물결 따라 오르내리네
백구에게 말을 전하노니, 나를 의심하지 말아다오
나 또한 바닷가의 세상 욕심 잊은 사람이란다

라고 하였다. 시험 삼아 우리나라 고금 시인을 살펴보니, 감히 이와
같은 시어를 쓴 자가 있었던가? 계곡 張維가 일찍이 사람들에게 말
하기를, "나의 시문은 비유하자면 좋은 말이라고 할 수 있어 걸어가
려고 하면 걸어갈 수 있고, 내달리고자 하면 내달릴 수 있다. 그렇지
만 여전히 말이라는 점은 벗어날 수가 없다. 그런데 군평은 차라리
도마뱀일망정 용의 부류에 속한다고 하겠다"라고 하였다. 그리고 동
명의 기자묘 시(「箕子祠」)인,

해외에는 주나라 곡식이 없지마는
하늘에는 낙서가 있구나

를 읊조리고는 자신도 모르는 사이에 무릎을 치면서 "이 시구는 사
람의 의표를 벗어난 것이니, 미칠 수가 없다. 미칠 수가 없다"라고 하

였다. 그가 동명을 이처럼 인정하였다. 군평은 바로 동명의 자이고, 계곡은 동명보다 십 년 연장자였다.

☆ 金得臣(1604~1684)

又有金柏谷得臣 字子公 性糊塗魯質 惟好讀書 晝夜勤讀 凡
於古文 不至萬遍 不止 尤好伯夷傳 讀至一億一萬八千遍 故
名其小齋曰億萬 以文章鳴 孝廟嘗見其龍湖吟一絶 古木寒烟
裏 秋山白雨邊 暮江風浪起 漁子急回船之詩曰 無愧唐人(『順
菴集』 「橡軒隨筆下」)

〈주석〉 [糊塗(호도)] 명확하지 않음 [魯] 미련하다 로 [遍] 번 편 [齋] 집, 방 재
〈국역〉 또 백곡 김득신이 있으니 자가 子公인데, 성품이 어리석고 멍청하였
으나 글 읽기만은 좋아하여 밤낮으로 책을 부지런히 읽었다. 무릇 고
문은 만 번에 이르지 않으면 그치지 않았는데, 「伯夷傳」을 특히 좋아
하여 무려 1억 1만 8천 번을 읽었기 때문에 그의 小齋를 '億萬齋'라
이름 하였으며, 문장으로 이름을 드날렸다. 孝宗이 일찍이 그의 절구
시 「龍湖吟」의

고목은 찬 구름 속에 있고
가을 산에 소나기 희뿌였네
저물어 가는 강에 풍랑이 일어
어부가 급히 배를 돌리네

라는 시를 보고 이르기를, "唐人에게 부끄럽지 않다"라고 하였다.

☆ 洪世泰(1653~1725)

洪世泰初屬譯職 以隷故擯之 去而力學爲文章 農巖諸公 樂與
之交 後世稱其詩不衰(『靑城雜記』)

〈국역〉 홍세태는 처음 譯官에 소속되었을 때, 미천한 신분 때문에 동료들이
　　　 그를 배척하자, 관직을 버리고 문장 짓는 일을 힘써 배웠다. 그리하
　　　 여 農巖 金昌協 등 여러 선비들이 기꺼이 그와 교류하였고, 후세 사
　　　 람들도 그의 시를 칭찬하기를 그치지 않았다.

洪世泰少以鸂鶒詞 見知於淸城金錫冑 至許以高岑者流 世泰
李家奴也 主怒其不服事 拘將殺之 淸城詭計脫之 然銀非二百
兩 不得贖 淸城乃出銀百兩 東平君杭亦出百兩 贖之 杭亦愛
才故也 故世泰視淸城及杭如父 而金農巖三淵兄弟 亦愛其才
待以賓友 文谷相己巳之禍 杭實慂之 及杭死於辛巳獄 金氏兄
弟快之 就觀其罄 世泰乃手斂杭尸 以報其恩 徐謁諸農巖 告
之故 農巖嘉其義 待之加厚 鸂鶒詞者 淸城爲季文蘭作也 蘭
江南良家女也 家覆於虜 被掠而北 路出榛子店 題詩店壁 敍
其冤苦之辭 而終曰 天下有心男子 見而憐之 [注: 余詢榛子店
人無有知者] 淸城奉使之燕 過而見焉 墨痕故未渝也 問諸店
人 道其書時事甚悉曰 騎者立門促行 佳人掩淚題壁 右手倦則
左手接而書之 淸城憐之 爲賦七絶 命世泰和之 果絶唱也 詩曰

江南江北鷓鴣啼　風雨驚飛失故棲　一落天涯歸不得　瀋陽城外
草萋萋 [注: 明亡 薄命佳人爲滿州所掠者多 宋惠湘 秦淮女子
也 題詩衛耀驛壁云 盈盈十五破瓜時 已作明妃別故帷 誰散千
金同孟德 鑲黃旗下贖文姬 此又文蘭一流人也](『靑城雜記』)

〈추석〉 [鷓鴣(자고)] 꿩과의 메추라기 비슷한 새로, 우는 소리가 '행부득야가
가(行不得也哥哥)'처럼 들린다고 하여, 먼 길 떠날 사람이 고향을 그
리워할 때 흔히 시문 속에 등장시켰음 [金錫胄(1634~1684)] 본관은
淸風, 자는 斯百, 호는 息庵이다. 왕의 외척으로 1680년(숙종 6) 왕이
쓰는 帳幕을 사사로이 사용한 사건을 빌미로 남인 許積 등을 축출하
고 서인이 집권한 庚申換局을 주도하였으며, 이어 허적의 아들 許堅
이 모역한다고 告變하여 남인 세력을 완전히 몰아냈다. 그 공으로 保
社功臣 1등으로 淸城府院君에 봉해졌음 [服] 수행하다 복 [詭] 속이
다 궤 [贖] 재물을 바치고 죄를 면죄 받다 속 [惎] 해치다 기 [馨] 목
매다 경 [掠] 노략질하다 략 [痕] 흔적 흔 [渝] 달라지다 투 [促] 재촉
하다 촉 [倦] 지치다 권 [萋] 풀이 무성한 모양 처 [盈盈] 아름다운 모
습 [破瓜(파과)] 시집갈 [明妃] 한나라 元帝 때의 궁녀 王嬙으로, 자가
昭君이다. 원제가 흉노의 呼韓邪單于의 요청에 따라 명비를 그에게
시집보내고 화친하였음 [帷] 휘장 유 [鑲黃旗下贖文姬] 맹덕은 曹操
의 자이다. 문희는 東漢의 학자 蔡邕의 무남독녀인 蔡琰의 딸로, 음
악을 잘하고 典籍에 능통하였다. 전란 때 흉노로 잡혀갔으나 후에 조
조가 속량시켜 돌아오게 해 주었음

〈국역〉 홍세태가 젊었을 때「자고사」를 지어 청성 김석주에게 인정을 받아
당나라의 高適과 岑參의 부류로 인정받기까지 하였다. 홍세태는 이

씨 집안의 종이었다. 주인은 그가 일을 하지 않는 것에 화가 나 잡아서 장차 죽이려고 하였는데, 청성이 속임수를 써서 그를 죽음에서 벗어나게 해 주었다. 그러나 銀子 200냥이 없어서 그를 贖良시킬 수 없었다. 청성이 마침내 은자 100냥을 내고, 동평군 이항도 은자 100냥을 내어 그를 속량시켜 주었으니, 이항 역시 그의 재주를 사랑하였기 때문이다. 이리하여 홍세태는 청성군과 이항을 아버지처럼 여겼다. 농암 金昌協과 삼연 金昌翕 형제도 그의 재주를 사랑하여 빈객과 친구로 대우하였다. 정승인 문곡 金壽恒이 기사년(1689, 숙종 15)에 당한 화는 실로 이항이 그를 해친 것이었다. 이항이 신사년(1701, 숙종 27)의 옥사에 처형될 때 김씨 형제들은 그 일을 매우 통쾌히 여기고 그가 처형되는 모습을 보러 나갔는데, 홍세태가 마침내 손수 이항의 시체를 염하여 그의 은혜에 보답하고는 천천히 농암에게 다가와 배알하고 그 까닭을 말하였다. 농암은 그의 의로운 행위를 가상히 여겨 더욱 후대하였다.

「자고사」는 청성이 계문란을 위하여 지은 것이다. 계문란은 강남의 양갓집 딸이었는데, 집안이 오랑캐에게 전복되어 노략질을 당해 북쪽 (심양으로) 끌려가다가 길이 진자점을 지나가게 되었다. 계문란은 진자점의 벽에 시를 써서 자신의 억울하고 괴로운 심사를 표현하고는, 마지막 줄에 "천하의 마음이 있는 남자들은 이것을 보면 가엾게 여길 것이다"라고 썼다. [나 성대중이 진자점을 물어보았는데, 아는 사람이 아무도 없었다.] 청성이 燕京에 사신으로 가다가 이곳에 들러 벽에 쓰여 있는 것을 보니, 먹색이 아직도 변함없었다. 가게 사람에게 물으니, 이것을 쓸 당시의 일을 자세히 말하면서, "기병은 문에 서서 갈 길을 재촉하고, 여인은 눈물을 가리며 벽에 썼는데, 오른손이 지치면 왼손으로 계속 썼습니다"라 하였다. 청성은 이를 가엾게 여겨 그녀를 위해 칠언절구를 짓고, 홍세태에게 이것에 화답하라고 하였는데, 과연 뛰어난 작품이었다. 그 시는 다음과 같다.

강남 강북에서 자고새 울다가
비바람에 놀라 날아가 옛 둥지를 잃었네
한번 하늘 끝에 떨어져 돌아갈 수 없는데
심양성 밖엔 풀만 무성하구나

[명나라가 망하자, 기구한 여인 중에 만주족에게 끌려간 사람이 많았다. 송혜상은 진회 출신의 여인으로, 위요역 벽에 시를 쓰기를,

꽃다운 열다섯 시집갈 나이에
이미 명비 같은 신세 되어 고향을 떠났네
누가 천금을 흩어 옛날 曹孟德이
양황의 휘하에서 문희를 구해 준 것과 같이 하겠는가?

라 하였다. 이 또한 계문란과 같은 부류의 사람이다.]

柳下洪世泰 嘗與睦虎龍爲友 每謂虎龍曰 汝名呼之甚不吉 急改之也 虎龍後竟伏誅 柳下老來 手自刪定其詩 枕中貯白銀七十兩 嘗誇視諸門生曰 此後日刊吾集資也 汝輩識之 噫 文人好名 自古而然也 今人人雖爛誦其詩 柳下耳朶已朽 安能聽之 旣歸之後 雖繡裝玉刻 不可喜也 雖火燔水壞 不可怒也 寂然無知

又何論其喜怒哉 何不生前 把銀作七十塊 沽猪肉白酒 爲七十
日喜歡 緣以澆其一生枯腸也 然梅月堂作詩輒投水 近日李彦
瑱 生前焚半藁 死後殉葬半藁 與此翁雖異 其不畏泯滅與圖不
朽 亦可任他所好而已 何必譽瑜而毀玦哉(『靑莊館全書』)

〈주석〉 [貯] 저축하다 저 [爛] 문드러지다 란 [耳朵(이타)] 귀(朵=朶 가지 타)
[繡] 비단 수 [燔] 사르다 번 [壞] 무너뜨리다 괴 [沽] 사다 고 [緣] 말
미암다 연 [澆] 물을 대다 요 [瑜] 아름다운 옥 유 [玦] 패옥(한쪽이
트여 허리에 차는 옥), 한쪽이 이지러진 것 결

〈국역〉 柳下 洪世泰가 일찍이 목호룡과 친구가 되어, 늘 목호룡에게 말하기
를, "너의 이름은 부르기가 매우 불길하니, 빨리 고쳐라" 하였다. 그
후 호룡은 마침내 사형당하였다. 유하가 늙어 손수 자신의 시를 다듬
고, 베개 속에 白銀 70냥을 저축해 두고서, 일찍이 여러 문하생들에
게 자랑하며 보여 주면서, "이것은 훗날 내 문집을 간행할 자본이니,
너희들은 알고 있어라" 하였다. 아! 문인들이 명예를 좋아함이 예부
터 이와 같았다. 지금 사람들이 비록 그의 시를 익숙하게 낭송하나,
유하는 (죽어) 그의 귀는 이미 썩었으니, 어찌 그것을 들을 수 있겠는
가? 이미 죽은 후에는 비록 비단으로 꾸미거나 옥으로 새겨도 기뻐
할 수가 없고, 비록 불로 사르거나 물에 빠뜨려도 성낼 수 없었다. 적
연히 지각이 없는데, 또 어찌 그 기쁨과 슬픔을 논할 수 있겠는가? 어
찌하여 살아 있을 적에 은전 70냥으로 돼지고기와 좋은 술 등을 사서
70일 동안 즐기면서 일생 동안 주린 창자나 채우지 않았는가? 그러
나 梅月堂 金時習은 시를 지으면 번번이 물에 던졌으며, 최근에 이언
진은 생전에 자기의 원고의 반쯤을 태워버리고, 그가 죽은 후에 반쯤

남은 원고를 순장하였으니, 이 늙은 유하와는 비록 다르지만, 사라짐을 두려워하지 않은 것과 없어지지 않기를 도모하는 것은 또한 그들이 좋아하는 대로 맡길 따름이다. 그러니 어찌 반드시 아름다운 옥이라고 칭찬하고 나쁜 옥이라고 헐뜯겠는가?

大抵人材 元無門地貴賤之別 近世洪世泰 亦以委巷之人 大以詩鳴 爲農淵輩所推詡 時人至擬之簡易之文(『弘齋全書』「日得錄」)

〈주석〉 [門地] 가정 구성원의 문화 정도 [詡] 자랑하다 후

〈국역〉 대개 인재란 원래 문벌의 귀천 차별이 없다. 근세의 洪世泰도 委巷 출신으로 시로써 크게 이름을 날려서 農巖 金昌協과 三淵 金昌翕에게 칭송되었고, 당시 사람들이 간이의 문장에 비유하기까지 하였다.

☆ 金昌翕(1653~1722)

三淵之詩 不但近古無此格 雖廁中國名家 想或無媿 而猶遜於東岳挹翠石洲訥齋蘇齋諸集 東岳詩 驟看無味 再看却好 譬如源泉渾渾 一瀉千里 橫看豎看 自能成章 挹翠神與境造 格以韻淸 令人有登臨送歸之意 世以爲學蘇黃 而蓋多自得 毋論唐調宋格 可謂詩家絶品 訥齋淸高淡泊 自有無限趣味 雖謂之頡頑挹翠 未爲過也 石洲雖欠雄渾 一味裊娜 往往有警絶處 謂之盛唐則未也 而謂之非唐則太貶也 蘇齋居謫十九年 多讀老莊書 頗有頓悟處 故其韻遠 其格雄 古人所謂荒野千里之勢

眞善評矣 然其大體 則自不失濂洛氣味 平生學力 亦不可誣也
(『弘齋全書』「日得錄」)

〈주석〉 [近古] 멀지 않은 고대 [厠] 섞다 측 [媿] 부끄럽다 괴 [渾渾(혼혼)] 물
이 흘러가는 모양 [瀉] 물이 흐르다 사 [竪] 세로 수 [頡頏(힐항)] 겨룸
[欠] 모자라다 흠 [嫋] 간드러지다 뇨 [娜] 아리땁다 나 [濂洛] 濂溪의
周敦頤와 洛陽의 程顥, 程頤 [誣] 속이다 무

〈국역〉 삼연 金昌翕의 시는, 근고에는 이러한 품격이 없을 뿐 아니라 중국의
명가와 섞어놓아도 손색이 없을 것이라 생각된다. 그러나 동악 李安
訥, 挹翠軒 朴誾, 석주 權韠, 눌재 朴祥, 소재 盧守愼 등 여러 문집만
은 못하다. 동악의 시는 언뜻 보면 맛이 없지만 다시 보면 상당히 좋
다. 비유하자면 샘물이 졸졸 솟아 천 리에 흐르는 것과 같아, 가로로
보나 세로로 보나 저절로 문장을 이룰 수 있다. 읍취헌은 신의 경지
에 나아가 음운이 청아한 격조로서 사람으로 하여금 올라 내려다보
며 보내고 돌아오는 생각을 갖게 한다. 세상에서는 蘇軾과 黃庭堅을
배웠다고 하나, 대개 스스로 터득한 것으로서 당·송의 격조를 논할
것 없이 시가의 절품이라 할 만하다. 눌재는 고상하고 담백하여 스스
로 무한한 맛이 있으니, 비록 읍취헌과 겨룰 만하다고 해도 지나치지
않을 것이다. 석주는 비록 웅장함은 부족하지만 부드러운 맛이 있는
데 가끔은 놀랄 만한 곳이 있다. 그를 盛唐의 수준이라 할 수는 없지
만 唐의 수준이 아니라고 한다면 너무 폄하한 것이다. 소재는 19년간
을 귀양살이 하면서 老莊의 서적을 많이 읽어서 상당히 깨우친 곳이
많았기 때문에 그의 음운은 원대하고 격조는 웅장하다. 옛사람이 이
른바 '황야가 천 리에 펼쳐진 형세'라고 한 것이 참으로 잘 평가한 말

이다. 그러나 그 대체는 염락의 기미를 잃지 않았으니, 평생 한 학문
의 힘은 역시 속일 수 없는 것이다.

近世言詩者 輒推故處士金昌翕 而予則以爲非治世之音 其所
謂膾炙人口者 純是沈鬱牢騷意態 絶無沖和平淡氣象 以鐘鼎
子弟 作窮廬口氣 固若有不期然而然 而後生少年 切不宜倣學
(『弘齋全書』「日得錄」)

〈주석〉 [牢騷(뢰소)] 憂愁 哀怨 [鐘鼎] 부귀영화 [口氣] 기세, 語氣
〈국역〉 근세에 시를 말하는 자들이 걸핏하면 고 처사 김창흡을 추존하는데,
       나 正祖는 그의 시가 세상을 다스리는 音이 아니라고 생각한다. 이른
       바 사람들의 입에 회자되는 것은 순전히 침울해하고 근심하는 뜻을
       담은 시여서 충화하고 평담한 기상이 전혀 없다. 부귀한 집안의 자제
       로서 빈천한 처지의 사람과 같은 작품을 짓는데, 본디 의도하지 않고
       도 저절로 그렇게 된 듯한 점이 있었으니, 후생 젊은이들은 절대로
       본받거나 배우지 말아야 한다.

☆ 李用休(1706~1782)

李上舍用休 號惠寰居士 詩力追中國 恥作鴨江以東語 格律嚴
苦 藻采煥曄 別闢洞天 峭絶無隣 博極墳典 字句有根(『靑莊館
全書』「淸脾錄」)

〈주석〉 [上舍] 일반적으로 독서인의 별칭 [嚴苦] 가혹함 [藻采(조채)] 문채

344

[曄] 빛나다 엽 [洞天(동천)] 도가에서 신선이 사는 곳 [峭絶(초절)] 우뚝 솟은 모양 [墳典] 三墳과 五典으로, 고대 典籍의 통칭

〈국역〉 상사 이용휴의 호는 혜환거사이다. 그는 시를 지음에 있어 중국을 따르기에 힘쓰고, 압록강 동쪽의 말, 즉 우리나라의 말로 짓는 것을 수치로 여겼다. 격률이 엄격하고 문채가 화려하였으며, 독특하게 한 경지를 이루어 우뚝 솟아 견줄 이가 없고, 古書를 널리 읽어서 자구마다 근거가 있다.

☆ 朴趾源(1737~1805)

燕巖古文詞 才思溢發 橫絶古今 時作平遠山水 疏散幽逈 優入
大米之室 其行書小楷 得意時作 逸態橫生 奇奇恠恠 不可方物
嘗有詩曰 水碧沙明島嶼孤 鵁鶄身世一塵無 亦知其詩品入妙
但矜愼不出 如包龍圖之笑比河淸 不得多見 同人慨恨 嘗贈我
五言古詩 論文章 頗宏肆可觀(『靑莊館全書』「淸脾錄」)

〈주석〉 [平遠] 평평하고 遠闊함 [疏散(소산)] 발산함 [逈]=逈, 멀다 형 [逸] 뛰어나다 일 [方] 견주다 방 [鵁鶄(교청)] 백로과의 새로, 연못이나 물가에 서식함. 푸른 백로 [包龍圖之笑比河淸] 包龍圖는 송나라 때 龍圖閣待制를 지낸 包拯을 가리키는데, 성품이 워낙 강직하여 그가 조정에서 벼슬하는 동안에는 貴戚이나 宦官들도 감히 발호하지 못하고 그를 무서워하였으며, 그가 하도 근엄하여 웃는 일이 없으므로, 심지어는 사람들이 일컫기를 "그가 웃으면 黃河水가 맑아질 것이다"고까지 하였다. 당시 包待制 또는 閻羅包老 등으로 불렸음 [宏肆(굉사)]

넓게 펼침

〈국역〉 연암은 고문사에 있어서 才氣와 思致가 넘치고 고금에도 통달하였
다. 당시 작품은 평원한 산수에 깊은 감회를 발산하는 듯한 그의 시
는 송나라 대미 미불(米芾: 1051～1107)의 수준에 충분히 도달할 수
있고, 마음이 내킬 때 쓴 그의 행서와 해서는 뛰어난 자태가 넘치며,
너무도 기묘하여 어떤 물건과도 비교할 수 없다. 일찍이 읊은 시에,

푸른 물 맑은 모래 외로운 섬에
백로 같은 몸과 세상 티끌 한 점 없다네

라 하였다. 이것으로써도 그의 시의 품격이 오묘한 지경에 도달한 것
임을 알 수 있으나, 다만 삼가여 잘 내놓지 않으므로, 마치 하청에 비
유된 포용도의 웃음과 같아서 많이 볼 수 없으니, 같은 시대의 사람
들이 못내 아쉬워한다. 일찍이 나 이덕무에게 오언고시를 보내주었
는데, 문장을 논한 것이 상당히 넓게 펼쳐 있어 볼만하였다.

然楚亭送尹副使之燕詩曰　秋荒李勣曾開府　雪壓田疇舊隱山
乃襲用燕巖遼陽道中詩　樹連李勣曾開府　雲壓東明舊駐宮之句
此見楚亭　雖律詩　亦不及燕巖遠甚(『東詩話』)

〈주석〉 [李勣(唐: ?～669)] 遼東行軍의 大摠管으로, 668년 신라와 합세하여
고구려를 멸망시키고 도호부를 세웠으나, 677년 한반도에서 물러감
[田疇(後漢: 169～214)] 劉虞의 막료로 있다가 유우가 公孫瓚에게 살
해당하자, 원수를 갚지 못함을 탄식하며 산속에 은거했음

〈국역〉 그러나 (율시를 좀처럼 짓지 않는 燕巖이 律詩를 짓자 楚亭이 축하하
는 시를 지었지만) 초정이 「송윤부사지연」이란 시에서,

이적이 일찍이 도호부를 열었던 곳에 가을은 황량하기만 하고
전주가 옛날 숨었던 산에 눈이 뒤덮여 있네

라고 한 것은 바로 연암이 요양을 가는 도중에 지은 시 가운데,

이적이 일찍이 도호부를 열었던 곳에 나무가 이어져 있고
동명왕이 옛날 살던 궁궐에 구름이 뒤덮였네

라는 구절을 답습한 것이다. 이로 보건대 초정은 비록 율시조차도 연
암에 매우 크게 미치지 못한다.

☆ 柳得恭(1749~1807)

泠齋詩 余以爲近世絶品 有才有學 無體不備 博觀詩家 自毛
詩離騷古歌謠漢魏六朝唐宋金元明淸 以至三國高麗本朝 傍及
日本 自爲選抄 箱溢几滿 日不暇給 不惟其才妙絶 其爲專門
今世罕比 (『靑莊館全書』「淸脾錄」)

〈주석〉 [抄] 베끼다 초 [箱] 상자 상 [几] 책상 궤 [日不暇給] 일이 바빠 한가
할 여유가 없음
〈국역〉 영재 柳得恭의 시를 나 이덕무는 근세의 뛰어난 작품이라고 생각한

다. 그는 재주도 있고 학문도 풍부하여 갖추지 않은 체가 없으며, 시
인들의 시를 널리 보아 『毛詩』・이소・고가요와 漢・魏・六朝・唐
・宋・金・元・明・青에서부터 삼국・고려・조선과 널리 일본에 이
르기까지 좋은 것은 직접 뽑아서 기록하였는데, 상자가 넘치고 책상
이 가득 찼으나 쉬지 않았다. 그의 재주가 절묘할 뿐 아니라, 그 전문
적으로 한 것은 지금 세상에서 비교될 사람이 드물다.

我邦之人 動用中國之事 亦是陋品 須取三國史高麗史國朝寶
鑑輿地勝覽懲毖錄燃藜述及他東方文字 探其事實 考其地方
入於詩用 然後方可以名世而傳後 柳惠風十六國懷古詩 爲中
國人所刻 此可驗也(『茶山集』「寄淵兒戊辰冬」)

〈국역〉 우리나라 사람들은 걸핏하면 중국의 일을 인용하는데, 이것은 또한
    비루한 품격이다. 모름지기 『삼국사』・『고려사』・『국조보감』・『여
    지승람』・『징비록』・『연려실기술』과 기타 우리나라의 문헌들을 취
    하여 그 사실을 채집하고 그 지방을 고찰해서 시에 넣어 사용한 뒤
    에라야 바야흐로 세상에 명성을 얻을 수 있고 후세에 전할 수 있을
    것이다. 유득공의 「십육도회고시」(「二十一都懷古詩」를 말함)는 중국
    사람이 판각하여 책으로 발행했으니, 이것으로 증험할 수 있다.

☆ 朴齊家(1750~1805)

楚亭之詩 才超而氣勁 詞理明白 亦能記實 嘗倣漁洋山人懷人
絶句例 爲當世所見聞名流賢士 作五十餘絶句 各取所長 贊美

停當 與余談藝 終晝竟夜 滔滔纏纏 如合左契 其爲詩 大處磊
落 纖處娟妙 落筆離奇 人不可當 亦近世罕有之才(『靑莊館全
書』「淸脾錄」)

〈주석〉 [勁] 굳세다 경 [停當(정당)] 타당함 [纏] 잇다 사 [合左契(합좌계)] 딱
　　　　맞음 [大處] 큰 방면 [磊落(뢰락)] 웅대한 모양 [娟] 예쁘다 연 [離奇]
　　　　매우 기이함

〈국역〉 초정 朴齊家의 시는 재주가 뛰어나며 기운이 강하였고 말의 이치가
　　　　명백하였으며, 또 事實의 기록에 능하였다. 일찍이 어양산인 王士禛
　　　　의 「懷人絶句」의 예를 모방하여, 당시 보고 들은 유명한 사람들과 현
　　　　명한 선비를 위해 絶句 50여 구를 지었는데, 각각 장점을 취하였고
　　　　찬미함이 타당하였다. 이덕무와 함께 문예에 대하여 낮이 다 가고 밤
　　　　이 새도록 끝없이 얘기했으나 조금의 어긋남도 없었다. 그가 지은 시
　　　　는 웅대한 곳은 기상이 장렬하고 섬세한 곳은 아름답고도 미묘하였
　　　　으며, 글씨를 쓰면 기이하여 아무도 당해낼 수가 없었으니, 역시 근
　　　　래에 드문 재주였다.

☆ 李書九(1754〜1825)

余愛陳思王賦雀 眼如劈椒 頭如顆蒜之語 摸寫妙絶 手畫一鐵
脚 以驗其狀 薑山題范石湖詩 羣雀歲寒保聚 兩鶉日晏忘歸
草間豈無餘粒 刮地風號雪飛 於圖旁 仍曰 羣雀則能保聚安穩
守分自怡 兩鶉則鹿鹿營食 辛苦於風雪之中 至日晏而忘其歸
以喩貪得而不知止 士君子寧爲雀之保聚 無爲鶉之忘歸 石湖

必有意而作(『靑莊館全書』「淸脾錄」)

〈주석〉 [陳思王] 三國시대 魏의 曹植이 陳王에 봉해지고 시호가 思임 [劈] 쪼개다 벽 [椒] 산초나무 초 [顆] 작은 머리 과 [蒜] 마늘 산 [保聚] 모여서 흩어지지 않음 [鶉] 메추라기 순 [粒] 쌀알 립 [刮] 깎다 괄 [怡] 기쁘다 이 [鹿鹿] 길에서 분주함

〈국역〉 나 이덕무가 진사왕의 「雀賦」에, "눈은 찢어진 산초 같고, 머리는 마늘통 같네"라는 말의 묘사가 절묘함을 좋아하여, 참새의 쇠같이 튼튼한 다리를 손수 그려서 그 모양을 시험해 보았다. 강산 李書九가 송나라 石湖 范成大(南宋: 1126~1193) 시의,

참새들 날씨 춥자 한데 모였는데
두 메추라기 저물어도 돌아갈 줄 모르네
풀밭에 남은 먹이 어찌 없겠는가?
땅을 깎을 모진 바람 몰아치고 눈 날리네

라는 시를 이 그림 옆에 題하고, 이어 해석하기를, "여러 참새는 한데 모여 편안히 지내고 분수에 지켜 스스로 즐거워하는데, 두 메추리는 분주하게 먹이를 구하느라고 바람과 눈 속에서 고생하며 해가 저물어도 돌아갈 줄을 모른다. 이것은 탐욕이 생겨 자제할 줄 모르는 사람에 비유한 것이니, 사군자는 차라리 한데 모인 참새는 될지언정 돌아갈 줄 모르는 메추리는 되지 말아야 한다" 하였으니, 석호도 반드시 이런 뜻이 있어서 그런 시를 썼을 것이다.

薑山少年英才 聞學日富 其爲詩也 根據乎全經全史 篆籀分隷
以秀其氣 卉木禽虫以致其才 運之以性靈 會之以鑒識 古澹幽
潔 高亮閒遠 余嘗嘆其典裁如王漁洋 淹雅如朱竹垞 余於薑山
無間然云爾 則亦不固讓 泠齋楚亭 皆推爲鐵論(『靑莊館全書』
「淸脾錄」)

〈주석〉 [典裁] 典莊하면서 체재가 있음 [淹雅(엄아)]=高雅, 博識 [朱竹垞(주
죽타)] 죽타는 淸初의 학자 朱彝尊의 호, 經史를 널리 읽어 통하였고
古文과 詩詞에 능하여 어양 왕사진과 함께 南北의 두 大家로 칭해짐
[間然] 결점을 지적하여 비난하는 것

〈국역〉 강산 李書九는 소년 秀才로 듣고 배운 것이 날로 풍부했다. 그가 시
를 지을 때, 모든 경서와 史策에 근거하였으며, 전서·주문·八分·
예서로 그 기운을 드러내고 초목금수의 그림으로 그 재주를 나타내
어, 성령으로 운용하고 감식으로 뜻을 깨달아 고담하고 유결하며 고
량하고 閒遠하므로, 나는 일찍이 감탄하기를, "그의 전재는 왕어양
같고, 박식은 주죽타 같으니, 내가 강산에 대해서는 결점을 지적할
수 없다" 하였다. 그러니 영재 柳得恭과 초정 朴齊家도 모두 내 말을
정론으로 추앙하기를 굳이 사양하지 않을 것이다.

☆ 丁若鏞(1762~1836)

右耽津農歌帖 余謫中作也 陂澤漫漫不養魚 兒童愼莫種芙蕖
豈惟蓮子輸官裏 兼怕官人暇日漁 余見土人作農 視北方 頗亦
簡易 南北各安故俗 不相傚法 甚可歎也 若其私門賦租之法

宜自朝廷飭用北俗　庶亦抑豪扶羸之一助云爾(『다산집』「跋耽
津農歌」)

〈주석〉 [耽津(탐진)] 康津의 古號 [陂] 못 피 [漫漫(만만)] 끝없이 넓은 모양
　　　 [芙] 부용 부 [蕖] 연꽃 거 [豈惟(기유)]=何止 [怕] 두려워하다 파 [飭]
　　　 삼가다 칙 [羸] 여위다 리
〈국역〉 이 「탐진농가첩」은 나 정약용이 유배생활하면서 지은 것이다. (「耽津
　　　 農歌」 十首 중 其八에)

　　　　넓디넓은 연못에도 물고기를 기르지 않고
　　　　애들더러 삼가 연꽃도 심지를 말란다네
　　　　연밥 따면 관가에다 바쳐야 할 뿐 아니라
　　　　관리들이 한가한 날 고기 잡을까 두려워서네

　　　 라고 했다. 내가 이 지방 사람들의 농사짓는 것을 살펴보니, 북쪽에
　　　 견주어서 상당히 쉽게 한다. 남쪽과 북쪽이 각각 옛날 습속에 눌러앉
　　　 아 서로 배우려 하지 않으니, 매우 한탄할 만한 일이다. 만약 私家에
　　　 서 조세를 바치는 일은 마땅히 조정에서 북쪽의 습속대로 하게 한다
　　　 면 강한 자를 억누르고 약한 자를 도와주는 데 하나의 도움이 될 것
　　　 이다.

☆ 黃玹(1855～1910)

隆熙四年七月　日本遂倂韓　八月　玹聞之悲痛　不能飮食　一夕

作絶命詩四章 又爲遺子弟書曰 吾無可死之義 但國家養士五
百年 國亡之日 無一人死難者 寧不痛哉 吾上不負皇天秉彝之
懿 下不負平日所讀之書 冥然長寢 良覺痛快 汝曹勿過悲(「黃
玹傳」)

〈주석〉 [秉彝(병이)] 常道를 굳게 지킴 [懿] 아름답다 의

〈국역〉 융희 4년(1910) 7월 일본이 드디어 대한을 병합하였다. 8월 황현이 그
것을 듣고 비통해하며 마시거나 먹을 수 없었다. 어느 날 저녁 「절명
시」 4수를 쓰고,[78] 또 자제에게 글을 남기며 말하기를, "나는 죽어야
할 의리가 없다. 다만 국가가 선비를 기른 지 5백 년 동안인데, 나라
가 망하는 날에 한 사람도 난리에 죽는 자가 없다면 어찌 통탄할 일
이 아니겠는가? 내가 위로는 황천의 떳떳한 아름다움을 저버리지 않
고, 아래로는 평소 읽은 책을 저버리지 않으려고 조용히 죽는 것이
정말 통쾌한 일임을 깨달았으니, 너희들은 지나치게 슬퍼하지 말라"
라 하였다.

---

78) 4수 중 세 번째 시를 제시하면 다음과 같다.
　　鳥獸哀鳴海岳嚬 새와 짐승 슬피 울고 산하도 찡그리니
　　槿花世界已沉淪 무궁화 세계가 이미 망했구나
　　秋燈掩卷懷千古 가을 등불 아래 책 덮고 천고의 역사를 회고하니
　　難作人間識字人 글을 아는 인간의 구실이 어렵구나

7. 기타

金蓋仁居寧縣人也 畜一狗甚憐 嘗一日出行 狗亦隨之 蓋仁醉
臥道周而睡 野燒將及 狗乃濡身于傍川 來往環繞 以潤著草茅
令絶火道 氣盡乃斃 蓋仁旣醒 見狗迹 悲感 作歌寫哀 起墳以
葬 植杖以誌之 杖成樹 因名其地爲獒樹 樂譜中有犬墳曲是也
後有人作詩云 人恥呼爲畜 公然負大恩 主危身不死 安足犬同
論 晋陽公命門客作傳記 行於世 意欲使世之受恩者 知有以報
也(『補閑集』 중, 35)

〈주석〉 [居寧縣(거녕현)] 전북 임실군 둔남면과 장수면, 반남면에 걸쳐 있던
　　　지명 [周] 둘레 주 [濡] 적시다 유 [環繞(환요)] 주위 [潤] 적시다 윤
　　　[獒] 개(길이 잘 든 개, 猛犬) 오

〈국역〉 김개인은 거녕현 사람으로, 개 한 마리를 키웠는데 매우 사랑했다.
　　　(김개인이) 일찍이 하루는 집을 나가 길을 가는데, 개도 그를 따랐다.
　　　개인이 술에 취해 길가에 누워 잠이 들었는데, 들불이 장차 개인에게
　　　미치게 되자, 개는 바로 길가의 내에서 몸을 적셔 주위를 왕래하면서
　　　풀을 적셔 불길을 막았으나, 기가 소진하여 마침내 죽고 말았다. 개

인이 얼마 뒤 술에서 깨어나 개의 자취를 보고, 슬퍼하여 노래를 지어 슬픔을 쏟아내었다. 무덤을 만들어 장사지내고 지팡이를 꽂아 그곳을 표시해두었다. 지팡이가 나무로 성장하니, 그곳을 오수라 불었다. 악보 가운데 「견분곡」이 있는데, 바로 이것이다. 후에 어떤 사람이 시를 짓기를,

사람은 짐승이라 불리는 것 부끄러워하면서
공공연히 큰 은혜를 저버리네
주인이 위태로운데 자신을 죽이지 않는다면
어찌 개와 함께 논할 만하리오?

라 했다. 진양공 崔瑀(?~1249)가 문객에게 傳記를 짓게 하여 세상에 전해졌으니, 생각건대 세상에 은혜를 받은 자들로 하여금 보은의 방법이 있다는 것을 알게 하고자 해서일 것이다.

裴晉公方盛 賈浪仙題亭壁云 破却天家作一池 不栽桃李種薔薇 薔薇花謝秋風起 荊棘滿庭人始知 雖時議薄之 而頗含譏諷 近有勳臣第宅窮奢 一朝譴謫 嗣子又不肖 不克堂構 第宅彫謝 門庭闃寂 有客題門壁云 甲第連雲費幾金 經營渾是百年心 可憐一謫南荒去 庭院無人草自深 撫實直書 丁寧諷諭 可爲峻宇雕墻者之戒(『東人詩話』 하, 41)

〈주석〉 [謝] 시들다 사 [譴謫(견적)] 죄를 책망하여 官階를 떨어뜨림 [堂構(당구)] 先祖가 남긴 사업을 계승함, 『書經』「大誥」에 "若考作室 旣底法

厥子乃弗肯堂 矧肯構'라 했는데, 孔傳에 "以作室喩治政也 父已致法 子乃不肯爲堂基 況肯構立屋乎?"라 하였음 [彫] 시들다 조 [闃] 고요 하다 격 [連雲] 하늘의 구름과 서로 이어 있다는 것에서, 높거나 많음 을 나타냄 [渾] 모두 혼 [撫] 좁다 척 [丁寧(정녕)] 말이 간절한 모양 [峻] 높다 준 [峻宇雕墻(준우조장)] 높고 큰 집과 채색한 담장으로, 화 려하고 사치스러운 거처를 뜻함

〈국•역〉 晉國公 裴渡가 한창 번성하였을 때 낭선 賈島(唐: 779~843)가 정자 의 벽(「題興化園亭」)에 쓰기를,

천 집을 부수어 연못 하나 만들고
복숭아, 오얏 심지 않고 장미를 심었네
장미꽃이 시들고 가을바람이 일어나면
가시가 뜰에 가득함을 비로소 알리라

라 하였다. 비록 당시 그를 야박하다고 논의하였지만, 자못 풍자하며 기롱하는 뜻을 함축하고 있다. 근래 어떤 훈신의 집이 매우 사치스러 웠는데, 하루아침에 귀양을 가게 되었다. 대를 이을 아들은 또한 어 리석어 집을 지탱할 수 없어 집은 황폐해지고 집안은 적막하였다. 어 떤 나그네가 문의 벽에 쓰기를,

구름 위로 솟은 큰 집 지음에 비용이 얼마나 들었던가?
집 지을 때는 백 년을 살려고 했을 것이네
가련토다! 한번 남쪽 거친 땅으로 귀양 가고 나니
정원엔 사람 없고 풀만 절로 무성하네

라 했는데, 사실을 들어 바로 써서 간절하게 풍자하며 깨우치고 있으
니, 높은 집을 짓고 담장을 채색하는 자들의 경계로 삼을 만하다.

婦人之職 中饋織紝而已 文墨之才 非其所宜 吾東之論 從古
如此 雖有才稟之出人者 亦忌諱而不勉 可歎也 三國時則無聞
焉 高麗五百年 只有龍城娼于咄彭原娼動人紅 解賦詩 本朝有
鄭氏成氏金氏 金有詩篇傳世 而萎弱少氣 唯鄭氏 昨夜春風入
洞房 一張雲錦爛紅芳 此花開處聞啼鳥 一詠幽姿一斷腸之詩
成氏 眼帶雙行淚 胸藏萬里心 門外紅桃一時盡 愁中白髮十分
新之句 金氏 境僻人來少 山深俗士稀 家貧無斗酒 宿客夜還
歸之詩 稍可人意 今有東陽申氏 自幼工畫 其蒲萄山水 妙絶
一時 評者謂亞於安堅 吁 豈可以婦人之筆而忽之 又豈可以非
婦人之所宜 責之哉(『패관잡기』 4)

〈주석〉 [中饋(중궤)] 집에서 음식을 제공하는 여러 일 [紝] 짜다 임 [稟] 받다
품 [萎] 시들다 위 [洞房(동방)] 閨房 [張] 장 장 [爛] 빛나다 란 [僻]
치우치다 벽 [吁] 아! 우

〈국역〉 부녀자의 직책은 음식을 제공하거나 길쌈을 하는 것뿐이요, 글과 글
씨의 재주는 그들에게 마땅한 것이 아니라는 우리 동방의 논의가 예
전부터 이와 같았다. 그래서 비록 타고난 재주가 남보다 출중한 사람
이 있어도 꺼리고 숨겨 힘쓰지 않았으니, 한탄할 일이다. 삼국 시대
에는 알려진 사람이 없고, 고려 5백 년 동안에는 다만 용성 창기 우
돌과 팽원 창기 동인홍만이 시 지을 줄을 알았고, 본조에는 정씨·성
씨·김씨가 있는데, 김씨는 시 편이 있어 세상에 전하나 너무 약하여

기운이 적다. 오직 정씨의

어젯밤 봄바람이 규방에 들어오니
한 장의 구름 비단이 붉고 향기로움 난만하다
이 꽃 피는 곳에 우는 새소리 들으니
그윽한 자태 노래하는 듯, 애를 끊는 듯하여라

라는 시와 성씨의

눈에는 두 줄기 눈물을 머금고
가슴에는 만 리의 마음을 감추었네
문 밖의 붉은 복사꽃 일시에 다 지고
수심 속 흰 머리 십분 새로워라

라는 시와 김씨의

이곳이 궁벽하니 오는 사람 적고
산이 깊숙하니 세속 선비 드물구나
집이 가난하여 한 말 술도 없으니
묵고 갈 손님이 밤에 다시 돌아가는구나

라는 시가 조금 사람들의 뜻에 든다. 지금 동양 申師任堂(1504~
1551)이 있는데, 어려서부터 그림을 잘 그렸는데, 포도와 산수 그림
은 한때에 절묘하여 평하는 사람들이 "(조선전기의 화가) 안견 다음

간다" 하였다. 아! 어찌 부인의 붓이라고 소홀히 할 수 있겠는가? 또
어찌 부인이 마땅히 할 일이 아니라 하여 책망할 것인가?

古之閨秀 如蔡玉炎 班婕妤薛濤之輩 其詞藻工麗 可與文士頡
頏 崇寧間 娼家周氏 贈夫婿陳筑詩 夢和殘月過樓西 月過樓
西夢已迷 喚起一聲腸斷處 落花枝上鷓鴣啼 又春晴詩 瞥然飛
過誰家燕 驀地飛來甚處花 深院日長無箇事 一瓶春水自煎茶
其辭氣妧順 眞女子之詩也 吾東方絶無女子學問之事 雖有英
資 止治紡績而已 是以婦人之詩罕傳 有士族鄭氏 其弟兄有學
者 鄭從傍竊學 頗能詩 一日杜鵑花盛開 良人請賦詩 鄭立就
云 昨夜春風入洞房 一張雲錦爛紅芳 此花開處聞啼鳥 一詠幽
姿一斷腸 雖號能詩者 復豈能過 苟有所敎 詞藻之美 豈止是
耶 詩云 無非無儀 惟酒食是宜 易云 主中饋貞吉 不必休其蠶
織 煩事詩書 況四方皆有性 千里不同風 吾東方女子不學之俗
安知反有益耶(『東人詩話』하, 55)

〈주석〉[蔡玉炎] 後漢 蔡邕의 딸 [班婕妤] 漢나라 班況의 딸로 成帝의 총애를
받음 [薛濤] 唐나라 名妓로, 白居易・杜牧 등과 시를 창화하여 '女校
書'라 불렸음 [詞藻(사조)] 詩賦 [頡頏(힐항)] 새가 오르락내리락하는
모양으로, 대항하여 굴하지 아니함 [夫婿(부서)] 남편 [鷓鴣(자고)] 꿩
과의 메추라기 비슷한 새로, 우는 소리가 '행부득야가가(行不得也哥
哥)'처럼 들린다고 하여, 먼 길 떠날 사람이 고향을 그리워할 때 흔히
시문 속에 등장시켰음 [瞥] 언뜻 보다 별 [驀地(맥지)] 갑자기(驀 갑자
기 맥) [甚] 무엇 심 [妧] 곱다 완 [洞房(동방)] 閨房 [張] 벌(수사) 장

[雲錦(운금)] 구름무늬가 있는 비단 [爛] 빛나다 란 [無非無儀 惟酒食 是議] 『詩經』「小雅」「斯干」에 나오는 말로, 딸을 낳아 기를 때에는 이렇게 해야 한다고 함(注: 儀=善) [主中饋貞吉] 家人卦에 나오는 것으로, 원문에 '主'는 '在'로 되어 있음

〈국역〉 옛날 여인 가운데 채염·반첩여·설도의 무리는 그 시가 공교롭고 아름다워 문사들과 겨룰 만하였다. 숭녕(宋 휘종의 연호:1102~1106) 연간에 기녀 출신인 주씨가 남편 진축에게 준 시에,

꿈에 조각달과 어울려 누대 서쪽을 지났는데
달이 누대 서쪽을 지나자 꿈도 이미 혼미해지네
애끓는 한 소리로 나를 불러일으키는 곳엔
꽃이 진 가지 위에 자고새 울음소리네

라 했다. 또 「춘정」 시에,

별안간 날아 지나가는 것은 누구 집의 제비이며
갑자기 날아오는 것은 어느 곳의 핀 꽃인가?
고요한 정원에 해는 길고 일도 없으니
한 병 봄물로 차를 끓이고 있네

라 했다. 그 말의 기세가 곱고 온순하니, 참으로 여자의 시이다. 우리나라에서는 여자에게 학문을 시키는 일이 결코 없었으니, 비록 뛰어난 자질을 지닌 여자가 있더라도 길쌈하는 일에 그칠 뿐이다. 이 때문에 부녀자의 시가 드물게 전해진다. 어떤 사족인 정씨는 그 형제

가 학문을 할 때, 정씨가 곁에서 몰래 배워서 상당히 시에 능했다. 어
느 날 두견화가 만발하자, 남편이 시를 지을 것을 청하니, 정씨가 바
로 읊기를,

어젯밤 봄바람이 규방에 들더니
한 폭의 아름다운 비단인 듯 붉은 꽃 흐드러졌네
이 꽃이 핀 곳에서 새 울음소리 들어보면
한 번은 그윽한 자태인 듯 읊고 한 번은 애끓는 듯 우네

라 했다. 비록 시에 능하다고 소문난 자라도 다시 어찌 이것을 능가
할 수 있겠는가? 만약 정씨가 배운 곳이 있었다면 아름다운 시문이
어찌 여기에 그쳤겠는가? 『시경』에 이르기를, "잘못하는 일도 없고
잘한다고 나서는 일도 없게 하면서, 오직 술과 밥 같은 것만을 의논
하게 한다"라 하였고, 『역경』에 이르기를, "집안에 있으면서 음식을
장만하면 정하여 길하다"라 하였으니, 반드시 그 누에치고 베 짜는
일을 그만두고 번거롭게 시서를 일삼을 필요는 없다는 말이다. 더구
나 사방의 만물은 모두 본성을 지니고 있고, 천 리 안에서도 풍속이
같지 않은데, 우리나라 여자들의 학문하지 않은 풍속이 도리어 이익
이 있음을 어찌 알겠는가?

近來閨秀之作 如趙承旨瑗之妾李氏爲第一 其卽景詩一句曰 江
涵鷗夢闊 天入雁愁長 古今詩人 未有及此者(『晴窓軟談』 하)

〈주석〉 [涵] 담그다 함 [闊] 넓다 활

〈국역〉 근래 규수의 작품으로는 승지 조원의 첩인 이씨의 것이 제일이다. 경
　　　치를 읊은 시 중 한 구에,

　　　강물에 담근 갈매기 꿈 널찍하고
　　　하늘로 들어간 기러기 근심도 길구나

　　　라고 하였는데, 고금의 시인 가운데 여기에 이른 자는 아직 없었다.

保樂堂金政丞　算命於皇都　其詩曰　四數相逢大器鼎　赤虎當年
及第名　赤鷄猪月白馬日　葛藤連院向鼠驚　第一句謂官居台鼎
第二句謂丙寅年登科也　第三句謂丁酉十月庚午日也　第四句終
於葛院是也　向鼠驚者　其時賜藥都事甲子生者也　卜書可信　命
可逃乎(『松溪漫錄』)

〈주석〉 [算命] 사주를 봄 [四數] 年月日時 [葛藤(갈등)] 칡덩굴 [台鼎(태정)]
　　　별에는 三台가 있고, 솥에는 三足의 발이 있으므로, 三公을 일컬음
〈국역〉 보락당 정승 金安老(1481〜1537)가 황도인 燕京에서 四柱를 보았는
　　　데, 그 시에 말하기를,

　　　네 수가 서로 만날 때 정승에 오르고
　　　적호 당년에 급제에 이름 붙을 것이네
　　　적계 저월 백마일에
　　　칡덩굴이 원에 얽혔는데 쥐를 보고 놀랄 것이네

라 하였다. 첫째 구는 관직이 정승에 오를 것이라 한 것이고, 둘째 구는 丙寅(赤虎)년에 급제한 것을 말하고, 셋째 구는 丁酉(赤鷄)년 10월(猪月) 庚午(白馬)일을 말하는 것이고, 넷째 구는 葛院에서 죽을 것을 말한 것이요, '쥐를 향해 놀란다'는 말은 그 당시 사약을 가지고 온 都事가 갑자생임을 말한 것이다. 복서는 믿을 만한 것이니, 운명을 피할 수 있겠는가?

有一邑宰 性不廉謹 好吟咏 有措大曰 是爲足足鳥 古人有詩云 足足長鳴鳥 如何長足足 世人不知足 是以長足足 蓋譏其不廉也 宰曰 汝不知是爲呵呵鳥 昔人有詩云 呵呵呵呵鳥 呵呵復呵呵 昔人大可笑 是以長呵呵(『海東雜錄』)

〈주석〉 [措大(조대)] 뜻을 이루지 못한 가난한 선비 [呵] 웃다 가

〈국역〉 어떤 고을 원이 성질이 청렴하지도 삼가지도 못하면서 시 읊는 것을 좋아하였다. 어떤 선비가, "이것은 족족새요. 옛사람의 시에,

족족하며 길게 우는 새는
어찌하여 길게 족족거리는가?
세상 사람은 만족을 모르기에
이 때문에 길게 족족하고 사노라네[79]

하였소" 하니, 아마도 그 고을 원이 청렴하지 못한 것을 기롱한 말일

---

[79] 宋翼弼의 『龜峰集』에는 "足足長鳴鳥 如何長足足 世人不知足 是以長不足"라는 내용이 실려 있다.

것이다. 고을 원이, "너는 이것이 가가새인 줄 모르는구나. 옛사람이
시를 지어,

하하 웃는 가가새야
하하 웃다 다시 하하 웃네
옛사람이 너무 우스워서
그 때문에 길이 하하만 하노라

라 하였다" 한다.

晉陽 徵斂無藝 雖山林蔬果 利無少遺 寺社髡緇亦受其弊 一
日雲門寺僧來謁 宰曰 汝寺瀑布 今年想佳 僧不知瀑布爲何物
恐亦徵斂 應聲曰 瀑布今年爲猪喫盡 有人作詩 嘲之曰 寒松
何日虎將去 瀑布當年猪盡喫 江陵有寒松亭 山水之勝 擅於關
東 使華賓客之往來 輪蹄輳集 供億不貲 州人常詬曰 寒松亭
何日虎來將去(『海東雜錄』)

〈주석〉 [晉陽] 晉州의 옛 이름 [藝] 법 예 [髡緇(곤치)] 머리를 깎은 것과 중의
        옷, 널리 스님을 가리킴 [喫] 먹다 끽 [擅] 빼어나다 천 [使華] 使臣
        [蹄] 발굽 제 [輳] 모이다 주 [供億(공억)] 공급하는 물건 [貲] 세다 자
        (不貲: 셀 수 없이 많음) [詬] 꾸짖다 후
〈국역〉 근래 진양 太守로 나간 사람이 백성한테서 거둬들이는 것이 법도가
        없어서, 비록 산림에서 나는 채소와 과일이라도 이익이 있는 것은 조
        금도 남겨두지 않아, 절간의 스님들도 그 피해를 입었다. 하루는 운

문사 스님이 와서 태수를 배알하니, 태수가 "너의 절에 있는 폭포가 올해 볼만하겠구나?" 하니, 스님이 폭포가 어떤 물건인지 모르고, 또 세금을 매길까 두려워서, 답하기를, "폭포를 올해는 멧돼지가 다 먹어버렸습니다" 하였다. 어떤 사람이 시를 지어 조롱하기를,

찬 소나무는 어느 날 호랑이가 물고 갈 것인가?
폭포는 올해 멧돼지가 다 먹어버렸네

라 하였다. 이것은 강릉에 한송정이 있었는데, 경치의 빼어남이 관동에서 제일이었다. 사신들과 손님의 내왕이 이곳으로 몰려들었으며, 그들의 접대비가 무척 많이 들어서 고을 사람들이 항상 불평하기를, "한송정을 호랑이가 어느 때 물어 갈까?" 하였다.

원주용 ──────────────────────────

성균관대학교 한문학과 박사과정 졸업(문학박사)
안동대 · 한림대학교 강사
현) 성균관대 · 원광대학교 강사
　　성균관대학교 동아시아지역연구소 연구교수

『목은 이색 산문 연구』
『고려시대 산문 읽기』
『동양의 지혜 그리고 현대인의 삶』
『조선시대 산문 읽기』
『천자문 쉽게 알기』
『고려시대 한시 읽기』
『조선시대 한시 읽기(상, 하)』
「牧隱李穡의 碑誌文에 관한 고찰」
「陶隱散文의 문예적 특징」
「鄭道傳散文에 관한 일고찰」
외 다수

초 판 인 쇄 | 2012년 3월 8일
초 판 발 행 | 2012년 3월 8일

편 저 자 | 원주용
펴 낸 이 | 채종준
펴 낸 곳 | 한국학술정보㈜
주　　　소 | 경기도 파주시 문발동 파주출판문화정보산업단지 513-5
전　　　화 | 031) 908-3181(대표)
팩　　　스 | 031) 908-3189
홈 페 이 지 | http://ebook.kstudy.com
E-mail | 출판사업부　publish@kstudy.com
등　　　록 | 제일산-115호(2000. 6. 19)

ISBN　　978-89-268-3178-6　03810 (Paper Book)
　　　　978-89-268-3179-3　08810 (e-Book)

이담 Books 는 한국학술정보(주)의 지식실용서 브랜드입니다.